불확정성의 시학

푸른사상
평론선

18

Poetics of indeterminacy

불확정성의
시학

김윤정

푸른사상
PRUNSASANG

2012년부터 2년여 간에 걸쳐 문예지에 발표했던 글들을 모아 세 번째 비평집을 낸다. 수록된 글들은 주로 현장시들에 대한 탐색으로 이루어진 비평들이다. 시들에 다가가는 나의 비평의 태도를 보여주는 것들이라 생각된다. 되도록 시에서 울려나오는 소리와 숨결을 받아내고자 하였고 그것에 나의 호흡을 맞추어 문장들을 써나갔다. 그리고 시가 지닌 의미와 실존의 논리를 따라 글을 구성하였다. 여기의 비평들은 곧 시들과의 대화록인 셈이다.

수많은 사건들과 허접한 일상들 가운데 시는 거의 드물게 질서의 공간을 구축한다. 변화무쌍한 현실과 숱하게 토해지는 말들의 소용돌이 한가운데에서 자신의 고유의 음색과 짜임을 지닌 시들이 희귀하게도 우리의 의식을 충격한다. 우리의 의식은 비로소 말들이 이루어낸 안온한 질서 속에 접속되어 이동을 멈추고 고요히 시와 만난다. 시가 의식을 충격하면서 이루어진 조우의 순간들은 즐거움과 인식의 공간이 되었다.

인간 존재를 포함하여 시는 그저 한갓 피어올랐다가 사라질 운명의 흔적과 같은 것들이지만 이들은 모두 고유의 구성을 지니고 있다. 그것들은 특유의 감정과 욕망, 좌절과 꿈을 담고 있어 이로 인해 고유의 주름과 밀도를 지닌 독자적인 공간을 구축한다. 이렇게 하여 형성된 공간은 특유의 효과를 발휘하는 에너지의 장이 된다. 독자적인 장을 이룬다는 점에서 시들은 주변과 구분되는 상대성의 지대이다.

나에게 시를 평가하는 기준이 되는 것은 의미도 논리도 아니고 그것이 발휘하는 에너지의 질과 양이다. 그것이 나에게 말을 거는 순간의, 상황의, 사태의 성질이 시에 관한 호불호를 가름한다. 내가 지닌 의식의 주름과 밀도가 시가 지닌 고유의 공간과 만나 때로 그것은 쾌가 되거나 불쾌가 되고 호가 되거나 불호가 된다. 만남은 모두 상대적이다. 마찬가지로 시를 포함하여 인간 존재 모두 고유의 체질을 지닌 상대적인 공간이 된다. 이것을 곧 위상공간(topological space)이라 부를 수 있다. 존재하는 모든 것은 위상(位相)적 성질을 띤 공간이다.

각 개체들의 상대성과 위상성을 말하는 것은 시가 지향하는 절대성에 관해 말해야 하기 때문이다. 모든 것이 불완전하고 굴곡으로 가득 차며 혼돈으로 일그러져 있는 와중에서 시는 그 험한 카오스를 가로질러 고요와 안녕의 세계를 지향한다. 모든 것이 우연으로 불안정하고 일회적일 때 시는 무질서 속에서 사금 조각 같은 진리를 캐내고자 하는 것이다. 무위한 시의 이런 행위들이 역시 덧없이 사라질 것들이나 그것들은 상대적인 만남들 가운데서 빛으로 타오르고 별처럼 반짝일 것이다. 그 환한 반짝임들은 혼돈에 처해 있는 모든 존재들의 꿈이겠거니와 시가 보태는 빛들에 이끌려 우리의 미래가 조금씩 그러나 환하게 열리기를 소망해본다.

2014년 동해의 일출을 보며

저자 씀

3부 우리 시대의 시인

차례 ■∷

9

차례

제1부

우리 시대의 시정신

를 보다 폭넓게 이해하는 데 긴요하다. 문화의 전 영역에 걸쳐 나타났던 감성적 경향은 시단
을행던 시기와 거의 동시에 서정시가 주목받게 되었던 것은 우연이 아니다. 그것은 단지 기준의 현실
는 것이었다. 서정주의로까지 반처갔던 서정시의 재등장은 붕괴된 이상의 빈 지대를 대체하였던 감성적 시대

'이성'에서 '감성'으로, '감성'에서 '마음'으로

1. 이성의 붕괴와 '사건'의 시대

　현대 철학의 특징을 고찰하는 글에서 이정우는 그것이 '사건'에 대한 사유를 주된 테마로 설정하는 점이라고 말하고 있다('사건'에 대한 성찰은 이정우의 『시뮬라크르의 시대』(거름, 1999) 참조.) '사건'은 스쳐 지나가는 일회적인 것, 일시적이고 덧없는 것을 내포로 한다. 영원한 것이나 보편적인 것 대신, 혹은 본질이나 궁극적인 실체 대신 현상하는 것, 그 중에서도 곧 소멸하는 성질을 지닌 것이 '사건'이다. 변화를 일으키는 시간성을 전제로 하므로 '사건'은 고대의 철학이 가장 경계하였던 부분이기도 하다. 고대 철학의 관점에서 볼 때 철학이 궁구해야 할 가장 가치 있는 것은 변하지 않는 이성(idea)이고, 이성의 구현이라 할 현실은 그보다 덜한 가치를 지닌다면, 이에 비해 순간 소멸할 운명을 지닌 '사건'은 환각이자 환상에 해당하는 것으로 이는 이성에 대한 가장 극단적 위반의 영역에 속한다. 그러나 고대의 이러한 '실체' 중심의 관점은 현대에 이르러

'사건' 중시의 철학으로 전환되었다는 것이 이정우의 설명이다. 즉 오늘날은 '사건' 중심의 시대이자 시뮬라크르(simulacre)의 세계라는 것이다.

현대가 시뮬라크르의 시대가 된 데에는 여러 요인이 있을 것이다. 본질에 대한 회의, 신에 대한 의심, 이성에 대한 불신 등 '실체'에 대한 부정이 그것들이다. 이는 곧 불변하는 궁극적인 세계에 대한 믿음이 흔들리기 시작했음을 의미한다. 그러나 이와 같은 관념적 요인 이전에 그것은 무엇보다도 시시각각으로 변화하는 세계상황에 기인할 것이다. 현대는 고대나 중세와 달리 변화를 본질로 한다. 급변하는 세계 속에서 불변하는 영원한 실체에의 추구는 유지되기 힘들다. 하루가 다르게 변하는 세계는 영원성과 동일성에 대한 사유를 붕괴시킨다. 현대가 '사건'을 의미있게 보는 것은 이와 같은 시대적 요인에서 비롯한다.

우리에게 현대 철학은 흔히 포스트구조주의로 알려져 있는 철학 경향을 가리킨다. 푸코, 라캉, 들뢰즈, 데리다 등의 철학이 그것이다. 포스트구조주의는 구조주의에 기반하되 구조주의의 정태성을 극복하며 등장한다. 세계가 내재적 요소들의 관계에 의한 안정되고 잘 짜여진 체계에 해당한다는 구조주의적 관점에 대해 포스트구조주의는 구조 밖의 외적 요소, 예컨대 욕망과 카오스, 엔트로피와 같은 무한 지대를 상정함으로써 구조의 변화 가능성에 대해 말한다. 포스트구조주의가 기성의 체제를 균열시키는 혁명의 철학이기도 한 것도 이와 관련된다. 즉 포스트구조주의는 기존의 완결된 담론의 권위를 붕괴시키고 새로운 담론을 탄생시키는 배경이 된다. 이러한 포스트구조주의의 영향으로 우리 시단에 새로운 언어에 의한 담론의 혁명을 도모하는 경향이 확산되었던 것은 주지의 사실이다. 흔히 해체주의로 알려진 시단의 새로운 경향은 이러한 현대 철학이 낳은 시의 뚜렷한 흐름이다.

현대 철학은 그러나 파괴적 시학만을 야기시킨 것은 아니다. 현대 철학이 영향을 미친 것은 시단에만 국한되지 않는다. 그것은 시의 경계를 떠나 우리 문화 전반에 영향을 미치게 된다. 그것은 이성이나 실체 등 동일하고 불변하는 것을 부정하는 문화 전반의 것과 관련된다. 가령 이성보다는 감성을 중시하는 것이나 현실보다는 환각이나 환상을 추구하는 문화적 경향들이야말로 해체시보다 더욱 중요한 현대 철학의 영향이라 할 수 있다. 가까운 예로 한류 열풍도 이와 같은 관점에서 이해될 수 있다. 한국 드라마로 촉발된 한류에 대한 관심은 곧 감성적 문화에의 경도를 의미하기 때문이다. 오늘날 판타지가 지배적 장르가 된 것 역시 확고불변의 실체가 아닌 변화와 '사건'이 시대적 인자가 된 점에서 비롯한다. 판타지는 곧 일시적이고 덧없는 것을 중시하는 '사건 중심 시대의 대표적인 장르인 셈이다.

현대 철학의 광범위한 영향에 대한 인식은 우리 시단의 흐름을 보다 폭넓게 이해하는 데 긴요하다. 문화의 전 영역에 걸쳐 나타났던 감성적 경향은 시단에서 시의 서정성에 대한 전폭적인 옹호로 이어졌기 때문이다. 시의 해체주의가 등장했던 시기와 거의 동시에 서정시가 주목받게 되었던 것은 우연이 아니다. 그것은 단지 기존의 현실주의라든가 해체주의에 대한 반작용에서 비롯된 것이라기보다 시대성을 띠는 것이었다. 서정주의로까지 번져갔던 서정시의 재등장은 붕괴된 이성의 빈 지대를 대체하였던 감성적 시대 경향의 반영에 해당하였다. 문학의 몰락을 예고하던 시기에 시가 의외의 비대화를 보였던 것도 이러한 시대성에 기인한다. 요컨대 20세기 말 동시에 등장했던 해체시와 서정시는 서로 상반되는 면면들을 보였음에도 불구하고 이성의 붕괴에 의해 야기되었던 동전의 양면이자 탈현대 시기의 이란성 쌍생아에 다름 아니라는 것을 알 수 있다.

2. 해체시와 서정시의 분화와 만남

작금의 시단은 대체로 해체시와 서정시로 양분되어 있다고 해도 크게 틀리지 않다. 이들은 현실주의 경향으로 대변되던 거대담론의 붕괴 이후 나타났던 미시담론의 두 가지 경향이라 볼 수 있다. 이 두 경향은 시단에서 종종 극단적으로 대립하는 양상을 보이기도 하는 것이 사실이다. 현실주의 경향에 대한 부정에 의해 동시적으로 정립된 것임에도 불구하고 이들 사이의 갈등과 대립은 문단에서 적지 않게 불거졌다. 해체시와 서정시의 이 두 경향을 가르는 기준은 흔히 난해성의 여부, 전위성의 여부, 실험성의 여부 등인데, 이러한 기준에 미치지 못한다는 이유로 서정시는 고루하고 고답적이라는 평가를 피해가지 못했다.

그러나 이러한 평가는 초점이 제대로 놓이지 못한 것이다. 오늘날 서정시는 비록 표면적으로는 전통적 서정시의 양태를 보이지만 발생의 맥락에서 볼 때 현대성의 범주에서 고려되어야 하기 때문이다. 현대의 서정시는 물론 과거로부터 면면히 이어져 내려오던 정통 서정시임은 분명하지만 그와 함께 새로운 시대의 결과물이라는 또 다른 맥락을 지니는 것이다. 오늘날의 서정시가 서정주의 운동(movement)에 의해 비롯된 것이라는 점도 이와 관련된다. 오늘의 서정시는 단순한 음풍농월의 시가 아니라 전 시대의 의식이 노정했던 한계와 모순과 대결하면서 발생한 정신의 소산임을 간과해선 안 된다.

더욱이 해체시와 서정시를 가름했던 난해성, 전위성, 실험성 등의 기준 역시 해체시에 귀속되는 성질일 뿐 두 경향의 시를 구분하는 객관적인 지표는 될 수 없다. 이들은 다분히 해체시를 옹호하기 위한 편파적 기준으로 작용해온 것임을 알 수 있다. 가령 '난해성'이란 그 원인이 어디에 있는가? '난해성'은 단지 시적 표현 양태일 뿐이므로 시의 가치로

불확정성의 시학

서 적용될 수 없다. '전위성'과 '실험성' 또한 새로움과 도전성을 가리키는 것이라면 그것은 해체시에만 해당되는 속성이 아니다. 모든 치열한 시는 정신의 새로운 지대를 개척하는 사명으로 탄생하기 때문이다. '전위성'과 '실험성'이 극단적 언어 표현을 뜻하는 것이라면 그 역시 시의 표현 양태일 뿐 시의 가치로서 확대 평가될 수 없다. 이러한 점들은 해체시와 서정시를 구분하는 객관적이고 공정한 기준이 요구된다는 사실을 말해준다. 다시 말해 해체시만이 시대성을 지닌 것이라거나 실험적인 것이라는 생각은 편견에 불과하다.

일시적이고 덧없는 것, 변화하고 소멸하는 것을 중심으로 하는 현대의 의식이 이성의 해체와 감성의 옹호로 전개된다면 그렇다면 해체시는 단지 파괴적 국면으로만, 서정시는 단지 감정상의 국면으로만 그 성질을 드러내는 것인가? 그것들은 파괴를 위한 파괴와 감정을 위한 감정에 머무는 것인가? 만일 그러하다면 현대의 시들은 매너리즘과 소박한 낭만주의에서 벗어나지 못할 것이다. 현대의 시들이 추구해야 할 정신의 새로운 방향은 무엇인가? 해체적 언어로 일관되게 실험적 시를 추구해왔던 이승훈 시인은 우리에게 현대시의 의미와 근거에 대해 생각토록 해준다.

나는 지금 시론을 쓰는 심정으로 이 시를 쓴다 언어도 버리자 언어는 존재의 집이 아니라 존재의 짐이므로 집도 버리고 짐도 버리고 산도 버리고 거리도 버리고 저 거울도 버리고 나는 그동안 대상을 버린 시를 썼다 비대상은 억압, 충동, 욕망의 구토였다 구토는 지루함이 억압들을 펼쳐 보이는 하얀 식탁보가 아니고 욕망의 전환이 아니다 그건 내가 길들여진 야수적인 고통 나는 타자의 욕망을 상상하기 때문에 이 고통을 견딘다 그러므로 토할 때 나는 다른 누구이고 길을 잃고 헤매지만 헤맴, 방황, 유랑이 희열이고 쾌락이고 주이상스다 그러므로 나도 버리자 나도 버리고 나도 버리고 남는 건 언어 이 황량

한 언어 언어가 나이므로 언어도 버리자 언어도 버리고 언어도 버리고 시를
써야 한다 언어를 버리는 심정으로! 이런 심정도 없는 심정으로 [1]

　　　　　　　　　　　　　　　　　　— 이승훈, 「언어도 버리자」 전문

　일찍이 '비대상의 시론'을 정립하고 초현실주의적 시를 써왔으며 오
늘날 해체시의 논리적 토대를 제공하고 있는 이승훈 시인은 위의 시에
서 자신의 전위적 시들이 단순히 파괴와 해체에 의해 쓰여지는 것이 아
니라 그 무엇을 향한 치열한 자의식에 의해 이루어지는 것임을 보여주
고 있다. 대상을 버림으로써 재현을 부정하고 나아가 언어를 버림으로
써 구조를 부정하는 위 시의 전언은 이성이라는 전제 자체를 무화시킨
다는 점에서 현대적 사유의 정점에 이르고 있다. 위 시의 화자는 이성은
물론이고 '나'라는 존재 역시 '버릴' 것을 주장하거니와 시에서 부정되는
것은 견고한 모든 것이다. 무게와 형태를 지니고 있는 세계의 모든 것은
어떠한 권위도 권리도 얻지 못한다. '집'도 '짐'도, '거울'도, 인간이 자신
의 존재의 확고함을 위해 손에 쥐려 하는 것들, 그리고 인간에 의해 '길
들여진' 어떤 것도 '버림'의 대상이 된다.
　견고하고 확고한 모든 것을 '버린' 자아에게 남는 것은 휘청거림일 뿐
이다. 시의 화자는 그러한 자신이 '다른 누구'이고 '길을 잃고 헤매'는 자
라 말한다. '헤맴, 방황, 유랑'만이 자아에게 남게 되는 것이다. 자아라고
믿는 익숙한 모습을 '버리고' 낯선 자아의 모습은 대면하는 일이란 고통
스런 일이 아닐 수 없다. 이때의 자아는 타자의 자아일 뿐이고 환각이자
환상의 그것이기 때문이다. 그러나 세계에 환각이자 환상이 아닌 것이
과연 무엇이 있는가. 타자가 아닌 자아란 허구일 따름이다. 시간에 둘러

불확정성의 시학

1　이하 시는 이승훈 시인의 선집 『이 시대의 시쓰기』(시인생각, 2013)에서 인용.

싸인 인간에게 견고한 것은 모두 허상일 뿐이다. 현대의 모든 것은 일시적이고 덧없는 것에 해당하기 때문이다.

여기에서 확인할 수 있듯 시인은 이성을 부정하고 환상과 마주하고 있거니와 이러한 시인의 관점은 인간이 놓인 시간성의 조건을 통찰하면서 이루어진 현대적인 사유라 할 수 있다. '시론을 쓰는 심정으로 이 시를 쓰는' 시인에게 시에 나타나 있는 '버림'의 행위는 불변하는 것이라 여겼던 인간의 모든 상징체계들을 부정하는 자각적이고 도전적인 태도다. 위 시의 시를 통해 우리는 곧 해체시의 논리적 근거의 일단을 확인하게 된다.

한편 시에서 '언어'를 부정하는 장면은 소위 해체시의 양상을 보여주는 것이지만 시인은 이때의 '언어'를 단지 '표현이자 스타일'이라고 함으로써 '언어파괴'의 의미가 무엇인지에 관한 균형 있는 관점을 우리에게 제공하고 있다.

시는 형태이고 형식이고 스타일이다 40년 넘게 시를 써온 나는 그동안 시를 쓴 게 아니라 형태와 싸운 거야 등단 시절엔 연 구분 있는 시를 쓰고 싫증이 나 그 후 산문 형태를 시도하고 산문 형태도 지겨워 이른바 단련 형태를 시도했지 물론 이 형태도 지겨워 단련 형태이면서 시행이 가늘고 긴 형태도 시도하고 이런 형태도 다시 지겹고 그래서 이번엔 변형된 산문 형태를 시도하고 도모하고 기획하고 기도하고 무릎 꿇고 아멘! 하고 비 오는 저녁 의자에서 일어나 방황하고 떠돌고 그러다 또 지치면 이젠 정사각형 형태다 정사각형은 죽음을 상징하지 다음엔 직사각형 형태 그것도 지치면 산문 속에 정사각형을 넣어도 보고 토막글을 넣어도 보고 그러면서 40년이 간 거야 내 친구들은 언제나 같은 형태의 시를 쓰지만 나는 왜 이렇게 형태 앞에서 형태를 보면서 형태 속에서 형태와 싸우며 형태를 끌어안고 뒹굴고 헤매야 하는가?

— 이승훈, 「나를 쳐라」 부분

다분히 무의식적 충동에 의해 이루어지고 있는 위 시의 호흡을 통해 우리는 해체시의 한 양상을 본다. 위의 시는 언어유희의 형태를 보여주고 있거니와 이것은 충동의 에너지를 끌어들임으로써 시의 안정된 구조를 파괴하는 해체시의 전형적인 면모에 해당한다고 할 수 있다. 이러한 해체시가 견고한 이성을 부정하는 현대적 담론의 한가운데에 위치한다는 것은 물론이다. 그러나 위의 시에서 말하고 있듯 해체시는 현대적 담론이기 이전에 '형태이고 형식이고 스타일'에서의 차이이기도 하다. 그것은 동시대의 공통된 사유에 기반하여 발생한 시의 특수한 형태에 해당하는 것이다. 해체시는 '형태와 싸운' 결과로 나타난 하나의 스타일이다. 즉 시인이 추구하였던 '해체시'는 형태에의 부단한 도전과 실험의 결과로 나타난 것이자 정형화된 시적 형태에 대한 거듭되는 위반으로 형성된 것이다.

이 점은 현대의 시적 담론 가운데에서 서정시와 대비되는 것으로서의 해체시의 위상을 말해주는 대목이 된다. 해체시와 서정시는 공동으로 현대를 대변하는 담론들로서 이 둘 사이의 차이는 양식의 차원에서 이루어지는 표면적인 것일 뿐 어쩌면 두 시의 거리는 그리 크지 않을 수 있다는 점이다. 실제로 그 시적 출발과 마지막이 '버림'에 있는 시인의 시들은 해체시와 서정시의 간극이 화해할 수 없는 것이 아님을 암시해주고 있다. 시인은 기존의 모든 형태를 '버리'면서 시를 썼던 동시에 존재하는 모든 대상을 '버리'면서 시를 썼던바, 이러한 태도는 그의 해체시가 놓이는 맥락이 형태와 인식 양 계열 속에 놓이는 것임을 말해줌으로써 고도의 정신을 지향하는 서정시와의 만남의 가능성을 열어두고 있다.

'버림'을 통해 시를 써나갔던 이승훈 시인에게 시는 모든 것을 비운 '제로 상태'에서의 '제로를 향한 글쓰기'(「시」)에 해당하는 것으로서, 결국 그는 평생 동안 이를 위한 치열한 자의식을 통해 시의 개념을 정립하고자 하였음을 알 수 있다. 그가 자신의 시를 가리켜 '영도(零度)의 글쓰기'라 칭한 것도 이와 관련되는 것일 텐데, 이러한 시인의 태도란 실상 동양의 무위(비움)의 사유와 크게 다른 것이 아니다. 인위적이고 형태화된 모든 것들, 심지어 자아마저도 비워내는 무위의 사상은 존재를 무로 환원시킴으로써 우주로 귀속시키고자 하였던 동양의 전형적인 사유에 해당하는 우리에게 매우 친숙한 것이다. 이는 해체시가 보여주는 파괴와 '버림'이란 무위로 향해 있는 것인 까닭에 결국 해체시와 서정시가 현대적 사유의 장 안에서 그리 멀리 떨어져 있는 것이 아님을 말해준다.

3. 그 이후의 시

이성 중심의 거대담론을 대체하며 등장한 해체시와 서정시가 공통 감각의 기반 위에 성립된 시대의 서로 다른 형태들이라면, 따라서 두 양태의 간극이 그리 큰 것이 아니라면 우리의 의식이 추구할 수 있는 지평은 어디에 있을까. 해체와 비움이 동일한 내포의 서로 다른 외연이라면 이는 현대가 다다른 진전된 통찰의 지점이 아닐 수 없다. 이는 모두 '시간성'을 범주화한 새로운 현대적 인식에 해당하는 것이다. 우리가 새로운 인식의 지평을 구하는 것도 이러한 맥락에서이다. 그것은 곧 '시간성'을 어떻게 다루는가에 있다. 가령 '사건'이 현대의 주요 인식소가 된 것이 '시간'의 개입에 의한 것이듯 '시간성'은 세계를 구현하는 조건이 된다는 것을 알 수 있는바, 이를 통해 우리는 현대를 이해할 수 있을 뿐만 아니라 미래를 재구성하는 조건으로 삼을 수 있다는 것이다. 가령 우리가 일시적이고 덧없이 스쳐 지나가는 현대의 시간 너머로 또 다른 우주적 시간을 상상해본다면 그것이야말로 현실에 대한 미래적 구성과 관련된 것이 아닐까. 그것이 무엇이 되었든 세계에 대한 깊은 통찰을 통해 미래를

열어가는 것이야말로 모든 시가 짊어져야 할 공동의 역할이자 임무라
할 수 있다.

제2부

현장시 리뷰

산포된 세계 속에 피어나는 말의 로고스

소위 해체주의라 하는 21세기 시에 등장한 새로운 스타일은 단순히 한 시절 유행하는 기법이나 사조가 아니라 시대의 문법이자 패러다임이라 할 수 있다. 그것은 새로운 세기의 인식의 틀, 곧 21세기의 에피스테메(episteme)다. 때문에 그것은 비단 전위적 스타일의 시에서만 발견되는 것이 아니라 동시대의 모든 문화 속에 인식의 소(素)로서 내장되어 있다고 말할 수 있다. 해체주의는 시의 문법을 전폭적으로 변화시켰지만 그것은 시에만 국한된 것이 아닌, 동시대인의 인식의 체계를 변환시킨 것이다. 즉 해체주의는 시대를 관통하는 새롭고도 보편적인 인식체계다. 초월적 기의나 기원에 관한 회의, 경계의 무화와 위반의 범례들은 21세기라는 새로운 시대의 전문화적(全文化的) 지향이자 근거였다. 21세기 문화의 저변에는 그러한 인식의 새로운 패러다임이 동력처럼 작용하는 것이리라.

때문에 우리는 전위적 스타일의 난해시에서부터 가장 고전적인 서정시에 이르기까지 인식에 관한 해체의 '소(素)'들이 공통적으로 내재되어 있음을 확인할 수 있다. 현전에 대한 의심과 부정, 동일자에 대한 회의와 불안, 타자에 의한 틈입과 경계의 전복 등의 해체적 인식은 전위시만의 전유물이 아니라 동시대의 보다 진전되고 심화된 세계 이해인 것이다. 해체의 인식소는 세계관의 변혁과 심화된 진리를 향한 일 계기이다.

김언의 시는 주어진 것의 근원에 대해 질문하며 그것의 동일성에 대해 회의하는 인식적 측면을 우리에게 보여주고 있다.

나도 변했지만 상황도 변했다. 겨우 두 사람의 문제가 아니다. 겨우 두 사람의 대화도 아니다. 어쩌면 몇 만 년. 어쩌면 엄청나게 큰 결함 앞에서

기진맥진하는 자가 나를 만들었다. 그는 정말로 나를 다른 사람으로 만들었다. 그리고 작별을 고한다. 그가 안녕, 하고 처음 들어왔을 때처럼

나의 일부를 떼어 만든 얼굴은 이렇게도 크고 이렇게 느닷없다. 전과 다름없이 공백을 만들고 있다. 전과 다름없이

둘러앉아 한 사람씩 고백한다. 가운데는 항상 비어 있다. 중독자들일수록 크고 깊은 원을 만든다. 정확히 한곳을 향해서 말한다. 거기가 어딘가? 당신의 일부가 올라오는 곳. 당신의 전부가 잠겨 있는 곳. 익사하지 않기 위해서 말은 올라온다. 어떤 표정의 얼굴이 솟구쳐 올라오더라도 그건 내 얼굴이 아니다.

조용히 입만 열어놓고 있다. 이 말이 어디서 어떻게 올라왔는지 당신은 아는가? 나는 모른다. 익사하지 않기 위해서 한 사람씩 귀를 닫고 있다. 아무도 듣지 않는 것처럼

고백하고 있다. 마치 고백을 받는 사람처럼 공백은 이렇게도 크고 이렇게도 느닷없다. 전과 다름없이

그곳을 향해 말한다. 맨 밑에서 올라온 말이 혀에 남아 있다. 가운데서 올라온 말도 혀에 남아 있다. 가운데는 깊다. 말할 수 없이. 혹은 냄새도 없이

올라오는 말이 있다. 나는 입을 다물고 있다. 침이 마를 때까지.
—김언, 「혀를 통해서」(『현대시』, 2013. 6월호) 전문

'나'는 누구인가, '나'를 만든 자는 누구이고 그에 의해 만들어진 나의 본질은, 정체성은 무엇인가? '나의 얼굴'은 '나'의 무엇이라 할 수 있는 가? '나'에 관한 질문은 아무런 맥락도 없이 피어나서 무성한 더미처럼 혹은 스멀거리는 안개의 가닥들처럼 무한한 연쇄를 이룬다. 의문은 바닥도 방향도 없이 증폭된다. 지금 이 순간 느닷없이 솟구친 '나'에 관한 의문은 그런데 '지금 여기'의 범주를 넘어서는 모호함을 지닌다. 그것을 무게라고 해야 할까, 혹은 음험함이라 해야 하는가? 어디로부터 연원하며 의문의 성질이 무엇인지 알 수 없음은 순간 '나'를 휘청이게 한다. 마치 둔중한 무엇에 얻어맞은 사람처럼 '나'는 무한한 생각의 중력 속으로 끝없이 끌려 들어간다. 이 낯설음은 '겨우 두 사람의 문제가 아니다'. '겨우 두 사람의 대화도 아니다'. 그것은 '어쩌면 몇 만 년. 엄청나게 큰' 무엇이 작동한 결과가 아닐까.

지금 여기에서 '나'를 강타하여 '나'를 뒤흔들고 있는 혼란은 '내'가 납득할 수 있는 동일자의 영역을 벗어난다. 그것은 '내'가 짐작할 수도 기억할 수도 없는 머나먼 시공, 감당할 수 없는 무한한 질량의 그것이다. 그것은 '나'를 벗어난 타자의 영역의 것이다. '기진맥진하는 자가 나를 만들었다. 그는 정말로 나를 다른 사람으로 만들었다'는 '나'의 동일성에 대해 회의하는 시적 자아의 혼란에 찬 진술이다.

시적 자아는 지금 겪는 '나'의 타자성이 그 누군가에 의해 계산되지 않은 채 만들어진 요령부득하고 무책임한 것이라 여긴다. 만일 조물주가

있어 그가 '나'를 만든 것이라면 조물주란 '안녕, 하고' 왔다가 사라지는 '느닷없는' 자이다. 따라서 '나'의 실존 역시 시작도 끝도 없이 만들어진 '느닷없는' 것이라 할 수 있다. 시적 자아는 '나의 일부를 떼어 만든 얼굴'이 '이렇게도 크고 이렇게 느닷없다'고 말한다. '나의 얼굴'은 윤곽이 흐려지고 '나'는 없다. '몇 만 년. 엄청난' 시공에 드리운 타자의 '느닷없는' 출현으로 '나'의 동일자에 대한 질문들은 '내' 주위에서 소용돌이친다. 이것은 시적 자아의 말대로 '전과 다름없이 공백을 만든다'.

실존의 타자성에 의한 이와 같은 둔중한 혼돈은 '나'만의 문제가 아니다. 그것은 모든 인간의 실존의 조건이리라. 모든 인간이 자신의 내부에 동일자를 위협하는 타자성을 깊고도 거대하게 내장하고 있는 것이다. '나'란 동일자와 타자로 무분별하게 구성된 혼합물에 해당한다. 어떤 인간도 타자가 빨아들이는 중력의 힘으로부터 자유롭지 못하다. 이와 관련하여 시인은 '가운데는 항상 비어 있다'고 말한다. '중독자들일수록 크고 깊은 원을 만든다'는 것은 시공의 근원을 알 수 없는 둔중한 타자의 무게와 밀도를 말하는 것이리라. '거기가 어딘가?' '당신의 일부가 올라오는 곳. 당신의 전부가 잠겨 있는 곳' 그것이 무엇인가?

이 알 수 없는 지대의, '어쩌면 몇 만 년. 엄청나게 큰' 시공일 수도 있는 타자성을 헤아리는 일은 '나'를 더 큰 두려움과 혼란에 빠트릴 것이다. 그러나 이에 대한 인식을 회피할 수 없다는 데에 시인의 고독과 운명이 있다. 이에 대해 무지할 때 타자의 중력은 무한한 힘으로 인간을 끌어당길 것이기 때문이다. 인간은 '익사할 것이다'.

짐작건대 시인에게 시는 곧 이러한 인간의 조건과 직결된 채 탄생하는 것이리라. 시인의 시는 인간에 내재하는 타자성에 대한 인식과 명명의 과정들이 아닐까. 즉 그녀에게 '말은 익사하지 않기 위해서 올라오는' 것, 즉 음험한 타자의 중력으로 휘청일 때 '나'의 '있음'을 증명하기 위해 벌이는 투쟁의 표현이리라. 말하자면 '시'는 타자성과 동일성이 한데 뒤엉킨 한가운데서 중심을 잡기 위해 토해내는 실존의 고백이다. 그것이 타자의 음험한 깊이 속에서 그것의 무게와 겨루며 발화되는 것, 곧 '맨 밑에서 올라온' 것인 까닭도 여기에 있다.

　신용목의 시는 인간의 조건과 시의 발생에 관한 위와 유사한 양태를 우리에게 보여준다.

　머리, 말의 무덤 가슴
　추억의 무덤
　거기
　바람이 지나간다 나는 버리고 왔다 그날 꽃 위에 포개졌던 붉은 입술과
　혀와
　입 속의 푸른 풀밭처럼 펼쳐졌던 이야기들,
　시체들은 사라져
　문장을 얻네 밑줄을 긋는다 그리고 덮었을 때
　텅 빈 관을 품은 봉분,
　밑줄만 남고
　사라진 문장처럼
　나는 버리러 간다 허공을 까맣게 메우며 떠가는 관짝들의 바람 칸칸이
　모두 비어 있는,
　목소리

— 신용목, 「뚫린 묘지」(『시산맥』, 2013. 여름호) 전문

인간에게서 생산되는 말들, 생각들은 어디까지가 진짜일까? 진실과 거짓을 가름하는 기준은 무엇인가? 인간의 활동들 중 우리는 어떤 것을 가치 있는 것이라고 말할 수 있는가? 가령 경제적 가치로 환산 가능한

것, 대중의 호응을 얻는 것, 오래도록 보존되는 것? 인간의 활동에 의해
산출된 것 가운데 그중 의미 있게 보존해야 하는 것의 기준은 무엇인가
하는 점이다. 이 알 수 없는 지경은 인간의 삶이 곧 무의미와 혼란의 끝
없는 지속과 연쇄로 이루어지는 것임을 방증하는 것이다. 굳이 진리란
다름 아닌 동시대의 약속이고 과학의 진보는 패러다임의 전환에 의해서
이룩된다고 하는 명제를 떠올리지 않더라도 모든 진리는 상대적이다.

과학적 진실이 그러할진대 일상의 소소한 사실들 역시 이러한 상대성
으로부터 벗어나지 못할 터이다. 즉 가치 있거나 의미 있게 기억되는 것
은 모두 주관적이고 상대적인 범주의 그것이다. 인간은 그저 들리는 것
을 들을 수 있을 뿐이고 말할 수 있는 것을 말할 뿐이며 경험된 것을 간
직하며 살 뿐이다. 인간이란 곧 체험된 무엇의 총체일 뿐 그 이상도 이
하도 아니다. 시인은 그것을 '귀, 소리의 무덤/머리, 말의 무덤 가슴/추
억의 무덤'으로 표현한다. '귀'는 '소리'의 더미이자 '머리'는 '말'의 더미
이고 '가슴'은 '추억'의 더미이다. 소리와 말과 추억들은 모두 인간 몸의
각기 감각의 구멍 속에 축적된다. 바꾸어 말하면 인간이란 곧 감각된 체
험의 더미이자 말과 소리와 추억의 축적물인 셈이다.

그중 사라지는 것과 기억되는 것, 소멸하는 것과 보존되는 것을 가르
는 것과 관련해 '바람'의 은유를 떠올릴 수도 있겠다. 주체의 자각적 '버
림'도 가능할 것이다. 예컨대 '바람이 지나가'거나 '나'의 의식적인 '버리
기'에 의해 심지어 '그날 꽃 위에 포개졌던 붉은 입술과 혀와 입속의 푸
른 풀밭처럼 펼쳐졌던 이야기들'까지도 '시체처럼 사라질' 것이다. 시인
의 이러한 진술은 그러나 아름다운 기억 또한 결국 상대성의 범주에 드
는 것임을 증명하는 일에 다름 아니다. 말하자면 아름다운 기억조차 인
간의 능동성과 하등 관련 없는 것, 인간의 구멍 속에 내장되는 그것은
바람에 쓸리거나 버려지거나 간에 그와 상관없이 기억되거나 기억되지

않는다. 그것들은 어느 날 느닷없이 떠오르거나 혹은 아무런 것도 아니게 흘러가버릴 것이기 때문이다.

인간에 관한 이러한 인식은 허무하지 않을 수 없다. 인간에게 남는 것은 무엇인가? 시인에게 시는 이러한 허무한 조건 가운데서 피워내는 선명한 '문장'에 해당할 것이다. 시 속 자아는 '문장을 얻네 밑줄을 긋는다'고 말한다. 시적 자아는 곧 사라지거나 떠오를 기억을 '문장'으로 기록한다. 또한 그것에 대한 주인됨을 위해 '밑줄을 긋는다'. 그러나 거대한 공허와 같은 인간의 조건을 덮을 수 있는 것은 없다. '밑줄만 남고 문장은 사라'지는 것도 그 때문이다. '텅 빈 관을 품은 봉분'이라는 표현은 '공허한 더미'라 할 수 있는 인간 조건에 관한 어두운 묘사에 해당한다.

이수익이 찾아가는 '다락방'은 이러한 상대성의 그물망으로부터 벗어날 수 없는 인간의 공허한 조건과 관련되는 것이 아닐까 한다.

> 혼자만의 공기를 쉼 없이 들이킬 수
> 있는, 마디마디 뼛속을 깨끗하게 비울 수
> 있는, 타인들을 멀리하고 오로지 자신만을 정면으로 바라볼 수
> 있는
>
> 바로 그런 곳
> 그런 자리
> 그런 분위기
> 속으로
>
> 나를 눕히고 싶어
> 아무도 쉽게 문을 열어주지 않는
> 텅 빈 고요만이 물결치는 숨겨진 조그만 방,
> 그 다락방의 은밀한 초대에

가득히 누워

온전하게 나는
새로워지고 싶어.
떠오르는 비행기처럼 나는 훨훨 날아갈 거야,
그리고 다시는 돌아오지 않을 거야, 행복한 사탕을 오래오래
빨면서, 머나먼 우주의 끝을 따라 날 거야.

다락방, 언제라도 나를
눕히고 싶은
환상의 그곳.

— 이수익, 「다락방」(『현대시학』, 2013. 6월호) 전문

'혼자만의 공기를 쉼 없이 들이킬 수 있는, 마디마디 뼛속을 깨끗하게 비울 수 있는', '오로지 자신만을 정면으로 바라볼 수 있는' '그런 곳'에 대한 열망은 자기동일성을 확인하고 싶은 자아의 욕구를 보여주는 것이다. 그것은 타자에 의해 혼란을 겪지 않으며 오로지 명징한 의식 안에 있기를 소망하는 것에 해당한다. 또한 '마디마디 뼛속을 깨끗하게 비우'고자 하는 것은 자아 안에 음험하게 도사리는 타자의 공백이라든가 감각의 구멍 속에 내장되는 어떠한 경험이나 기억들도 부정하는 것이다. 위 시의 시적 자아에게 '그런 곳'은 인간의 모든 상대성으로부터 자유로운 절대적 공간, 오직 순수로만 채워지는 절대의 경지에 해당한다.

시적 자아에게 '그런 곳'을 향한 열망은 매우 강렬하다. '그곳'은 시적 자아의 유토피아에 다름 아니다. '그곳'에서 비로소 자아는 온전히 '나'이자 자유를 느낄 수 있으며 '새로워진'다. '그곳'이란 오직 생명이 물결치듯 흐르는 곳으로 정화와 창조가 이루어지는 곳이다. 그곳은 곧 절대

의 시공이 아닐 수 없다. '그런 곳'이란 짐작건대 시인에게 진정한 행복
이 펼쳐지는 곳, 시적 창조가 이루어지는 시공이 아니겠는가.

그러나 '그런 곳'이 일상의 인간에게 쉽게 허용되는 것일까. 그렇지 않
다는 것은 시에 나타나 있는 반복되는 열망의 표현이 역설적으로 말해
준다. 현실에서의 부재함이 거듭되는 강한 열망을 낳는다. '그런 곳'이
란 '아무도 쉽게 문을 열어주지 않는' 곳이다. '다락방'이라는 상징을 얻
는 그곳은 '머나먼 우주의 끝'에 놓인 것이다. 그것은 '환상의 그곳'이다.
시인에 의해 자아동일성의 경지란 '환상'과, 있지 않는 곳이라는 의미의
'유토피아'의 의미망 속에 놓이게 된다. 인간 중 어느 누구도 그러한 경
지에 도달하지 못한다. 다만 인간은 꿈꿀 뿐이다. 동일성이라는 절대 순
수의 경지는 단지 인간의 꿈이자 소망의 표현에 해당할 뿐 실재하는 것
이 아니다. 타자와의 혼합물인 인간은 상대성의 조건 속에서 절대를 향
한 끊임없는 투쟁을 벌인다. 인간은 그러한 타자와 동일자 사이의 긴장
과 상대성과 절대성 사이의 장력의 소용돌이 속에서 아슬아슬하게 줄타
기를 하고 있는 존재라 할 수 있다.

박혜연은 인간의 이러한 조건을 '생명성'을 통해 극복하고자 한다. 타
자에 의한 휘청임, 불순한 기억들, 타자로 인한 혼돈과 억압은 생명에의
드라이브를 통해 유일하고도 온전하게 넘어설 수 있다. 그리고 그러한
생명에의 의지 한가운데에 '말'이 놓여 있다.

나의 말이 너의 귓가에 찬란히 쏟아지는 새의 목소리라면 처음 말을 배우
던 시원의 아침을 새기는 뼈로 일어설 것이다. 하늘과 땅의 모든 목소리가 되
어줄 고운 말의 꿈과 가슴에 돋아날 이름들을 헤아리며 새벽별을 바라보던
어린 눈동자는 쉰 소리를 내는 도시의 뒤편에서 콜록이며 칠판을 두드리고
있다.

백묵 가루 하얗게 날리는 칠판 앞에 줄줄이 세워진 말은 제각각 걸어온 모양대로 흩날리다가 오늘 아침 맑은 해장국에 목청을 가다듬고 있다. 마음에 품은 말이 그대로 기도가 되지 못하고 굳건했던 약속의 말도 자고나면 물거품이 되는 지층 위의 소리 소리들, 나의 목소리는 또 어디에서 방황하고 있을까.

너를 새기고 싶어, 소리치던 목소리는 어디로 흘러 가 있을까. 그 목소리에 놀라 벌떡 일어서던 밤, 괜찮다 괜찮다 등을 두드리던 목소리는 지금 어느 강을 건너고 있을까. 그 어떤 소리도 갖지 못한 채 후두염을 앓는 계절.

첫 울음처럼 모든 말은 존재를 깨우는가. 살갗에서 일어서는 선명한 금, 춤을 추듯 그 금은 아름다운 문양의 집을 만든다. 있어도 없고 없어도 있는 것들에게 날개의 문패를 달아주고 싶어. 처음 나를 호명하던 그 떨림의 목소리를 기억하는 아침, 뼈 마디마디에서 너를 부르는 징소리가 울리기 시작한다. 말의 척추들이 기지개를 켠다.

—박혜연, 「갑골문자」(『리토피아』, 2013. 여름호) 전문

'말'은 김언의 경우처럼 공백의 중력 속에 익사하지 않기 위한 동아줄이자, 신용목의 경우처럼 상대성의 미궁 속으로 잠겨버리는 인간의 한계를 보완해주는 기제에 해당한다. 또한 '말'은 이수익의 경우처럼 창조를 경험하는 절대 순수의 시공성과도 관련된다. 그처럼 '말'은 인간에게 주어진 또 하나의 조건이자 구원의 매개이기도 하다. 문제는 진정한 구원에로 이르기 위한 그것의 성질이 무엇인가에 있다. 김언 시인이 그것을 '혀에 달라붙은, 맨 밑에서 올라오는 말'이라고 했고 신용목 시인이 허무의식 가운데 '밑줄까지 그은 문장'이라 했다면 박혜연 시인의 경우 그것은 '너의 귓가에 찬란히 쏟아지는 새의 목소리'이자 '처음 말을 배우던 시원의 아침을 새기는 뼈'에 해당한다. 그것은 타인에게 도달하기를 바라는 사랑과 생명의 말에 해당한다.

박혜연의 「갑골문자」는 자신의 시의 말에 관한 내포와 외연을 가득히 풀어내고 있는 시이다. 그녀는 '나의 말'이 '하늘과 땅의 모든 목소리가 되어줄 고운 말'이 되기를 꿈꾼다. 그것은 '가슴에 돋아날 이름들을 헤아리며 새벽별을 바라보던 어린 눈동자'와 포개진다. 그녀는 또한 그것이 '괜찮다 괜찮다 등을 두드리던' 위로의 '목소리'가 되기를 소망한다. 곧 그녀가 꿈꾸는 '말'이란 타인을 토닥이고 위무하는 따뜻하고 푸근한 말이며 아침 공기처럼 신선하고 청정한 말이다. 사랑과 생명의 말이 그것이다. 이러한 말에 관한 시인의 꿈은 풍성하게 피어오른다. 시인은 '모든 말'이 '첫 울음처럼 존재를 깨우기'를, '살갗에 아름다운 문양의 집을 만들기'를, 그리고 '있어도 없고 없어도 있는 것들에게 날개의 문패를 달아주기'를 바란다. 사랑과 생명으로 가득찬 아름다운 말에 대한 시인의 소망은 아름다운 울림을 가져다준다.

그러나 '말'이란 그것이 구원의 기제가 될 수 있을지라도 물론 언제나, 쉽게 가능한 것은 아니다. 만일 그러하다면 시란 무엇이고 투쟁은 무엇이겠는가. 시의 화자는 '마음에 품은 말이 그대로 기도가 되지 못하고 굳건했던 약속의 말도 자고나면 물거품이 된'다고 고백한다. 그는 그것들이 무의미한 '지층 위의 소리 소리들'이 되어 '또 어디에서 방황하고 있을' 것을 염려한다. 그리고 화자는 지금 '그 어떤 소리도 갖지 못한 채 후두염을 앓는'다고 말한다. 일상 가운데서 '말'들은 쉽게 흩어지고 대부분 힘을 잃을 것이다. 많은 노력에도 불구하고 '말'들은 타인에게 도달하지도, 사랑과 생명을 담아내기에도 버거울 것이다. 인간의 '말'은 공백과 공허와 다르지 않은 인간의 조건 깊은 곳으로 역시 인간처럼 익사해 갈 운명의 것이리라.

그러나 이와 같은 불변의 인간 조건에도 불구하고 시인의 목소리에는 건강한 에너지가 실려 있다. 시인에게 공허하게 울리는 '목소리'는 곧 굳은 '말'을 발화하겠다는 의지를 불러일으키는 요건이 된다. 다시 말해 공허한 목소리는 굳은 목소리에 대한 역작용을 일으키는 요소다. '어디론가 흘러가 있을 소리치던 목소리'는 '나'를 '그 목소리에 놀라 벌떡 일어서'게 하는 것이다. 이는 공허함이 채워짐으로 전환될 수 있는 역설적인 힘의 논리를 환기시킨다.

실제로 시의 화자는 '처음 나를 호명하던 그 떨림의 목소리'를 기억으로부터 끌어내고 이를 상황을 역전시키는 힘으로 전환시킨다. 사랑과 생명을 향한 의식적인 노력으로부터 가능한 이것을 시적 화자는 실천적 힘으로 실현한다. 마법 같은 일이 이러한 때에 일어난다. 화자는 마치 '마디마디 뼛속을 깨끗하게 비울 수 있는' '그런 곳'을 꿈꾸던 이수익 시인에게 화답이라도 하듯 '뼈 마디마디에서 너를 부르는 징소리가 울리기 시작한다'고 말한다. '너'에게로 다가가기 위한 사랑과 생명의 '말'은 '나'의 '뼛속을 깨끗이 비우고' '뼈 마디마디에서' 큰 울림으로 살아난다. 그러자 공백과 공허로 웅크려졌던 '말의 척추들이 기지개를 켠다'. '말'이 시원하게 울리면서 공허함을 충만한 생명력으로 채워간다는 것을 여기에서 상상할 수 있다.

이 시대에 '말'은 유희처럼 공허하게 떠도는 기표들일 혐의가 짙을 것이나 또한 '말'은 굳은 맹세처럼 충만한 생명의 것이 되기도 한다. 그 둘 사이를 전환시키고 가름하는 경계에 사랑에의 의지가 있다. 살아 있는 것을 향한 사랑, 생명에의 사랑이라는 관념처럼 들리는 그것은, 그러나 불가능함 속에서 가능한 유일하고도 온전한 것이리라. 위의 시들에서 살펴보았듯 시인들의 '말'은 그것이 살아 있음을 향한 의지라는 점에서 타자의 흔적들로 뒤엉킨 산포된 이 시대에 우리에게 구원의 가능성으로 남아 있게 된다.

불확정성의 시학

존재의 형식으로서의 시간

근대의 합리주의적 시간의식은 시간을 양적 기준으로 환원시킴으로 써 효율성을 위주로 하는 사회 통제를 실현하였다. 양적 개념에 의한 자본주의적 시간의식의 탄생으로 시간은 질적 차별성을 상실한 채 추상화되었고, 이에 따라 근대인들은 규율화된 시간에 종속되는 무미건조하고 억압적인 삶을 살게 되었다. 정해진 시간표에 따른 일상의 반복, 시간량에 따른 노동의 가치 환산, 인위적으로 구획된 시간 시스템 등 규율화된 시간 개념 아래 운영되는 근대는 인간에게 내재하는 자연스런 시간성을 억압하고 인간을 획일적이고 공허한 존재로 전락시키는 기제로 작용하였다. 결국 근대에 이르러 인간은 자연의 원리에 몸을 맡기기보다 자연과 무관한 추상적인 질서에 귀속되어갔다.

근대의 획일적이고 기계적인 시간의식의 탄생은 단지 근대 문명이라는 외연적 특징을 나타내는 것으로 그치는 것이 아니라 인간 삶의 많은 측면에서 부조리들을 양산하였다. 시간 기준으로 노동력이 거래됨으로써 야기되는 인간의 소외와 자기 가치의식의 상실, 강제적 시간표상의 생활에 따른 생체 리듬의 파괴, 기계적 일상의 반복적 실현에 따른 억압적인 생애, 시간의 양적 개념의 강조에 의해 조장되는 진보에 대한 환상 등은 근대의 시간의식이 야기하는 삶의 파괴적 국면들이다. 근대의 추상화된 시간 규율에 의해 인간은 스스로의 본성을 상실하고 규율에 따른 맞춤형 인간이 되어가고 있거니와, 이는 단순히 근대인이 합리적 성격으로 거듭난다는 의미를 지니는 것이 아니라 인간 본성의 상실, 자연스런 인간성의 파괴를 의미하는 것이라 볼 수 있다. 근대의 오류에 찬 시간의식은 인간의 삶에 큰 혼란을 일으켰던 것이다. 오늘날 근대인이 갖게 되는 삶에 대한 공허한 인식은 상당 부분 근대 문명이 조건화시킨 시간의 잘못된 개념에 기인한다. 우리가 근대적 시간의식의 허위성을 말하고 인간 본성의 고유한 시간성을 되살려야 하는 이유도 여기에 있다. 그것은 뚜렷한 이유 없이 근대인이 겪어야 했던 삶의 억압과 폭력과 무의미들을 많은 부분 해소시킬 것이다. 인간의 본래적 시간성은 인간에 내재하는 자연의 리듬을 회복시킬 것인바, 이것은 인간의 자연으로서의 성격을 확인케 하는 것이며 나아가 근대인들로 하여금 생생하게 실존하는 사태를 경험할 수 있도록 할 것이다.

고창수의 「시간」은 인간의 고유한 본성을 형성하는 데 '시간'이 어떤 기능을 하는 것인지, 그리고 인간에게 '시간'이 실제로 무엇인지에 대해 문제 제기하고 있다는 점에서 주목을 요한다.

불확정성의 시학

> 참말로 사람은 시간을 깨닫지 못한다.
> 시간을 견디지 못한다.
> 시간은 사람에게 들리거나 보이지 않는다.
>
> 사람은 시간이
> 이명처럼 귀청을 울려주거나

낯익은 사람처럼
어깨에 손을 얹어주기를 바란다.

시간은 고통처럼
기척도 없이 사람 주위를 서성거리다가
사람의 얼굴에, 살과 뼈에
엄청난 상처를 내기도 한다.
사람의 살과 뼈에서
고통을 떼어낼 수 없듯,
시간을 떼어낼 수 없다.

— 고창수, 「시간(時間)—미란타왕문경을 읽으면서」

(『유심』, 2013. 7월호) 부분

동양과 서양의 시간의식은 매우 다르다. 그것은 동양의 시간의식이 순환론적인 것인 데 비해 서양의 그것이 직선적인 것이라는 점에서 극명하게 드러난다. 서양의 직선적 시간의식은 일차적으로 기독교적 세계관에 기대고 있으며 근대에 들어 더욱 심화되는 반면 농경생활로부터 철학적 기반을 다져왔던 동양의 경우 시간의식은 뿌리 깊이 순환론적 성격을 지니게 되었던 것은 주지의 사실이다. 동양의 시간의식은 자연과 인간을 하나로 보는 데서 비롯되는 것으로, 동양에서는 자연이 영원한 순환적 질서 속에서 존재하는 것과 마찬가지로 인간의 시간 역시 한번 지나가고 마는 일회적이고 직선적인 것이 아니라 영원한 순환 속에 놓여 있다고 여긴다. 인간을 소우주(宇宙)라 보는 동양적 관점에 따르면 '시간'은 인간 존재 자체이고 인간의 존재적 성격을 결정하는 핵심 원인이 된다. 인간은 단지 시간과 공간의 함수일 따름으로 시간과 공간의 질적 성격이 인간의 존재를 규정한다.

인간과 시간에 관한 이러한 인식은 '미란타왕문경을 읽으면서' 쓰여진 위 시의 시적 내용을 이루고 있다. 시간은 추상적인 규범도 질서도 아닌, '고통처럼 기척도 없이 주위를 서성거리다가 사람의 얼굴에, 살과 뼈에 엄청난 상처를 내'는 구체적이고 질적인 것이라는 점이다. 시간은 인간에 의해 대상화될 수도 분석될 수도 없는 것이자 존재하는 인간의 생명 속에 뒤엉켜 녹아 있는 현실적인 실체이다. 때문에 시간은 객관적이라기보다 주관적이고 절대적이라기보다 상대적이다. 시간은 서구인들이 생각하듯 미래를 향해 흐르고 소멸하는 것이 아니라 인간의 '살과 뼈' 속에 감겨듦으로써 영구히 현전한다. 체험은 시간이 인간의 '살과 뼈'를 구성하게 하는 계기인바, 이로써 인간이 형성되고 존재성이 규정된다는 것을 알 수 있다. 위 시의 화자가 '사람의 살과 뼈에서 고통을 떼어낼 수 없듯, 시간을 떼어낼 수 없다'고 말한 것도 이 때문이다.

　물론 시간은 '사람에게 들리거나 보이지 않는다'. '참말로 사람이 깨닫지 못하'는 까닭도 이 때문이다. 그러나 그렇다고 해서 '시간'이란 부재하는 것도 아니며, 오직 추상적인 사유의 영역 속에만 있는 것도 아니다. '시간을 견디지 못한다'는 진술은 '시간'이 감각적 체험의 영역에 있음을 시사한다. 역시 '시간이 이명처럼 귀청을 울려주거나', '어깨에 손을 얹어주기를 바란다'는 진술은 '시간'의 감각적 체험의 어려움을 암시한다. 그러나 이것이 시간의 추상성을 주장하는 근거는 될 수 없다. 인간의 '기억'이란 관념의 물질성에 대한 증거이며 이는 시간의 지속성을 의미한다고 한 베르그송의 말과도 관련된다. 시간은 구체적인 것이고 감각적으로 체험되는 것이다. 또한 시간이 순환론적인 것이라면 시간은 흘러가는 것이기보다 쌓이는 것이다. 즉 시간은 존재의 '살과 뼈', 존재의 내면에 켜켜이 쌓인다. 그리고 이처럼 체험을 통해 존재 속에 내장된 시간은 존재를 이루는 구성 성분이자 존재의 가장 핵심적인 형식이 된다.

불확정성의 시학

시간이 체험을 통해 구체적 감각성을 획득하는 것이자 존재의 내밀한 기억을 형성하는 요소가 된다면 인간에게 시간은 다양한 성질의 그것이 된다. 시간은 개개인에게 고유한 어떤 것이고 결국 인간의 내면의 본성과 닿아 있는 것이 될 터이다. 그것은 결코 막연하거나 추상적인 것이 되지 않을 것이며, 획일적이거나 규율적인 것이 되지도 않을 것이다. 때로 그것은 괴롭고 고통스러울 수도 있겠으나 때로 충만하고 행복한 기억이 되기도 한다. 존재의 형식이 되는 이들 시간성들은, 그리고 존재의 구석에 내재되어 있다가 어느 순간 불현듯 불쑥불쑥 의식의 표면으로 떠오를 것이다. 기억이 삶의 순간순간 때로 악몽처럼 혹은 행복으로 다가오는 것도 이 때문인데, 이것은 시간의 지속성과 순환성을 의미하는 것이라 할 수 있다. 한소운의 「놋그릇의 닦다」에서 우리는 시간의 이러한 고유성과 지속성이 어떻게 의미있는 체험과 관련되는 것인지를 확인하게 된다.

어둠이 산 계곡의 물처럼 흘러드는 고향집
인적 끊긴 어둑한 광에서 꺼낸
놋그릇 몇 개
서울까지 껴안고 왔다
수십 년 묵은 녹을 벗기면
어머니 땀 밴 모시적삼이 어룽거리고
연탄재와 짚복데기 너덜해지도록
한눈 한 번 팔 사이 없이 놋그릇을 닦던
그 숨결과 만난다
수십 년 묵은 녹물이 눈물처럼 흐른다
켜켜이 시간의 그늘에 숨겨진 몸이
원래의 몸으로 되살아나
반짝 반짝 윤나는 놋그릇

흐뭇하게 바라보다

앗차! 놋그릇을 떨어뜨리고 말았다

내 살빛 또한

몸 속 깊이 숨어들던 중이었으니

　　　　— 한소운, 「놋그릇을 닦다」(『예술가』, 2013. 여름호) 전문

　시의 화자는 '고향집 어둑한 광에서 꺼낸 놋그릇 몇 개를 서울까지 껴
안고 온'다. 화자는 그것의 소중함을 강조하고 있거니와, '묵은 놋그릇'
에는 오랜 시간에 걸친 '어머니'의 손길이 배어 있기 때문이다. 화자는
어머니가 생전에 '놋그릇'을 '연탄재와 짚북데기 너덜해지도록 한눈 한
번 팔 사이 없이 닦'곤 하셨다고 말한다. 그러한 '놋그릇'이었으므로, '수
십 년 묵은' 것임에도 거기에는 '어머니의 땀 밴 모시적삼이 어룽거리고'
어머니의 '숨결'이 느껴진다. '놋그릇'에는 '어머니'가 겪은 시간들이 고
스란히 묻어 있다.

　때문에 어머니의 '놋그릇'은 보통의 놋그릇과 다른 구체성을 지니고
있다는 것을 알 수 있다. 그것은 어머니의 노동과 땀을, 어머니의 눈물
과 사랑 등등의 것들을 담고 있는 것이다. 즉 '놋그릇'에는 어머니의 고
유성이 오랜 시간성으로 축적되어 있다. 이때 '놋그릇' 속에 어머니가 빚
어넣은 시간성이야말로 '놋그릇'의 형식이자 물질성을 이루는 요인이 된
다. 시의 화자가 '놋그릇'으로부터 특별하고 고귀한 정서를 느끼게 되는
것도 이러한 시간적 요인 때문이다.

　'놋그릇'의 이러한 존재성은 비로소 화자 앞에서 긴 이야기로 풀려 나
오고 있다. 화자가 '수십 년 묵은 녹물'을 한 겹 한 겹 닦아내자 '놋그릇'
이 '녹물을 눈물처럼 흘'리고 자신의 역사를 열어 보이는 것이다. 화자는
이를 '겨켜이 시간의 그늘에 숨겨진 몸이/원래의 몸으로 되살아' 났다고
말한다. 시간성이 배어 있는 '놋그릇'은 그저 객관적이고 추상적인 그릇

이 아니라 '어머니'와 '나'를 매개해주는 실질적인 끈이 되어준다는 것을 알 수 있다. 시의 화자는 '놋그릇'을 통해 '어머니'를 느끼게 되고 또한 '어머니'를 기억하게 되거니와, '놋그릇'에 감긴 시간성은 '어머니'에게서 '나'에게로 이어진다. '어머니'의 '놋그릇'은 화자에게 매우 풍성하고 충만한 시간의 체험을 제공한다. 이는 시간의 지속성이 어떻게 존재의 고유성을 보장하고, 또 그것이 주체들에게 얼마나 의미있는 체험을 이루는지를 잘 보여주고 있다.

시인들에게 시간은 추상적이거나 관념적이지 않다. 시인들은 자신이 겪는 체험을 시간의 질적 상태로 전유한다. 시인에게 거의 모든 체험은 시간의 고유하고 구체적인 감각으로 기억된다. 시인은 대부분 이러한 감각들 속에 묻히게 마련이며 시간성의 질감들을 언어로 표현함으로써 시적 형상화를 이루게 된다. 김완의 「너덜경을 바라보며」는 이별 후의 고독에 관한 시간적 기록이라 할 수 있다.

바람재에서 토끼등 가는 길
무등산 덕산 너덜경 바라본다
켜켜이 쌓인 회색빛 시간이 풍화되어
무리지어 흘러내리는 너덜경
아득히 먼 지상의 모습은
가물거리는 과거일 뿐
시간은 시간의 不在 속에서 찬란하다
그리운 누군가를 떠나보내고
하루하루 산다는 것은
속도에 맞추어 시간을 견뎌내는 일이다
물러가지 않는 어둠과
그저 오래 눈 맞추는 일이다
무너져 내리는 것들의 아름다움이라니

저물고 있는 것들의 찬란함이라니

그리움도 슬픔도 무리지어

모이고 흩어지는 너덜경

먼 하늘 지나가는 바람과 구름에게

오지 않은 시간을 물어보는 일이다

(*너덜경: 돌이 많이 흩어져 있는 비탈)

— 김완, 「너덜경을 바라보며」(『시와 표현』, 2013. 여름호) 전문

'너덜경'은 시인의 해설대로 '돌이 많이 흩어져 있는 비탈'로서, 시에서 주된 상징적 의미를 지니고 있다. 우선 '비탈'의 사선(斜線)의 각도에서 '가파른 인생'을 환기할 수 있으며 구르는 '돌'에서 생의 신산스러움 내지 인내 등의 이미지들을 떠올릴 수 있다. 결론부터 말하자면 '너덜경'은 평탄치 않은 생의 과정 속에서 날카로운 각들을 둥글게 마모시켜 가는 인간의 모습을 상징하는 것이리라. '너덜경을 바라보며' 시의 화자는 인생에 관한 성찰의 시선을 던지고 있다. 그리고 이때 반추되는 것은 '그리운 누군가를 떠나보내고' 겪는 외로움과 고독의 정황이다.

시의 화자는 님이 부재함으로써 경험하는 외로움과 고독을 '시간의 부재'로 묘사한다. 그것은 '아득함'이고 '가물거리는 과거'이다. '님'의 부재는 자아의 체험을 매우 막연하고 공허하게 만들었을 터이다. 이때의 시간은 무언가 잡으려 해도 잡히지 않는 아득한 것이었으리라. 가고 오지 않는 님을 향한 공허한 심정은 마치 모래 속에서 허우적대는 막막한 시간성과 다르지 않다. 이렇게 전유되는 시간의 공허함 앞에서 화자는 '하루하루 산다는 것은 속도에 맞추어 시간을 견뎌내는 일'이라고 함으로써 구체성을 상실하고 추상화되는 시간성을 드러내고 있다. 시의 화자는 이때의 체험을 보다 감각적으로 묘사하고자 한다. '물러가지 않는 어둠'은 이러한 시간에 대한 공간적 표현이다. '님'의 부재의 상황 속에서

시간은 자아를 어둡고 무겁게 휘감았음을 알 수 있다.

그러나 '너덜겅'은 화자가 겪는 이와 같은 공허한 시간성을 달래주는 역할을 한다. 부대낌 속에서 원만함으로 스스로를 단련시키는 '너덜겅'으로부터 화자는 전환과 극복의 이미지를 발견하는 것이다. '무너져 내리는 것들의 아름다움'이라든가 '저물고 있는 것들의 찬란함'이라는 역설적 표현들은 '너덜겅'에 의해 비롯된 것이다. 화자는 '너덜겅'이 '그리움도 슬픔도 무리지어/모이고 흩어지는' 곳임을 본다. 화자에게 다양한 모습들의 돌들은 '그리움'과 '슬픔' 등속의 여러 시간성들을 현상하는 것으로 여겨지거니와, 화자는 이들이 이리저리 구르고 섞이면서도 비탈 위에 의연히 놓여 있는 모습을 보며 생의 의미를 깨닫게 된다. 구르는 돌들을 통해 화자는 자신의 '그리움'과 '슬픔'도 생 속에 묻힌 채 원만함을 향해 굴러갈 것이라고 생각한다. 화자가 '먼 하늘 지나가는 바람과 구름에게/오지 않은 시간을 물어보'게 되는 것도 이 때이다. 화자의 아프고 공허한 시간 역시 '바람과 구름'처럼 '하늘을 지나가'게 될 것이리라.

위 시는 시적 자아가 겪는 시간의 성질이 자연의 시간성과 어떻게 맞물려 가는지를 잘 보여주고 있다. 숱한 정서들로 체험되는 굴곡진 인간의 시간성들은 영원히 지속되는 자연의 시간성에 의해 동화되고 무화된다. 영원성을 표상하고 있는 자연의 이미지는 곧 파란 많은 인간의 생을 어루만져주는 역할을 한다는 것을 알 수 있다. 그리고 어쩌면 이러한 자연의 영원한 시간성이야말로 자연이 우리에게 완전한 모습으로, 궁극의 쉼의 장소로 다가오는 근거가 될 것이다. 김참이 묘사하고 있는 '여름 숲'이 그토록 아름답게 느껴지는 것도 이 때문일 것이다. 그러나 자연의 시간성이 영원하고 완전하다는 것은 역설적으로 자연으로부터 분리된 인간의 비극과 불행을 암시하는 것이기도 하다. 김참의 「여름 숲」은 이러한 자연과 인간의 대비를 아주 아프게 그려내고 있다.

여름 숲 나무들 쏟아지는 햇살 받으며 가지 뻗는다. 어디서 왔는지 모를 하얀 새들 나뭇가지에 앉았다가 서툰 솜씨로 날아가고 또 날아오고 다시 날아간다. 소나무 그림자 짙게 드리워진 숲엔 덩굴식물들이 나선다. 무성하게 자란 정체불명의 식물이 숲길을 지우고 그 위에 찍힌 발자국을 지워 나간다.

빽빽하게 돋아난 초록 손들이 숲속 작은집 지붕에 올라 산 그림자가 내려올 때까지 반짝인다. 햇살이 다락 창문 위에 잠깐 머물다 사그라지면 구불구불한 가지 자꾸만 휘어지는 소나무를 차고 날아오른 하얀 새가 다락방 창문 앞에 내려앉는다. 아주 오래 전부터 식물처럼 누워 있는 그를 보며 짧은 노래 한 소절 불러준 다음 여름 숲의 짙은 그림자 속으로 돌아간다.

— 김참, 「여름 숲」(『현대시』, 2013. 7월호) 전문

자연이 지닌 지극한 평온과 아름다움의 이미지를 우리는 김참이 그린 '여름 숲'에서 만나게 된다. 시인의 '여름 숲'에서 우리는 자연의 완전한 모습을 새삼 발견한다. 가령 '나무들'과 '햇살' 사이의 순환, '새들'과 '나무들'의 소통, '나선형으로 자라는 덩굴식물들' 등은 숲에서 이루어지는 자연의 완전한 조화와 융합을 표현하는 매개체들이다. 자연 속에서는 어떠한 존재들도 소외되어 있지 않고 서로가 서로에게서 에너지를 얻는다. 햇살에 의한 나무들의 성장, 나무와 새들의 공생, 무성하게 피어나는 풀들은 자연에서 이루어지는 에너지의 무한한 순환을 현상시켜 주는 것임을 알 수 있다.

시인은 자연에서 일어나는 이와 같은 한정 없는 시간의 순환을 '하얀 새들 나뭇가지에 앉았다가 서툰 솜씨로 날아가고 또 날아오고 다시 날아간다'라든가 '덩굴에 붙은 잎들은 돋아나고 자라고 다시 돋아난다'는 표현으로 나타낸다. 이는 자연의 무한한 반복과 순환이라는 영원한 시간성을 표상하는 것으로서, 시인은 이를 급하지 않은 차분한 호흡으로

묘사해내고 있다. 이러한 시간성은 곧 자연의 시간성이자, 이는 그 속의
생명체들의 성장이 눈에 보일 듯 말 듯 그러면서도 쉼 없이 이루어지고
있음을 암시한다.

그러나 이러한 완전한 시간성에 비해 인간의 시간성이란 불완전하기
짝이 없다. 인간의 영역은 단절과 구획으로 이루어져 있어 '햇살은 다
락 창문 위에 잠깐 머물다 사그라지'며 '새는 짧은 노래 한 소절 부른 다
음 날아가 버린다'. 사람을 스쳐 지나가는 시간은 여전히 어둡고 무겁
다. '오래 전부터 식물처럼 누워 있는 그는' 자연으로부터 유리되어 있
다. '그는' 자연과의 지속적인 소통과 순환을 이루어내지 못하고 있는 것
이다. '식물'과 같은 양태로 나타나는 '그의' 시간성은 생명의 소멸을 의
미하는 것이다. '그'의 내부에서는 자연에서와 같은 활발한 시간의 순환
이 정지되어 있다. 이는 죽음을 의미한다. 여기에서 '그'를 지시하는 '식
물'은 인간과 자연을 대비시켜 주는 역설적 매개어이다. 자연 속의 '식
물'은 완전한 생명력을 상징하지만 '식물 인간'은 비극적인 사물화를 의
미한다. '식물'을 통한 인간과 자연과의 대비를 통해 시인은 자연의 영원
한 시간성과 대립하는 인간의 유한하고 비극적인 시간성을 형상화하고
자 한다.

시간이라는 범주는 단지 철학적 관념의 범주로서만 있는 것이 아니
라 인간의 구체적인 경험역과 관련되는 직접적인 것으로서, 시인들에게
이것은 특수한 질적 성격을 지닌 것으로 감각된다. 시간은 인간의 체험
을 표상해주는 실질적인 질료로 기능하는 것이다. 인간이 경험하는 정
서들은 모두 질적 차별성을 지닌 시간성의 다른 표현이라는 것을 알 수
있다. 이러한 시간성들은 소멸하는 것이 아니라 질긴 끈처럼 인간을 감
싸고 돌며 인간의 내부에 기억된다. 이는 근대의 기획과 함께 강요된 시
간성이 인간의 실존과 얼마나 이반되어 있으며 어느 정도로 추상적이고

관념적인 것인가를 말해주거니와, 실존의 형식이 되는 시간성이 자연에 근접할수록 생명력이 고양된다면 자연과의 분리와 단절은 곧 인간의 사물화와 죽음을 의미한다.

이는 시간성의 범주가 우리 시의 방향에 관해 시사하는 바가 무엇인지를 말해준다. 고유한 체험 속에서 이루어지는 구체적이고 지속적인 시간성은 인간의 존재를 나타내주는 것으로서 이때 인간 존재란 자연의 시간성에 가까이 갈 때 가장 완성된 형태를 구현할 수 있다는 것을 알 수 있다. 그에 비해 추상적이고 기계적인 시간성은 인간에게 한없이 공허하고 억압적이다. 근대의 시간의식과 본래적 시간성의 차이를 여기에서도 확인할 수 있다.

불확정성의 시학

시의 위상학적 공간과 현장성(現場性)의 요인

이성 중심의 세계로부터 탈이성의 세계로 전환된 오늘날 중요한 것은 지금 여기에서 벌어지는 생생한 사태의 현재성이다. 고정불변하는 초월적인 근원이나 실체는 순간 지나쳐버릴 현재의 변화와 운동에 그 중요성의 자리를 내어준 것이 현대의 특징이라 할 수 있다. 시시각각으로 변화하는 시대에서 궁극적인 일자(一者)는 지금 여기에서 현상하는 고유한 개별자보다 더 큰 의미를 지니지 못한다. 개별자가 지닌 차이, 특이성이야말로 세계를 '사건'으로 만드는 것이자 오늘에 있어 세계의 존재 이유가 된다.

이성이나 법칙이 아니라면 사태의 고유성을 이끌어내는 것은 무엇이고 지금 여기를 의미있게 해주는 것은 무엇일까? 변화와 특이성의 요인을 우리는 어디에서 찾을 수 있을까? 구조주의 철학은 이전의 서양 철학이 지닌 주체 중심주의로부터 벗어난 객체 중심의 철학을 제시하며 대상이 지닌 체계를 강조한 바 있다. 그리고 각기 개별자들로부터 보편적인 구조를 끌어내고 이를 파롤과 랑그의 관계로 제시한다. 반면 포스트구조주의는 이러한 객체 중심적인 관점을 옹호하되 랑그의 보편성이 지닌 형식성과 고정성을 부정한다. 포스트구조주의는 파롤보다 랑그를 선행시키는 구조주의가 변화와 차이를 무시하는 획일적인 철학이라 비판하고 이를 넘어서는 역동적인 세계상을 주장한다. 이러한 포스트구조주의의 영향으로 욕구와 충동에 의한 감각적 포스트모더니즘 문화가 탄생한 것은 주지의 사실이다.

한편 포스트구조주의가 구조주의의 철학에 기대고 있고, 시에서의 구조주의의 영향이 언어적 측면으로 나타난 것이 사실이므로 시에 관한 포스트구조주의가 언어의 해체적 경향으로 나타난 것은 매우 논리적이고 타당하다. 포스트구조주의는 시에서 기표유희를 중심으로 한 해체시의 운동으로 나타나며 우리는 여기에서 이성과 법칙의 파괴를, 그리고 그것을 관통하는 욕망과 충동의 기능을 확인하는 것이다.

그러나 법칙이라든가 보편자를 부정하고 지금 여기를 생생한 사태의 장(場)으로 만드는 것이 비단 언어적 측면으로만 현상하는 것은 아니다. 단지 충동의 파괴적인 언어를 통해서만 일자(一者)를 떠난 개체의 특이성이 보장되는 것은 아니라는 것이다. 즉 개체의 특수성은 언어적 계기만으로 국한되어 나타나지 않으며 언어가 세계를 구성하는 전체는 될 수 없다. 오히려 세계를 구성하는 것은 언어 이전의 사물이고, 개체의 특이성을 결정짓는 것은 개체를 구성하는 복잡하고 다양한 요소들이라 할 수 있다. 이러한 다양한 요소들 가운데서의 변환이 개체에 고유성을 일으키며, 이렇게 탄생한 개체들이 곧 사태가 되고 사건이 되는 것이라 할 수 있다.

그렇다면 시적 담론에서 하나의 작품을 사태가 되고 사건이 되도록 하는 요소에는 무엇이 있을까? 작품이 궁극의 법칙을 떠나서 생생하게 살아 있는 현재의 것, 현장성의 그것이 되는 요인은 어떤 것이 있는가? 이는 시적 담론의 성질이 무엇이고 그것의 구성성분이 무엇인가를 묻는 질문이기도 하거니와, 시를 지지하는 이와 같은 요소들을 찾아낼 때 비로소 시의 현재성의 조건, 생생한 시적 울림의 요인을 확인할 수 있게 될 것이다.

한 알 모래알이 뿌옇게 부서지는 검푸른 바다 물결을 불러오듯, 한 알 밀알은 역사 이전의 적막한 시간을 불러 온다. 인류의 역사보다 긴 밀알 한 알의 역사. 그 여문 열매 안에서 시간이 구름처럼 조용히 흐르고 있을까.

시작이란 언제나 끝의 시작이다. 끝의 끝이 없는 것처럼 시작의 시작은 없다. 한 알 밀알에서 아득히 들려오는 건조한 황갈색 물결 소리. 아, 가을의 바람이 보인다. 숨 막히는 늦더위에 떠밀리는 구름. 움직임을 잃은 밀밭 위를 바람이 까마귀 떼처럼 낮게 낮게 날개를 젓고 있다. 내가 듣는 것은 보일락 말락 물결치며 멀리 사라지는 밀포기 긴 잎새 서걱임 소리.

밀알 한 알의 가벼움 안에 고여 있는 슬픔의 깊이. 그가 어루만졌던 최후의 슬픔. 비유가 아닌 슬픔의 진실. 불현듯 솟구치는 밀밭에 대한 그리움으로 화구를 메고 붉은 흙 길을 걷는 한 화가의 마지막 발자국 소리.
— 허만하, 「밀밭에서」(『현대시』, 2013. 8월호) 부분

시에서 보편적인 랑그의 구조를 발견하는 것은 가능한 일인가? 시의 언어의 측면에서 규칙적인 체계를 구하는 일은 시적 생산에 얼마나 의미있는 작업인가? 이러한 작업이 무의미한 것은 시가 언표 이전에 현실과의 상관성 위에 있으며 이 속에서 다양한 양태의 시적 구성이 이루어질 수 있다는 점을 통해 짐작할 수 있다. 시는 언어의 구조보다 훨씬 더 복잡한 구성 속에 놓여 있으며 언어보다 더욱 다양한 요인에 의해 특이

성이 발휘된다. 시는 언어만의 단순한 구조체가 아닌 현실과의 관계 속에서 이루어진 위상학적 구조체라는 점이다.

위의 시는 고흐의 회화 〈까마귀가 나는 밀밭〉으로부터 모티브를 얻고 있다. '건조한 황갈색 물결 소리', '늦더위에 떠밀리는 구름', '까마귀 떼처럼 낮게 낮게 날개를 젓는 바람' 등의 묘사는 시의 화자가 고흐의 그림을 응시하고 있음을 암시하고 있다. 고흐의 그림을 알고 있는 독자라면 시를 통해 순간 '눈부신 황갈색 밀밭'과 '짙게 가라앉는 구름', '검푸른 하늘', '강렬한 까마귀떼' 등으로 채워진 고흐의 회화를 떠올리게 된다. 그리고 독자는 마치 눈앞에 고흐의 한 폭의 그림이 펼쳐진 듯한 착각을 하게 되는 것이다.

대부분 다른 작품 감상을 매개로 쓰여진 시가 우수할 가능성은 그리 크지 않다. 다른 작품을 통해 쓰여지는 시는 대개 작품에 대한 사실적 묘사가 되기 마련이고, 기존 작품에의 깊은 몰입은 감상자에게 상상적 거리를 보장하는 것을 방해하기 때문이다. 때문에 이 경우 시는 기존 작품의 단순한 전달의 차원에서 멀리 벗어나지 못한다. 기존 예술작품에서 얻는 감동이 시를 통해 예술적으로 승화되기를 바라는 기대는 대체로 충족되기 어렵다. 그러나 위의 작품은 이러한 상식을 가볍게 뒤엎는다. 위 시는 거의 명백하게 기존 작품에 대해 메타화된 시임에도 불구하고 효과적으로 새로운 시적 의미공간을 구축하고 있다. 시적 의미공간이 매우 효과적으로 구축되었기 때문에 시는 독자에게 원작품을 상기시키는 동시에 본 작품에의 몰입도를 약화시키지 않으면서 원작품과의 상호적 환기 작용을 더욱 상승적으로 유도한다. 독자는 고흐의 원작품과 위의 시 사이를 활발하게 가로질러가면서 작품에 대한 이해와 감상의 폭과 깊이를 더욱 확장시켜 나가게 된다. 시인은 두 텍스트 사이의 긴장을 더욱 높이고 있는바, 이로써 독자는 더욱 큰 울림의 상상공간을 펼치게 된다는 것을 알 수 있다.

어느 한쪽이 일방적으로 우위를 지니지 않으면서 팽팽한 상호 상승관계를 일으키고 있는 시적 요인에는 무엇이 있을까? 이를 고찰하는 작업은 다른 수준의 섬세한 분석을 요하는 부분이거니와 위의 시에서 시인이 보여주고 있는 확고한 공간성이야말로 2차 작품이 원작품에 대면할 수 있는 조건이 되지 않을까 생각된다. 원텍스트와 연접되되 본텍스트가 지니고 있는 독자적인 호흡의 결이 곧 위 시의 득의의 지점이 아닐까 하는 점이다. 가령 위의 시에서 느껴지는 차분한 어조, 그 속에서 보여주는 원텍스트에 대한 상상적 시공(時空)의 겹들, 시라는 예술 자체에서 발휘하는 날렵한 언어 구사력 등은 위 시가 원텍스트와의 상관성하에서 고유하고 독자적인 예술공간을 확보하고 있는 가장 큰 요인들 중 하나이다. 요컨대 시인은 위 시를 통해 원텍스트와의 연접(延接)과 이접(離接)을 효과적으로 이루어내는바, 이로써 탄생한 독특한 시의 위상학적 구조야말로 위 시가 독자에게 큰 감동과 울림을 주는 근거가 된다 할 것이다.

허만하 시인이 보여주고 있는 2차 텍스트의 독특한 공간은 우리에게 시의 위상학적 성격을 이해하는 데 도움을 준다. 위상학적 공간이란 사물과 언표 사이의 상관성 및 이질성을 담보하는 것으로서, 그것은 세계와 관계하에 놓이되 그와 구별되어 새로이 구축되는 독자적인 공간을 가리킨다. 위상학적 공간은 보편적인 구조에 수렴되는 것이 아니라 개체가 이루는 고유한 텍스추어를 지니게 되는바, 따라서 이때의 언표는 사물을 재현하는 것도 또한 분리되는 것도 아닌 재구성의 성격을 지니게 된다. 또한 이렇게 하여 구축된 공간은 상대적 독립성을 지닌 개체로서 의미의 효과를 일으키게 된다. '사태' 및 '사건'이 발생하는 지점도 바로 여기이다.

위상학적 공간이란 개념은 사실상 시의 특징을 규정하는 한 측면이 아

닐까. 모든 시는 현실이라는 세계와의 상관성 아래 출현하면서 세계를
향한 의미 효과를 발휘하거니와, 이러한 시적 담론은 세계에 대한 위상
학적 성질을 지니는 것이다.

내 유년의 기억은 검붉은 동백꽃이다.
낡은 레코드판의 미로를 더듬듯,
꾸불꾸불 전망대를 오르다 마주친
헤일 수 없이 수많은 동백꽃

기억의 붉은 홍도와 망각의 검은 흑산도가
하나로 연결된 연리지 등걸에 앉아
바라보는 황혼
바다가 검붉은 양수를 토해내자,
몸살을 앓으며 붉게 타는 홍도
저 멀리 흑산도는 검게 타버렸다.

그래, 이곳 섬 이름들은 홍도, 흑산도처럼
오래된 한이 섬처럼 내 마음을 떠다닌다.

나도 오랜 여정 끝에
에티오피아에 정착한 '랭보'의 '모음'처럼
붉은 망각의 'I' 나, 검은 기억의 'A'처럼 검붉게 물들어
흑산도 홍어처럼 검붉게 삭혀져 간다.
　　　　　—강성철, 「홍도, 흑산도에 물들다」(『시사사』, 2013. 7~8월호) 전문

위의 시는 '홍도, 흑산도'의 정경을 바라보며 떠오르는 심회를 바탕으
로 이루어져 있다. 절경을 이루고 있는 섬들의 모습을 보면서 시를 써나

가고 있는 위의 경우는 어쩌면 서정시를 쓰게 되는 가장 일반적이고 직접적인 경로일 것이다. 그러나 위의 시에서 '홍도, 흑산도'가 시인의 의식에 부딪혀 여러 겹의 생각의 결들을 환기시키는 과정들은, 그리고 그에 따라 시인이 구축해낸 의미의 공간은 오직 시인만이 빚어낼 수 있는 고유하고 독자적인 공간에 해당한다. 더욱이 그것이 우리에게 강한 감동과 울림으로 다가온다면 시는 이미 '사건'이 되고 충분히 의미의 효과를 발휘한다 할 수 있다. 이렇게 하여 탄생한 시란 곧 세계와의 팽팽한 긴장을 유지하고 있는 위상학적 공간이 된다.

사물을 통해 시적 의미를 구하는 것이 서정시의 일반적인 문법일지라도 그러나 위의 시는 단지 사물에 대한 유비적 관계 속에서 의미를 구성하고 있지 않다. 매체를 통해 은유나 상징의 의미를 대체하는 대신 위의 시는 '홍도, 흑산도'가 이끌어내는 대로 의식의 공간을 한껏 확장시키고 있다는 사실을 알 수 있다. '홍도, 흑산도'를 계기로 시적 자아는 스스로를 감싸고 있는 시간의 결들을 올올이 풀어내고 있는데, 이는 시인의 호흡에 의해 비로소 구축되는 섬세한 하나의 공간이 되는 계기가 된다. 가령 '홍도, 흑산도'가 떠올리는 '내 유년의 기억'은 시인으로 하여금 '낡은 레코드판의 미로'와 같은 독특한 질감의 공간을 마련하도록 하는 것이다. 시인은 '유년'의 시간들을 더듬으면서 '꾸불꾸불'한 시의 길을 닦아가고 있다. 시인에게 '홍도, 흑산도'에서 마주친 '헤일 수 없이 수많은 동백꽃'은 무한히 증폭되는 의식의 공간을 형성한다.

시인은 물론 '바다가 검붉은 양수를 토해내자,/몸살을 앓으며 붉게 타는 홍도/저 멀리 흑산도는 검게 타버렸다'에서처럼 단순한 이미지에 기대어 사물을 사실적으로 묘사하기도 한다. 그러나 보다 주요하게 시의 의미를 구성하는 부분은 사물들에 의해 구축된 독특한 호흡의 텍스추어이다. 즉 '홍도, 흑산도'는 그저 저 멀리 놓여 있는 시선의 대상이 아니라

'섬처럼 내 마음을 떠다니는' 사물이 되는바, 그러한 '홍도, 흑산도'인 까닭에 시는 사물과의 긴장 속에서 효과적인 의미의 공간을 구축하게 된다. 즉 사물과의 팽팽한 상관성 아래 놓임으로써 시는 우리에게 울림이 큰 효과를 발휘하고 있다.

이러한 시적 현상의 과정에 대해 시인은 시의 마지막 연에서 자의식적으로 서술하고 있음을 알 수 있다. 시란 "오랜 여정 끝에/에티오피아에 정착한 '랭보'의 '모음'"과 같은 것이라는 진술이 그것이다. 시인에 의하면 '시'는 현실의 단순한 재현도 분리도 아니다. 그것은 '현실'에 의한 것이되 직접적 반영이 아니라 '랭보의 모음'으로처럼 고유한 울림으로 재구성되는 것에 해당한다. 사물은 '시'에 이르러 '망각'과 '기억'과 같은 여러 계열들의 교차와 간섭을 가로지르며 'I'로 혹은 'A'로 재탄생하는 것이다. 즉 시는 현실과의 관계 속에서 이루어진 새로운 의미의 공간이자, 효과를 발휘하는 독특한 질감의 그것이다. 시인에게 시가 사물에 대한 위상학적 구조체가 되는 이유가 여기에 있다.

시가 현실에 대한 상대적 독립성의 공간이라는 점은 과거 문학작품에 요구되었던 '반영'의 논리로부터 비껴나 있는 것이다. 작품의 가치는 더 이상 현실을 얼마나 잘 재현하였고 현실에 얼마나 개입하였는가에 의해 결정되는 것이 아니라 그 자체로서 어떤 공간을 구축하였는가와 어떤 의미적 효과를 나타내는가에 의한다. 아니 작품은 존재할 뿐 가치론적 평가로부터 아예 자유로울지 모른다. 오늘날 유행하는 해체시들이 현실에 대한 중압감을 벗어나 자체적인 글쓰기로 나아가는 양상도 결국 이러한 관점을 대변하는 것이 아닐까.

공상을 환전해주는 창구가 있습니까

공상은 살아 있는 현물화폐,

아무리 가벼운 것이라도

붉은 돗자리 석 장 값어치라 들었습니다

동물인지 식물인지 분명하지 않지만

찬 공기가 땅을 적실 때 그 모습을 드러냅니다

사람들은 소몰이 하듯 긴 목줄을 던져 공상을 사로잡지요

우리에 가두고 번호를 매깁니다

통장을 만드는 일이 그러한가요

어린 공상은 배고픔에 쫓겨 울타리를 넘은 양처럼 수선스럽습니다

물주전자가 끓는 부엌으로 뛰어들기도 합니다

늙은 공상은 도깨비처럼 의뭉스러워

몽상으로 흩어지거나 명상으로 눌러앉기도 합니다

동전처럼 굴러다니는 공상도 있습니다

햇빛이 남반구에 머무는 동안

어머니는 기도를 위해 선반의 놋그릇들을 꺼내 닦습니다

겨울은 천천히 흘러갑니다

더 추워지면 공상은 얼어 죽고 맙니다

꿈이 바닥나기 전에 나도 통장을 만들어 둬야 합니다

공상 하나가 땅에 떨어져 썩지 않으면 한 알 그대로 남고, 썩으면 많은 열

매를 맺으리, 동상이몽의 공상들이

공상을 불러 겨우내 이자놀이나 하잡니다

여백 없는 통장처럼 뻑뻑한 공생의 거리

아무개 씨가 공상은행 가는 길을 묻고 있습니다

　　　　　　　—류인서, 「공상은행」(『현대시학』, 2013. 8월호) 전문

　시의 말미에 '세계 최대 은행이라는 중국의 공상은행(工商銀行)에서 제
목 빌림'이라는 주석을 달고 있는 위의 시에서 시인은 '공상(工商)'과 '공
상(空想)' 사이의 변환에 관한 재미있는 통찰을 보여주고 있다. '은행'을

공통분모로 하고 있는 이 두 어휘 사이에는 최고의 현실성과 최고의 이상성이라는 차이가 가로놓여 있다. '공상(工商)'이란 가장 직접적으로 물적 경제와 관련된 것인 데 비해 '공상(空想)'은 물적 경제로부터 가장 멀리 떨어져 있는 허상에 가까운 것이기 때문이다. '공상(空想)'은 물질적이지도 않고 경제적이지도 않다.

이러한 '공상(空想)'을 그러나 시인은 '통장', '은행', '화폐' 등과 계열화시킴으로써 현실적 맥락을 부여하고 있다. '공상을 환전해주는 창구', '공상은 살아 있는 현물화폐', '동전처럼 굴러다니는 공상' 등의 표현이 그 점을 말해주고 있다. 이러한 상상력에 의하면 '공상(空想)'은 그저 허망한 것이 아니라 마치 '돈'처럼 가치를 지닌 채 유통 가능한 하나의 기호가 될 수 있는 것으로 여겨진다. '공상'은 비록 물질이 아니지만 '값어치'도 있고, 때로 '그 모습을 드러내'며, '땅에 떨어져 썩으면 많은 열매도 맺'을 만큼 현실적인 영향력도 지니는 것이라는 점이다. '공상(空想)'에 관해 시인이 보여주고 있는 상상은 마치 순수한 공상(空想)처럼 재기발랄하다.

그러나 시인이 펼치는 상상적 이야기는 어쩌면 현실에 관한 가장 사실적인 진술일 수 있다. 그것이 '은행'이나 '통장', '화폐' 등과 계열화될 때 그러하다. 경제를 이끌어가는 이들 핵심 코드들은 결국 실물과 상대적으로 독립된 채 자체 내의 시스템에 따라 존재하는 것에 해당하기 때문이다. 현실 경제에서 '은행', '통장', '화폐' 등은 자본의 체제를 지탱해주는 가장 중요한 코드들임에도 이들은 모두 가상의 경로 내에서 굴러가는 것들이다. 통장에 돈이 가득 들어 있다 해도 그것은 그 자체로 물질은 아니고, '화폐' 역시 가치가 외부에 의해 규정되는 것일 뿐 그 자체의 물질성에 의해 비롯되는 것은 아니다. 즉 가장 현실적이라 할 경제의 코드는 현실과 구분되는 가상의 세계일 뿐이다. 경제 역시 시뮬라크르인 셈이다. 사정이 이러하다면 '공상(工商)'이 '공상(空想)'과 다른 게 무엇인가. 이 둘은 모두 '가상'적인 것이라는 점에서 본질상 다르지 않다.

시인이 '공상(工商)'을 '공상(空想)'으로 전환시키고 '공상(空想)'에 대해 현실적 맥락을 부여한 것도 여기에서 비롯한다. '공상(空想)'은 가상세계의 것으로 가짜이고 환각일 따름인데, 그러한 점이 공상(空想)이 현실 속에서 결코 폄하되어야 하는 이유가 될 수는 없는 것이다. 시대 자체가 시뮬라크르의 시대이기 때문이다. 또한 현실을 구성하는 각각의 코드들은 저마다 상대적으로 독립된 가상의 공간, 즉 위상학적 공간에 해당하는 것으로, 이들의 코드는 서로 계열화되는 한에서 의미를 생산하지만 그러한 계열화가 끊어질 때 독자적인 개체로 존재할 뿐이다.

이와 같은 위상학적 공간 속에서 중요한 것은 사실성, 진실성, 물질성 등 우리가 흔히 실체라고 생각하는 것들이 아니다. 중요한 것, 가치를 매기는 것은 단지 '의미 효과'일 뿐이다. 시에서 언급되는 '살아 있는 현물화폐', '아무리 가벼운 것이라도 붉은 돗자리 석 장 값어치'라는 말들은 위상학적 공간으로서의 '공상'이 '의미 효과'를 발휘하는 장면을 묘사하는 것이리라. 나아가 이들 '공상'들은 각각의 개체들에게서 때로는 '몽상'이 되고 '명상'이 되는가 하면 '동전처럼 굴러다니'기도 하고 '어머니의 기도'가 되기도 하거니와, 이들은 모두 실체성을 의심받는 것들이지만 현실 속에 존재하는 '공상'의 양태들이다. '공상'은 저마다의 개체들에 의해 개별화된 '동상이몽'이 된다.

시인이 가상세계로서의 '공상(空想)'에 주목하고 이것의 현실적 계열화를 시도한 것은 비단 '공상(工商)'과의 대비를 통해 그것의 가치를 하락시키기 위한 것이 아니다. 그것은 가짜인 '공상(空想)'에 시민권을 주는 행위이자, 동시에 '공상(工商)'이라는 경제 코드가 지닌 가상성을 폭로하는 놀이가 된다. 결국 오늘날 존재하는 것들은 '그저' 존재할 뿐이고, 현실적인 것들은 그저 '효과'에 의한 것일 따름이다. '공상 하나가 땅에 떨어져 썩지 않으면 한 알 그대로 남'지만 '썩으면 많은 열매를 맺으리'라는 진술도 존재의 가치란 그 자체로서가 아니라 그것이 파급되는 의미효과에 의한 것이라는 인식을 보여준다.

시인이 보여주듯 이같은 전면적인 시뮬라크르의 시대에 저마다의 시들이 자체 발광하듯 개체화되어 있는 것은 이상한 일이 아니다. 오늘의 현대시는 현실과의 상대화된 공간 속에서 자체적으로 코드화되고 있는 것이다.

나는 나 없이도 잘 사는 사람이 되었다
고궁 앞에서
나에게 벚나무 한 그루를 사주었다
심장이 가깝게 느껴졌다

작고 하얀 것들은 어지러워
작고 하얀 것들이 어지럽게
고궁을 뛰어다녔다

고궁은 가득 비어 있었다
작고 하얀 것들은 마음을 이루고

태정태세문단세
고궁을 걷는다 생각하며 고궁을 걸었다

나를 만난다면
나를 만나는 순간을 바꾸고 싶다
당신을 생각하며

돌계단을 내려왔다
작고 하얀 것들이
작고 하얀 어지러운 것을
내려놓았다
돌계단은 언제까지나 그곳에 마음을 둘 것이다

걸어 들어가지 않은 고궁을 걸었다
작고 하얀 것들이 툭 하면 사라졌다
심장으로 바람이 들었다
　　　　　　　　― 김현, 「사람의 장기는 희한해」(『시현실』, 2013. 여름호) 부분

　현대시가 어렵고 이해불능이 되는 것은 그것이 논리적 코드를 사용하지 않기 때문이다. 현대시에서 이성은 더 이상 중요한 코드가 아니다. 언표를 구성하는 요소들은 논리성 없이 이어지고 분리되는 등 무질서한 계열들을 이룬다. 가령 '작고 하얀 것들이 어지럽게/고궁을 뛰어다니'는가 하면 '작고 하얀 것들이/작고 하얀 어지러운 것을/내려놓'기도 하고, 또는 '작고 하얀 것들이 툭 하면 사라지기'도 하는데, 이들 사이에는 아무런 인과성도 필연성도 놓여 있지 않다. 이뿐 아니라 '고궁을 걷는다 생각하며 고궁을 걸었다'와 '걸어 들어가지 않은 고궁을 걸었다'의 언술들도 논리를 떠나 기괴하게 일그러져 있기는 마찬가지다.

　위의 시에서 만나는 것은 의미의 계열들이 미세하게 분절되어 있는 세계다. 마치 '작고 하얀 것들'이 이리저리 떠돌다가 햇빛에 반짝이거나 바람에 흩날리거나 하는 것처럼 의미소들은 무질서하게 그 모습을 드러낸다. 말하자면 의미소들은 '작고 하얀 것들이 어지럽게 고궁을 뛰어다니'는 대로 혹은 '작고 하연 것들이 툭 하면 사라지'는 대로 나타났다 사라지기를 계속한다. 시에서 의미를 구성하는 방식은 이처럼 분절적이고

분산적이다.

　시에서 이러한 방식의 의미 구성이 이루어지는 까닭은 크게 두 가지를 생각해볼 수 있을 듯하다. 하나는 시적 공간이 개체화되어 있다는 점이고 또 하나는 의미소가 미시화되어 있다는 점이다. 전자는 앞서도 언급했듯 시대성에 기인한다. 시뮬라크르의 시대에 현실의 각 부분들은 개별화된 가상공간이 된다는 점이다. 개체들을 보편적인 일자(一者)로 묶어낼 수 있는 근거는 없다. 의미소의 미시화 역시 이와 무관하지 않다. 환각이 실제가 되는 세계에서 의미를 규정하는 것이 더 이상 물질에 국한되는 것이 될 수 없는 것이다. 현대시는 시뮬라크르의 시대성에 의해 탄생한 가상적이고 환각적인 공간성에 해당하는바, 이들 시에 현실에의 준거를 요구하는 것은 의미가 없다.

　시에서 '나는 나 없이도 잘 사는 사람이 되었다'는 언술은 현실과 유리된 가상공간 속에서 그림자처럼 살아가는 자아의 모습을 암시한다. 현대인은 결코 자아라는 불변의 실체를 찾아 헤매는 자가 아니다. '나'는 현실에 흩어져 있는 여러 복잡다단한 공간들에 부딪혀 각각의 코드들에 따른 '나'의 모습을 자동적으로 구성하는 것일 뿐 불변하는 '나'라는 실체를 중심으로 하여 살아가지 않는다. 이것을 분열이라 해도 할 수 없는 노릇이다. 그러나 다양한 가상공간들의 산포는 자아에게 다양한 자아 구성을 요구하기 마련이다. '나 없이도 잘 사는 사람'이란 곧 시뮬라크르 시대를 살아가는 외면할 수 없는 자아의 한 양태이다.

　이성과 실체가 부정되는 현대에 시는 어떤 의미를 지니는가? 저 너머의 초월적인 세계가 더 이상 의미의 중심을 이루지 않는 시대에 시의 의미는 어떻게 실현되는가? 현실을 구성하는 각각의 언표들이 독자적인 코드로 존재하고 이들이 자체 가동되는 가상의 세계에서 시 역시 코드화된 독자적 체계인바, 이러한 조건의 세계 속에서 의미의 심급을 결정하는 것은 그가 구현한 본질이라든가 현실 혹은 실체가 아니다. 대신 중요한 것은 코드를 구성하는 미시적 의미소들의 체계이고 그로부터 발산되는 의미의 효과에 해당한다. 문제는 시가 어떤, 어떻게 의미 효과를 나타내는가에 있다. 이는 서정시든 해체시든 구별 없이 현대의 모든 언표에 적용되는 조건이라 할 수 있다. 이 중 시적 담론을 통해 체험하는 '울림'은 이와 같은 시대적 조건 속에서 시에 기대하는 한 지표에 해당하는바, 만일 시와 독자가 충돌하듯 조우하는 소통과 공감의 상황이라면 이때의 시적 '울림'이 '사건'처럼 극대화될 것임은 자명하다.

사유를 확장하는 의미의 시들과 세계의 회복

 동시대에 산출된 문화의 단위들은 마치 유기체의 일부처럼 지배인자에 의해 종속되고 길들여진다. 누가 지시하고 전수하는 것이 아니라 할지라도 각 문화단위들은 지배적 문화인자들과 뒤엉킨 채 유전되고 복제되는 것이다. 동시대의 사람들이 생산한다는 점에서 담론도 문화의 이같은 성질로부터 비껴가지 못한다. 담론 역시 시대의 문화적 핵심인자에 의해 리드되고 조율되는 것이다.

 시는 어떠한가? 예민한 감수성을 바탕으로 체제와 문화를 향한 비판의식을 견지하는 시들은 언제나 문화의 지배인자로부터 자유로울 수 있는 것인가? 동시대를 살며 전체 문화와 호흡하는 것이 역시 시라면, 그것이 설령 체제 비판적이라 하더라도 체제내화될 혐의로부터 자유롭지 못한다. 무엇보다 시가 재료로 사용하는 언어가 체제와 문화에 의해 길들여진 오염된 것이라는 사실은 전위예술의 딜레마를 설명해준다. 체제 비판 및 언어를 둘러싼 방법론적 논의는 어느 시대 어느 지역에서건 반복적으로 일어나는 고질적 고민거리이다.

가령 전위의 요소로 등장했던 초현실적 이미지, 비논리, 속도전적 문체, 기의를 비껴가는 기표의 연쇄 등은 그 내부에서 새로운 사유의 지대와 논리의 확장을 개척해내지 않는 한 더 이상 진보가 아닌 매너리즘에 해당될 것이라는 점이다. 전위의 옷을 입고 나타나는 이러한 문학적 스타일들은 실상 자본에 의해 생산되는 화려한 문화의 스타일과 매우 닮아 있는 것이 아닐까. 만일 그것이 저항에 대한 치열한 의식을 바탕에 두고 이루어지지 않는 한 그것은 상투화된 스타일이자 문화의 복제에 다름 아니다.

체제내화된 스타일에 길들여졌을 때 시는 더 이상 발화주체의 생생한 육성을 담아내지 못한다. 세련되고 화려하게 보이는 권력화된 시적 스타일에 자신의 문체를 맞추려고 할 경우 언어는 체제의 외피를 입을지언정 자신의 도전적인 사유와 깊은 내면을 드러내지 못하는 것이다. 편 가르기를 하기 전에 이러한 세태는 우리가 공동으로 철저히 경계해야 되는 양상이다. 그렇지 않을 경우 새로운 사유와 문화를 창출해야 하는 임무를 띠는 문단은 불신과 낙후의 저생산의 골짜기로 빠져들 것이기 때문이다. 부정에 부정을 거듭하는 정신, 새로움에 새로움을 더하는 정신, 사유의 진보에 진보를 이어가는 준열한 시의 정신이 난삽한 문화로부터 시를 지켜내고 시의 수준을 업그레이드시키는 동력이 될 것이다.

그 꽃은 한 번 출가한 뒤로 종적이 묘연하네.
연못 주인도 몇 년 째 소식이 끊기었다 하네.

둥근 초록 물방울만한 문패를 내걸고
비좁게 붙어사는 이웃사촌인
부레옥잠화 개구리밥풀 생이가래 등이
벌써 부재자 신고를 필했다지만

어차피 연못은 이들의 판이고 세상이어서
바람들만 수소문하듯 어지러이 발자국 찍어놓고 가네.

하릴없는 물방개와 소금쟁이들만 저들끼리
물레방아를 만들어 팔랑거리며 돌리네.

그동안 가시연꽃은 단 하나의 종(種)으로 개화하기 위해
물속 물컹한 지층 바닥에 고개 처박고
제 등에도 무슨 가시를 만드는지
자신을 철거하고 더 심오한 몸피를 설계하는지
기척조차 일지 않네.

물밑 잠복한 일백 년도 한 순간인 듯 지나가고
날카롭고 삐죽한 창날이
물 위로 들썩 고개 내밀 때 쯤

가시가 달린 꽃자루인 걸
그 속내가 피 칠한 꽃봉오리로 단단해지는 걸
나는 몰랐네, 더듬더듬 만져보고도

오랜 리모델링에 벌겋게 달아오른 청동의
저 환한 얼굴들.

— 노향림, 「가시연꽃」(『시사사』, 2012. 9~10월호) 전문

복잡하고 어지러운 세태 속에서 자기의식을 잃지 않고 살아가는 일은
주체성을 견지하고자 하는 노력에 속한다. 그것은 사회와 문화를 지배
하는 요인에 종속되지 않고자 하는 자기회복 의지이자 권력에 길들여지
기를 거부하는 저항정신이다. 위의 시에서 우리는 소거되지 않은 의미

를, 상실되지 않은 시인의 자기정신을 읽어낼 수 있다.

　시인은 '연못'에서 기거하는 풀들의 살이들, 그 속에서 벌어지는 다양한 서사에 기대어 우리에게 사회의 난삽한 세태와 그 안에서 자기를 잃지 않고자 하는 자아의 모습을 보여주고 있다. 우리는 '연못'과 '부레옥잠화 개구리밥풀 생이가래', '하릴없는 물방개와 소금쟁이들' 그리고 '가시연꽃' 등을 통해 사회의 한 단면을 암시받을 수 있거니와, 시인은 이 가운데 '가시연꽃'을 험한 세태와 속물적인 이웃들 사이에서 꿋꿋하게 자기정신을 지키며 살아가고자 하는 중심인물로 설정하고 있다. '가시연꽃'은 '부레옥잠화 개구리밥풀 생이가래' 등의 억센 종자들이 '어지러이' 판치는 세상에서 '단 하나의 종으로 개화하기 위해/물속 물컹한 지층 바닥에 고개 처박고' 인내하고 수련하는 존재라 할 수 있다. 특히 '가시연꽃'의 '등에 만들어질 가시'는 고통에 대한 극기의 상징적 형상화일 것이다. 즉 '가시연꽃'은 고독과 금기를 택할지언정 세태에 물들거나 휩쓸리지 않는 존재를 가리킨다. 그것은 타협하지 않는 정신의 표현이자 꺾이지 않은 영혼의 상징이라 할 수 있다.

　이러한 맥락에서 시인은 '가시연꽃'을 '연못 주인'의 지위에 버금가는 존재로 설정하고 있음을 알 수 있다. "그 꽃은 한 번 출가한 뒤로 종적이 묘연하네./연못 주인도 몇 년 째 소식이 끊겼다 하네"라는 화자의 진술은 '가시연꽃'의 부재가 '주인' 잃은 연못의 상황과 같음을 보여주는 것이다. 즉 시인의 시각에 의하면 자기정신을 지키고자 하는 존재는 지금 당장은 그 존재감을 드러내지 않을지라도 여전히 유보된 주인공이며 언제가 "일백 년도 한 순간인 듯 지나간" 후에 "날카롭고 삐죽한 창날을 내밀 때 쯤" "청동의 환한 얼굴"로 다시 나타날 것이라는 점이다. 시인은 '가시연꽃'을 통해 오늘날 사회와 개인 간의 양상을 알레고리적으로 그리고 있으며 이 속에서 주도적 인물에 대한 예언자적 비전을 잃지 않고 있음을 알 수 있다. 가장 힘겨운 상황 속에서도 이 모든 어려움에 굴하지 않고 자신을 지켜나가는 '가시연꽃'은 타협하지 않는 순결한 정신의 상징이자 새로운 문화 창출의 가능성이 아닐 수 없다.

벽에 걸려있는 내 사진이 거울 속으로 보인다
거울 속으로 보이는 내 사진을 내가 바라보고 있다
사진 속에, 거울 속에, 거울을 바라보는
내 눈 속에 비치는 나에게
저게 바로 나야! 하고 말하는 순간
내 시선은 어디에도 고정되지 못한다
흘러가는 시간 속에 나는 정착하지 못하고 표류한다
사진을 찍는 것은 표류하는 나에게
닻 하나 내리는 일
미끄러지는 나의 초상을 꼭 붙들어 보겠다는 말
우리가 사랑하는 일도 그렇다
우리는 사랑이라는 감정에 집착하였다
네가 내 안에 들어와 하나가 되었을 때도
우리는 미끄러지고 있었을 뿐
우리가 하나 된 적 있었을까
하나가 되었다는 말만큼 불편한 말은 없다
우리는 우리라는 말의 굴레에 잠깐 머물러 있었을 뿐
사랑이라는 말의 감촉에 깜박 속고 있었을 뿐
나는 너에게, 너는 나에게
점액질로 미끈덩거리는 미꾸라지다
서로에게 겹쳐지지 않는 간격이다
잡힐 듯 잡히지 않는 나비이다
보일 듯 보이지 않는 바람이다
— 김나영, 「차연에게」(『시와 사람』, 2012. 가을호) 전문

기의와 대응하지 못한 채 기표가 무수히 연쇄되는 양상으로서의 '차연'은 위의 시에서 인식 및 관계에 있어서의 서로 맞물리지 않는 상태, 확고히 고정되지 않은 채 피상적으로 겉도는 상태를 가리키는 비유어로 사용되고 있다. 시는 시적 자아가 '사진'을 통해, '거울'을 통해 '나'를 인식하고자 하지만 그러한 매체들이 '나'의 이미지만을 제공할 뿐 '나'의 본질로 다가가는 통로를 제공하지는 못한다는 상황을 그리고 있다. 시인은 시적 자아가 '거울'을 바라보는 순간을 예리하게 포착하여 인식의 어긋남과 어려움을 명석하게 설파하고 있다. '사진'과 '거울'은 '나'를 인식하고자 하는 욕망의 표현일 뿐 오히려 표류하는 '나'에 대한 증명이자 '나'에 대한 인식의 불가능성을 더욱 뚜렷하게 해줄 뿐이라는 주장이 시에 나타나 있다.

대상에 대한 확고한 인식의 어려움은 '사랑'의 관계에도 고스란히 적용된다. 화자는 우리가 '사랑'에 집착하는 것은 '사랑이라는 감정에 집착'하는 것일 따름이라고 한다. 즉 '사랑'의 개념도 실체도 이해하지 못한 상태에서 단지 '감정'에의 탐닉이 '사랑'을 만들어낸다는 것이다. 어쩌면 우리는 '사랑'을 통해 겪게 되는 여러 과정과 가치들에는 무관심하면서 그것을 둘러싼 애매한 감정들의 허구적이고 환상적인 분위기에 종속되는 것이 아닐까. 화자는 '우리'가 '사랑'이라는 이름에 의해 만나지만 진정으로 '하나'가 되는 일이란 거의 불가능하다고 지적한다. 오히려 '우리'는 "하나가 되었다는 말"에 불편함을 느낀다는 것이다. 이러한 맥락에서 시인은 "나는 너에게 너는 나에게 잊혀지지 않는 하나의 눈짓이 되고 싶다"라는 김춘수의 진술을 패러디하여 "나는 너에게, 너는 나에게" "서로에게 겹쳐지지 않는 간격"이라고, "잡힐 듯 잡히지 않는 나비"이자 "보일듯 보이지 않는 바람"이라고 말하고 있다. 이는 김춘수가 '사랑'을 통해 의미를 구할 수 있다는 믿음을 보여준 것에 대비되는 것으로서 서로를 통한 의미 확정의 불가능성, 사랑 구현의 불가능성을 주장하는 대목이 된다.

'인식'과 '사랑'의 미끄러짐과 어긋남을 묘파하는 시인의 이러한 사유는 해체주의를 이끌었던 데리다의 사상을 전도시키는 것이라 할 수 있다. 주지하듯 데리다는 '기표' '기의'의 어긋남과 기표의 유희라는 '차연'을 통해 이항대립을 해체하고 권력자의 지위로 군림하던 서구적 이성을 파괴하고자 하였다. 그것은 체제에 대한 도전이었고 현실 비판의 치열한 정신에서 비롯된 것이었다. 데리다의 '차연'이 아방가르드 미학에서 오랜 시간 영향력을 끼쳤던 요인도 이것이 지녔던 체제 비판정신에서 비롯되는 것이다. 그러나 이러한 '차연'이 하나의 문화적 방법론으로 고착되고 지배적 문화 경향으로 변질되었다면 이는 재인식되어야 할 것이다.

이 점에서 '인식'과 '사랑'에서의 차연적 상황을 비판적으로 성찰하고 있는 위의 시는 '차연'의 기능을 역전된 관점에서 고찰하는 것에 해당하는 것으로서 의미를 지닌다. '차연에게'에서처럼 '차연'을 호명하면서 이루어지는 위의 시에서 '차연'은 더 이상 전복적 에너지를 지니는 것으로서 전유되는 것이 아니라 의미 확정이 불가능한 세태에 대해 비판하는 계기로 작용한다. '차연'은 하나의 지배적인 문화 코드가 되었으며, 이에 따라 '자아' 인식 및 '사랑' 구현에 부정적인 영향을 미치는 요인이 된다는 것이다. 결국 위의 시는 '차연'의 코드를 넘어서서 자아회복과 진정한 사랑을 추구하는 자리에 서 있다고 볼 수 있다.

> 배추 잎에서 떨어진 애벌레 모양 오그라들었다
> 참새보다 적게 생각하며 살기로 길들여졌다
> 탱탱한 욕정도 쭈글쭈글한 절망도 꾹꾹 눌러 삼켜버리고
> 꾸어다 놓은 보릿자루처럼 조용조용 한 귀퉁이에 처박혀 있을 뿐

발로 걷어차이면 무너질망정 터지지 않는 生,

무너지는 生의 보푸라기들이 회색빛 불만의 소리를 내며 바르르 떤다

11월처럼 우울하고 불안한 그들,

울룩불룩한 몸 안에서 쥐새끼들이 우글거리며 이따금 밖을 노려볼 때도 있다

깊고 어두운데서 쩝쩝거리고 찍찍거리지만 이빨을 드러낼 줄은 모른다

누르면 누르는 대로 푹푹 들어가기만 하는

고무공처럼 통통 튀어나오지 못하는

헐렁한 영혼들, 소성만 있는

　　　　— 최서림, 「소성(塑性)만 있는」(『시사사』, 2012. 9~10월호)

　위의 시는 지배적 세력에의 종속과 그로인한 자아의 억압이 어떻게 이루어질 수 있는지를 아주 신랄한 어조로 묘사하고 있다. 위 시는 자기를 잃고 세태에 패배해가는 인물상을 사실적으로 제시한다. '애벌레 모양 오그라든' 자아, '참새보다 적게 생각하는' 길들여진 자아, '욕정도 절망도 꾹꾹 눌러 삼키는' 위축된 자아, '11월처럼 우울하고 불안한' 자아는 위압적인 모종의 힘에 의해 자아를 상실해가고 있는 초라한 자아를 형상화한다.

　이러한 자아를 바라보는 화자의 시선은 분노에 차 있다. 시적 화자는 "깊고 어두운데서 쩝쩝거리고 찍찍거리지만 이빨을 드러낼 줄은 모른다"며 야생성을 상실한 이들을 비난한다. 화자는 이들이 "소성만 있"을 뿐 자신을 억압하는 힘의 실체를 비판하고 이에 저항하지 못함을 지적하고 있다. 이들은 '헐렁한 영혼'이라는 것이다. 그러나 화자의 분노가 비단 권력에 의해 위축된 채 자신을 상실한 사회적 약자만을 향하고 있겠는가? 이들에 대한 화자의 분노와 비판은 결국 자아를 이 같은 지경으로까지 몰고 간 보이지 않는 거대 세력, 지배적 실체에 대한 인식에로까지 우리의 시선을 유도해간다. 사회의 약자는 사회의 강자가 만드는 것이고 사회 약자의 사회의 강자에 대한 저항이 이루어지지 못할 때 약자

와 강자의 지배종속의 관계는 더욱더 공고해지는 것이 아닐까. 위 시에서 보이는 것과 같은 자아군의 위축과 상실은 그 이면에 작용하고 있는 부조리한 사회 구조를 암시해주는 계기가 된다.

지배적 세력에 대한 저항의 부재를 지적하는 화자의 목소리는 매우 거세다. 화자는 분노하지도 저항하지도 않는 위축된 자아들을 가리켜 생명력이 없이 '소성만 있는' 자들이라 비하하기까지 하는 것이다. 이는 관성에 젖은 채 살아갈 뿐 어떠한 행동력도 결여되어 있는 자아들을 가리키는 것으로서, 화자에 의하면 이들은 "누르면 누르는 대로 푹푹 들어갈" 뿐 "통통 튀어나오지 못하는" 자들이자 '영혼'을 잃어가고 있는 자들에 속한다.

사회적 강자에게 저항하지 못한 채 길들여지고 왜소해져 가는 자아들을 향해 '영혼'의 상실을 외치는 시인의 관점은 매우 적절해 보인다. 시인은 우리에게 지배적 세태에 종속된 채 살아가는 것이 자아본위의 생명력을 상실해가는 것이며 그것은 다름 아닌 영혼의 죽음을 의미하는 것이라 말하고 있다. 우리는 위의 시를 통해 저항은 곧 영혼의 회복이자 그것을 이끄는 동력이란 자아의 야생적 생명력임을 읽을 수 있다.

불확정성의 시학

> 팔려온 딸애를 면회하고 용궁을 나온 곽씨부인은
> 그 길로 광한전 옥진부인(玉眞夫人) 노릇도 그만두고
> 인당수 길목에 와서 산다네
> 꽃봉지 같은 섬 하나
> 열두 폭 치마로 칭칭 싸안고
> 딸처럼 끌어안고 산다네
>
> 송나라 도자기 배도 새우젓 배도
> 침이나 꿀꺽 삼키며 비끼어가는 섬

남경장사 선인들도 말도 못 붙이고
그저 빙빙 돌기만 하는
섬

덕적 바다에 가면 그녀의 아니리가 들리느니
걱정마라 에미 예 있다 손 꼭 붙들어라 아가
아직도 눈 못 뜬 애비 진양조도 들리느니
돈도 싫고 눈뜨기도 내사 싫다
못 판다 우리 청이
우리 굴업도

—윤제림, 「곽씨부인 소식」(『현대시』, 2012. 10월호) 부분

심청이 설화에 기대어 시인이 전하고자 하는 의미는 무엇일까? 아버지의 눈을 뜨게 하기 위해 팔려가는 심청이와 '못 판다 우리 청이' 절규하는 심학규, 그리고 심청의 어머니로 설정되어 있는 '곽씨부인' 사이의 애절한 스토리를 '아니리', '진양조'의 절절한 가락에 실어 노래할 때 시인이 형상화하고자 한 것은 무엇이었을까? 시는 「심청전」의 설화적 구성을 시적 장치로 취하면서 본의(tenor)를 표면으로 내보였다 감추었다를 반복한다. 시인이 전하고자 하는 본 의미는 「심청전」의 서사에 가려졌다가 솟구쳐 오르면서 파도처럼 넘실거린다.

가령 '옥진부인 노릇도 그만두고 나온 곽씨부인', '남경장사 선인들', '에미 예 있다 손 꼭 붙들어라 아가' '돈도 싫고 눈뜨기도 내사 싫다/못 판다 우리 청이'가 포장된 심청의 스토리라면 이들 요소들의 사이사이 '꽃봉지 같은 섬 하나', '송나라 도자기 배도 새우젓 배도/침이나 꿀꺽 삼키며 비끼어가는 섬', '우리 굴업도'가 날실처럼 비어져 나옴으로써 시적 의미가 촘촘히 교직되고 있음을 알 수 있다. 그리고 이때 '섬'은 팔려가는 '아가', 희생되는 '심청'이와 동일시된다. 심청 설화를 통해 씨실과 날

실처럼 직조되는 이러한 시적 장치에 의해 '섬'은 이야기의 비극적 전개의 한가운데에 자리잡게 되고 결국 문제의 중심에 놓이게 된다는 것을 알 수 있다. 즉 시인이 설정한 이와 같은 극적인 구성은 아무런 관심도 시선도 끌지 못하였던 '섬'을 강한 문제의식의 대상으로 주목시키는 작용을 하게 되는 것이다.

마침내 독자는 시인이 말하고자 하는 '섬'이 '굴업도'임을 알게 된다. 그것은 '열두 폭 치마로 칭칭 싸인' 아름다운 경관의 것이자, 장사치들이 '침이나 꿀꺽 삼킬 뿐' 귀한 위세에 눌려 범접치 못하는 섬이다. 그리고 나아가 독자는 그러한 '굴업도'가 최근 한 재벌가의 사업을 위해 거래됨으로써 훼손되고 파괴될 위험에 처하게 되었음을 인지하게 된다. 즉 자연의 신비를 간직하고 있는 '굴업도'는 돈과 권력에 의해 희생될 처지에 놓여 있는 것이다. 사실 별다른 경각심을 끌지 못하였던 '굴업도' 개발 문제였지만 이쯤 되면 우리가 적극 보호해야 할 존재로서 부각되게 된다. 위 시는 자본에 침식당하는 '굴업도' 사안에 대해 고발을 하는 것으로서, 자연의 생태계 파괴 및 지구 환경 파괴를 경고하는 생태주의 시의 범주에 드는 것임을 알 수 있다.

시가 의미 지시적 기능보다는 현란한 이미지를 중심으로 한 심미 기능에 치중해 있는 경우에 비해 볼 때 위의 시는 의미 확정과 이를 위한 시적 형상화 양면에 고심하는 건강한 시의 양상을 우리에게 보여준다. 위의 시는 화려한 시의 장치들 뒤로 의미를 지연시키거나 숨기는 대신 의미를 끌어들임으로써 적극적인 자기사유를 펼치고 있음을 알 수 있다. 특히 '심청전'이라는 절박한 가락으로 끌어올려진 위 시의 의미가 자본의 권력에 의해 파괴되는 인간의 자연의 운명을 겨냥하고 있다는 점은 흥미로운 대목이다.

표면화된 현란함과 화려함은 후기 자본주의의 문화적 특질이다. 이러한 문화적 생태 속에서 건전하고 분명한 사유를 이끌어내는 일이란 생각보다 쉬운 일이 아니다. 화려한 기표 중심의 문화적 체제 내에서 의미는 단순해지고 사유는 힘을 잃기 마련이기 때문이다. 시적 장치의 세밀한 고안이 요구되는 것도 이 지점에서이다. 위의 시들은 시의 역능을 포기하지 않으면서 이를 위한 의미 추구와 형상화 구현 양면을 소홀히 하지 않고 있다는 공통점을 지닌다. 즉 이들 시들은 유희하는 기표 속으로 미끄러져 들어가는 시가 아닌, 기표와 기의가 조화롭게 맞물리는 '미끄러지지' 않는 시들인 셈이다. 이 점이 위의 시들을 사유를 중심으로 하는 건전한 시가 되게 하고 전달력을 지닌 힘 있는 시로 남게 한다.

말의 발생과 기원, 살아 있는 말을 찾아서…

0. 언어와 세계

언어가 가장 언어답다는 관념은 언어가 사물을 있는 그대로 담아낼 경우에 해당할 것이다. 언어가 사물의 외양은 물론이고 사물이 지니고 있는 느낌과 분위기를 포착할 때, 사태나 정황을 사실적으로 묘사하는 것은 물론 그 안에 담긴 의미를 가장 적절하게 담아낼 때, 우리는 언어에 대해 가장 큰 신뢰를 보낸다. 즉 언어가 본질을 담고 있을 때라야 언어의 가치를 인정하게 되는 것이다.

이러한 본질을 지향하는 언어가 그러나 도전을 받게 된 것은 무엇보다도 언어가 실질이 아니라 체계일 뿐이라고 보았던 구조주의 철학의 영향 이후부터일 것이다. 구조주의 철학에서는 언어란 사물과 직접적 관련이 없는 자의적인 기호일 뿐이며 일정한 기호체계 내에서의 선택에 불과할 뿐이라고 함으로써 언어와 사물의 고리를 끊어버렸다. 즉 언어는 기의와 기표의 결합이라는 시스템의 산물이 된 것이다.

언어가 사물의 반영이 아닌 기호체계의 산물이라는 점은 공교롭게도 자본주의하에서 화폐가 상품가치와 교환가치로 이루어지며, 점차적으로 화폐가 상품가치로부터 이반되기 시작한 사실과 궤를 같이 한다. 나아가 후기 자본주의 사회에서의 금융자본이 상품가치와 무관한 폭주적 교환가치의 성격을 띤다면 이는 포스트모더니즘에서의 기의와의 고리가 끊어진 기표유희에 대응한다.

언어가 실질이 아니라는 관점은 언어가 본질을 담아내야 한다는 부담으로부터 언어를 자유롭게 한다. 그것은 언어로 하여금 더 이상 현실의 무게로 짓눌리지 않도록 허용하는 계기가 되어주었다. 그러나 언어가 가중된 무거움을 털어내야 한다는 당위에도 불구하고 말의 유희는 언어의 시적 성질을 훼손시킨다. 언어의 가벼움은 사물과의 분리이자 본질과의 이반이고 그것은 세계와 무관한 언어의 고립이기 때문이다. 그러한 언어는 보기엔 매혹적일지라도 세계의 내면을 소거한 비어 있는 언어이다. 또한 그것은 세계 내에서 깃털처럼 떠돌되 세계를 바꿀 수 있는 아무런 힘도 소유하지 못하는 공허한 언어라 할 수 있다.

이러한 정황은 시적 언어가 놓인 딜레마를 말해준다. 시적 언어는 무거움과 가벼움 사이에서 표류한다. 언어는 가중된 세계의 무게로부터 자유로우면서도 세계로부터 이반되지 않아야 하는 긴장을 요구받는다. 불필요한 부담을 씻어야 하지만 동시에 세계에의 영향력을 상실하지 않아야 하는 이 양면성을 시적 언어를 실현해야 하는 것이다.

1. 적정한 질량(質量)의 언어

때로 시는 필요 이상으로 진지하다. 대체로 시는 세계의 평균적 감각에 비해 무겁고 힘이 가득 들어 있다. 그 무게로 인해 시는 세계보다 더 빨리 가라앉고 세계보다 더 늦게 일어선다. 간혹 세계의 평균적 시각에서 볼 때 시는 이질적이고 기괴하기까지 하다. 그 이질성과 기괴함이 시를 소외시키는 요인이 되기도 한다. 이처럼 특수한 시는 세계와 교류하지 못한 채 낯선 곳으로 유폐되기 마련이다.

이승훈 시인의 시는 시가 지닐 수 있는 그와 같은 두께와 무게를 제거해내는 데 할애된다. 그의 시는 시가 갖게 마련인 불필요한 군더더기를 소거시키고 언어의 생생함을 되찾는 데 몰두한다. 그러한 언어가 몸 가벼운 언어이자 한결 힘이 덜어진 언어이고 세상의 감각에 맞춘 언어이기 때문이다.

1.

이 시대엔 너도 나도 시를 쓴다. 지식인은 지식을 자랑하기 위해 무식한 사람은 무식을 감추기 위해 되는 소리 안 되는 소리 모두 시를 쓰고 시집을 내고 나도 시집을 낸다. 대머리도 쓰고 이가 빠진 인간들도 쓰고 병든 늙은이도 작은 방에 앉아 시를 쓴다. 손을 떨면서 기침을 하면서 모두 죽어라 하고 시를 쓰고 시집을 낸다. 모두 대단한 인간들이다. 나도 대단한 인간이다. 모두 미친 것 같다. 시를 쓰고 부지런히 시집을 내고 상도 받고 아무튼 재미있는 나라다.

2.

안방에 있는 탁상시계 공부방에 있는 탁상시계 작은 방 서가에 있는 탁상시계 주방 벽에 있는 뻐꾸기시계 모두 고맙다. 시간을 알려주니까. 일어나는 시간 밥 먹는 시간 낮잠 자는 시간 인터뷰가 끝나고 그녀는 전화번호를 가르쳐준다. 난 서류 봉투에 전화번호를 적는다. 그러나 계속 글씨가 틀린다. 여기 적고 저기 적고 작은 방을 들어가 적지만 계속 글쓰기 틀려 다시 방에서 나와 마루에 엎드려 적는다. 가까스로 전화 번호 서류 봉투에 적고 일어선다. 손목시계를 찼는지 차지 않았는지 생각이 안 난다.

— 이승훈, 「좋아, 웃어라」(『유심』, 2013. 1월호) 부분

위의 시에서 읽을 수 있는 조롱은 다른 것이 아닌 시를 중심으로 하여 향해져 있다. 냉소적 어조가 가령 정치나 사회 등속의 것이 아닌, 시를 쓰는 사람들, 시단의 세태 등을 향해 있다는 점이 위 시의 특징인 것이다. 그 차가운 어조는 그렇다고 타자를 향해서만 있지도 않다. 그것은 자신을 포함한 모든 시단을 타겟으로 하고 있으며 그런 점에서 위 시는 자의식적이다. 즉 위의 시에서의 조롱과 냉소는 자아비판과 자아성찰을 포함한다는 것을 알 수 있다.

'너도 나도 시를 쓰는' 세태, '되는 소리 안 되는 소리 모두' '시집을 내는 세태, '손을 떨면서 기침을 하면서 죽어라 하고 시를 쓰는' 세태는 세상의 감각에서 볼 때 기현상이다. 그것은 '대단한 일'이고 '미친' 일이라 할 만하다. 물론 자신에게도 해당되는 경우인데, 이러한 시에 관한 과도한 열정의 상황은 현실의 논리에 비추어 보면 납득되기 힘든 것이 사실이다. 시쓰기란 돈도 권력도 그렇다고 한 점 티끌 없는 순수도 보장하는 것이 아니기 때문이다. 이와 같은 과열된 정열의 상황에 대해 그러나 어느 누구도 문제 제기하는 사람이 없다. 그것의 정당성에 대해 의미에 대해 묻거나 반성하는 이는 아무도 없는 것이다. 그러는 와중에서 시를 향한 열정은 정언 명령이 되고 시의 무게는 눈덩이처럼 불어난다. 급기야 시인과 시는 근원을 알 수 없는 시의 무게에 짓눌려 질식될 지경에 처하게 된다. 화자의 냉소적 시선은 이러한 세태를 향해 있다. '모두 미친 것 같다'는 발언은 마치 '벌거벗은 임금님'을 외쳐 위선적 어른들을 부끄럽게 했던 순진무구한 어린아이의 목소리와 다르지 않다.

그러나 그는 동시에 시의 세태 속 사금(砂金)처럼 녹아 있는 부분에 대해 맹목이지도 않다. 그는 녹여내어 추출할 수 있는 진실 또한 시의 세태 속에 있음을 모르지 않는다. '시를 쓰고 시집을 내고 상도 받고 아무튼 재미있는 나라'라는 진술은 시의 세태에 관한 복합적 관점 및 그가 견지하고자 하는 균형 감각을 암시해준다.

이러한 균형 감각은 시에서 일상에 대한 관심으로 이어진다. '안방에 있는', '공부방에 있는', '작은 방 서가에 있는' '탁상시계', 그리고 '뻐꾸기시계' 등에 대해 '고마'움을 표현하는 대목은 단지 언어유희로서의 의미만을 지니는 것이 아니라 세계에 대한 균형 감각을 강조하는 기능도 지님을 알 수 있다. '시계가 고맙다'는 것인데 그것은 너무도 당연한 이유인 '시간을 알려주니까' 그러한 것이다. 이는 특히 납득하기 힘든 '시에 대한 과도한 열정'에 비하면 너무도 명백하고 분명한 점이라 할 수 있다. 즉 '시계'라는 일상을 향한 관심은 기이하게 부풀어 있는 세태의 군살을 제거하는 과정이자 적절한 무게의 현실 감각을 갖기 위한 행위에 해당한다.

그러나 더도 아니고 덜도 아닌 언어 감각을 찾는 일은 쉬운 일이 아니다. 언어는 대체로 아주 무겁거나 아주 가벼워서 과도한 무게로 체하기 일쑤이거나 혹은 심한 가벼움으로 미끄러지고 헛나오기 일쑤다. '그녀가 가르쳐 준 전화번호를 적는데' '계속 글씨가 틀리'는 것도 이 때문이다. '여기 적고 저기 적고 작은 방에 들어가 적지만 계속 글씨가 틀려 다시 방에서 나와 마루에 엎드려 적는' 일은 곧 무거움과 가벼움 사이에서 비틀거리지 않으려는 화자의 고투를 암시한다. 즉 이를 통해 시적 화자는 우리에게 언어의 적정 무게를 구하는 일이란 '가까스로' 이루어지는 매우 어려운 것임을 말해주고 있다.

2. '낭패한' 가장(假裝)의 언어

말은 돌고 돈다. 담론들이 서로 매개되면서 말은 이곳저곳에서 섞인다. 타자의 말들은 아주 자연스럽게 나의 말들 속에 용해되기 마련이고 그중 매력적인 말들은 더욱 쉽게 원용된다. 사정이 이러하므로 나의 사유가 타자의 그것으로 대체되는 일은 쉬운 일이다. 혹은 나의 생각은 아주 쉽게 타자의 것이 된다. 이들 사이에 경계나 장애는 없다. 말은 나와 타자를 뒤섞는 가장 강력한 매개체이다.

처음엔 표정 하나를 훔쳤다

별의 꽃의 강물의 눈빛을 가져왔다
그들은 새로운 천사같이
너무나 반짝였고 너무나 향기로웠으며 끝없이 친절했다

외로운 눈이 속고
마음이 속았다
진짜보다 진실한 가짜를 사랑했다

그 다음엔 말들을 훔쳤다

신전이나 묘비의 오래된 말을 파냈다
그러자
가장 거룩한 단어는 천박해졌고
아름다운 단어는 사소해졌다

모래먼지 날리는 말을 버리고
혁명가나 철학자의 서재에 숨어 새로운 말을 훔쳐왔다
가장 용감한 단어는 비겁해졌고
지혜로운 단어는 잔인해졌다

쓰레기가 된 말들

쓰레기통이 넘쳐 악취가 나기 시작했다

　　　　　—이운진, 「낭패한 도둑질」(『시와 환상』, 2012. 겨울호) 부분

　'말'이란 가장 손쉬운 소통의 매개인 까닭에 흔히 '나'와 '너' 사이의 소유 구분 없이 뒤섞이곤 하지만, 위 시에서는 의도적인 '말'의 도용과 사고의 표절을 모티브로 취하고 있어 흥미롭다. 시에서 화자는 매혹적인 모든 것들, '별빛'이나 '강물'의 반짝이는 '표정'을 '훔치기도' 하고, 말들을 훔쳐'기도 하는 것이다. '훔친다'는 것은 별다른 노력 없이 흉내낸다는 것을 의미할 터이다. 즉 그것은 스스로 독창적인 것을 창출하기보다 기존의 매력적인 것들을 무반성적으로 전유함을 가리킨다.

　기성(旣成)의 매혹적인 것들을 시적 화자는 우선 '신전이나 묘비의 오래된 말들'에서 찾았다. 그것들은 '거룩'하고 '아름다웠'으며 한 마디로 탐나는 것이었다. 이들을 취했을 때 '진짜보다 진실한 가짜'가 되었는데 이때 '진실한 가짜'는 보다 '사랑'받곤 하였다. 그러나 독창성이 결여된 것이, 그리고 전체와의 유기적 맥락이 사상된 채 일 부분만을 따온 것이 지니는 생명력이란 그리 오래 지속될 리 없다. '거룩한 단어는 천박해졌고/아름다운 단어는 사소해졌'던 것도 이 때문이다.

　화자는 이제 '혁명가나 철학자의 서재에 숨어 새로운 말을 훔쳐왔다'고 말한다. 화자는 세계를 변혁하고자 했던 '혁명가'의 '말'에서 뜨거운 힘과 열정을 읽었을 것이며 세계를 파악하고자 했던 '철학자'의 '말'에서 냉철한 지성과 지혜를 느꼈을 것이다. 이들은 역시 영혼을 울릴 만큼 매혹적인 것이었으리라. 시적 자아는 이들의 향기에 취해 이들의 '말'들에 사로잡혔을 것이다. 그러나 역시 사회 및 시대와의 필연성을 상실한 채 도용된 이들 '말'은 그 긴장력을 오래 끌지 못한다. '가장 용감한 단어는 비겁해졌고/지혜로운 단어는 잔인해졌'던 것도 이와 관련된다. 한때 시

대를 이끌었던 '혁명가'와 '철학자'의 창조적인 말들은 도용된 순간 전체와의 유기성이 사상된 죽은 언어가 되는 것이다.

'말'의 창조성에 관해 시인이 보여준 통찰은 시적 언어에 관해 시사하는 바가 크다. 우리는 위 시를 통해 살아 있는 언어란 무엇인가에 관한 한 관점을 얻게 되는 것이다. 살아 있는 언어, 언제까지 유용하며 향기가 나는 언어란 결코 쉽게 얻어지는 것이 아니다. 그것은 '거룩'한 것이며 '아름다운' 것이자 '용감'하고 '지혜'로운 언어로서 동시대 및 사회와 유기적이고 전체적인 연관성을 유지한 것이라야 한다. 그러한 언어는 동떨어진 것이 아니라 인간에게 뿌리를 박고 있는 것으로서 해당 사회에서의 문제의식하에 도출된 것에 해당한다. 다시 말해 언어의 독창성이란 단지 매혹적인 것이 아닌 시대 및 사회 속에서 영향력을 부여받은 것이라야 한다는 점이다.

3. 영혼을 실사(實寫)한 언어

깃털처럼 가벼운 언어를 꿈꾸며 유행하듯 언어유희가 성행하였지만 말은 기표의 자의적 선택이기 이전 사물 및 세계에의 지향성을 지닌다. 이운진의 시에서 살펴보았듯 세계와의 유기(有機)성이 사상된 채 시스템상으로만 존재하는 말이란 살아 있는 말이 될 수 없다. 그것은 경직되거나 고사되기 마련이고 때로 '악취'를 풍기는 '쓰레기'가 될 수도 크다. 그에 비해 사물의 본질에 닿으려는 노력은 사물과의 유기성을 잃지 않으려는 시도로서 사물이 지닌 의미 및 사물의 영혼까지 담아내려는 합당한 태도에 속한다 할 수 있다.

그림으로 이야기를 나누던 꽃 중에, 장미가 있습니다.

4천원에 사 온, 두 송이 장미.

노란 장미는 그림의 모델이 되고.

다른 한 송이는 페트병에서 모가지를 내놓고 있습니다.

모가지라 하면, 동물의 목숨이 매달린 곳이겠지요.

영혼과 물욕이 분주하게 오가는 통로이겠지요.

모가지가 길수록 고고할까요.

모델이 되었던 장미가 수분이 날아가서 그림이 되었지요.

연분홍 장미는 연꽃처럼, 물을 이겨내지 못해서 시들었습니다.

시든 장미가 마르도록, 사나흘 거꾸로 매달아 뒀습니다.

수분이 날아가서 영혼만 남은, 장미가 되었습니다.

(중략)

남아있는 장미의 영혼이 시가 되었습니다.

옷을 입듯이, 초록 잎이 시작된 곳까지가 모가지입니다.

영혼이 된 장미의 모가지가 짧습니다.

　　　　　　　— 이길한, 「메신저 장미」(『예술가』, 2012. 겨울호) 부분

　'장미'를 두고 계속해서 '이야기를 나누'는 위 시의 화자는 화가이기도
하고 시인이기도 한 인물이다. 위 시의 모티브는 '수분을 잃은 마른 장미
의 시화(詩化)'라 할 수 있다. 말라가는 '장미'는 '페트병에서 모가지를 내
놓고' 건조의 과정을 겪고 있다. 사물과의 면밀한 '대화'에 익숙해서인지
시인은 '건조장미'에 관해 다각도의 시선을 던지고 있다. 이때 그 시선은
마치 관찰자의 그것처럼 냉철하면서도 세심하다. 또한 시적 화자의 목
소리는 무게감으로 부풀어 오르는 법 없이 담담하고 나직하다. 더욱이
시인은 '장미'의 '모가지'를 통해 '장미'라는 사물이 지니고 있을 불필요
한 군더더기가 모조리 빠져나갈 것이라는 상상을 펼친다. 즉 '모가지'는

'목숨이 매달린 곳'이자 '영혼과 물욕이 분주하게 오가는 통로'로서, 이 '모가지'를 통해 수분이 날아가고 메마른 '장미'가 될 경우 '장미'는 비로소 '영혼'만이 남은 '장미'가 될 것이라는 상상이 그것이다. 결국 수분이 모두 사라진 메마른 장미는 '물욕'이 모두 소거된 순수 영혼만의 사물을 의미한다. 이렇듯 시인이 보여준 시선, 어조, 상상은 모두 시에 섞일 수 있는 모든 비본질적인 것들, 과도한 무게감, 어색한 힘주기, 과장된 감정 등속의 것들을 제거하기 위한 장치들이라 할 수 있다.

시적 자아의 '장미' 말리기는 매우 철저하다. '모가지'를 내어 달린 '장미'는 처음에는 '시들'더니 화자에 의해 더욱 마르도록 '사나흘 거꾸로 매달'리게 되었다. 그리고는 '영혼만 남은 장미가 된' 것이다. 화자의 사물에 대한 시쓰기가 시작된 지점도 바로 여기다. 화자는 이때야 비로소 '시'를 쓴다. 즉 '남아있는 장미의 영혼이 시가 된' 것이다.

'장미'를 둘러싼 이와 같은 상상력은 우리에게 시의 언어가 견지해야 할 방향에 관해 단적으로 암시해준다. 그것은 곧 '동물'로서 가지게 되는 '물욕'을 포함해 불순한 것, 비본래적인 것 등을 모두 제거하는 것과 관련되는 것으로서, 불필요한 비중들을 지우고 더도 말고 덜도 아닌 사물 그대로의 모습을 담아내려는 시도에 해당한다.

4. 내면에서 토해진 언어

무거움과 가벼움 사이에서 긴장을 확보한 언어는 세계의 가장 핵심만을 포지한 언어에 해당할 것이다. 그것은 오랜 시간에 걸쳐 낀 언어의 각질을 벗고 아기피부처럼 생생함을 회복한 것에 해당할 것이다. 그러한 생생함은 세계와의 밀접한 연관성을 포기한 채 무차별적으로 폭주하는 기표유희의 언어와 구별되는 것이다. 그렇다면 가중된 언어의 두

께를 벗어던지면서 동시에 사물과의 유기성 또한 유지하고 있는 본래적 언어는 어떻게 발휘되는 것일까?

그녀의 절제(切除)된 성대에는
모래무지가 산다, 말이 산다
모래를 파고들어가 그 속에서 부레를 키우고
모래 밖으로 떠오르는 연습을 한다
그녀가 복식호흡으로 가성을 만들 때마다
부정확한 발음들이 기포로 떠오르고
모래알들은 심하게 흔들린다
말에도 씨앗처럼 껍질이 있었는지
간신히 모래를 뚫고 나온 균열된 단어들은,
딱 붙어 한 문장이 된다
성대 없이도 레코드판은 돈다
말들이 재생된다
일제히 모래를 걷어차고 오르는
강기슭 모래무지 떼
잃어버린 성대로 인어공주가
왕자에게 말을 건넨다

모래무지가 뛴다
모래무지가 뛴다
말이 뛴다
—우희숙, 「성대 속에는 모래무지가 산다」(『시사사』, 2013. 1~2월호) 전문

시적 언어에서 적정한 질량의 균형을 이루는 일, 허위가 없는 사물의 본질을 구현하고 시의 진실성을 이루는 일은 많은 시인들이 혼신의 힘을 기울여 구하고자 하는 것이다. 그것은 사물에 대해 명명을 하는 일에

서부터 사회와의 유기성을 취하는 일 등 세계와 언어의 관계를 정립하는 일에 해당하는 것이기도 하다. 이와 관련하여 우희숙은 시적 언어가 발생하는 지점 및 상태를 '모래무지 속에서 피어오르는 말'이라는 모티브를 통해 매우 적절하게 비유하고 있다.

위 시에 의하면 시의 '말'은 '절제된 성대' 속 '모래무지' 내부에서 솟아오르는 것이다. 여기에서 '절제(切除)된 성대'는 쉽게 소리를 낼 수 없는 상황, 진동의 요인을 모두 제거하여 잡스런 어떤 음파와도 공명하지 않는 상황을 간주하는 것이다. 또한 이 속에 '모래무지'가 있다는 설정은 그야말로 '소리'를 내는 것이 극도로 어려운 상황임을 암시하고자 하는 것이다. '모래무지'는 시의 언어가 뚫고 올라와야 하는 두터운 장애를 상정하는 것이리라. 즉 '절제된 성대' 속 '모래무지'는 세상에 두텁게 덮여 있는 허위의 장막을 의미하는 것으로서 이러한 상황에서 시적 언어는 이를 뚫을 수 있는 진실성과 힘을 요구받게 된다.

실제로 시에서 '말'은 '모래를 파고들어가 그 속에서 부레를 키우고/모래 밖으로 떠오르는 연습을 해'야 하는 것으로 제시된다. 물론 이때 '말'은 쉽게 발성되지 않는다. '복식호흡으로 가성을 만들 때마다/부정확한 발음들이 기포로 떠오르고/모래알은 심하게 흔들린다'는 것은 '모래무지' 속에서의 발성이 매우 힘들다는 것을 말해준다. '말'들은 '간신히 모래를 뚫고 나오'지만 그것도 '균열된 단어'의 상태로서일 뿐이다.

그러나 '연습'은 어려운 상황을 극복하게 해주는 매우 요긴한 기제가 된다. 이는 '간신히 모래를 뚫고 나온 균열된 단어들'이 결국 '딱 붙어 한 문장이 되'는 것을 보아도 알 수 있다. 곧 '성대 없이도 레코드판은 도'는 것이다. 시적 자아의 힘겨운 '말'하기 '연습'은 '말들의 재생'을 이끈다는 것을 알 수 있다. 또한 이렇게 하여 발성된 '말'은 '일제히 모래를 걷어차고 오르는' 힘찬 말이라는 것도 알 수 있다. 시인은 이러한 '말'을 가리켜

'잃어버린 성대로 인어공주가 왕자에게 건네는 말'이라고 명명한다.

 이러한 진술들은 시인이 추구하는 언어가 최악의 조건 속에서 모든 역경을 딛고 창출된 언어임을 암시한다. 시에서 구해지는 '말'은 '성대'가 없음에도 불구하고 울림을 만들어내는 것이자 '모래'라는 장애에도 불구하고 균열없는 '문장'을 만들어내는 것이다. 그것은 온갖 고뇌를 극복한 힘찬 언어이자 내면에서부터 뱉어낸 진정한 언어이다. 때문에 이는 성대를 상실한 채 '왕자'에게 다가가는 '인어공주'의 '말'에 비견될 만하다.

 '말'과 관련해 시인이 이토록 난해한 상상력을 펼치고 있는 것은 시적 언어의 요건과 의미에 관해 강조하기 위해서일 터이다. 시에 의하면 그것은 '배'로부터 발성되는 것, 곧 내면 깊은 곳에서 우러나온 것이자 영혼의 힘으로 분출되는 것이다. 그것은 온갖 장애를 극복하며 가슴 깊은 곳에서 토해지듯 발화되는 것을 가리킨다. 그러한 말에 불필요한 군더더기가 붙어 있을 리 없다. 실제로 그러할 때 '말'은 '모래무지'를 뚫고 나와 톡톡 '뛰는 말', 바로 살아 있는 '말'이 될 것이다.

'마음'의 질(質)과 양(量)으로 이루어지는 세계의 소통

　사람과 사람 사이를 소통시켜 주는 것은 언어이지만, 그리고 언어는 사람들의 소통을 위한 최선의 도구이지만, 우리는 언어가 가진 한계 또한 너무도 잘 알고 있다. 의사소통과 공동체 유지를 위한 도구로서 유통되었던 까닭에 언어란 규범과 규약에 종속되기 마련이다. 이 때문에 경직되고 상투화되는 언어는 외연의 틀 속에서 관습적으로 사용되곤 한다. 언어철학자들의 가장 주된 문제제기도 언어의 이와 같은 측면에 대해 이루어진 것이라 할 수 있다. 기의와 분리된 기표, 사물을 소외시키는 말, 자동화된 언어 등의 명제는 모두 언어의 한계를 가리킴과 동시에 언어가 미처 담아내지 못하는 어떤 세계에 대한 갈증을 나타내는 것이다. 말할 수 없는 것에 대해 차라리 침묵하라고 했던 것이나 세상을 이루는 것은 사물이 아니라 사실이라던 비트겐슈타인의 진술 역시 세계와의 관계에 있어서의 언어의 제한성에 대해 일갈한 것이다.

　언어가 지닌 한계에 대해 궁구하는 과정에서 서양의 언어철학자들이

끝까지 개념과 논리에 집착했던 것에 비해 동양의 철학자들은 직관과 무위(비움)를 제시한다는 것을 알 수 있다. 동양에서는 논리나 형식을 추구하기보다 오히려 이들을 배제함으로써 사물 자체에로 다가가고자 하였다. 불교에서 말하는 불립문자, 염화시중, 이심전심 등의 유명한 경구는 언어의 임계점에 이르렀을 때의 상황을 단적으로 나타내주는 것이라 할 수 있다. 동양의 세계관에는 언어가 소통에 도움을 주는 대신 방해 요소로 작용한다고 하는 언어에 대한 회의가 강하게 전제되어 있다.

동서양을 막론하고 이토록 언어의 기능에 대해 논구하였던 데에는 세계에 대한 인식이 과연 가능한가에 대한 질문이 포함되어 있다. 즉 인간의 능력으로 세계에 대해 알 수 있는 범위는 어디까지인가에 대한 의문이 여기에 놓여 있다. 언어의 실행이 세계 이해를 보장하는 것인가 혹은 반대로 세계 이해를 가로막는 것인가. 임계 지점에 이르러 언어를 버리라고 권하는 동양의 관점은 인간적 도구를 초월함으로써만이 닿을 수 있는 진리의 세계를 상정하고 있다. 즉 진리의 세계란 이성이나 지각, 의식이나 감각만으로 추구될 수 없는 경지에 있다는 것이다. 흔히 깨달음이라는 이름으로 전해지는 진리의 경지가 서양에서는 본질이라든가 이데아로 명명되곤 한 것인데, 동서양의 철학은 이에 다가가기 위한 방법을 탐구하기 위해 무수한 논의들을 전개해온 것이라 할 수 있다.

인간은 과연 사물을 이해할 수 있는가? 언어가 한계를 가지고 있다면 사물의 이해를 위해 인간이 사용할 수 있는 도구는 무엇인가? 사물은 어떻게 이루어져 있는가? 사물이 무엇으로 되어 있는가를 안다는 것은 결국 인간 사이의 소통을 위한 길이 열리는 것과도 같다. 인간도 사물의 일부분으로서, 이에 대한 답은 인간에 대한 이해의 방편을 제공할 것이기 때문이다. 나아가 이러한 질문들의 지점은 시의 출발이 되는 곳이기도 하다. 시는 사물에 다가가고자 하는 인간의 뜨거운 열망에서 비롯된 것이자 그것을 위해 언어의 한계를 넘어서고자 하는 것이기 때문이다. 사물의 존재를 탐구하고 그것의 의미를 밝히는 것이 다름 아닌 시인 것이다. 시의 존재 이유가 사물에의 이해, 세계의 개시(開示)라고 일컫는 것도 이러한 맥락에서 비롯된다.

신중신의 「빨간 우체통」은 이러한 논의들의 수면 위에서 강렬하게 번지는 파문처럼 우리에게 다가온다.

길가 우체통에 편지를 넣다. 햇살이 넘치는 한낮. 돌아서는 순간에 아, 여기가 이승이구나! 불현듯 밀려드는 살아 있음의 눈물겨움. 느닷없이 스치는 새 깃털 같은 감정의 흔들림이라니… 빨간 우체통 타지역 구멍으로 나의 진심 한 조각이 들어갔을 뿐이다.

– 사소한 일
일상의 대수롭잖은 한때

빨간 우체통에 우편물을 집어넣고 돌아서자 무슨 기척이 발걸음을 잡는다. 고개 돌려본 거기, 봄을 맞은 가로수 꺼칠한 등걸에 수액이 오르는 소리가 들린다. 살아 있는 것들의 와중에 살아 있음을 느끼는 내 몸이 갑자기 부풀며 퍼덕거리기 시작한다.

어두컴컴한 공동空洞 속에 나의 진실 한 조각이 들어가 파문을 일으킨 것일까. 서슬에 미동도 않던 땅이 용트림을 한다. 습지 산나리 꽃술에 눈많은 그늘나비 한 마리 꿀을 찾아 앉는가 하면, 심해의 가오리들이 중생대의 새떼처럼 창공 저편으로 훨훨 날아간다.

--심상찮은 동요
불시에 소용돌이로 치닫는다

—신중신, 「빨간 우체통」(『예술가』, 2013. 여름호) 전문

위 시는 '편지 한 통'을 써서 '우체통'에 넣는 화자의 심경을 그리고 있는 것으로, 화자의 표현대로 '사소한', '일상의 대수롭잖은' 일을 소재로 취하고 있다. 그럼에도 불구하고 이 작은 행동이 이루어지는 한 순간은 화자에게 결코 '사소하'게 지나가지 않는다. 만일 그러했다면 화자의 의식이 그토록 '부풀며 퍼덕거리'지도 않았을 것이고, 시도 쓰여지지 않았을 것이다. 위 시는 '길가 빨간 우체통에 편지를 넣'은 순간의 사태를 현상학적으로 다루고 있는 것을 알 수 있다. 화자의 간단한 행동 이면에는 거대한 세계가 놓여 있다. 시는 사물의 내면에서 파노라마처럼 펼쳐지는 우주적 세계를 그리고 있다. 화자의 진술에 기대면 그의 한 조각 행동은 잔잔한 수면 위에 '파문'을 일으킨다. 화자는 그것이 '어두컴컴한 공동(空洞) 속에 진실 한 조각'을 넣었기 때문으로 여긴다.

그래서인가, 화자가 '진실 한 조각'을 넣는 순간 그는 '살아 있음'을 실증하는 거대한 감각을 체험한다. '내 몸이 갑자기 부풀며 퍼덕거리기 시작'한 것이다. 순간 '여기가 이승이구나!' 하는 생각과 함께 '살아 있음의 눈물겨움'이 '불현듯 밀려'든 것이다. 이 '느닷없는' '살아 있음'의 세찬 감각을 화자는 '새 깃털 같은 감정의 흔들림'으로 표현한다. 이러한 느낌은 예상하지 못한 것이었다. 그도 그럴 것이 단지 '빨간 우체통' 속으로 편지 한 통을 넣었을 뿐이기 때문이다. 그렇다면 무엇이 이렇게 갑작스런 출렁임을 일으킨 것인가? 무엇이 화자를 생명의 감격으로 휘감았던 것일까? '햇살' 때문인가, 혹은 다른 이유 때문인가? 알 수 없다. 분명한 것은 '우편물을 집어넣고 돌아서자' '봄을 맞은 가로수 등걸에 수액이 오르는 소리가 들'렸고, 그 '와중에 살아 있음'의 감각이 '내 몸'을 밀고 들어오는 듯했다는 사실이다.

여기에서 화자는 그 요인으로 '진심'을 지적한다. 그리고 화자는 '타 지역 구멍으로 나의 진심을 집어넣었'던 사실을 제시한다. 이는 해석을

불확정성의 시학

하자면 다른 공간과 소통하고자 하는 주체의 '마음'이 '나'의 감정을 흔들고, 살아 있음의 환희에 들썩이게 했으며 햇살이나 나무와 같은 주위의 존재들에게까지도 공명하도록 했음을 알 수 있다. 즉 소통하고자 하는 주체의 의지가 '나'를 진동시켰고 그 울림 때문에 '내'가 이 주변의 세계와 하나로 휘감기게 되었던 것이다. 화자는 '한 조각 마음'은 그것에서 그치는 것이 아니라 주체는 물론이고 주위의 사물까지도 '불시에 소용돌이로 치닫'게 했다고 말하고 있다. 이는 '심상찮은' 일이 아닐 수 없다.

이 거대한 우주적 '소용돌이'는 그러나 외부에서 볼 때 제대로 감지되지 않는 것이 사실이다. '우체통에 편지 한 통 넣는 일'이 대단한 사건은 아니지 않는가. 그것은 그저 '사소한 일'이자 '일상의 대수롭잖은 한때'의 일이다. 그러나 이것의 내면은 다르다. 그곳에는 '심상찮은 동요'가 있고 '미동도 않던 땅이 용트림을 하'는 거대한 운동이 있기 때문이다.

이 뒤틀림을 우리는 무엇이라 불러야 할까. 외부의 시선으로 포착되지 않는다 해서 내부의 세계를 외면해야 하는 것일까. 그러나 그렇게 하자는 합의가 이루어진다 해도 달라지는 것은 없다. 화자의 '진심'은 실재하는 것이고 '살아 있음'의 감각의 실재성을 부정하는 것도 의미가 없다. 요컨대 화자에게 이 내면의 세계는 실제성을 지닌 세계다. 그것은 차원을 달리 하는, 동시에 외부의 세계와 맞물린 또 하나의 세계인 것이다. 정물처럼 보이는 듯하지만 그러나 외양과 달리 활발한 소통의 흐름이 있는 이 세계는 앞으로도 '느닷없이' 화자에게 말을 걸어올 것이다. 그리고 그것은 그를 거대하게 뒤흔들 것이다. 이 세계에서 일어나는 현상을 묘사하는 시인의 손길은 섬세하다 못해 미세하기까지 하거니와 세계와 공명하는 이 미세한 손길이야말로 사물의 세계를 온전히 드러낼 수 있는 온전한 도구가 아닐까. 곧 사물의 울림을 듣는 시인의 감수성은 세계와 소통할 수 있는 고차원적 도구에 해당한다는 것을 알 수 있다.

사물의 울림을 지각하는 시인의 감수성은 어쩌면 저주받은 것이다. 일상세계는 언제나 인간에게 부여된 평균적인 지각능력만을 요구하기 때문이다. 대체로 눈에 보이고 대체로 귀에 들리며 대체로 감촉되는 사물 외의 것들은 일상세계에서 추방되어야 할 것들이다. 그러할 때 상식이 정립되고 합리성이 지배하기 때문이다. 일상에서 평균적으로 소통되는 일정 범위 내의 지각력을 벗어날 경우 그 주체는 이방인이 된다. 이방인이 된다는 것은 평생을 모든 장소에서 고독해야 한다는 것을 의미한다. 이는 신의 저주가 아닐 수 없다.

그러나 시인의 감수성은 세계와 소통하는 또 다른 언어에 해당한다고 볼 수 있다. 시인의 감수성은 사물이 내는 울림을 듣고 세계와 공명할 수 있는 소통의 도구이기 때문이다. 정겸의 「초록 자라」에서 우리는 시적 감수성을 통해 사물과 소통하는 또 하나의 장면을 보게 된다.

물을 떠나 살 수 있을까

엉금엉금 산을 오른다
완만한 산록을 따라 기어가는 동안
홀로 서 있던 산매와 수액이
물관을 타고 심장 속으로 전이되고
심장의 박동소리 점점 빨라진다

(중략)

수맥의 끈을 놓친 지 오래되었다
산허리 따라 좁아진 산길, 숨이 턱, 막힌다
도망자의 길처럼 은폐된 등산로
가끔은 나무 뒤에 숨어서 세상을 훔쳐본다

푸른 기운은 하나 없는 바위덩어리
고사목이 널브러져 있는 여기는 깔딱 고개
다시 한 번 숨이 턱에 받치는
순간을 견뎌야 살아남을 수 있다
　　　　—정겸, 「초록 자라」(『리토피아』, 2013. 여름호) 부분

　시에서 화자는 '산을 오르'는 '초록 자라'다. '초록 자라'라는 설정만으로도 산을 오르는 주체의 힘겨움에 대해 우리는 충분히 상상할 수 있다. 실제로 '초록 자라'는 주변의 반생명적 조건에 의해 지독한 고통을 겪고 있는 자아를 상징한다. '초록 자라'에게는 '물'과 '푸른 기운'이 필요하다. 오랜 시간 '물'을 떠나 있었던 탓에 '초록 자라'는 '숨이 턱, 막힌다'. 화자인 '초록 자라'는 '수맥의 끈을 놓친 지 오래되었다'고 말한다.

　시는 '초록 자라'가 주위의 사물들과 어떻게 소통하면서 생명과 반생명 사이를 넘나드는지 잘 보여주고 있다. '초록 자라'가 '엉금엉금 기어가는 동안' 그는 '홀로 서 있던 산매화 수액이/물관을 타고 심장 속으로 전이되고/심장의 박동소리 점점 빨라지'는 체험을 하게 되는데, 이는 '산매화의 수액의 흐름'이 생명의 진동이 되어 주위에 머물던 '초록 자라'의 생명의 기운을 돋운다는 것을 말해준다. 그리고 이들 사이의 생명력의 교호 작용 근저에는 '거친듯, 조용히 흐르는 계곡물'이 있었음 또한 확인할 수 있다.

　이와 같은 정황은 사물들이란 제각각 독립된 개체로 존재하는 것이 아니라 하나의 장 속에 모두 하나로 어우러져 있음을 실증하는 것이다. 모든 사물들은 주변의 모든 존재들과 언제나 연결되어 있고 이들 사이엔 불가불 소통이 이루어지는 것이다. '초록 자라' 역시 홀로 있는 것이 아니라 '나무', 그리고 '계곡'과 같은 사물과 환경과 함께 공존한다. 그리고 화자는 공존하는 사물들 사이의 소통을 '전이'라고 표현한다. 사물들을

에워싸는 단일한 장(場)은 사물들 사이에 '전이'를 일으킨다는 것이다. 다만 이때의 '전이'가 생명력을 고양시키는 것인지 혹은 고갈시키는 것인지가 문제되는바, 이는 사물과 사물, 사물과 환경의 소통이 상생의 것인지 상극의 것인지를 묻는 것이라 할 수 있다.

'계곡'과 '산매화'와의 공존이 '초록 자라'에게 상생의 정황이라면 '물'이 끊기고 '산허리 따라 좁아진 산길'은 상극의 정황이다. 여기에서는 생명이 깃들기 힘들다. '바위덩어리'에는 '푸른 기운 하나 없'고 '나무'는 모두 '고사목'이 되었다. '초록 자라'는 쉼쉬기조차 힘들어한다. 살아남기 위한 인내만이 필요한 곳, 이곳을 가리켜 화자는 '깔딱고개'라 명명한다.

'초록 자라'의 산행길을 묘사하는 시인의 미세한 손길에서 우리는 세계를 바라보는 시인의 독특한 눈을 발견한다. 그것은 사물이 존재하는 우주적 방식, 즉 사물이 개체성을 벗어나 하나의 우주적 장 속에 존재한다고 하는 관점을 의미한다. 물론 이때의 '사물'은 인간을 포함하는 모든 존재를 가리킨다. 그리고 이러한 관점은 다분히 사물의 독립성을 부정하고 관계성을 강조하는 동양적 사고방식에 해당한다.

사물 사이에 전이와 소통이 이루어진다는 우주관 세계관에는 사물을 보는 미세한 시선이 전제되어 있다. 말하자면 이들 세계는 가시권을 벗어나므로, 이들에 대한 인식은 사물의 내면을 통찰하는 눈이 결여되어 있을 때 이루어지기 힘들다는 것을 알 수 있다. 이러한 시선이야말로 곧 논리와 감각을 넘어서는 직관인바, 동양의 철학에서는 이처럼 미세한 차원에서 벌어지는 사물의 존재방식을 이해하기 위해 직관을 중요시하였으며 이를 가능케 하는 허정(虛靜)의 마음 상태를 요구해왔다. 동양에서는 마음의 온갖 감정들과 사념들을 비우고 사물에 대한 기왕의 선입견들을 모두 지울 때 사물의 있는 그대로의 모습이 보인다고 가르쳐왔던 것이다. 사물의 그대로의 모습이란 가시권을 넘어선 미세한 차원의 그것으로, 사물간의 우주적 소통 양상을 구현하는 것에 해당한다.

모든 사물은 홀로 고립되어 존재하고 있지 않음에도 불구하고 서구의 관점에 의하면 모든 사물은 개별자이고 이들에 대한 인식은 모두 인간 중심적이다. 서양의 인식론은 철저히 자기 중심적이며 이성 중심적이다. 때문에 모든 사물은 자기(self)의 이성을 규준으로 하여 전일적으로 인식되고 지배되어야 한다고 생각한다. 이러한 사고방식은 자기 자신을 바라보는 태도에도 그대로 적용된다. 박만진의 「바람벽 거울」에서 보이는 자아의 분열적 양상은 이러한 서구적 인식 태도에서 비롯되는 사태이다.

거울 밖의 내가
거울 속의 나를
염려하여 하는 말이 아니라
바람벽의 거울,
바람벽의 슬픔이
꼼짝달싹 못 하는 것이라면
바람벽의 못을
뽑아주면 되지 않을까 싶은

설령 바람벽의 거울이
두 돌 갓 지난
바로 옆집 아기처럼
아장걸음으로 내게 뛰어오려다가
자칫 넘어진다고 해도
앙앙 울음을 터뜨린다거나
쨍그랑 깨질 것 같지 않고
어항 속의 물처럼
해맑은 슬픔이

철철 쏟아져 내릴 것만 같은

만약에 거울 밖의 내가
거울 속의 나를 꺼내 놓는다면
거울 밖의 내가 나일까,
거울 속의 내가 나일까,
문득 궁금하기도 한 것이

—박만진, 「바람벽 거울」(『시와 표현』, 2013. 여름호) 전문

　'거울 밖의 나'와 '거울 속의 나'를 통해 분리된 자아의 모습을 그리고 있는 위의 시는 1930년대 모더니즘 시인 이상의 「거울」과 시적 모티프가 유사하다고 볼 수 있다. 이상은 '거울'에 비춰지는 사물의 모습이 서로 반대가 된다는 점에 착안하여 「거울」에서 서로 모순되며 화해할 수 없는 분열적인 자아상을 상징적으로 그렸다. 이상은 자아의 내면과 외면, 무의식과 의식, 감성과 이성이 영구히 분리된 채 서로 충돌하고 어긋난다는 것을 고통스럽게 인식하였던바, 이는 근대의 이성 중심적 세계관에 대한 이상의 절망적 인식을 형상화하는 것이었다. '거울 밖'과 '안'을 대립적으로 묘사하고 있는 위의 시 역시 이상이 보여주었던 문제의식과 크게 다르지 않다고 보인다. 그러나 이상이 자아의 두 측면의 모순이 고정된 것으로 보았던 반면 박만진의 위의 시는 두 부면 사이에 '바람벽의 거울'을 설정하고 있다는 점에서 주목된다.

　'바람벽의 거울'은 물론 사물의 모순되는 양 측면을 분리시키는 '벽'을 의미하는 것이다. 그런데 이것의 재질은 실상 눈에 보이지 않는 것, 곧 '바람'의 그것으로 그려져 있거니와 이는 '바람벽'이 단순한 '장애'의 의미를 띠는 것이 아니라 두 측면 사이의 소통과 순환의 매개라는 의미 또한 지니는 것임을 짐작할 수 있다. 즉 '바람벽'은 자아의 모순되는 면면

들을 가로막고 분리시키는 기제인 동시에 모순들 사이를 매개해주고 연결시켜주는 통로의 역할도 한다는 것이다. 이 점에서 위의 시는 분열적 사태를 항구적으로 보는 대신 화해의 가능성을 열어두고 있다고 볼 수 있다.

실제로 시의 화자는 '바람벽'에 대해 적대감을 지니지 않으며 이것이 적절하게 해소되기를 기대한다. 화자는 '바람벽'이 '두 돌 갓 지난/바로 옆집 아기처럼 아장걸음으로 내게 뛰어오기'를 소망한다. 화자는 '바람벽'이 유연하고 맑은 재질의 어떤 것이기를 상상하는데, 이것은 자아의 내부와 외부, 감성과 이성 등의 대립면들이 자아 속에서 해맑고 부드럽게 소통되기를 바라는 마음을 반영하는 것이다. 물론 그것이 모순의 가로막인 이상 저항없이 소멸하기는 어려울 터이다. 그러나 화자는 '자칫 넘어진다고 해도/앙앙 울음을 터뜨린다거나 쨍그랑 깨질 것 같지 않고/어항 속의 물처럼/해맑'게 무너지기를 원한다.

'바람벽'의 존재는 어쩌면 있는 그대로 긍정해야 하는 것이리라. 그것은 모순된 면들을 무조건적으로 뒤섞이지 않도록 한다는 점에서 그러하다. 자아의 두 면들은 모두 긍정해야 하는 요소이지 어느 하나만을 취해서도 어느 면을 부정해서도 안 된다는 것이다. 두 면들은 동전의 양면처럼 서로를 전제하는 상태에서만 성립되는 성질들이 아닐까. 마지막 연에서 보여주고 있는 화자의 질문, '만약에 거울 밖의 내가/거울 속의 나를 꺼내 놓는다면/거울 밖의 내가 나일까/거울 속의 내가 나일까'라는 의문은 이 점에서 비롯되는 것이라 할 수 있다. 자아의 양 면은 선택해야 한다거나 어느 한쪽이 다른 쪽을 지배할 수 있는 것이 아니라 양면이 모두 긍정된 위에서 이들 사이의 순환과 조화가 이루어져야 한다는 생각이 여기에 놓여 있다. 이런 관점에서 본다면 '바람벽'은 사물이 지니는 합당한 요소임을 알 수 있다.

모든 사물과 사태가 독자적인 것이 아니라 연관되어 있으며 인간의 다양한 면면들은 배제되어야 할 것이 아니라 소통해야 한다는 동양적 세계인식은 시인에게 상상과 인식, 당위와 실제 사이에서 혼란스럽게 한다. 동양의 인식은 관념인가 과학인가? 시인의 감수성은 상상에서 비롯되는가 혹은 사실에서 비롯되는가? 이들 질문에 대해 대답하는 일은 어렵지만, 어려운 만큼 이들 질문은 유효하다. 이에 대한 탐구야말로 우리에게 새로운 차원의 세계로 들어가는 문을 열어줄 것이기 때문이다. 우희숙의 「비밀」은 우리의 인식과 상상이 어떤 매듭으로 이어져 있으며 이속에서 인간의 삶이 어떻게 이루어지고 있는지를 새삼 생각도록 해준다.

아들이 죽자 엄마는 울지도 못했다. 구천 떠돌다 허공 노숙자 될까 봐 엄마의 눈은 더 깊어만 갔다. 수목장 소나무 밑에서 책임져줄 이 많으니 걱정하지 말고 가라며 두 손을 합장했다. 그 손은 삼키는 눈물이 스며 막 싹을 틔운 늙은 새싹처럼 고왔다.

그날 이후 그녀의 눈물은 사라졌다 오랜 가뭄을 겪는 논바닥처럼 실핏줄이 드러나고 눈동자는 식지 않고 늘 뜨거웠다 그곳에선 매일 비밀스럽게 뭔가 굽는 냄새가 났다 아들이 생시에 좋아했던 사과이거나 생밤이거나 때로는 연꽃을 구워 내놨다

엄마의 눈은 오븐이었다 하루에도 수십 번 적당한 온도를 맞추느라 일시정지 되거나 사막의 달궈진 정오처럼 어석거렸지만 썩썩 비비며 깜박거리기만 할 뿐, 설거나 태우지 않을 요량으로 마른침을 꿀꺽 삼키며 굽기에 알맞은 맞춤 온도를 유지했다

우연이었을까 만나고 헤어지는 것은 그 어디에도 기록되지 않은 비밀. 누

군가의 눈에서 탐스럽게 구워져 나온 겹겹의 꽃이거나 열매. 내 품의 당신도
그저 누군가의 아픈 눈에서 툭툭 구워져 나온 우여곡절 많은 우연은 아닐런
지

　구울 준비가 되었어요

　거리를 걷다 깜박깜박 대는 아들 앞세운 엄마의 눈동자 밖으로 합장한 두
손, 싹이 툭 불거져 나오고 슬픔과 기쁨을 반죽해 세상 먼 곳에서 잘 구워낸
밤 몇 알을, 그 누구도 이 비밀을 기록하지는 않는다
—우희숙, 「비밀」(『유심』, 2013. 7월호) 전문

　사태에 대한 상상과 인식의 경계는 있을까? 우리의 상상은 어쩌면 실
현가능한 것에 대한, 실재할 수 있는 것에 대한 표상이 아닐까? 그러나
평균치의 감각과 의식이 유통되는 일상의 세계 속에서 대체로 과도한
감수성이나 상상은 질서를 파괴하는 불온한 것으로 간주된다.

　그렇다면 위의 시의 경우처럼 '아들을 앞세운 엄마'가 '매일 비밀스럽
게' '아들이 생시에 좋아하던 사과이거나 생밤이거나 때로는 연꽃을 구
워 내놓'는 행위에 대해서 우리는 무엇이라 말할 수 있을까? '죽은 아들'
이 '구천 떠돌다 허공 노숙자 될까 봐' '울지도 못하고' '책임져줄 이 많
으니 걱정하지 말고 가라'며 '늙은 새싹처럼 곱'게 '두 손을 합장'하는 '엄
마'의 행동은 어떻게 규정해야 할까?

　마치 '죽은 아들'을 살아 있는 이처럼 대하는 '엄마'의 행동들은 쉽게
납득될 수 없는 것이다. '엄마'의 행동에서 우리는 우려스럽게도 과도한
상상을 읽는다. 아들을 잃은 '엄마'의 슬픔이 '엄마'를 실제와 상상, 사실
과 허구의 경계를 구분하지 못하고 휘청이게 할 정도로 큰 것이었으리
라 짐작할 뿐이다. 그러나 여전히 '엄마'는 아들을 위해 '매일 비밀스럽

게 뭔가 구워'며 음식을 준비한다. 더욱이 이를 행하는 '엄마'의 태도는 매우 진지해서 '엄마'는 '눈이 오븐'이 될 정도로 '하루에서 수십 번 온도를 맞추느라' '실핏줄이 드러나고', '설거나 태우지 않을 요량으로 마른 침을 꿀꺽 삼키며 굽'는 것이었다.

한편 과도한 상상의 세계 속에 있는, 그러면서도 이를 실재로 인식하는 '엄마'를 보면서 '화자'는 '당신과의 만남'을 떠올린다. 화자는 '엄마'가 눈을 피워가며 무언가 구워내듯이 '당신' 역시 '누군가의 아픈 눈에서 툭툭 구워져 나온' 것은 아닌지 묻는다. 그리고 '엄마의 행동'과 '만나고 헤어지는 일'들이 모두 '어디에도 기록되지 않은 비밀'이라고 말한다. 이는 '엄마'의 과도한 상상적 행위들에 대해 괄호치는 것이자 우리 앞에 전개되는 사태들의 원리에 대해 말해주는 것이 아닐까. 결국 세상은 무언가의 결과로 이루어지는 것이고 그들의 원인들은 그것이 무엇이 되었든, 우연이든 필연이든 불합리든 합리든 '비밀'에 부쳐지는 것이 아닐까하는 것이다. 세상은 '기록되지 않은' 무한 갈래의 '비밀'의 현상적 결과이자 그러한 현상적 결과들의 영향과 작용으로 결국 '만남과 헤어짐'과 같은 또 다른 사태들이 벌어지는 것이 아니겠는가 하는 점이다. 마찬가지로 '내 품의 당신도' '누군가의 아픈 눈에서 구워지는' 간절한 '비밀'이 있었기에 현상한 결과일 것이고 '당신과의 만남이나 헤어짐'도 '우연'처럼 보일지라도 '비밀'스런 '우여곡절'의 결과라 할 수 있다.

이러한 관점은 '엄마'의 비상식적인 행위들이 비상식적인 만큼 '기록되지 않'을 지라도 마치 실재처럼 간절하게 이루어지는 만큼 그에 응하는 결과로 나타날 것이라는 인식을 담고 있다. 더욱이 화자는 '엄마'의 사태와 '당신'의 사태를 대등하게 놓음으로써 '엄마'의 비상식적인 행위를 일반화시키고 있거니와, 이는 '상상'과 '실재'의 간격이 사실상 그리 큰 것이 아님을 보여주는 대목이 된다. 그 무엇이 과도한 상상이든 실제이든 그것은 실상 인간의 판단능력을 벗어나는 것이 아닌가. 그것이 터무니없는 비합리이든 혹은 합리이든 그것은 세상 저편에서 얼마든지 '기록되지 않는 비밀'로 부쳐질 수 있는 것, 그렇다면 중요한 것은 우리의 행동이자 간절한 마음일 뿐이다. 그것의 결과는, 단지 인간의 인지 차원을 넘어서는 것이지 무화되는 것이 아니다.

인간은 상상과 실재 사이의 경계를 알지 못하며 또한 행위들의 결과의 갈래들에 대해 속속들이 알 수 없다. 그러나 분명한 것은 인간이 할 수 있는 일은 충분히 있다는 점을 우리는 위의 시를 통해 짐작할 수 있다. 가령 '죽은 아들'을 위해 '울지도 못하고' '오랜 가뭄을 겪는 논바닥처럼 실핏줄이 드러나도록' '눈'을 태우는 '엄마'의 행동에 대해 우리는 어느 누구도 그것을 과도한 상상이자 터무니없는 비합리라고 비난하지 못한다. 상식을 넘어서는 이 '엄마'의 행동은 그것이 아무리 비상식적인 것이라 하더라도 살아 있는 인간이 할 수 있는 충분히 납득될 수 있는 것이기 때문이다. 지금 우리 앞에 펼쳐지는 사태들은 어쩌면 모두 간절한 '비밀'들의 결과일 것이고 그 '비밀'들이란 상상과 실재, 비합리와 합리의 구분이 무의미한 것들로 이루어진 것이 아닐까.

이제 우리는 논리와 언어를 넘어서는 소통을 위한 새로운 도구에 대해 답해야 한다. 우리는 논리와 언어가 도달하지 못하는 세계 및 그러한 세계에 다가가는 시인의 직관과 감수성에 대해 말하였다. 그리고 인간의 비이성과 비합리와 상상에 대해서도 말했다. 여기에서 우리는 다음과 같은 점들, 인간이 비록 모든 참(眞)들을 알 수는 없을지라도 인간의 상상과 감수성과 직관은 그 능력으로 인식의 영역을 조금씩 확대시킬 것이라는 사실에 닿을 수 있다. 또한 사태들의 참과 거짓을 구분하는 것은

실재인가 허구인가의 문제가 아니라 '진심'인가 진심이 아닌가 하는 것,
즉 '마음'의 질과 양의 문제가 아닐까 하는 점이다.

불확정적 세계 속의 인간의 고투

포스트모던한 문화 풍토에서는 이제 더 이상 권위들의 변화와 대체가 별다른 충격이나 사건이 되지 않는다. 어제 의식을 사로잡던 하나의 권위체계는 어느 순간 언제 무엇이 왜 그랬냐는 듯 신기루처럼 해체되어 버리고 대신 새로운 권위체계로의 대체가 이루어져 있다. 안개가 스몄다가 순식간에 사라지듯 권위들은 충돌이나 갈등도 없이 변화와 대체를 반복한다. 눈을 뜨자 '힘'으로 떠오르는 것이 있다면 그것으로 충분히 권위의 체계가 될 수 있다. 오늘은 무엇이 힘 있는 것이고 어제는 또 무엇이 힘 있는 것인가에 대해 어느 누구도 질문하거나 의아해하지 않는다. 무언가가 권위체계로 떠오르는 것이 있다면 족하다.

이 속에서 진리라든가 이성이라든가 영원이라든가 절대 등 과거에 권위의 근거로 정초(定礎)시키고자 했던 요소들은 이제 더 이상 필요하지 않다. 오늘날 권위체계를 지탱해주는 것은 그러한 것들이 아니기 때문이다. 진리, 이성, 영원, 절대 등에 부여하던 가치의식은 과거의 기호일 뿐, 그것들은 오늘날엔 실효성이 없는 빈 기호가 되었다. 오늘날 진리라는 이유로 권위체계를 지지하는 자가 누가 있는가? 오늘날 특정 권위체계에 대해 절대의 지위를 부여하는 자가 누가 있는가? 모든 것은 변화하고 대체되며 오직 순간 반짝이는 힘만이 진리이고 절대일 뿐이다.

이처럼 오늘날 권위체계를 지탱해주는 것은 순간의 힘이다. 그리고 그와 같은 순간의 힘으로 솟아오르게 하는 근거는 과거에서처럼 이성이나 영원이 아니라 방향도 근원도 알 수 없는 욕망이다. 유행처럼 휩쓸리는 욕망, 알 수 없는 곳에서 피어난 연기 더미처럼 모호한 욕망, 언제까지 머물다 소멸할 지 모르는 욕망이야말로 순간 어떤 것을 권위 있는 것으로 지지해주는 근거이자 이유가 된다. 어디에서부터 와서 어디로 갈지 방향과 그 양을 알 수 없는 그것이야말로 과거의 영원한 이성과 진리와 절대를 대신하여 권력을 보장하는 힘이자 기반이 되는 것이다. 그러한 욕망이 오늘의 무차별적 변화와 대체의 요인이다. 그러한 점에서 욕망은 욕망기계라고 말할 수 있다.

그런데 사실 오늘날의 포스트모던한 문화 현상을 설명해주는 '욕망'이라는 들뢰즈식 용어는 모호한 것이다. '욕망'은 단지 현상을 묘사하는 두루뭉술하고 피상적인 용어이다. '욕망'은 '힘'에 대한 막연한 대체어이고 뭉게구름처럼 수상쩍은 '운동 양상'에 대한 비유어에 해당한다. '욕망'의 실제에 관해 서양의 이론가들은 그 이상의 구체적인 언급을 하지 않는다. 들뢰즈 역시 '욕망'의 리좀적 확산 양태, '욕망'의 '주름' 잡힌 분포 양태, '욕망'의 바이러스적 운동 성질 등과 같은 표면적 현상들에 대해서는 탁월하게 묘사해주지만 정작 '욕망'이 무엇이며 왜 '욕망'이 '권위체계'의 원인이 되는가에 대해서는 말해주지 않는다.

대신 우리는 박찬일 시인의 「중앙―SUNDAY―서울, 광란의 주신찬가」에서 그 답의 일단을 확인할 수 있다.

불확정성의 시학

모든 것은 움직이고 움직이는 모든 것은 변한다. ─아인슈타인의 멜로디

왜 차라리 무가 아닌가? ─아무것이 존재하지 않는 무가 변하지 않으면 안 되기 때문

진정한 무가 틀림없이 없어질 미래의 나가 아닌가? ─천상천하유아독존을 벗어나기가 힘들다.

나 없을 때 세계가 없으니─무에서 아무것도 나올 수 없으니

생성과 소멸이 존재에서 일어나니─파르메니데스-루크레티우스의 이중창

양자파동이 울려 퍼지는 ─[무한으로 작은 점 크기] 플랑크 크기의 양자우주에서 우주의 모든 존재들이 創發됐다.

무한으로 작은 점 크기 어느 지점이 흔들리는 무인가?

양자우주와 양자중력이 힘을 합해─공간을 양자파동적으로 랜덤으로 창조한다; 우주가 랜덤으로 만들어진다; 137억 년 前─138억 년 前이 사후의 시간이지 사전의 시간이 아니다; 양자력이 작용하는 양자우주에 定해진 시간/공간이 없다─일반상대성이 작용하는 양자중력에 定해진 시간/공간이 없다; 무한히 작은 점이 신─존재의 증거

─ 박찬일, 「중앙─SUNDAY─서울, 광란의 주신찬가」
(『예술가』, 2013. 가을호) 부분

'모든 것이 움직이고 움직이는 모든 것은 변화하'는 존재의 생멸의 근원을 우리는 추적해갈 수 있을까? 완전한 '무'에 대한 허상을 거슬러 존재의 극한까지 이르렀을 때 '무한으로 작은 점 크기'의 '프랑크 크기의 양자'에 닿게 된다 한다면 어떠한가? 그 역시도 존재의 끝이 아닌가? 그러나 어느 정도는 합의할 수 있을 것이다. 그러한 '양자우주에서 우주의 모든 존재들이 創發된다'는 점을. '양자파동이 울려 퍼지는' 그 지점으로까지 나아갔을 때 우리는 비로소 어느 정도 존재의 근원을, '존재의 생성과 소멸'의 근거를 잡을 수 있지 않을까 하는 것이다. 그 지점이야말로

'변화'를 일으키는 '무'이고 '흔들리는 무'에 해당한다고 시인은 말한다.

물론 '양자파동'의 성질을 지니는 '그것'의 운동은 카오스처럼 예측 불가능한 것이어서 어디로 향해 갈지 알 수 없다. 미래는 미래의 것일 뿐 현재에 예단할 수 있는 것이 아니다. 때문에 시인은 '양자우주와 양자중력이 힘을 합해-공간을 양자파동적으로 랜덤으로 창조한다'고 한다. 미래는 랜덤으로 이루어진다. 존재의 변화와 소멸 등은 모두 계획되지 않은 채 '랜덤'으로 이루어질 뿐이다. 어떤 것도 '定해진' 것은 없다. 존재는, 존재의 변화는 단지 '양자력이 작용하는 시간/공간'의 함수일 뿐이다.

주지하듯 양자역학 이론은 최소입자라는 사물의 근원에 대해 밝힌 물리학적 개념이다. 양자역학과 함께 시공간에 관한 상대성 이론은 뉴튼 물리학의 거시 차원을 넘어서는 미시 차원의 현대 물리학을 대변한다. 양자역학과 상대성 이론에 의해 우리는 보이지 않는 차원의 우주에 관한 지식을 얻을 수 있게 되었음도 잘 알려진 사실이다. 그런데 이러한 이론들이 단지 물리학에 국한된 것이 아닌 인간의 정신과 문화, 나아가 존재의 생멸에 관한 인식을 이룬다는 점은 익숙하지 않다. 가령 정신은 물리적인 실체로 여겨지지 않기 때문이다. '무'라 할 수 있는 존재의 근원 역시 우리에게 실제적으로 다가오지 않는다. 문화의 변동 요인에 대해서도 우리는 논리적인 설명을 할 수 없다. 즉 인간의 정신과 문화, 존재에 대한 이해는 자연과학과 하등 상관없이 인문학적 담론에 의해서만 가능한 것으로 알려져 있다.

그러나 양자역학은 이러한 고정관념을 깨뜨린다. 자연에 관한, 더욱이 파동 차원에 관한 이론으로서의 양자역학은 사물과 정신, 유와 무의 구분을 무화시킬 뿐 아니라 카오스적 운동에 대한 이해를 제공한다. 양자역학에 의해 '아무것도 존재하지 않는 무'의 변화, '무한히 작은 점'으로서의 '신-존재의 증거'가 설명된다. 또한 그것은 보이지 않는 '힘'의 이리저리로의 쏠림에 관해 해명해준다. 즉 양자역학은 무한히 작은 지점에서 벌어지는 사건의 드라마들을 펼쳐내는 이론이며, 그 점은 양자역학이 사물과 정신을 아우르는 모든 존재에 관한 인식의 패러다임이 된다는 점을 의미한다.

그러나 양자역학의 유용성에도 불구하고 시인은 양자역학에 의한 성급한 판단을 경계한다. '양자역학'이란 '인과성'을 벗어나 있기 때문이다. 사태에 관한 인식이 곧 원인과 결과에 관한 논리적 설명으로 가능한 것이라 한다면 '인과성'을 벗어나 있는 '양자역학'은 사태에 관해 알려줄 수 있는 것이 별로 없다. 시인이 '설명하면 진다—설명했을 때 벌써 졌다', '파악되지 않은 것이 많다'고 진술하는 것도 그와 관련된다. 더욱이 인간의 존재란 '뇌'라는 실체가 있음으로 비로소 실재하는 것이라는 오래된 관점을 깨뜨리는 일은 쉽지 않다. 우리의 인식은 진보를 갈망함에도 불구하고 언제나 인간으로서의 한계에 부딪힌다. 모든 사태에 관한 명확한 이해는 언제나 되어야 가능한 일이 될 것인가.

사태에 관한 명확한 이해의 불가능성은 미래의 불확정성에 의한 인간의 불안과 맞물려 있다. 인간에게 산다는 것은 명쾌한 일이겠는가. 과거가 있고 오늘이 있고 내일이 있다고 해서 그것이 진정 분명한 궤도 속에 놓여 있는 것인가. 부와 명예와 같은 소위 성공이란 것이 존재를 확정적이도록 하는 것인가? 생과 사의 뒤틀린 공간 속에 놓여 있는 인간에게 명확한 것은 아무것도, 어디에도 있지 않다. 인간이 놓여 있는 시공은 언제나 인간의 삶을 불확정적이게 한다. 인간은 항상적으로 불안하고 공허하다. 이를 넘어설 수 있는 자 과연 누구인가?

김옥성 시인의 「묵시(黙示)의 숲으로」는 이와 같은 인간이 처한 불안과 허무의 존재 조건을 음울한 어조로 생생하게 묘사하고 있다.

1.

숲을 걷는다. 목이 쉰 새들이 운다. 잠에서 갓 깨어난 꽃과 개구리들이, 동사(凍死)했다. 낙인찍힌 자들은, 숲을 좋아한다. 들뢰즈의 노마드처럼, 궤도를 이탈할 수 있을까. 아도르노의 달팽이처럼, 내가 가는 길을 맛보고 냄새 맡고, 감촉을 느낄 수 있을까. 그러나 최후의 망명지는 검은 흙. 나도 그대도, 아사(餓死)하거나 동사하거나, 냉방병이나 열사병에 시달리다가, 소멸할 것이다.

2.

검은 피를 흘리며, 죽어가는 구름의 파노라마를, 응시한다. 저 구름은 크리슈나의 수레, 여섯 번째 대량멸종시대를 향해 달리는. 쇠바퀴 소리, 말발굽 소리, 말발굽에 짓밟히는 사람들의 비명. 한 때는, 새들의 성전이었던 숲으로, 말 탄 기사들이, 달려온다. 사시나무 작은 잎들, 낱낱이 떨고 있다. 찌그노트를 호위하는 병정들, 흰 말, 붉은 말, 검은 말, 청황의 말, 말 탄 네 기사가, 바람의 속도로, 구름을 헤치고, 달려온다. 맑고 투명한, 바람의 안쪽에도, 먼지가 실려 있는 법. 그대 또한 가라앉는 순간, 흙에 파묻힐 먼지일 뿐.

—김옥성, 「묵시(默示)의 숲으로」(『현대시』, 2013. 10월호) 부분

미래를 향한 돌진이 번영과 발전을 보장할 것이라는 근대의 믿음은 오늘날, '빠른 속도록 북극의 빙하가 녹아내리고 있'듯이, 무너져 내리고 있다. 자연의 개발과 문명의 심화가 인간의 삶의 질을 높일 것이라던 근대의 기대는 오늘날 근거 없는 허구로 재인식되고 있다. 오늘날 우리는 우리가 아무리 외양의 화려함과 기술의 편리함 속에 살아가고 있다 한들 그것들이 내면의 공허를 채워주는 것이 될 수 없음을 너무도 깊이 알고 있다. 문명의 진보는 결코 인간의 영혼을 충만케 할 수 없는 것이다. 결국 문명은 인간을 배신할 것이다.

위의 시는 이러한 문명의 허상과 운명의 허무 한가운데에서 갈피를

잡지 못한 채 허우적대고 있는 인간의 실존을 비극적인 톤으로 묘사하고 있다. 시의 화자는 세상의 '종말은 예정되어' 있고 모든 인간의 종착지는 '죽음'임을 신랄하게 갈파한다. '나도 그대도, 아사하거나 동사하거나, 냉방병이나 열사병에 시달리다가, 소멸할 것'임을 그는 망설임 없이 읊조린다. 인간 외에도 그의 눈에는 모든 존재가 '죽는다'. '잠에서 갓 깨어난 꽃과 개구리들'처럼 가장 아름답고 생기 넘쳐야 할 것들도. '죽어가는' 존재들이 '흘리는 검은 피'는 시인의 비극적 인식을 더욱 더 어둡게 채색한다. 세상의 죽음을 묘사하는 시인의 목소리는 가슴속 깊은 바닥에서부터 새어나온다.

시인이 묘파하는 인간 조건의 비극성은 종교의 종말론적 세계관 속에 놓여 있어 더욱더 암담하다. 성서에 예시된 '대량멸종시대'는 인간의 파멸이 얼마나 급박하게 이루어질 것인지를 암시한다. '말발굽에 짓밟히는 사람들의 비명', '바람의 속도로, 구름을 헤치고, 달려오는 말 탄 기사들'은 종말의 날 인간에게 닥칠 공포의 순간을 환상 어법으로 반영하고 있다.

종말이 예정된 세계 속에서 인간이 자유라든가 생명을 찾을 수 있는 길은 없는가. '죽음'이란 조건은 역시 인간에게 극복될 수 없는 요소인가. 시의 화자는 간혹 '들뢰즈의 노마드'라든가 '아도르노의 달팽이'에게서 생의 감각을 전유하고자 한다. '맛과 냄새와 감촉'을 통해 '내가 가는 길'의 생생한 감각을 구함으로써 그는 죽음의 굴레로부터 벗어나고 싶어 한다. 그러나 그러한 시도는 이내 허무와 환멸로 종결된다. 그에게 '종말'은 떨쳐내기 힘든 인간의 조건인 것이다.

인간이 종말론적 세계관을 취하는 것은 그것이 비단 성서에 기록된 바이기에 그러하겠는가. 그것은 인간에게 피할 수 없는 운명, 즉 죽음이 가로놓여 있다는 점에서 비롯될 것이다. 또한 그것은 인간을 둘러싸고 벌어지는 사태들이 언제고 카오스 속에서 무방향적으로 벌어지기 때문일 터이다. 곧 세계의 불확정성은 인간을 한없는 불안과 허무로 몰아간다. 인간이 놓인 시공의 저 밑바닥에 관한 이해의 불능성은 인간을 한없이 왜소하고 불안정한 상태로 떨어뜨리는 것이리라.

문명의 미래와 인간의 운명이 이처럼 암담하고 비극적임에도 그러나 인간들은 여전히 진보에 대한 미련을 버리지 못한다. 근대 문명에의 심화가 인간을 파멸로 이끌 것임을 제 아무리 암울한 목소리로 경고한다 해도 문명의 습관에 젖어 있는 현대인들의 가치관을 바꾸는 일은 지난하고 요원한 일로 보인다. 인간들은 '더욱 치밀하게 자본의 그물'을 짜고 있으며 '북극을 관통하는 새 항로와, 자원 개발에 대한, 기대로 들떠 있다'(「묵시(默示)의 숲으로」)고 시인은 지적한다. 인간의 탐욕을 멈출 수 있는 것은 오직 그것을 단죄하는 신(神)일 뿐인가.

유안진 시인의 「덜」은 이러한 조건 속에서 운위되는 인간의 삶이 어떠한 모습으로 펼쳐지는가에 관해 한 양태를 보여주고 있어 흥미롭다.

> 더 많이 더 빨리 더 높이 더 번쩍이는……
> 더는 더럽다는 뜻인 줄도 모르고
> 〈더〉에 바쳐진 피땀과 눈물로
> 더 빨리 늙고 더 많이 아프고 더 깊어진 주름살……
>
> 달 별 날(해) 하늘 물 불……
> 나 일찍부터 끝없는 울림소리 〈ㄹ〉을 좋아했다고
> 그 〈더〉에 〈ㄹ〉을 더하여 〈덜 없다〉가 어떠냐고
> 다 없다가 아니라고
>
> 정년도 〈덜〉 채워 퇴직하게 하시며

무엇에나 〈덜〉을 지향하라고
〈덜~〉 〈덜~〉 〈덜~〉을
멘토링하라고
마침내는 〈덜 떨어진 인간〉으로

　　　　　　　—유안진, 「덜」(『시사사』, 2013. 9~10월호) 전문

　문명이 종말을 치닫고 있음에도, 인간에게 미래가 보장되지 않음에도 현대인들은 끝내 탐욕스럽다. 인간들의 번영과 발전을 향한 욕망은 너무도 맹목적이어서 어떤 불길한 경고에도 아랑곳없이 인간들은 습관처럼 '더'를 되뇌인다. '더 많이 더 빨리 더 높이 더 번쩍이는……'은 끝없는 탐욕 속에 놓인 인간에 관한 매우 적절한 묘사에 해당한다. 인간들은 어떠한 성찰도 없이 무조건적으로 '더'를 좇는다. 현대인의 '더'에의 추구는 진보에의 미망에 사로잡힌 '크리슈나 수레의 바퀴'처럼 통제 불능이다. 또한 그것은 '더 빨리 늙게 하고 아프게 하는', 자신을 갉아먹는 행위이다.

　이러한 관점에서 볼 때 '덜'의 태도는 얼마나 지혜로운가. '무엇에나 〈덜〉을 지향하'는 자세는 극단적이지도 완전함을 추구하는 것도 아니어서 오히려 안정적이다. '덜'을 따르는 지혜는 삶을 편안하고 순하게 길들인다. '덜 많이 덜 빨리 덜 높이 덜 번쩍이게……'의 습관은 누군가를 이기려고 하는 경쟁적 태도가 아닌, 주변과 조화하고 공존하는 태도를 나타내는 것이리라. 그것은 무난하고 온건하다. 그것은 뽐내고 내세우는 것이 아니고 겸양하고 낮추는 것에 속한다. '더'가 탐욕이라면 '덜'은 중용이다. '덜'에는 '더'에는 결코 깃들 수 없는 '덕'이 있게 마련이다. '덜'의 자세로 인해 맹목으로부터 벗어나 주변을 둘러보고 배려할 수 있는 여유로운 시선을 갖추게 된다.

　생의 태도에 관해 '더'와 '덜'을 대비시키는 시인의 통찰과 언어 감각

이 새삼 놀랍다. 시의 화자는 '일찍부터 끝없는 울림소리 〈ㄹ〉을 좋아했다'고, 그래서 '〈더〉에 〈ㄹ〉을 더하'게 되었다고 말한다. 또한 그는 '덜'은 가령 '덜 없다'일 뿐 '다 없다'가 아니지 않은가 하고 덧붙인다. 이러한 진술에서 적은 것, 모자라는 것에도 만족해하는 자아의 넉넉한 마음이 느껴지거니와 그러한 마음속에 주변과 어울릴 수 있는 겸손과 양보의 행동이 비롯될 수 있을 것이리라. 화자가 공명감이 큰 음운인 〈ㄹ〉에 애착을 지니는 것 역시 모나지 않은 부드러운 생활의 자세를 보여주는 것에 해당한다.

주변과 타인과의 어울림은 '나'만의 이익을 고집하는 이기적이고 독단적인 자세의 대척점에 놓이는 생의 양태가 아닐 수 없다. 타인과의 경쟁을 유도하여 비타협적으로 '나'의 이익을 추구하도록 조장하는 현대 사회에서는 인간들로 하여금 앞만 보며 달리게 할 뿐 주변을 살피게 하지 않는다. 타인과 있으되 타인을 바라보지 않고 '나'의 목전의 이익만을 좇게끔 하는 현대는 지옥과 다르지 않다. 이러한 사회 속에는 따뜻함도 사랑도 자리할 수 없으며 따라서 모두를 병들게 한다. 반면에 주변과의 어울림이 이루어지는 사회에서는 따뜻함과 배려가 있고 따라서 희망과 행복이 있다. 이러한 사회에서는 아무리 인간이 불확정성의 조건 아래 놓여 있어도 불안하지 않으며 공허는 충만으로 채워질 것이다. 현대인 모두가 '덜'의 지혜로움을 갖춘다면 우리가 사는 이곳이 낙원이 아닐까. 그러한 인간들이 그다지 뛰어나지 않은 다소 '덜 떨어진 인간'이라 하더라도 이를 해학으로 넉넉하게 받아들이는 사회를 꿈꿔본다.

인간이 발 디디고 있는 땅이 언젠가 무너져 내릴 것이라는 의심은 인간이 삶을 구성하지 못하도록 가로막는다. 인간이 처한 시공이 죽음이 뒤섞여 있어 편평하지 않고 뒤틀어져 있다는 사실은 인간의 삶을 해체한다. 세계의 불확정성은 그저 삶 저편의 관념이 아니라 우리가 발 디디고 있는 시공의 조건이자 현실이다. 이러함 속에서 인간은 필연적으로 허우적거린다. 어쩌면 인간의 삶은 이러한 필연성을 극복하기 위한 치열한 고투에 해당한다고도 말할 수 있지 않을까. 인간의 삶이 대지에로의 깊이 뿌리내림을 지향한다면 그러하다. 최서림 시인의 「모과빛」에 그려진 고즈넉한 이미지는 주변과의 동화를 통해 인간이 존재의 일회성을 넘어 어떻게 세계에 뿌리를 내리고 있는지를 아주 섬세하게 보여주고 있다.

> 늦은 가을 저녁밥 짓는 연기가 포대기 모양 집을 감싸고 있다
>
> 호박 넌출이 외따로 떨어진 헛간 위로 차고 올라가 시들어 있다
>
> 사위어가는 햇살이 마당귀 배추밭에 한해의 마지막 기름을 기울여 붓고 있다
>
> 손님 같이 왔다 주인처럼 머물렀다 가는 산골바람이 배추를 쓰다듬으며 속살이 차오르게 한다.
>
> 집주인도 강아지도 손님으로 와 얹혀살고 있는
>
> 조그맣고 텅 비어서 점점 더 커져 가는 산자락 외딴집
>
> 삼십 촉 백열등이 모과빛으로 번져 나온다
> ― 최서림, 「모과빛」(『시와 표현』, 2013. 가을호) 부분

시에서 묘사되고 있는 '산자락 외딴집'은 홀로 있는 인간처럼 고독해 보인다. '집주인도 강아지도 손님으로 와 얹혀살고 있는' 정황은 '산자락 외딴집'의 고독감을 더욱더 짙게 한다. 이는 '집'이 있으되 생이 보장

되지 않고 '주인'이되 생의 주관자가 될 수 없음을 상징적으로 말해준다. 상징이라 했으나 어디 그것이 상징이기만 할 것인가. 우리는 '산자락 외딴집'의 그토록 고즈넉한 풍경 속에서 인간이 처해 있는 깊디깊은 공허를 읽을 수 있다. '집'의 깊은 바닥에 밑도 끝도 알 수 없는 거대한 허공이 자리하고 있는 듯 존재하는 모든 것은 그곳으로 빨려들어 갈 것이다. 땅에 발을 딛고 있어도 그것이 생을 위한 것인지 죽음을 향한 것인지 알 수 없다. '조그맣고 텅 비어서 점점 더 커져 가는 산자락 외딴집'은 거대한 동공(洞空)이 되어 존재를 고독과 소멸로 이끌고 간다. 이곳에서 사람이 '주인'이면서 '손님'처럼 느껴지는 것도 전혀 이상하지 않다.

'집'이 인간을 지지해주는 견고한 기반으로 느껴지지 않는다는 점은 '집'의 존재 이유를 회의케 한다. 인간에게 '집'이란 실존의 터전이 아니던가. '집' 안에 거함으로써 인간은 최대한의 충만감을 얻을 수 있다. 대신 '집'이 실존을 공허하게 할 때 '집'은 더 이상 '집'이 아니다. 그것은 알 수 없는 '공동(空洞)'일 뿐이다. 이 속에서 인간의 삶은 흔들리고 실존은 무너진다. 불안과 고독이 인간을 에워싸고 그곳에서 인간은 언제나 낯선 이방인이 된다. 이는 인간이 처한 불안정한 시공의 조건을 암시하는 바, 이곳에서 인간은 당당하게 세계에 뿌리를 내리지 못하게 된다. 땅에 닿아 있는 다리는 튼튼하게 지탱되지 못한다.

사정이 이러할 때 생을 위해 인간이 할 수 있는 일이란 멀리 힘껏 팔 벌리는 일이다. 가슴을 열어 대기와 하늘을 한껏 품는 일이 그것이다. 공중으로 팔을 뻗어 대기의 흐름에 나부끼며 너른 하늘에 어울리고자 할 경우 인간은 마치 나무가 무성한 가지를 내어 뻗듯이 강한 생명으로 피어오를 수 있을 터이다. 이러할 때 대기와 하늘은 손을 잡아 인간을 포근히 감싸안을 것이다. '늦은 가을 저녁밥 짓는 연기가 포대기 모양 집을 감싸는' 이미지라든가 '사위어가는 햇살이 마당귀 배추밭에 한해의 마지막 기름을 기울여 붓'는 형상, '산골바람이 배추를 쓰다듬으며 속살이 차오르게 하'는 정황은 모두 대기와 인간이 하나로 동화되는 형국을 가리킨다. 이는 존재의 불안한 기반을 채워주고 다스리는 하늘의 넓은 품을 형상화한다. 이것은 인간을 에워싸는 미지의 죽음의 실체를 소멸시키기 위한 생의 감각이 아닐 수 없다.

인간이 미지의 시공에 관해 명확한 인식을 할 수 있는 것은 언제나 가능한 일이 될까. 인간의 인식의 한계를 넘어서는 사태를 속속들이 이해하는 일이란 결국 인간에게 허용되지 않는 것일까. 최서림 시인의 섬세한 이미지의 시에는 사태를 직관하는 깊은 시선이 담겨 있다. 그의 시선은 산가(山家)의 서정적 풍경 속에서도 단순하지 않은 우주의 흔적을 읽어낸다. 우리는 그의 시를 통해 아름답고 고즈넉하기만 서경 안에 땅과 인간과 하늘이 죽음과 생의 양들을 밀고 당기면서 휘몰아쳐대고 있음을 상상하게 된다. 사물의 깊이에까지 인식의 시선을 드리우는 시인의 통찰은 그러한 광포한 인간의 조건 속에서 인간이 어떻게 생을 키워가며 살아갈 수 있는가를 넌지시 보여준다. 어느 것도 확고한 것이 없는 세계 속에서 인간의 삶이란 생을 향한 고투와 다르지 않다.

랜덤(random)의 세계에서의 시의 의식

포스트모던 시대에 근대의 이성을 와해시키는 일은 문화예술운동을 통해 이루어야 했던 공격적인 실천에 해당되었지만 전체 역사 속에서 보면 이성과 계몽을 내세웠던 근대야말로 매우 독특하고 협소했던 시대가 아니었을까 생각해본다. 근대는 불과 3, 4백 년간에 걸쳐 구축되었던 시대로서, 그 기간에 인류는 인간의 의식 속에서 이성을 끌어내어 이를 수천 년간 인간을 지배하던 신에 맞먹는 거대 괴물로 주조해내었다. 근대의 지도자들은 이성이야말로 유일하게 인간이 기댈 수 있는 근거라고 여김으로써 이성을 세상의 그 무엇보다도 견고하게 축조하고자 하였을 터이다. 이성을 오롯이 세우기 위해 그들은 숱한 담론들을 생산하였고 한없이 규칙과 논리를 산출하였다.

포스트모던 이후 이성은 비판의 표적이 되고 있지만 이성을 세계의 중심된 힘으로 만들고자 하였던 근대의 지도자들의 의식을 가늠해보면 절박함이 느껴진다. 신이 지배하는 중세 암흑기와 싸워야 했던 그들로서는 무사처럼 강인한 인간의 정신을 곧게 세워내야 했을 것이기 때문이다. 이성을 축조한 철학자들이 인간의식의 나약한 영역을 철저하게 배제시키려 했던 사정이 짐작이 가는 것이다. 변하는 것, 흔들리는 것, 모호하거나 불분명한 것들은 강한 인간을 세워내는 데 모두 배격해야 하는 대상이었을 것이다. 근대와 더불어 감정, 무의식, 영혼 등의 이성 외의 인간의식이 철학적 담론 속에서 홀대받게 된 것도 우연이 아니다. 이것들은 근대에 의도적으로 외면된 인간의 정신들이다. 요컨대 근대는 이성에 의해, 이성을 위해 존재했던 시대였던 것이다.

오늘날 우리는 이성이 지닌 한계를 잘 알고 있다. 그것이 지닌 폭력성과 편협성, 그리고 그것이 지닌 허구성을. 인간의 의식에 있어서 이성은 매우 일부분에 한정된 것이며 이성 아닌 여러 성질의 정신들의 공존으로 인간의 의식이 이루어진다는 사실을 오늘의 우리는 잘 알고 있다. 또한 초기의 근대인이 역설하였던 것과 다르게 이성에 의한 확고한 논리의 영역은 인간의 제한된 의식에서나 가능한 협애한 질서에 불과하다는 것을 안다. 한 치만 물러나도 논리는 전복되며 한 끝만 벗어나도 이성은 허약하다. 이성도 논리도 모두 특정 영역에서 의도적으로 구축되어야 하는 한정된 진리인 셈이다. 마치 근대가 수만 년의 인류 역사 속에서 티끌처럼 고립된 특수 지대인 것처럼 그러하다. 인류에게 비논리는 논리보다 선행하며 비이성은 이성보다, 우연은 인과보다 우선이다. 논리와 이성, 인과는 의도적으로 만들어진 것일 뿐이다. 세계의 진실은 전자의 것들에 있다. 우리의 세상은 랜덤의 세계인 것이다.

1. 확고한 것을 향한 회의

세상이 비이성과 비논리와 비인과로 이루어진다는 것은 세상이 그만큼 복잡다단하다는 것을 의미할 것이다. 그것은 눈에 보이는 것이 전부가 아니고 아는 것이 전부가 아닌 것, 우리의 생이 놓이는 지대가 우리가 의식하는 것보다 훨씬 더 증폭되어 있다는 것을 말한다. 명확한 논리적 사유보다 모호한 상상적 사유가 우리에게 더욱 요구되는 것도 이런 연유에서다. 그럼에도 인간은 명확하고 논리적인 것을 추구한다. 보이는 것, 아는 것에 근거한 확고한 지식을 좋게 마련이다. 합의된 의식을 뒤튼다거나 기존 인식을 낯설게 할 때 사람들은 불편해한다. 인간이 그만큼 편협하다는 이야기일 것이다. 이승훈 시인의 「파이프가 사과인지 모른다」는 인간의 의식과 논리가 얼마나 허구에 가까우며, 인간이 세운 그것들이 얼마나 무작위의 것인지 갈파한다. 인간의 의식은 랜덤인 세계에 대한 과도한, 동시에 편리한 타협인 셈이다.

> 파이프가 사과인지 모른다. 아마 그럴 것이다. 그렇지 않을 수도 있겠지. 그러나 그러나 그러나 뭐가 문제야? 난 파이프를 입에 문 적이 없고, 사과를 좋아하지 않지만 문득 파이프 생각이 나는 건 오늘 저녁 사과를 먹지 않았기 때문이다. 절벽에 커다란 돌멩이가 입을 벌리고 내려다본다.
>
> 중간에서 내려 걸어가는 밤 돌이 나를 보자 곧장 돌아선다. 보기 싫다는 뜻이겠지. 흥 맘대로 해! 난 돌같은 건 관심이 없으니까! 개도 돌같은 건 바라보지 않는다.
>
> ─이승훈, 「파이프가 사과인지 모른다」(『예술가』, 2013. 겨울호) 전문

냉철한 의식을 바탕으로 인간의 존재론적 정체를 끊임없이 파고드는 이승훈 시인에게 회의는 모든 대상, 모든 제도를 향해 있다. 그에게 인간의 의식은 진위(眞僞)의 가름대 위에서 날카롭게 해부되는 가장 주된 대상 가운데 하나가 된다.

위의 시에서 시인이 문제 제기하는 부분은 의식이 만들어지는 과정

에 있다. '파이프가 사과인지 모른다'는 진술은 사물a에 대해 명명이 이루어지는 것은 자의적이라는 사실을 떠올리게 한다, 기표와 기의의 결합이 자의적이라는 소쉬르의 말과 함께. 그의 문제 제기는 그것에서 그치지 않는다. 언어 형성의 자의성은 의식의 자의성을 지시하는 것일 터, '파이프가 사과인지 모른다'는 인간 의식의 모호성과 혼융성을 가리킨다. 대상에 관한 인간의 모호한 인식은 인간이 그것을 경계하는 것만큼이나 언제나 있을 수 있는 일이다. 이 점에서 확고하다고 생각되는 사실들에 대해 회의의 시선을 던지는 순간 대부분의 확고했던 것들은 이면에 모호성을 숨기고 있다는 것을 발견할 수 있다. 확고한 모든 것들은 실상 랜덤으로 이루어졌던 것이다. 여기에는 큰 허위가 도사리고 있다. 그러나 우리는 일각에 보이는 결과만을 사실로서 받아들일 뿐 그 기저에 대해서는 질문하지 않는다. 그에 대해 질문하는 일은 나의 의식을 혼란스럽게 하는 일이기 때문이다. 우리는 회의하지 않는다. 죽을 때까지 회의하지 않는 일이란 죽을 때까지 편리하게 사는 길이다.

반면 위 시의 시적 자아는 회의를 거쳐 얻은 진실에 대해서도 회의한다. '파이프가 사과인지 모른다. 아마 그럴 것이다. 그렇지 않을 수도 있겠지.'라는 대목은 회의에 회의를 거듭하는 시적 자아의 모습을 보여준다. 편리하게 사는 방법을 비껴가는 이같은 회의의 방식은 어쩌면 세계의 진실은 없다고 여기는 허무주의라기보다 세계에 감춰진 비의(秘意)를 찾아내려는 연금술사의 태도와 다르지 않다. '그러나 그러나 그러나 뭐가 문제야?'에서 회의를 일삼는 데서 오는 시적 자아의 고뇌와 혼돈을 읽을 수 있다.

세상의 확고한 것에 대한 회의의 습관에 힘입어 그는 의식을 지탱하는 논리를 일순간에 전복한다. '난 파이프를 입에 문 적이 없고, 사과를 좋아하지 않지만 문득 파이프 생각이 나는 건 오늘 저녁 사과를 먹지 않았기 때문이다'는 역설도 아이러니도 아닌 순수한 논리의 파괴에 속한다. 애초에 '파이프가 사과인지 모른다'를 통해 '파이프'와 '사과'를 융합시켰었기에 지금의 논리의 해체는 '파이프'와 '사과' 사이의 랜덤의 관계를 더욱 강조하는 결과를 가져온다. 도대체가 인간세상에는 랜덤이 아닌 것이 없다. 분명한 것, 확고한 것은 모두 인간의 의식이 만들어낸 거짓이자 허구이다. 이 속에서 무엇이 사실이고 진실인가. 인간은 순전한 랜덤의 세계 속에서 자신의 의식이 진리라고 우기는 삶을 살고 있다. '절벽에 커다란 돌멩이가 입을 벌리고 내려다본다.'는 진술은 인간이 처한 삶의 편협한 조건을 암시하는 것이리라.

확고한 것에 대한 해체와 랜덤의 세계에의 옹호는 갖은 환상과 비루(鄙陋)를 낳는다. 이 속에서 논리와 이성이라든가 예(禮)와 의(儀) 같은 고귀함은 자리를 잡기 힘들다. 둘째 연에서 '돌이 나를 보자 곧장 돌아선다. 보기 싫다는 뜻이겠지. 흥 맘대로 해!', '개도 돌같은 건 바라보지 않는다'와 같은 속악한 언술들이 등장하는 것도 이 때문이다. 이성의 와해가 이루어진 자리에는 앞뒤 없는 감정들의 난무와 몰상스런 태도가 지배한다. 무질서와 혼란의 그것이다. 그러나 간과할 수 없는 사실은 이곳이야말로 거짓과 허구가 소거된 채 세상의 생생한 리얼리티가 느껴지는 곳이기도 하다는 점이다.

2. 혼돈, 세계의 리얼리티

이성으로부터 한 발 떨어져 바라본 세상은 온통 무질서와 혼돈으로 가득 차 있다. 그것은 부조리한 세상이며 문명의 세례로부터 단절된 아득한 세계다. 합리와 논리로부터 비껴나 숱한 우연의 반복으로 덧칠된 그곳에는 헤아릴 수 없는 흔적들이 더께를 이룬다. 그곳은 아득하게 중첩된 시간의 밀도를 느끼게 할 뿐 스쳐간 사건들의 정체를 언제나 비밀스럽게 감춘다. 여기에서는 원시의 질감을 느낄지언정 제련된 문명의 질서를 경험하기 힘들다. 이는 곧 그곳이 이성이 부재한 혼돈의 세계임을 의미한다. 임동윤 시인이 그린 「먼지의 시간」에서 우리는 이성을 대체한 카오스의 세계를, 나아가 그것이 내뿜고 있는 원시의 공기를 만나게 된다.

> 버려진 풍경들은 죄다 마른 먼지로 떠도는 법이다
> 혹은, 타의에 의해 제 무게를 내려놓는 중이다
> 눈여겨본다는 것은 서로를 사랑하는 일,
> 할머니 옛집에서 그것들과 만나는 일은 슬프다
>
> 푸른 심줄을 길어 올리던 우물이 밑바닥을 드러냈다
> 재개발로 수맥이 끊겼다고 환경단체에서 말한다
> 그것보다 환삼덩굴에 몸을 맡긴 탓이라고 나는 믿는다
> 시간을 놓친 두레박줄은 이제 바닥으로 내려가지 못한다
> 머리통에 마른 먼지만 뿌옇게 뒤집어쓰고 있다
> 그나마, 물소리를 먹고 자란 앵두나무만 빨갛다
> 빨간 그늘 속으로 참새 몇 마리 앉았다 가면 저녁
> 새의 날갯죽지에도 둥글게 빨간 물이 든다
> 아무 것도 보이지 않는 우물은 탁탁 밑바닥이 보인다
> 아, 하고 소리쳐 불러도 메아리만 텅텅 돌아올 뿐
> ──임동윤, 「먼지의 시간」(『시현실』, 2013. 가을·겨울호) 부분

근대가 인류 역사상 극히 일부분에 해당되는 시대인 것은 비록 그것이 세상을 이끌어가는 패러다임임에도 불구하고 또한 온 세계가 근대를 추구하고 있음에도 불구하고 근대의 세례가 미치는 곳이 한정되어 있다는 사실을 상기시킨다. 세계의 곳곳에 있는 틈들에서는 근대의 촉수로부터

제2부 현장시 리뷰

벗어난 또다른 세계가 덩굴처럼 자라나 거대한 원시의 더미를 이룬다. 인간의 이성이 미치지 못하고 미처 합리의 얼개를 들이밀지 못한 곳에서는 원시적 자연이 무성하게 뿌리를 내리는 것이다.

위의 시는 근대로부터의 영향력을 더 이상 공급받지 못하게 된 장소에서의 새로운 군락(群落)의 천이(遷移)과정을 그리고 있거니와 이곳은 이제 합리와 질서가 지배하는 곳이 아니라 혼돈의 카오스로 점유되는 곳이다. 즉 이곳은 문명화되는 대신 우연의 중첩으로 이루어진 랜덤의 세계가 된다. 그러한 정황을 시인은 우선 '버려진 풍경들은 죄다 마른 먼지로 떠도는 법이다'라고 말한다. '혹은, 타의에 의해 제 무게를 내려놓는 중이다'라고도 말한다. 그곳은 아마도 개발로부터 쓸쓸하게 소외되어 황폐화되어 가는 장소로서, 가령 '할머니 옛집'의 장소일 것으로 짐작되는데, 시인은 '할머니 옛집에서 그것들과 만나는 일은 슬프다'고 함으로써 근대와 구별되는 카오스의 지대를 암시하고 있다.

근대의 손길이 끊어진 곳에서 이를 대체하는 세력은 비이성의 것들, 비논리의 것들, 비인간의 것들이다. 그리고 그것들은 우리가 의식하는 것보다 훨씬 더 큰 존재들에 해당할 것이다. 그러한 존재들은 우리의 의식의 틈에서 무수히 출몰하며 그들의 흔적들을 남길 것인바, 이들 가운데는 뚜렷이 의식되는 것도 있겠지만 그저 '먼지'가 쌓이듯 시간의 더께로만 지각되는 것도 있을 것이다. 가령 '푸른 심줄을 길어 올리던 우물이 밑바닥을 드러냈다'거나 '시간을 놓친 두레박줄은 이제 바닥으로 내려가지 못한다'와 같은 사실이 뚜렷한 변화라고 한다면, '머리통에 마른 먼지만 뽀얗게 뒤집어쓰고 있다'라든가 '물소리를 먹고 자란 앵두나무만 빨갛다', '빨간 그늘 속으로 참새 몇 마리 앉았다 가면 저녁/새의 날갯죽지에도 둥글게 빨간 물이 든다'와 같은 현상들은 변화를 의식하기 힘든 미미한 우연의 흔적에 해당한다. 그러나 이 모든 자취들은 모두 동일하게 근대의 발길이 사라진 곳에서의 카오스의 증거가 된다. 이곳에서는 '아무것도 보이지 않아' '밑바닥을 탁탁 드러내는 우물'과 '아, 하고 소리쳐 불러도 메아리만 텅텅 돌아오는' 공허가 자리하게 된다. 이는 곧 순전히 밀도 높은 카오스에 다름 아니다. 근대의 손길이 미치지 못하는 곳에서 새로이 형성되는 전혀 다른 군락, 그곳은 논리와 이성이 사라진 우연과 무질서의 세계로서 세계의 더 큰 지대를 뒤덮고 있는 랜덤의 세계를 실증한다.

3. 인지불능의 카오스

인간이 이성과 논리로써 세계를 파악할 수 있다는 생각은 주지하듯 근대 과학의 발달에 힘입어 형성된 근대인의 자신감에 해당한다. 그러한 인간 중심적인 자신감으로 말미암아 거대한 근대 문명이 구축되었다는 것 또한 주지의 사실이다. 그러나 그러한 생각이 편협한 과대망상이었음이 드러난 데에는 그리 오랜 세월이 걸리지 않았다. 이성이 지닌 파괴성을 논외로 하더라도 인간의 지각능력은 눈과 귀의 감각기관에 의지할 수밖에 없는 제한된 것이며 인간의 의식 또한 지각 가능한 시공간의 범위에서 이루어지는 한정된 것일 뿐이다. 사정이 그러할진대 인간이 세계를 지배할 수 있다는 근대인의 생각은 얼마나 오만한 것인가. 인간의 이성적 지각능력은 그 우수성에도 불구하고 대단히 협애한 것임을 인정해야 할 것이며 동시에 미지한 세계의 무궁한 범위에 대해서도 인정할 수밖에 없다. 요컨대 세계의 카오스는 인간의 지각 범위를 훌쩍 뛰어넘고 있다. 김박은경 시인의 「안녕, 나야」에서 느껴지는 혼돈은 인간의 인식 가능한 지대를 넘어서는 곳에서 전개되는 세계의 실상(實相)에서 비롯된 것이라 할 수 있다.

죽은 새들이 떨어지는 걸까 떨어지면서 죽는 걸까 멈춘 새의 심장이 내 박동을 타고 흔들린다 작은 벌레들을 먹고 또 먹고 죽은 새, 새의 부리 새의 발톱 아직 단단한 것들 금이 간 눈동자 금이 간 날개 쪼개진 틈으로 빛이 스민다 그걸 따라 벌레들 기어들어간다

반은 따뜻하고 반은 차갑고 반은 가득차고 반은 텅 비어 얼마나 기쁘고 얼마나 슬픈지, 불안도 맞고 확신도 맞다

어두운 곳과 조금 더 어두운 곳이 있다

얼어붙었으나 빠져나가면서 말라붙어버렸다 미치도록 궁금했으나 이제 거의 분명해졌다 끔찍했다고 할까 아름다웠다고 할까 어디에서도 오지 않았고 아무것도 되지 않았다

손가락질을 할 때마다 손가락으로 변해갔다 침을 뱉을 때마다 침으로 변해갔다 틀렸다 틀려먹었다 덜 마른 악취들도 곰팡이들도 피어난다 너와도 피었던가 아니, 아닌 사람들, 얼굴은 거미줄로 뒤덮여 가끔씩 깨어나면서 소리는 지르지 않으면서 귀는 막지 않으면서 찌르는 목소리와 감싸 안는 목소리가 동시라니 믿을 수 없는데 믿지 않을 수도 없다니

조롱과 통증 사이 길게 자라는 손톱으로 긁으며 나의 다리를 베고 누운 나의 얼굴 나의 눈을 들여다보는 나의 얼굴 한 번도 본 적 없는 사람처럼 서늘하다 죽은 것들로 몸을 채웠을 것이다 삼킬 수 없는 것들을 삼켰을 것이다
— 김박은경, 「안녕, 나야」(『현대시학』, 2013. 12월호) 부분

인간이 지각할 수 없는 시공간의 실상(實相)들 앞에서 인간은 무기력하다. 이곳에서 인간은 알 수 있는 것도, 말할 수 있는 것도 없다. 인간의

인식은 모호하고 그로부터 비롯된 감정 또한 호불호가 구분되지 않는다. 인간의 의식은 명확함을 지향하지만 세계는 이미 인간이 인지할 수 있는 시공성을 벗어나 있다. 하다못해 인간은 '죽은 새들이 떨어지는 걸까 떨어지면서 죽는 걸까'에 대한 답조차 내리지 못한다. 그 알 수 없음 앞에서 인간이 할 수 있는 일이란 고작 조용히 지켜보는 일, 몸으로 느끼는 일, 상상하는 일 정도이다. '새의 심장이 내 박동을 타고 흔들린다 작은 벌레들을 먹고 또 먹고 죽은 새, 새의 부리 새의 발톱 아직 단단한 것들⋯⋯' 하면서 말이다.

세계가 이러할 때 인간의 의식의 확고함은 허구에 가깝다. 인간의 인식틀이 되어 있는 이항대립은 세계의 사태에 비한다면 얼마나 폭력적인 것인가. 정도에 관한 명확한 분별이라든가 옳고 그름에 대한 판단은 언제나 연기되어야 한다. 어쩌면 우리는 '반은 따뜻하고 반은 차갑고 반은 가득차고 반은 텅 비어' 있다는 식의 애매모호한 진술에 만족해야 할지 모른다. 또한 '얼마나 기쁘고 얼마나 슬픈지, 불안도 맞고 확신도 맞다'는 이도저도 아닌 우유부단한 발언을 전적으로 수용해야 할지 모를 일이다. 세계에 관한 한 이성의 밝은 빛 대신 '어두운 곳과 조금 더 어두운 곳이 있다'는 사실을 고통스럽게 받아들여야 할지 모른다.

세계의 카오스를 속속들이 이해하고 파악하기에 인간의 능력은 한없이 빈약하다. 알고자 하는 인간의 욕망은 한이 없으되 그에 비례하여 무력감 또한 증폭된다. '미치도록 궁금했으나' '어디에서도 오지 않았고 아무것도 되지 않'는다. 인간은 세계를 제패하고자 하였으나 혼돈의 세계는 오히려 인간을 그것의 일부로 잠식해 들인다. 인간은 세계 속에 뒤엉켜 들어갈 뿐이다. '손가락질을 할 때마다 손가락으로 변해가'며 '침을 뱉을 때마다 침으로 변해가'는 일은 인간이 세계 속에서 오롯이 독립된 개체가 될 수 없음을 시사한다. 세계가 '악취와 곰팡이'로 뒤덮여 있다면 이에 대해 인간이 취할 수 있는 저항력은 짐작하듯 철저하지 못하다. 이처럼 카오스의 세계 앞에서 속절없는 인간 존재를 가리켜 시인은 '얼굴은 거미줄로 뒤덮여' 있다는 상징으로 표현한다.

　계몽의 철학은 인간은 세계를 파악할 수 있는 이성의 주체이며 세계와 구분되는 독립적 개체라고 가르쳐왔다. 인간은 이성적인 한 독자성을 발휘하며 존립할 수 있다고 강조했다. 그러나 이 같은 가르침은 세계의 실상에 다다르자마자 붕괴될 연약한 것이다. 인간에게 세계는 언제나 낯설고 요령부득하다. 인간은 의식하지도 못한 채 항상 뒤섞이고 잠식되곤 하며 대부분 밝음보다는 '어둡거나 조금 더 어두운 곳에서' 헤매야 하는 존재다. 사정이 이러하므로 인간은 자신이 누구인지, 무엇인지 명확히 알지 못한다. 인간은 구획되지 않는 혼돈의 덩어리로 엉겨 옴쭉달싹 못하는 존재 이상이 아니다. '나의 다리를 베고 누운 나의 얼굴 나의 눈을 들여다보는 나의 얼굴'은 세계와 마찬가지로 카오스의 소용돌이 속에 처한 인간의 형상을 그리는 것이리라. 어제와 오늘, 오늘과 내일 사이의 동일성조차 확보되지 않는 인간에게 '나의 얼굴'은 '한 번도 본 적 없는 사람처럼 서늘하'게 느껴질 것이다. 이는 인간이 이성적 주체라는 점에 대한 허구성을 거듭 증거하는 것이자, 인간 역시 세계와 더불어 카오스의 존재임을 말해주는 대목이다.

4. 혼성(混成)적 자아의 비동일성

　인간의 의식이 인지불능과 애매모호에 휩싸여 있는 것이라면 인간의 존재는 그 자체로 순수하다거나 전일적이라고 말할 수 없을 것이다. 인간이 인식에 있어 밝음과 투명성을 보장받지 못할 때 그것은 세계의 복잡성뿐만 아니라 인간의 존재 조건이 지닌 비순일(純一)성을 의미하는 것이 아닐까. 인간은 세계와 선명하게 경계 지어지지도 않을 뿐만 아니라 타인과 역시 명확하게 구분되지 않는다. 사람과 사람 사이에 경계를 구획한다는 것 자체가 어불성설이다. 이 점은 타인과 더불어 있을 때 올곧이 자신이 될 수 없는 상황을 떠올리더라도 쉽게 이해할 수 있다. 가령 감정은 쉬이 전이되어 타자의 감정은 내 속에서 뜻밖의 감정으로 되살아나거나 무의식은 서로 간 공유의 영역 또한 지니고 있다. 말로 표출하지 않아도 종종 타인의 의식은 나의 의식으로 전유된다. 인간들 사이에서 '너'와 '나'를 구분짓는 것은 말처럼 쉽지 않다. 설사 인간의 본질이 이성적인 주체라 되뇌일지라도 세계에서 벌어지는 실상은 그러한 이성의 규정을 넘어선다. 이정란 시인의 「내 안의 구름」은 인간 존재가 어떻게 이루어져 있으며, 그러함으로 인해 인간과의 관계가 어떤 양상으로 성립되는지를 상징적으로 드러내고 있다.

손끝에서 늘 타인의 냄새가 피어난다, 난기류의 내가 낳은 구름 때문이다

구름을 떼어 날릴 때마다 누군가의 창문에 실금이 퍼져가는 소리

다리를 구름으로 교체한 의자를 방 한가운데 두자 벽의 사방이 허물어진다

구름을 믿지 않지만

의자를 쓰다듬으면 피아노 소리가 난다, 다음 생에 피아니스트라면 네가 없을 때 꼭 맞는 너의 이름으로 건반을 만들어 내 가슴뼈를 연주할 것이다

안개 속에서 골목을 뚫던 작은 새가 얼굴을 물방울처럼 부수고 솟아 오른다. 얼굴을 버린 새, 움직이는 만큼 자라나는 공중을 잘라 먹으며 날아오른다

손가락 끝에서 펄펄 쏟아지는 눈송이들, 어디론가 끝없이 흘러가고 있는,
당신이 모르는 당신의 구름들

　　구름과 나를 저어 만든 새벽 중천에서 지평선이 터진다, 발뒤꿈치에서 시
작된
나비를 옭아 맨 나비의 누드가 허물어진다
　　　　　　　　　　　—이정란, 「내 안의 구름」(『현대시』, 2014. 2월호) 전문

　　인간이 순일(純一)한 '나'로 이루어진 동일자가 아니라는 관점은 불교
에서 흔히 접할 수 있는 생각이다. 불가에서 인간은 색(色), 수(受), 상(想),
행(行), 식(識)이라는 다섯 가지 정신 작용의 연기(緣起)적 화합물로서 간
주된다. 자아는 어떤 단일한 고정된 실체가 아니라 인연에 따라 이합집
산하는 현상적 존재라는 것이다. 때문에 자아는 그 자체로 존재하지 못
하며 시간이 지남에 따라 화합된 요소가 흩어지면 그 존재도 사라지는
무상한 것으로 본다.
　　자아가 동일한 실체가 아니고 그때그때의 연기(緣起)에 따른 유동적 존
재라 할 때 위의 시에서 표현되고 있는 '구름'은 그에 대한 적절한 상징
이 된다. 시에서 '구름'은 '난기류의 내가 낳은' 것이자 '손끝에서 타인의
냄새가 피어나는' 원인이라는 점에서 그러하다. 시의 관점 역시 '나'를
자체로 독립된 존재로서 그리지 않는다. '나'란 '늘' '타인'과 섞이는 존재
다. 나의 '손끝에서 늘 타인의 냄새가 피어나'는 곤혹스런 현상도 자아가
지닌 존재 조건에 기인한다. 타인과 섞이며 유동적인 화합물이 되는 '나'
는 한 마디로 표현하면 '난기류'인 셈이다.
　　'난기류'의 일부분으로서의 '구름'은 '내' 안의 한 요소이자 타인과의
연결고리이다. '구름'이 있음으로써 무상한 '내'가 존재하며 또 '나'의 타

인으로의 확산도 이루어진다. '구름'은 '나'의 존립 조건이자 '나'를 세계 속의 한 부분으로 성립시키는 요건인 것이다. '구름을 날릴 때마다 누군가의 창문에 실금이 퍼져가는 소리'가 난다고 말한 것도 이 때문이다. '구름'은 무상한 것이되 동시에 실상(實相)을 현상시키는 근거가 되기도 한다. 물론 이 '구름'은 고정된 어떤 것이거나 확고한 무엇도 아니다. '구름'은 규칙이나 규범에 따라 움직이지 않는다는 것을 상정한다. '구름'은 랜덤으로 운동하는 성질의 것이다. 따라서 '구름'이 '나'를 카오스로 만든다. '나'는 '난기류'인 것이다.

몸 안에 '구름'을 지니는 혼돈의 존재 '난기류'는 '나'만의 성질이 아니다. '너'도 마찬가지다. '당신' 역시 '난기류'의 존재고, '어디론가 끝없이 흘러가고 있는, 당신이 모르는 당신의 구름들'을 가지고 있다. '나'도 '너'도 인간이란 결국 '구름'과 뒤섞인 혼합물로서의 존재다. 이러한 존재 조건이 비단 인간에게만 적용될 것인가? 사물은 어떠한가? 사물들도 그 성질에서 예외가 아니다. 사물과 사물 사이에도 엄격한 경계란 없다. '의자를 쓰다듬으면 피아노 소리가 난다'는 진술은 사물 역시 외부와의 연결고리 속에 놓인 성질의 것임을 암시한다. 요컨대 세상에 존재하는 어떤 존재도 눈에 보이는 것과 같이 확고하게 독립되어 있지 않다는 것이다. 모든 사물, 모든 존재는 연결되어 있고 서로 공존한다. 이들 사이에 명확하게 경계를 나누는 막은 없다. 모든 사물, 존재는 자신의 경계를 뚫고 타자의 영역과 간섭한다. '구름'의 형태로써 그러하다.

위 시에 묘사된 '새'의 형상에서도 단일자가 아닌 세계와의 공존 속에서 성립되는 '새'의 존재 조건을 암시받을 수 있다. '얼굴을 버린 새, 움직이는 만큼 자라나는' 새란 동일성의 차원에서가 아니라 세계와의 관련 속에서 비로소 존재한다는 점을 가리키는 것이다. 곧 그것은 카오스의 세계 속에서 고정되지 않은 채 살아가는 랜덤으로서의 '새'인 것이다.

세계가 카오스의 그것이고 그 안의 사태들이 랜덤으로 이루어진다는 사실은 인간의 능력을 의심하고 이성의 한계를 직시하게 하는 요인이 된다. 인간의 이성적 능력이 전유할 수 있는 세계가 제한적이라는 점은 세계가 지닌 카오스의 힘이 그만큼 막대하다는 것 또한 의미한다. 그러나 인간이 처한 조건을 이해할 때 인간의 이성은 비로소 더욱 진보할 수 있을 것이다.

시는 자아의 직접적 표현이라는 점에서 인간의 성격과 조건을 가장 적실하게 표현하는 매개체이다. 또한 자아는 이성만으로 이루어진 것이 아니라 모든 정신 작용의 혼합체인 까닭에 시적 표현은 자아의 복잡다단함을 실상 그대로 드러낸다는 것을 알 수 있다. 시가 상상이 되고 감성이 되며, 유동하는 부유물이 되고 모호한 꿈이 되며, 혹은 그 이상의 것들이 되는 이유도 여기에 있다. 시는 랜덤으로 아루어진 카오스의 세계에서 그에 가장 합당한 형태로 이루어진 담론인 것이다. 많은 경우 시가 카오스로 다가오는 것도 이 때문이 아닐까.

탈근대의 기획을 넘어서는 감각의 언어

1. 해체를 넘어서서

　인간의 인식이 진리나 세계의 본질을 규명할 수 있다고 하는 관념을 부정하면서 기의와의 고리를 끊은 기표의 유희, 환유적 미끄러짐의 언어를 전면화시켰던 탈근대적 시들의 공과는 무엇일까? 고도 자본주의의 물리적 속력, 혹은 컴퓨터로 대표되는 전자시스템의 속도를 반영하듯 숨가쁜 충동의 에너지에 노출되어 있는 미래파 시들의 앞날은 어찌될 것인가? 새로운 세기가 시작된 지도 벌써 10여 년의 시간이 흐른 지금 아방가르드로서의 역할을 충분히 감당하였던 이들 시에 대해 이제 우리는 보다 성찰적인 태도를 보여야 할 듯하다. 몇몇 개성 강한 시인들에 의해 시작된 이들 시의 경향이 이미 하나의 문법으로 자리잡고 많은 아류들을 낳았으며 새로운 시적 스타일을 계발함에 있어 그 진보의 속도가 현저히 떨어지고 있는 이때에 시대를 대표하였던 작품들의 경향에 대해 반성적으로 접근하는 작업은 필연적으로 요구된다.

애초에 탈근대의 기획이 선험적이고 권위적인 담론에 대해 비판함으로써, 우리의 의식을 억압하고 생의 에너지를 가두어두려는 가장된 진리에 대해 부정함으로써 이루어졌던 점을 감안할 때 해체시들이 보여주었던 양상들은, 설령 그들 시가 소통에의 거부의 포즈를 취하였다 하더라도, 충분히 납득될 수 있는 것이었다. 해체시들이 제시했던 기표의 유희는 탈구조의 기획답게 권위와 체계를 조롱하고, 또 억압으로 작용하던 거대담론들 역시 공중분해 시킬 수 있었다. 탈근대의 기획은 진리연하는 담론들의 불완전성과 허구성, 권위와 억압성을 스스로 고안해낸 장치와 방법론을 통해 효과적으로 폭로하고 해체하였던 것이다. 특히 그들이 고안한 해체의 방법론들이 너무도 치밀하고 논리적이어서 당대의 많은 지식인들을 매료시켰던 것이 사실이다.

그러나 우리가 탈근대의 기획에 한껏 몰입되어 있던 동안 우리는 매우 중요한 것을 잊고 있었다. 우리가 미끄러지는 언어의 성질에 동의하고 위악적으로 기표의 유희를 산출해내는 중에, 우리는 자동적으로 언어라고 하는 체제 내부에 안주하게 되었다는 사실을 깨달을 수 있다. 탈근대의 기획에 대한 실천이 언어를 통해, 기표를 매개로 이루어지는 동안 그것은 우리의 에너지를 집중시키는 거점이 되었다는 것이다. 실제로 라캉이 무의식은 언어로 되어 있으며 무의식의 에너지는 소멸하지 않고 비어 있는 기표로 무한히 양산된다고 했던 것처럼 시적 주체의 모든 에너지는 기표에 집중된 채 표출되었던 것이다. 결과적으로 기표는 주체의 에너지를 확장시키는 통로가 되었던 것이 아니라 일종의 감옥으로 작용하게 되었다. 탈근대의 기획은 결국 우리를 보다 치밀한 하나의 체계와 논리 속에 가두었다는 것을 알 수 있다. 기표의 유희 속에서 우리는 스스로가 의미를 상실한 채 떠도는 기표가 되었으며 오로지 기표와 대화하는 가상의 존재가 되었다. 마치 전자매체를 통해 우리가 늘 접하는 가상공간처럼 탈근대의 우리는 현실로부터 유리된 가상현실의 존재로 되어가고 있던 것이다.

　탈근대에 관한 이와 같은 성찰을 염두에 둘 때 우리가 새로운 시대의 기획을 위해 시에게 기대할 것은 무엇인가? 굳이 진보가 보수가 되고 보수가 진보가 된다는 시대의 역동성을 거론하지 않더라도 아방가르드가 더 이상 전위가 될 수 없는 시점이라면 우리는 또 다른 측면에서의 진보를 모색해야 할 터이다. 그리고 그것은 우리가 지금 처해 있는 질곡에 천착할 때 비로소 주어질 것이다.

2. 감각의 생기, 시적 언어의 현실화

　세계가 지닌 이성적 질서를 해체하려고 하면 할수록, 세계에 내재되어 있는 부조리를 파괴하려 하면 할수록 더욱 공고하게 언어의 감옥 속에 갇혀버리게 되는 이 아이러니는 물론 탈구조주의가 배태되었던 논리적 토대에서 비롯한다. 즉 탈구조주의자들이 의도했던 해체의 방법적 장치들이 구조주의라는 언어이론으로부터 유추된 것이기 때문이다. 이를 가리켜 구조주의는 탈구조주의의 발생 가능성을 자체 내에 포지했다고 말하는 것일 터인데, 이러한 전개, 곧 구조주의와 탈구조주의의 이론적 친연성은 오늘날의 해체시들이 놓여 있는 현실적 기반에 대해 상기케 해준다. 그것은 해체시는, 그것이 현실에의 부정과 부조리에의 문제제기를 통해 출현했다 하더라도, 기존의 체제 내적 언어들과 마찬가지로 언어라는 시스템 안에 놓이게 되는 운명을 지녔다는 점이다. 해체시는 처음 출현 당시 기존 언어에의 변혁이라는 혁명성을 지니고 우리의 의식을 충격했으나, 시간이 지남에 따라 그 충격의 에너지가 미약해지면서부터는 물론 다른 형태이지만 다시 언어의 체제 안으로 흡수되어가는 형국을 보여주는 것이리라.

　우리에게 생생한 감각, 살아 있는 육체성, 언어의 물질성이 요구되는 것도 이 지점에서이다. 실재하는 세계에 섬세하게 다가가 존재의 현상을 포착하고 사물을 존재 그대로 담아내는 일, 세계의 물활성에 천착하여 이를 시인의 내면의 언어로 표현함으로써 자아가 세계의 일부이며 세계가 자아 속에 있는 순간을 구하는 일은 언어의 감옥 속에 갇힌 관념의 자아를 현실의 한가운데로 끌어내는 계기가 된다. 즉 시적 상황은 현대의 자아를 가상현실이라는 열려 있으면서도 유폐된 공간, 매혹적이면서도 위험한 공간으로부터 탈출케 하여 총천연색으로 살아 숨쉬는 현실적 공간으로 인도할 것이라는 점이다.

더러는 설익어 질벅한 피가 밴

군침 도는 연한 육질

뜯고 뜯은

빈껍데기

흰 뼈 위에 앉는다

쇄골과 척추

이미 뿌리 내린 정강이와 상두박골

버려진 싱싱한 뼈들 위에 앉는다

아직 마르지 않은 살기등등한

쌓인 뼈들 위에 앉는다

울퉁불퉁 막힌 혈전으로

퍼렇게 죽어가는 모세혈관이며

탐욕스런 뱀들의 혓바닥

내 천수(千手)의 음모(陰毛)들이

버려진 뼈들 구석구석

땅속 깊이 뿌리박는다

—박청륭, 「뼈의 윤리」(『현대시』, 2012. 1월호) 전문

한 설치미술가의 작품으로부터 받은 영감에 의해 씌었다는 위의 시에서 우리는 회색으로 굳어가는 사물이 생생한 감각을 지닌 생명체로 전환되는 상상의 과정을 경험한다. '빈껍데기 뼈' 위로 피가 돌고 살이 돋아 살아 있는 무엇으로 변화되는 상상적 추이를 위 시는 섬세하고도 '살벌하게' 묘사하고 있는 것이다. 시인은 '뼈'라는 경직된 죽음의 물상에 '질벅한 피가 밴/군침 도는 연한 육질'의, '모세혈관이며 탐욕스런 뱀들의 혓바닥/천수(千手)의 음모(陰毛)들'의 옷을 입힌다. 피와 살을 입히는 시인의 뜨거운 상상력에 의해 '뼈'는 '살기등등한 뼈'로, '아직 마르지 않은 뼈'로 되살아나고 있다.

Marina Abramovic이라는 슬로바키아 여류 작가의 작품을 보면서 시인은 어떤 체험을 한 것일까? 무엇이 그의 상상력을 이처럼 '서슬 퍼렇게' 만들었을까? 날 것처럼 싱싱하고 역할 정도로 그로테스크한 표현들이 말하고자 하는 것은 무엇일까? 그것을 경직된 틀 안에 갇혀 생인지 죽음인지도 구분되지 않을 만큼 무감각하게 살아가는 현대인들의 감각을 되살리기 위한 것으로 해석할 수는 없을까? '뼈'에 숨을 불어넣은 시인의 상상력은 가상공간에 익숙해져 어느 것이 현실이고 가상인지, 어느 것이 진실이고 거짓인지, 또 살아 있음이고 죽어 있음인지 분간하지 못한 채 살고 있는 현대인들을 향해 생의 생생한 감각을 전달하고자 하는 것이 아닐까 한다. 생을 불러일으키려 하는 시인의 뜨거운 열정이 우리의 호흡도 뜨겁게 만들고 있다.

칼끝으로 노란색을 찍어 마구마구 짓이긴다

들판에다 산에다 하늘에다 노란색을 미친 듯이 들이붓는다

노란색이 소용돌이치는 고흐의 밀밭에는 이따금 까마귀 떼가 껌껌한 기억
처럼 돌아오고

햇볕도 들지 않는 화실의 말라비틀어진 노가리보다 더 가난한 K, 깨어진
유리창 같은 의식을 따라, 빙글빙글 도는 태양 아래 유월의 보리밭을 그리고
있다

불안한 태양으로부터 종소리는 노랗게 번져 내려오고, 겁먹은 당나귀 같이
자신이 그린 보리밭 사이로 천천히 들어간다 머리를 길게 늘어뜨리고 보리밭
위에 제물인양 드러 눕는다

—최서림, 「밀짚모자를 쓴 남자」(『시현실』, 2011. 겨울호) 부분

고흐의 작품을 바라보는 사람은 삶이 지치고 무기력해질 때 고흐가
얼마나 강렬하게 우리의 생의 감각을 고양시키는지 알 것이다. 끝도 없
이 펼쳐지는 벌판, 그것을 가로지르는 까만 까마귀떼, 캔버스가 뚫어지
도록 이겨놓은 노란색 질감은 그 자체로 삶의 강한 에너지이다. 그 안엔
어둠과 빛이 교차하고 있고 고요함과 생동감이 공존한다. 고흐의 작품
은 죽음 위해 피어 있는 환한 생기이다. 위의 시는 고흐의 작품이 주는
이 섬세하고 미묘한 감각을 있는 그대로 포착하고 있음을 알 수 있다.
아니 위의 시는 고흐의 내면에서 들끓었던 생의 욕망까지도 모두 담아
내고자 한다. 화폭에 담기기 이전의 예술가의 예민한 감수성까지 그려
내고 있는 위의 시는 그래서 '칼끝'처럼 날카롭다. 시에는 '노란색을 마
구 짓이기는', '노란색을 미친 듯이 들이붓는' 강한 이미지가 두드러지는
것이다.

고흐의 작품을 통해 시인이 끌어내고자 했던 것, 우리에게 전하고자

했던 것은 마찬가지로 생을 일으키는 생생한 감각이 아니었을까? 그것은 '껌껌한 기억'처럼 밀폐된 공간으로부터 우리를 끌어내어 생의 에너지로 가득찬 환한 공간으로 나아가게 하려는 것이 아닐까. 시에 나타나 있는 '햇볕도 들지 않는 화실의 말라비틀어진 노가리보다 더 가난한 K, 깨어진 유리창 같은 의식'의 자아는 삶의 감각을 상실한 채 갇혀 있는 유폐된 자아, 현실의 감각을 상실한 관념의 자아이자 현대의 가상화된 자아를 암시한다. 시인은 이러한 자아들에게 '빙글빙글 도는 태양 아래 유월의 보리밭'을 보여주고자 한다. 그는 이러한 자아들이 '보리밭 사이로 천천히 들어가'기를, '보리밭 위에 제물인양 드러눕'기를 주문한다. 시인이 꾀하는 것이란 우리의 에너지를 잠식해 들어가는 무감각의 견고하고 두꺼운 외피에 날카로운 칼날을 대어 이를 뜯어내고자 한 것이라 짐작해본다. 그것은 생인지 죽음인지 불분명한 현대인의 의식의 상태에 균열을 일으켜 환하게 빛나는 생의 감각을 회복시키려는 것이라 할 수 있다. 이러한 감각이야말로 우리의 삶에 대한 기준이자 현실인식에 대한 근거이기 때문이다.

내 생애는 활자에 중독된 세월이었다

누구든 넘어서고 나면 문맹이 그리워지는 시간도 있다
참혹하여라, 나는 삼천 권의 활자를 읽어버렸다

서리까마귀 편편이 북쪽 하늘을 날 때
누군들 울음 남기고 사라지는 기러기 사랑 한 번
해보고 싶지 않은 사람 있으랴
(중략)
구름은 활자로는 심어지지 않는 잎 넓은 나무

바람의 연원을 찾고 싶어 등성이를 오르면
활자 바깥에 무한이 있음을 선홍 놀이 가르치고

맹목으로도 무한을 만질 수 있는 날이 그리우면
한 번도 행간에 들지 않은 처녀 말을 찾아 헤맸다
　　　　　—이기철, 「활자 생애」(『시와 표현』, 2011. 겨울호) 부분

　'삼천 권의 활자를 읽은' 노숙한 시인의 한탄을 접하면서 우리는 관념의 세계를 빠져나오기 위해 악마 메피스토펠레스에게 영혼을 걸고 거래를 했던 파우스트 박사를 떠올리게 된다. 관념의 세계란 끊임없이 참과 거짓을 논하지만 진실로 참과 거짓이 분별되지 않는 세계, 모든 것을 다 아는 것처럼 여겨지지만 정작 아무런 힘도 발휘할 수 없는 세계이다. 관념의 세계에 빠져 있을 때 모든 역사가 그 안에서 이루어지는 듯하지만 실제로 그것은 편협하기 그지없는 세계의 일부에 불과하다. 이러한 관념의 세계는 자아를 가두고 생의 에너지를 끝없이 잠식해 들어간다. 질적 가치 없이 양적으로만 환산될 뿐인 관념의 세계에 대해 화자는 '활자에 중독된 세월'이었다고, '참혹하였다'고 말한다. 여기에서 우리는 한없는 지적 유희가 결국 '삼천 권'이라는 개념으로만 남게 되는 허망한 상황에 화자가 처해 있음을 짐작할 수 있다. '활자'로 상징되듯 현실로부터 유리된 관념이 얼마나 앙상하게 죽어 있는 세계인지 우리는 이 시를 통해 알 수 있다.

　무성한 관념의 세계가 자아를 '중독'될 만큼 맹목으로 만드는 현상 앞에서 시적 화자는 감옥과 같은 억압을 느낀다. 색깔의 분별이 없는 무채색의 지대, 울음도 웃음도 그리움도 사랑도 없는 무감정의 지대, 생멸을 반복하는 자연으로부터 멀리 유리된 지대에서 화자는 비명을 지른다. 그는 생명을 향한 욕망을 찾아 '활자 바깥'으로 탈출하고 싶어한다. '활

문학적 상상의 시학

자 바깥의 세계는 '활자로는' 만들어질 수 없는 물질의 세계이자 '무한'이 펼쳐지는 드넓은 세계이다. 관념을 휴지조각처럼 가볍게 만들어버리는 '활자 바깥'의 세계는 우리의 삶이 펼쳐지는 진정한 세계이자 무게와 밀도를 지니는 실재의 세계이다. 관념의 끝에서 환멸을 체험한 자아는 필연적으로 생생한 삶의 감각을 추구하게 된다.

관념의 세계를 거쳐 현실의 세계로 회귀한 자에게 시적 언어는 그 어느 것보다도 높은 가치를 지니리라. 그것은 관성적인 언어, 유희적인 언어를 가로지르고 현실에 발디디는 언어, 생생한 감각의 언어가 될 것이다. 시인이 '한 번도 행간에 들지 않은 처녀 말'을 찾아 헤매는 것도 이와 관련된다. 그가 찾는 '처녀 말'은 관념의 맥락에 놓이지 않는 순수한 언어이자, 생의 느낌이 담기는 날것의 언어를 의미할 것이다. 이러한 언어야말로 관념의 세계에 갇힌 자아를 끌어낼 수 있는 구원의 동아줄에 해당된다.

> 지리산하고도 쌍계사 앞, 개울의 보폭은 재재발라라 귀기울이면 빗소리, 작은 고기가 큰 고기에게 잡아 먹히듯 비야 광폭한 개울물에게 몸과 마음을 떠넘기면서도 비야, 지느러미 파닥거리는 비야 수면에 닿을 때만큼은 눈시울 붉어졌었구나 사선을 긋는 빗줄기 또한 잇몸 부비는지 나뭇잎들 합수 지점을 漸漬하는 중이더라 비의 지문마다 소리가 있구나 화석이 되려는 빗방울 따로 있구나 (중략) 봄의 빗줄기가 가늘어지면서 끝내 향기로웠구나 푸른 물 풋잠 마중하며 물방울 되는 너와 내가 있으니
> ─송재학, 「빗소리 되기」(『현대시』, 2012. 1월호) 부분

이토록 치밀하게 감각적인 시적 언어를 구사하기 위해 시인이 밟아온 과정은 어떤 것일까? 시인의 언어는 호흡이 보여주는 속도감이나 에너지의 측면에서 매우 시대적이다. 여기에서 시대적이라 하면 오늘날의

탈근대가 유지하고 있는 시적 언어의 보폭과 거의 일치함을 가리킨다. 정통 서정시가 시의 소재로 자연을 취하는 것이 규범처럼 되어 있음을 볼 때, 또한 정통 서정시의 시적 호흡이 회감을 통해 이루어지듯 자연의 흐름에 가까운 느림의 속도로 이루어짐을 볼 때 위의 시는 정통 서정시와 겹치면서도 겹치지 않는다. 그의 세계는 서정시에서 흔히 말하는 자연이라는 근원적 세계에 닿아 있으되 다른 경로의 감각과 호흡으로 이에 다가가 있음을 알 수 있다.

이를 우리는 어떻게 설명해야 하는가? 위의 시는 일반적인 자연과의 동화나 융합과는 다른 양상의 만남을 보여주고 있다. 그것을 부딪힘이라고 해야 하나? 시의 자연은 정서적인 일치라기보다 감각적인 부딪힘으로 형상화되고 있다. 시적 자아에게 자연은 부드러운 관조의 대상이 아니고 팔딱팔딱 살아 있는 날것에 해당한다. 자연은 생생하게 살아 있는 감각의 주체로서 소리로 향기로 몸짓으로, 온 몸의 감각으로 자신의 존재성을 드러낸다. 마치 숨죽인 채 죽은 듯이 있는 어떤 것도 조롱한다는 듯한 '재잘거림'을 위 시의 자연은 우리에게 보내준다. 위 시에 나타난 감각의 자연은 살아 있음의 느낌, 즉 생기 그대로이다.

특히 위의 시에 보이는 호흡의 속도감은 언어적 유희에 탐닉되어 있는 탈근대적 시의 호흡에 대응한다는 점에서 시사하는 바가 크다. 시인이 보여주는 감각의 세계는 탈근대의 세계로부터 방금 빠져나온 듯한 신선함을 느끼게 한다. 우리는 위의 시에서 유희적 언어의 틀로부터 온 힘으로 탈출해온 듯한 생동감을 체험하는 것이다. 시인은 자연의 생기를 통해 관념세계를 벗어나는 경로를 이미 알고 있었던 것일까? '내'가 '물방울이 되'고, '빗소리가 되'는 것도 자연이 이끄는 생생함의 힘에 기인하는 것이리라.

3. 성숙한 시의 살아 있음

혁명에의 의지를 지니고 경직된 체제에 대항하고자 했다는 점에서 전위성을 인정받은 우리의 탈근대의 시들이 또 다른 하나의 굳어진 체제로 되어가고 있다는 점에 주목하는 일은 비단 한두 명의 문제의식에서 비롯되는 것은 아닐 것이다. 생에 대한 깊은 통찰과 현실에 대한 치열한 대결의식이 날카롭게, 서슬 퍼렇게 존재하지 않는 한 시의 아방가르드적 양상은 단지 하나의 자동화된 기술에 해당할 뿐이다. 우리의 성숙한 시인들이 보여주는 시적 실험들은 우리 시의 전개과정이 결코 단선적이지 않음을, 우리의 시적 수준이 결코 단순하지 않음을 말해준다.

시가 인류의 역사와 더불어 존재하면서 그 속에서 면면히 그 본질을 유지해왔음은 시대와 시의 상관성을 말해준다. 시대의 새로운 국면에서 우리는 언제나 시에서 아이디어를 얻었고 시를 통해 삶의 활로를 마련해왔던 것이다. 그 속에서 일관되게 시가 경계해왔던 것은 생을 억압하고 물화시키는 모든 것이었으리라.

말의 밀도, 미끄러지지 않는 말

시적 언어가 담아내는 것은 그것이 현실주의 시든 그렇지 않든 현실을 담아낸다. 보다 정확히 말하면 인간의 삶을 담아내는 것이 시이다. 설령 그것이 낭만주의라거나 초현실주의라 하더라도 시적 언어가 인간의 삶을, 따라서 현실을 그리게 된다는 명제는 달라지지 않는다. 그것은 인간의 현실이 인간의 일상에서부터 정서, 상상, 환상 등 사고와 관련된 모든 것을 포함하기 때문에 그러하다. 이러한 관점에서 과거 현실주의 시에서 주장했듯 비현실주의 시가 현실을 반영하지 않는다고 하는 말은 수사적인 것이었다는 사실을 알 수 있다. 이들이 말하였던 '현실'이란 '현실주의'적 세계관 내에서의 그것을 내포하는 것으로서, 현실주의적 세계관을 지지하고 강화시켜 주는 특정한 '현실'에 해당하는 것이다. 즉 이때의 '현실'이란 정치적이고 사회적인 것, 계층간의 갈등과 사회의 모순을 드러내는 것에 국한된 특수한 '현실'을 가리키는 것이었다.

그러나 엄밀히 말해서 그와 같은 현실은 인간현실의 일부분일 뿐 인간현실의 전체를 의미하는 것은 아니라는 점이다. 정치적이고 사회적인 것들이 현실인 것처럼 내면적이고 존재론적인 것 내지 상상적이고 초현실적인 것 또한 인간 삶의 일부라는 점에서 인간의 현실이 된다.

사정이 그러함에도 불구하고 우리는 현실주의가 이끌어가는 논지와 사용하는 용어에 크게 반론을 제기하지 않았다. 용어 사용에서의 부정확성이 논의를 정체시키고 의식의 진보를 가로막고 있었다 해도 사회적 모순과 정치적 갈등 이외의 어떤 것들도 인간 삶의 '현실'이라고 주장하지 않았던 것이다. 대신 포스트모더니즘 시대가 도래하면서 '비현실주의'적 담론의 필연성과 정당성이 강조되었고, 이후 시는 자유로운 언어의 바다로 밀려들어갔다. 시들은 해체이론이 제공하였던 논거에 기반하여 언어유희세계의 지평으로 나아갈 수 있었다. 차연의 언어, 환유의 언어, 미끄러지는 언어들이 이때의 언어유희의 시들임은 물론이다. 이들 언어는 기의와의 고리로부터 벗겨져 나온 것들로서, 현실 반영에의 부채의식을 벗어던진 몸 가볍고 자유로운 언어들에 해당한다. 이들의 토대에 구조주의−탈구조주의라는 거대한 이론이 버티고 있었다는 사실은 이러한 해체의 언어들에서 논리적인 허점을 발견하는 것이 힘들었음을 말해준다.

시대적 논의의 성격을 이해하고 있는 지금 그렇다면 논의의 원점으로 돌아가서, 엄밀한 의미에서 '현실주의'와 '비현실주의'를 구분짓는 기준을 설정한다면 정확히 무엇이라 말할 수 있을까? '현실주의'의 잘못된 개념을 '바로잡은' 시적 '현실'의 언어와 시적 '비현실'의 언어의 경계는 어떻게 규정할 수 있을까?

엄밀한 의미의 시적 '현실'이 인간 '삶'의 언어라는 점에 기댈 때, 이제 시적 현실은 과거와는 다른 지평에서 그 의미를 지정할 수 있는바, 그것은 사회, 정치적 갈등과 모순의 단면들뿐만이 아닌 모든 삶의 모습을 담아낸 것에 해당한다. 즉 삶의 진정성을 담아낸 것이 '시현실'에 해당하고 그렇지 않은 것이 '비현실'에 해당한다는 것이다. 이는 오늘의 '시현실'이 보다 폭넓은 지평에서 지각됨을 의미하는 것으로서, 인간의 총체적인 삶의 고뇌와 사유를 담아내는 것을 가리킨다는 것이다. 그리고 이러한 규정을 내릴 경우 시적 언어는 밀도가 높은 언어와 밀도가 낮은 언어, 꽉 찬 언어와 비어 있는 언어, 맞물리는 언어와 미끄러지는 언어로 나뉘어질 수 있다. 즉 시적 언어는 현실에 정향 지어 있고 삶의 진실을 담아내려 하는 것과, 사유의 깊이 없이 관습과 습관에 던져진 채 자동적으로 생산되는 것으로 가름될 수 있다는 점이다. 삶과의 변증법에 의해 탄생하는 시가 언어적 밀도를 채우고 있는 시라면 삶에 뿌리내리지 않은 채 상투성에 길들여진 시들은 언어의 밀도가 낮은 것들이 된다.

밀도가 높은 언어는 그 안에 녹아 있는 고군분투의 함량을 말해준다. 반면 밀도가 낮은 언어는 고투의 흔적이 약한 것으로서, 이것은 투여된 에너지 양이 부족하여 독자를 자극하거나 사유를 불러일으키는 정도가 약해진다. 즉 이러한 시들은 매개력이 부족한 것들로서, 관념적이고 헛도는 언어라 할 수 있다. 밀도 높은 언어는 매개된 언어이자 에너지가 충만한 언어이므로 시인이 아무리 언어의 존재감을 감추려 해도 자체발광하는 힘을 발휘하며 독자의 눈을 사로잡게 된다.

> 어머니, 썰물 때면
> 뻘밭 구멍에서 쉼 없이 낙지를 건져 올리느라
> 까만 흡반처럼 붙어 있던 몸
> 고물 증기기관차의 등짝처럼 나지막했다.
> 어머니, 그 등 뒤에다 부르면
> 내 눈만 뿌옇게 흐려지던 것을,
> 쐐기풀 많던 마당까지

불확정성의 시학

숨차 덜컹대는 모항행 낡은 객차처럼

바닷물이 넘쳐 들어오던 때도

맨손 들고 막아서다 일어나지 못했던 것을.

　　　　　—노향림, 「모항으로 가는 기차」(『현대시』, 2012. 4월호) 부분

　'뻘밭'을 배경으로 '어머니'에 대한 유년의 기억을 더듬고 있는 위의
시는 '어머니'를 부르는 어조만큼이나 애틋하고 아름다운 시이다. '뻘밭'
은 생계를 위해 일을 하시던 '어머니'의 고된 삶을 표현하고 있다. 시적
화자는 '어머니'를 '까만 흡반처럼 붙어 있던 몸'이라 묘사한다. '어머니'
는 '낙지처럼', '까만 흡반처럼', '고물 증기기관차의 등짝처럼' '나지막했
다'는 것이다. 그것은 '어머니'가 '뻘밭'에서 일할 때만이 아니라 삶의 자
세에 있어서도 그처럼 힘에 겹고 '나지막' 했음을 말하는 것이리라. '어머
니'는 자식들이나 냉엄한 인생 앞에서 항상 당당히 허리 펴지 못하고 '흡
반처럼' 낮게 수그렸을 터이다.

　'어머니'를 묘사하는 위 시는 뿌연 수채화 같은 미적 이미지로 우리를
매혹하지만 위 시의 시적 감동은 그것에서 끝나지 않는다. 그것은 물론
보편적이고도 변함없는 우리들의 '어머니'의 삶을 그리는 데에서 비롯되
는 것이다. 위 시에서처럼 당신의 일생을 궂은 일로 채우면서도 온전히
자기주장 한 마디 없이 사는 '어머니'의 모습이 위 시의 시적 언어와 분
리되지 않은 채 우리에게 전달된다는 것이다. 위 시의 시적 언어는 '어머
니'의 아프고 시린 삶에 의해 지지되어 의미의 밀도를 채우게 된다는 것
을 알 수 있다. 즉 위 시의 언어는 삶의 내포와 맞물린 밀도 높은 언어가
되고 있다.

　위 시의 시적 언어가 현실에 굳건히 발딛고 있음은 땅에서 발을 떼지
못하다가 결국 '일어서지 못하고' 죽음에 이르게 되는 어머니의 삶을 묘
사할 때 더욱 상징적으로 드러난다. '어머니'의 삶은 시적 언어를 한없이

낮게, 나지막하게 만들고 있는 것이다. 땅에 뿌리박은 삶과 그에 대한 묘사의 언어가 강한 밀도로 다가오는 것도 이 때문일 터이다. 위 시에서 제시되고 있는 시인의 감각적이고도 사실적인 언어는 삶의 무게를 언어에로 고스란히 복사하고 전이시키는 밀도 있는 언어가 되고 있다.

> 4대 그룹 매출이 국내총생산(GDP)에서 차지하는 비중이 3년 전 43%에서 51%로 높아졌다.
> 혁명수비대가 4일 군사훈련을 시작했다.
> 노무현재단 이사장이 대선후보 지지도에서 안철수 교수를 추월했다고 한다.
> 자본주의가 먼저 망할지, 지구가 먼저 망할지 모른다.
> 민주주의는 투표할 때만 주인이 되고 투표가 끝나면 노예가 되는 제도라고 하지 않나.
> 네덜란드·영국·미국으로 이어졌던 패권이 중국 같은 새로운 패권으로 넘어가는 과정이냐.
> 현대음악의 출발점이 울화와 신경질이다.
> 본성이냐, 양육이냐(nature vs. nature)의 인류의 오래된 질문, 후생유전학이 좋은 예를 제공하기도 한다.
> 히틀러가 한 때 점령했던 베르겐에서 연어를 먹었다.
> ─박찬일, 「중앙SUNDAY」(『시와사람』, 2012. 봄호) 전문

어떠한 비유도 상징도 없이, 뿐만 아니라 상황에 대한 최소한의 정서적 인식도 없이 쓰여진 위 시가 시선을 끄는 것은 무엇 때문인가? 뉴스 보도의 일 구절들처럼 위 시의 언어들은 일상의 정보 제시에 충실할 따름이다. 각각의 시행들은 독립된 문장들로서 각기 다른 사태들을 토막토막으로 나열하고 있다. 이들 사이에 특정한 논리적 연관성이라든가 의미적 상관성은 딱히 드러나지 않는다. 위 시의 시행들은 경제에서 국

제로, 정치에서 사회, 예술과 과학 등의 영역을 매개 없이 넘나들고 있다. 위 시의 구절들은 말 그대로 『중앙SUNDAY』의 기사들을 모아두고 있는 것에 해당한다. 위 시는 시인이 신문을 훑어보면서 눈에 띄는 정보들을 무작위로 선택한 듯한 시적 과정을 우리에게 암시해주고 있을 따름이다. 그리고 이러한 정황은 시가 투철한 고민과 사유에서 쓰인 것이 아니라 일종의 유희로써 만들어졌음을 짐작하게 한다. 시의 구절들은 사태들의 환유적 연쇄에 의해 이어진 것들이라는 점이다.

그러나 특정한 논리적 구성이라든가 이념적 주장이 개입되지 않은 채 무심한 듯 쓰여졌음에도 불구하고 위 시의 시적 언어는 강한 무게감을 지니고 있음을 알 수 있다. 그것은 강한 밀도를 지닌 채 독자의 시선을 모은다. 시는 한 행 한 행에 의식을 모으고 사유를 이끌고 공감을 일으킨다. 각 행 하나하나는 실제의 사건과 맞먹는 정도로 독자의 의식을 충격한다는 것을 알 수 있다. 어떠한 기법이나 장식도 없고 특별한 기교나 수사적 의도 없이 발현되는 이와 같은 언어의 울림은 어디에서 비롯되는가?

같은 지면의 같은 제목의 시에서 시인은 "이렇게 하려는데 괜찮겠습니까. 반관영 파르스 통신이 보도했다./주범이 세계화, 그중에서도 금융 세계화다"라고 말하면서 시를 시작하는데, 짐작건대 이 대목이야말로 우리에게 이들 시적 언어의 밀도감에 대한 해명의 실마리를 제공해주는 듯하다. 이 시의 시적 밀도감은 다른 것이 아니라 시적 자아의 시각, 세계를 조망하는 입지점에서 비롯되는 것이라는 점이다. 이 짧은 인용문 속에는 세계의 전체 시스템에 관한 인식 및 그것의 제도성에 대한 이해가 나타나 있는바, 이러한 점들이 지배계급들의 약속과 거래에 의해 공고하게 유지되고 있음 또한 폭로되어 제시되고 있다. 시적 자아는 세계의 총체적 원리를 통찰하는 지점에서 사태를 조망하고 있는바, 이와 같은 입지에서 이루어지는 인식과 통찰은 곧 세계의 모순에 대한 통각점을 제공해준다는 점에서 커다란 의미를 지닌다. 그의 인식대로 오늘날 벌어지고 있는 혼란과 무질서의 근본에는 달러 중심의 부풀려진 금융시스템이 놓여 있는 것이다.

이의 연장선에서 볼 때 위 시에 제시된 정보들은 단순히 신문에 흩어져 있는 조각들의 모음이 아니라 나름 시적 자아의 세계인식을 표현하는 것에 속한다는 점을 짐작해볼 수 있다. 위 시의 시행들에 놓인 각각의 단편들은 세계의 정치경제적 흐름을 통찰하는 예리한 감식안에 의해 취사선택된 것이라는 점이다. 즉 시의 저변에는 국제정세에 대한 예민한 감각이 가로놓여 있다. 실제로 '자본주의가 먼저 망할지, 지구가 먼저 망할지 모른다'는 진술은 마치 아무런 뜻 없이 내뱉은 듯이 보일지라도 세계의 운명을 가늠하는 수준 높은 통찰이 끼어있음을 알 수 있다. '현대음악의 출발점이 울화와 신경질이다'라든가 '민주주의는 투표할 때만 주인이 되고 투표가 끝나면 노예가 되는 제도이다'라는 인식 또한 공감과 흥미를 일으키는 대목이다. 이들은 모두 무게를 소거한 채 가볍게 던져지는 말들처럼 배열이 되어 있지만 사실상 오랜 관심과 숙고에서 비롯된 추상수준 높은 통찰을 담고 있다는 점에서 예사롭지 않다. 위 시의 시적 언어가 무겁고 의미 있게 들리는 까닭도 여기에 있다. 위 시의 언어들은 매우 밀도가 높은 것, 따라서 잔뜩 힘을 주지 않고도 힘을 내는 그러한 성질의 것들에 속한다.

히말라야 산중 마을에 새봄이 왔다. 팔뚝만 한 물고기들이 뛰는 봇둑 너머에서 뿔싸움을 하던 흑염소 두 마리가 때마침 양떼들을 몰고 나가던 주인 여자를 따라가겠다고 떼를 쓰다가 야단을 맞고는 멋쩍은 듯 머리를 긁적이고 있는데, 한 소녀가 다가가 그들의 잔털을 쓰다듬어주고 있다. 염소들의 잔등

불확정성의 시학

위로 올해의 가장 탐스런 봄햇살이 자르르 흐른다.

　　　　　　　　　—이시영, 「봄햇살」(『유심』, 2012. 봄호) 전문

　위 시는 '히말라야 산중'의 '봄풍경'을 묘사하고 있다. 따라서 위 시의 성격을 외적 사물에 대한 감각적 인식의 측면에서 해명할 수 있을 것이다. 위 시는 '봄'이 시작되어 만물이 생기를 띠는 장면의 제시에 초점을 두고 있기 때문이다.

　그러나 위 시가 주는 감각의 신선함과 정서의 울림은 결코 평범하거나 단순한 것이 아니다. 시는 일순간에 우리의 시야를 맑고 투명한 '새봄'의 빛깔로 가득 채운다는 것을 알 수 있다. 시를 접하는 순간 우리는 즉시 '히말라야'의 청명한 공간으로 순간이동해가는 듯하다. 시는 일순간에 독자를 오염되지 않은 '히말라야'의 공기로 에워싸고 우리의 감각에 생기를 가득 불어넣는다. '팔뚝만 한 물고기들'과 '뿔싸움을 하던 흑염소'가 일으키는 생동감은 '팔딱팔딱' 살아 있는 자연의 싱싱함을 연상시키는 것이다.

　이러한 생생함과 활기는 정확히 어디에서 비롯되는 것일까? 단지 시인이 제시한 시적 소재로부터 촉발된 상상의 작용일까? 혹은 시인이 선택적으로 사용하고 있는 어휘들의 감각성이 '봄'의 이미지를 환기시키는 것일까?

　이러한 점들과 함께 시에는 시적 언어에 있어서의 일정한 원리가 관통하고 있는 듯하다. 특히 음운 사용에서의 특수성이 주목되는데, 그것은 '팔뚝만 한 물고기들이 뛰는 봇둑 너머에서 뿔싸움을 하던 흑염소 두 마리가 때마침 양떼들을 몰고 나가던 주인 여자를 따라가겠다고 떼를 쓰다가 야단을 맞고는 멋쩍은 듯 머리를 긁적이고 있는데'에서 나타나는 거센 어휘들의 연쇄와 끊어지지 않고 지속되는 호흡과 관련이 있다. 이

제2부 현장시 리뷰

들 거센 어휘들은 강한 어감을 부여하여 봄의 활력을 상기시키는 작용을 하며, 끝나지 않고 지속되는 문장의 호흡은 질긴 봄의 생명력을 연상시킨다는 것을 알 수 있다. 이와 같은 시적 언어의 사용은 시에 등장하는 '팔뚝만 한 물고기들'이나 '뿔싸움하는 흑염소'나 '떼쓰는 양떼들'의 생명성에 조응하는 것으로서 대상에 대한 직접적 표현이 된다. 즉 시에서 사용된 시적 언어는 '히말라야'의 존재들과 1:1로 상응하는, 살아 있는 언어에 해당한다는 점이다. 시로부터 발산되는 듯한 '히말라야'의 신선함은 이와 같이 존재와 대응하는 언어의 생생한 감각에서 비롯되는 것이다.

존재와의 어긋남과 미끄러짐 대신에 존재에의 상응과 어우러짐을 추구하는 이와 같은 양상은 해체적 언어와 대척점에 놓이는 것이라 할 수 있다. 그리고 이러한 양상은 구조주의에서 말하듯 기호가 단지 자의적인 것일 뿐 지시대상과 일치하지 않는 것이라는 관점과도 다른 것이다. 이러한 언어는 실재하는 대상을 담아내는 것이고 존재들의 존재감들을 있는 그대로 반영하는 것이다. 이 점이 언어를 살아 있게 하는 것인데, 언어가 밀도와 무게를 띠게 되는 것도 이 지점에서이다.

언어가 대상을 그려내고 현실을 담아낸다는 사실은 시적 언어가 추구하는 방향이 될 것이다. 이는 실존하는 대상들뿐 아니라 시적 언어 역시 생명을 지닌다는 점을 의미하기 때문이다. 시적 언어는 생명성을 획득함으로써 시적 대상들을 되살리고 나아가 독자에게 전달되는 울림을 획득한다는 것을 알 수 있다.

불확정성의 시학

중환자실 문이 열리고
우린 아버지를 중심으로 침대 가까이 둘러섰다
오래 된 습관처럼 나와 어머니와 여동생은 오른쪽으로

셋째와 막내는 왼쪽으로 향했다

　(중략)

시간은 아주 더디게 흘렀다

검고 푸른 고무호스들에 의해 점령당한 어버지의 입 속에서

기진(氣盡)한 나비 한 마리가 기어 나왔다

이따금씩 아주 가늘고 느리게 젖은 날개를 파닥거렸지만

말(言)이 되어 날아오르진 못하였다

면회를 마치고 우린 일제히 수돗가에서 손을 씻었다

잠시 밖에 모여 서서 눈인사를 나누고

서로의 일상(日常)을 향해 바삐 걸음을 옮겼다

겨우내 이어진 이 독한 슬픔도 효(孝)도 가족도 일상을 이기진 못했다

　　　　　　—김태원, 「어떤 면회」(『딩아돌하』, 2012. 봄호) 부분

　위의 시는 죽어가는 '아버지'를 지켜보는 가족들의 슬픔을 담고 있는 시이다. 위의 시는 중환자실에서의 면회의 장면을 사실적으로 묘사하고 있다. 실제로 위의 시는 이러한 상황에 대한 묘사로만 이루어졌을 뿐 이 외의 어떠한 정서적 표현도 자제하고 있다. 사용되고 있는 수사(修辭) 또한 유일하게 '나비 한 마리'만 있을 뿐이다.

　어떠한 감정의 표출도 정황에 대한 비유적 장식도 배제된 채 직접적 진술로만 이루어져 있는 위의 시에서 어떠한 시적 언어의 특징을 끌어낼 수 있을까? 사실에 대한 건조하고 담담한 언어적 진술이 우리에게 전해주는 것은 무엇일까?

　그러나 어떤 과장이나 색채도 덧붙이지 않은 채 위의 시가 한 가지 분명하게 말하고 있는 바가 있다면 그것은 '죽음'의 무게이다. 당연히 위의 시는 '죽음'의 음울한 정황에 대해 전해주고 있는데, 이를 전하는 데 있

어서는 언어의 어떠한 장식이나 수사도 불필요했음을 짐작할 수 있다. 오히려 '죽음'의 무게에 짓눌리는 우리 인간들에게라면 그것은 모든 덧붙임이나 감정의 표현에 의해 더욱 견딜 수 없는 상황이 될 터이다. '죽음'이 지니는 무거움은 계속해서 덜어내고 비워내고 외면하고 함으로써 겨우 감당할 수 있는 것이 아닐까? 실제로 시인은 '죽음'의 중량을 직접 재기보다는 이를 비껴가고 우회하고자 한다는 것을 알 수 있다. '나비 한 마리'가 그러한 의도로 등장하고 있고, 가족 간의 형식적인 만남들과 일상들이 이를 돕고 있다. 화자는 '겨우내 이어진 이 독한 슬픔도 효(孝)도 가족도 일상을 이기진 못했다'라고 함으로써 죽음 앞에 일상의 힘을 내세우고 있다.

한편 이때 제시된 '일상'의 중량은 '죽음'의 무게를 가늠하는 척도의 구실을 한다고 볼 수 있다. 시적 화자의 말에 따른다면 '일상'은 '독한 슬픔도 효도 가족도' 이기는 가장 힘이 센 것에 해당한다. 그 어떤 것도 '일상' 앞에서는 부차적인 것이 되고 주변적인 것이 된다. 가령 슬픔이나 효심이나 가족과 같이 감정적인 영역 안에 드는 것일수록 '일상'의 밀도를 밑도는 것에 속한다.

이러한 논리는 위의 시가 모든 정서상의 것들을 소거한 채 오직 '죽음'과 '일상'의 액면적인 무게만으로 시를 써나가고 있음을 말해준다. 위 시의 건조하고 직설적인 언어는 오직 '죽음'과 '일상'의 거품 없는 실중량만을 측량하고 있다는 것을 알 수 있다. 중량의 측면에서 그 둘은 어느 것이 더하다 덜하다 할 수 없을 만큼 팽팽하다. 그 어떤 것이 아닌 둘 사이의 팽팽함이 시적 긴장을 이끌어가고 있다고 해도 과언이 아니다. 특히 일상이 삶의 측면을 가리킨다고 할 때 일상과 죽음의 팽팽함이란 삶과 죽음의 대결관계라 해도 무방할 것이다. 그만큼 이 시를 이끌어가고 있는 것은 있는 그대로의 삶과 죽음의 사태임을 알 수 있다.

이로써 위 시의 시적 언어의 무게와 밀도가 어디에서 비롯되는지 짐작할 수 있게 되었다. 그것은 곧 위 시의 언어가 죽음과 삶의 운명적 구도를 담아내는 것과 관련된다. 위 시가 직설어법을 취함으로써 그들의 무게는 더욱 사실적으로 실릴 수 있었던 것이 아닐까. 위 시의 시적 정황이 독자에게 더욱 큰 공감으로 다가왔던 것도 이 때문이다.

지금까지 살펴본 시들은 소재나 기법의 측면에서 모두 차별적이다. 그러나 이들 시를 관통하는 공통점을 발견할 수 있는데 그것은 이들이 사용하는 언어가 우리에게 환기하는 질량의 측면, 밀도의 측면과 관련된다. 이들의 언어는 시인들 각자에게 있어서 다른 의도와 다른 세계관 아래 사용되지만 이들이 지시하는 대상의 실재함을 고스란히 담아내고 있는 맞물리는 언어, 매개하는 언어라는 점에서 공통점을 지닌다는 점이다.

이들 언어가 미끄러지지 않고 매개하는 언어라는 점은 이들 시가 결코 관념적이지 않다는 것을 말해준다. 이들 시는 모두 관념이나 과장, 혹은 유희와 거리가 멀다. 곧 이들 시는 진지한 것이다. 이러한 비관념성이 시적 언어를 현실적으로 만들었고, 지시대상과의 어우러짐으로, 따라서 강한 환기력을 지니는 것으로 만들고 있는 것이다. 시의 이러한 양상들이 언어를 가득 채우고 있는 중량감에서 비롯되는 것임은 물론이다.

'나'를 이루는 것들, 타자와 자아 사이의 상상력

근대에 대한 반성과 함께 이루어졌던 주체에 관한 논의는 자아를 이루는 합리적이고 이성적인 사유가 비윤리적인 것임을 보여주었다. 이성적 사유에 의한 주체 중심주의는 세계를 이끌어가는 원인이었지만 다른 한편 비주체들을 억압하고 파괴하는 부정적 세력이기도 하였다. 이성을 소유한 주체들에 의해 비주체들은 주변인으로서 침묵과 추종을 요구받았음은 주지의 사실이다.

그러나 근대 내내 절대 권위를 지켜왔던 이성이란 특정 시대에 의해 지지되던 인간의 특정 성질에 해당한다. 그것은 사유의 일 양상이고 상태의 한 표현이다. 때문에 그것은 권장되고 양성되는 것일 뿐 인간의 존재 전체를 말해주지 못한다. 이성이라는 특정 양식에 비해 인간은 훨씬 더 복잡하고 다단하다는 것을 알 수 있다.

인간이 단선적인 논리로 해명되는 이성적 존재가 아니라는 점은 인간이 '나'라고 내세울 만한 단일하고 중심된 자아로 귀속될 수 없음을 의미한다. '나'는 순수한 자아로 구성되어 있다기보다 오히려 언제나 그 무언가와 뒤섞이고 그 무언가에 의해 흔들리며 때로 해체되고 상실되는 존재가 아니겠는가. 단일하고 비모순적이라기보다는 오히려 미끄러지고 헛짚으며 때로 낯설기까지 한 존재가 '나'라 할 수 있다. 즉 인간은 순수 자아라기보다 타자와 혼재된 상태, 헤아릴 수 없는 타자들로 혼합되어 있는 비순수의 자아인 셈이다. 그것은 이사라의 시 「훗날 훗사람」에서 등장하는 '나'처럼 '기억'과 예측을 비껴가는 존재라 할 수 있다.

떠나온 골목에서
피는 목련을 두고 왔다는 먼 소리가 들린다

밤에는 얼고 낮에는 녹던 많은 기억들이
묵묵히 걸어 왔는데
이제 기억이 터트린 말들이
골목을 향해 간다

소리의 끝에 매달린
속말들이 문을 열고
그 끝에서
자신의 제단을 오른다

골목은 그곳에서 떠난 사람이
훗날 훗사람이 되어 오리라는 것을
기다렸던 것일까

제단 위에 벌써
바람이 불고 허공이 차려진다
　　　　　　　　　　—이사라, 「훗날 훗사람」(『리토피아』, 2012. 여름호) 부분

'나'로 하여금 과거와 현재를 잇게 해주는 '기억'은 자아의 자기동일성을 보장해주는 강력한 기제이다. '기억'이 있음으로써 '나'는 무수한 방향으로 방사되는 시간을 하나의 흐름으로 묶어내어 '나'의 현재를 구성하고 미래를 기획할 수 있다. '기억'은 '나'를 단일한 시간 속에 존재케 함으로써 동일성을 확보해준다. 그런 점에서 '기억'은 이성의 주요 작용 가운데 하나다.

이러한 관점에 서면 위의 시에서처럼 '기억'의 '파편'이 모이는 '골목'은 '기억'의 기능과 대척점에 놓이는 것임을 알 수 있다. '골목'은 자아동일성 정립을 위해 '기억들이 묵묵히 걸어 왔던' 길들과 전혀 다른 성질을 지니는 것이다. '골목'은 기억이 터트린 말들'을 모두 빨아들임으로써, '기억'의 단선성(單線性)을 따르기보다 '기억'에서 비롯된 무수한 말들을 무한히 피워낸다. '골목'은 반복을 거듭하는 기억의 단일성 사이에서 새어나오고 '터트려'지는 '속말'들을 모아들이고는 그곳에서 '제단'을 만든다. 그리고 그러한 '속말'들은 '골목'에서 단일성을 벗어나는 새로운 세계를 구축하고 있음을 알 수 있다. '속말'들에 의해 차려진 '제단'은 자아의 동일성과 무관한, 낯설고 새로운 자아를 예비하는 숨겨진 자리가 된다.

시에서 그려지고 있는 '골목'은 과거, 현재, 미래를 잇는 단일한 '기억'과 달리 순차적이기보다는 순환적이고 진행적이기보다는 순간적이다. '골목'은 시간의 흐름으로부터 비껴난 신비로운 공간이 된다. 따라서 '골목'은 미래의 '나'를 예측하는 기능을 갖기보다는 단지 '기다림'의 행위가 이루어지는 공간일 뿐이다. '골목'에는 '제단이 갖춰졌고' 그곳엔 오직 '바람이 불고 허공이 차려졌'을 따름인바, 따라서 '골목'에서는 과거도 미래도 없고 단지 간구하는 현재만이 놓이게 되는 것이다.

'골목'의 이러함은 시의 제목인 '훗날 훗사람'의 의미를 지지해주고 있다. 시적 화자는 '훗날 훗사람'의 정체를 자기동일적인 존재로 묘사하고 있지 않거니와, '훗날 훗사람'은 '기억'으로부터 유추되는 단일한 존재라기보다 미지의 인물이다. 그는 예측 불가능한 인물이자 알 수 없는 인물로서, 그저 '태어났다' '구름'처럼 '사라지기'를 거듭하는 인물, '기억의 속말'들에 의해 왔다가 가는 자에 해당한다. 다시 말해 '훗날 훗사람'은 일관되게 정립되는 동일자가 아닌, 숱하게 피어났다 소멸하는 신기루 같은 인물에 속한다. 시에서 '훗날 훗사람'은 '기억' 이면의 '골목'이 빚어내는 비동일적인 자아를 상징한다.

'나'의 비(非)자기동일성은 장석원의 시 「피정(避靜)」에도 그 면면이 드러나 있다. 이 시를 통해 '나'는 결코 의식에 의해 분명하게 정립되는 존재가 아니고 전의식과 무의식에 의한 혼돈에 휘말리는 존재임을 확인할 수 있다.

메이데이, 메이데이. 이것은 또한 아주 오래 전부터 반복되는 사실. 없어진 것들, 사라진 것들, 마모된 것들을 순식간에 재연하는 태양 아래 메이데이. 나는 손 뻗어 어루만진다. 새벽의 대지 위로 솟아오른 태양의 어깨를, 헐떡이는 숨을, 현재를, 흔들리지 않고 바라본다. 나의 폐허에 다시 기둥을 세운다.

우리는 귀환했다. 그들이 나를 데리고 이 자리에 돌아왔다. 침묵 주위에 열정이 응결된다. 바람이 나의 등을 밀었다. 나는 돛도 없이 도달했다. 메이데이. 바람은 여기에 없고, 나의 바람은 더 먼 곳에서 나를 바라보고, 더 많은 혼돈이 나를 직조한다.

나는 왼쪽의 유령과 악수한다. 그곳에 당신이 있었다. 당신은 나를 들을 수 없다. 당신은 나를 소유할 수 없다. 당신은 나의 마음을 들썩이게 하지만, 당신은 나를 작동시킬 수 없고, 나의 시간을 사용할 수도 없다. 메이데이.

나는 당신의 오른편에서 사라진 당신을 그려내고, 바람은 시간을 부스러뜨리고, 바람만이 당신의 그림자를 먹을 수 있고, 당신의 무성(無聲)은 나의 말을 쪼아 당신의 얼굴을 만들고, 바람이 부조(浮彫)하는 붉은 깃발을 바라보

며, 내가 믿을 수 있는 것은, 메이데이, 당신의 환영과 나의 그림자 사이에서
길을 만드는 것.

─장석원, 「피정(避靜)」(『시현실』, 2012. 여름호) 부분

위의 시에서 우리는 정립과 비정립, 동일자와 비동일자 사이에서 갈
등하고 혼란에 처하는 자아를 만날 수 있다. 위의 시에 묘사되고 있는
자아의 내부에는 '반복'을 통해 자신을 세우고자 하는 자아와 자신을 둘
러싸고 있는 미지의 세력으로 인해 혼돈스러워 하는 자아가 서로 뒤섞
여 있다. 시적 자아는 이 두 힘들 사이에서 분열하고 흔들린다. 가령 '바
람'과 '유령'이 자아를 혼란에 빠트리는 알 수 없는 힘이라면 이들에의
부대낌으로부터 벗어나려는 의지는 '메이데이'를 반복하는 것으로 나타
나고 있다.

실제로 '나'는 '돛도 없이' 부유하는 존재이다. 그에 비해 '바람'은 '나
의 등을 밀'어 '나를 도달케' 한다. 그러나 동시에 '바람은 여기에 없고,
나의 바람은 더 먼 곳에서 나를 바라보고, 더 많은 혼돈이 내 몸을 직조
할' 따름이다. '바람'은 '내'게 처음과 끝을 보장해주지 않는다. 그것은
'나'를 여기저기로 밀어대도 '내'게 책임을 말하지 않는다. '내'가 '왼쪽의
유령과 악수하'는 것도 이 지점이다. 또한 '당신이 있는 곳도, '당신이
나의 마음을 들썩이게 하는 곳'도 여기이다. 즉 '내'가 처한 지점이란 그
성질과 위치가 명확한 특정한 한 곳이 아니라 우연과 순간에 의해 귀결
된 낯선 어떤 곳이다. '나'는 확고하기보다 막연하고 뚜렷하기보다 모호
하다. 화자에 따르면 이러한 성질을 지니는 것은 '나'뿐만이 아니라 '당
신'도 마찬가지다. '당신' 역시 '바람'에 의해 휘둘리는 것이다. '당신은
환영'일 뿐이고 '시간을 부스러뜨리는 바람'은 그러한 '당신의 그림자를
먹는'다.

불화경성의 시학

시적 자아가 마치 주문을 외듯 '메이데이'를 되뇌는 것도 '나'를 둘러싼 이러한 혼돈스런 사정에 기인한다. '메이데이'는 '아주 오래 전부터 반복되는 사실'에 속하는 것으로 시적 자아에겐 '없어진 것들, 사라진 것들, 마모된 것들을 순식간에 재연하는 태양'과 다름없다. 시적 자아에게 '메이데이'는 '새벽의 대지 위로 솟아오른 태양'이자 '나의 폐허에 다시 기둥을 세우'는 근거이거니와 시적 화자는 '내가 믿을 수 있는 것은, 메이데이'라고 말함으로써 우회적으로 자신을 감싸는 거대한 실체로서의 '환영'과 '혼돈'의 상황을 암시하고 있다.

인간을 감싸는 모종의 힘에 의해 자아의 비정립과 비동일성이 야기되는 상황은 나희덕의 「잉여의 시간」을 통해서도 그 사태가 짐작될 수 있다.

이곳에서 나는 남아돈다
너의 시간 속에 더 이상 내가 살지 않기에

오후 네 시의 빛이
무너진 집터에 한 살림 차리고 있듯
빛이 남아돌고 날아다니는 민들레 씨앗이 남아돌고
여기저기 돋아나는 풀이 남아돈다

벽 대신 벽이 있던 자리에
천장 대신 천장이 있던 자리에
바닥 대신 바닥이 있던 자리에
지붕 대신 지붕이 있던 자리에
알 수 없는 감정의 살림살이가 늘어간다

잉여의 시간 속으로

예고 없이 흘러드는 기억의 강물 또한 남아돈다

　　　　　—나희덕, 「잉여의 시간」(『시와 정신』, 2012. 여름호) 부분

　위 시는 사랑하던 사람과의 이별 후 겪는 자아의 공허감을 잘 표현하고 있다. 시에서 시적 자아는 '나'의 주변에 있어 익숙했던 이가 떠남으로써 오는 상실감으로 괴로워하고 있다. '그'와 함께했던 시간의 기억들은 현재의 '나'의 대부분을 점령하고 있다. 화자는 그러한 기억들이 '예고없이 흘러든'다고 말한다. 시적 자아가 처한 공간은 모두 '알 수 없는 감정의 살림살이'로 채워지고 있다. 시적 자아의 현재는 현재로 구성되는 것이 아니라 과거에 이리저리 밀려 과거에 자리를 내어주고 있는 것이다. 이는 이 순간 '나'의 의지와 계획에 의해 이루어져야 할 삶이 타자에 의해 지배되고 있음을 의미하는 것에 다름 아니다. 이러한 상황 속에서는 '나'의 정립은 불가능하고 동일성은 파괴된다. 시적 화자가 지금의 이와 같은 정황을 가리켜 '잉여의 시간'이라 말하는 것도 이 때문이다. 이러한 상황에서 '나'는 없다. 화자는 이를 '이곳에서 나는 남아돈다'고 표현한다.

　설령 모든 인간이 타자와의 관계 속에서 그 관계에 의해 자신을 형성해간다 할지라도 정체성은 자아의 불변성과 고정성에 근거를 두고 있다. 타자에 의해 훼손되지 않는 자아의 영역이 일정하게 유지됨으로써 자아는 비로소 안정감과 지속성을 느끼게 된다. 그러할 때 자기 중심적인 사고와 행동이 성립됨은 물론이다. 반면 타자에 대한 지나친 의존과 무조건적 희생은 자아의 정립을 방해하는 요인이 된다. 마찬가지로 타자를 향한 강한 사랑과 지향 역시 타자에 의한 자아의 침해를 일으킬 수 있다. 즉 타자는 자아를 정립시키는 한 조건이 되지만 그때의 관련성이 어떠한가에 따라 자아는 동일성과 비동일성 사이에서 동요하게 된다는

불확정성의 시학

것을 알 수 있다. 위의 시는 타자와의 관계에서 균형이 깨졌을 때 발생하는 혼돈을 보여주고 있는 것이다.

타자와 자아와의 관계에 관한 이러한 전제 아래 서구에서는 주체철학과 이기주의적 생활태도를 확대해왔다. 서구인들은 타자와 자아 사이에 명백한 구분이 가능하다고 보았고 이들 사이에 거리를 유지함으로써 자아의 절대적인 자리와 지위를 확보하고자 하였다. 자아는 타자에 의해 침해받아서는 안 되는 존재로서, 엄격한 자기중심성에 의해 동일성을 보존해야 한다는 것이 서구인의 보편적인 사고방식이다. 가족간의 희생이라든가 동료간의 끈끈한 정이 유독 서양사회에 결여되어 있음도 이러한 사고방식과 관련된다. 나아가 이러한 서구인들의 관점에 의해 '나' 이외의 타자에 의한 지배와 정복이 쉽게 이루어졌음은 주지의 사실이다.

그러나 문제는 타자와 자아 사이의 관계란 서구인들의 생각처럼 그토록 쉽게 분리되고 단절되는 것이 아니라는 사실에 있다. 우리는 인간의 의식이 타자를 배제한다 하더라도 인간관계란 보이지 않는 망에 의해 끈끈하게 얽혀 있음을 확인하게 된다. 오히려 타자는 자아의 의식의 차원을 넘나들며 자아의 삶에 영향을 미친다. 타자는 우리가 의식하는 것보다 더욱 크고 강한 힘으로 자아에게 육박해오는 것이라 할 수 있다. 자기정립을 꾀하는 자아가 타자에 관해 보다 치밀하게 대자화되어야 하는 까닭도 여기에 있다.

이런 관점에서 볼 때 정숙자의 시 「태양의 하트」는 타자와 자아 간의 불가항력적인 관련성을 암시하는 시로 이해할 수 있다.

검은 새를 먹었다
검은 새가 생각하기 시작했다
이럴 때 생각은 깃털보다 유용하다

검은 새의 생각이 내 중심에 연결 된다

〈검은 새와 나〉 우리의 생각은 이제 방목이 아니다

의지에 따라 고삐를 잡는 심사와 숙고

검은 새가 잘 소화되도록

검은 새가 (어둠을 주시한 나머지) 정신분열 일으키지 않도록 주의를 기울

인다

검은 새는 기관을 두루 갖춘 유기체가 아닌가

— 정숙자, 「태양의 하트」(『현대시』, 2012. 7월호) 부분

'검은 새'를 주된 소재로 하여 쓰여지고 있는 위의 시를 이해하기 위해서 우리는 가장 먼저 '검은 새'가 상징하는 것이 무엇인가를 살펴보아야 한다. '나'의 몸속에 들어가 스스로 '생각'을 하고 '그의 생각이 내 중심에 연결 되'는 그러한 '검은 새'는 어떤 존재를 의미하는 것일까? 분명한 것은 '검은 새'는 '내' 안에 들어와 나의 '생각'을 유도함으로써 이미 '나'의 통제와 지배권을 훨씬 웃돌고 있는 존재로 기능한다는 점이다. 즉 '검은 새'는 '나'의 외부로부터 들어온 '타자'이되, '자아'의 의식과 '의지'에 복종하고 따르는 존재가 아니라 오히려 '자아'를 압도하고 조종하는 타자이다. '검은 새'는 '나'와 분리된 채 일정한 거리 아래 거하는 것이 아니라 '내가 먹은 새'인 까닭에 그것과 '나'의 관계는 더욱 복잡하다. 이처럼 '나'의 뱃속에 있는 '검은 새'란 자아와 쉽게 분리되지 않는 타자의 성질을 암시한다. 시에서 '검은 새'는 자아가 어찌할 수 없는 불가항력적인 타자의 존재를 상징하고 있는 것이다.

타자의 존재가 이러할 경우 자아가 운위할 수 있는 폭은 최대한 협착된다. 자아는 자신의 뜻과 욕망에 따른 행위에 제한을 겪게 된다. 이러할 때 '생각은 이제 방목이 아니'게 되는 것이다. 타자가 자아 깊숙이 침

불확정성의 시학

범하여 주인 노릇을 한다면 자아는 주도적인 삶을 살기는커녕 오히려 타자의 눈치를 보며 살아야 하는 처지에 놓이게 된다. 시적 자아가 '검은 새가 (어둠을 주시한 나머지) 정신분열 일으키지 않도록 주의를 기울이'는 것도 이 때문이다. 시적 자아에게 '검은 새'는 '기관을 두루 갖춘' 음험한 세력에 해당하거니와, 시적 자아가 '이 새가 거칠어지면 끝장이다'(「태양의 하트」)라 말할 정도로 '검은 새'는 자아를 긴장시키는 힘으로 작용함을 알 수 있다.

시인이 시적 자아가 '먹었다'라고 상정한 '검은 새'는 우리에게 자아와 타자 간의 보다 냉철한 관계를 보여주는 것이 아닐까. 실제로 자아와 타자 간의 관계란 서양인들이 생각하는 것처럼 선명하게 구분되는 것이 아니라 위 시의 '검은 새'처럼 자아의 몸속까지 파고들어와 그 힘을 행사하는 강력한 존재, 자아 내부에 거하는 또 다른 주체가 아닐까 하는 것이다. 자아의 정립이 생각만큼 단순하지도 쉽지도 않은 까닭이 그러한 점에 있다. 말하자면 타자란 우리들의 자아 내부에 깃들어 있는 존재로서, 오히려 그러한 존재이기 때문에 타자가 자아에게 더욱 문제적으로 다가올 것이다. 자아는 유일무이한 절대 존재라기보다 내부에 깃든 타자와의 공동의 주체일 따름이며, 따라서 끊임없이 그와 대결하며 힘의 균형을 위해 노심초사해야 하는 존재에 해당한다. 어쩌면 이 불가항력인 타자는 자아를 이리저리 끌고 다니는 운명적 힘이 되기도 한다. 시인이 "누가 왜/이 검은 새를/내 안에 던졌을까?"라고 호소하는 것도 이 때문이다.

타자가 자아와 구분되는 외부의 존재가 아니라는 사실은, 따라서 자아가 합리적인 의식을 통해 타자를 지배하고 통제할 수 있는 존재가 아니라는 사실은 우리에게 많은 성찰을 요구한다. 이러한 사실들은 인간이 지니는 자아에 관한 오만한 생각과 타자에 관한 안이한 관점을 재조정하도록 한다. 자아는 이성에 의해 언제나 확고한 자기동일성을 확보하고 있는 자가 아니다. 자아는 많은 경우 혼돈과 갈등에 싸여 있으며 모호하고 예측 불가능한 인물이다. 또한 자아는 순수한 존재가 아니라 타자들과 뒤섞인 우연적인 존재인 것이다. 이러한 자아의 조건들은 우리로 하여금 보다 성숙한 태도로 삶을 살도록 요구한다. 자아는 결코 타자를 배척하고 지배할 수 있는 힘과 권위를 그 어디에서도 부여받지 못하는 존재인 것이다. 이러한 자아를 둘러싼 조건들을 보다 면밀하게 살피고 있는 위의 시들을 통해 우리는 자아와 타자 사이의 상상력과 그들의 관계에 관해 한 시사점을 제공받을 수 있다.

우주적 시공성과 운명의 현상학

김현이 말했던 기억이 난다. "무서운 일이지만 우리는 모두 흔적이다" 라고. 인간 삶의 일회성과 유한성은 허망하고 회한스럽다. 그런데 그것 이 '무서움'이기까지 한 것은 인간이 기반하고 있는 실존의 근거 없음, 인간이 처하기 마련인 막막함, 마치 망망대해에 혼자서 표류하고 있는 듯한 공포와 고독 때문일 것이다. 인간은, 흔히 우주적 존재라 일컬어지 는 그란, 바로 그러하기 때문에 죽음과 함께 막막한 우주의 바닷속에 던 져지는 것이 아닐까. 인간이란 그렇게 하염없는 허공을 헤매다가 우연 과 순간에 의해 만나 인연을 맺고 다시 하염없는 망망함 속으로 되돌아 가는 존재인 것이다. 이러한 인간의 실존을 가리켜 불교에서는 영겁 속 의 티끌이라고 하는 것이거니와, 인간의 일회적 생이란 영원한 시간의 타래 속에서 만남과 헤어짐을 반복하는 끝없는 과정의 한 부분에 속한 다.

불교의 이러한 시간관을 받아들일 경우 우리의 기억, 의식, 감정 등은 단선적인 논리와 합리성을 훌쩍 넘어서게 된다. 인간의 사유란 단지 보고 경험하는 현재성의 틀 안에서 논리적으로 이루어지는 대신 이해할 수 없는 모순과 광기와 무의식으로 종횡무진 그어지는 것이라는 점이 다. 그리고 그러할진대 인간세계의 현상들은 과거 무수히 스쳐갔던 영 겁의 시공간에 그 원인을 두고 있을 것이다. 신비롭게 들리지만 '나'의 현재란 지금 여기만의 사태를 벗어나 있는 것이라 할 수 있지 않을까. 지금이 아닌 언젠가 만났던 듯한 사람, 알 수 없는 원인에 의한 결과, 납 득할 수 없는 감정들, 이것들은 인간의 사태들이 현재의 시공성에 국한 된 것이 아님을 말해준다. 따라서 인간은 결코 쉽게 이성적일 수 없는 존재가 된다. 오히려 인간의 본질은 막막한 우주적 존재성으로 인해 늘 망연자실하게 서 있는 존재라 할 수 있다. 인간에겐 언제나 매 순간 이 먹먹함을 깨고 찢어야 하는 과도한 힘과 노력이 강요된다.

　장석주가 말하는 "오늘은 오래된 옛날이다"(「야만인들의 여행법2」), "우리는 멀리서 온다"(「야만인들의 여행법1」)의 선언이 주는 강한 인상 은 우리에게 시간과 공간의 무한한 사태를 떠올리게 한다. 이 선언들은 우리의 삶이 광범위한 시공성에 의해 비로소 지금 여기에로 투사된 것 임을 암시한다. 우리의 지금 여기의 삶이란 단순히 납득 가능한 현재성 의 틀 안에서가 아니라 알 수 없는 미지의 범위와 축 안에서 빚어지는 것이라는 점이다.

　독자가 혼란스러워 하는 틈에서 시인은 이 낯선 인식을 담담하면서 도 강경한 어조로 말하고 있다. "우리는 멀리서 온다./멀리서 오기 때 문에 우울하지 않고/다만 거칠고 성마른 상태일 뿐이다./멀리서 오기 때문에/우리 트렁크에는 비밀과 망각들이 없다./우리는 당신들이 흔히 야만인이라고 부르는/그런 부류다."(「야만인들의 여행법1」)라고. 시인 에 의하면 우리의 알 수 없는 감정과 의식들은, 따라서 순응할 수 없이 '거칠어지고 성말라지는' 광기는 우리가 '멀리서 오기' 때문에 비롯되는 것이다.

납득할 수 없는 사태 앞에서 인간이 이성적일 수 있음은 어려운 일이다. 이러한 때에 그에게 '흔히 말하듯 야만인'이라고 한다 해도 별 도리가 없다. 장석주의 시적 인식은 인간 실존의 부조리와 모순을, 비논리와 억측을, 그리고 그로 인해 겪게 되는 혼란과 어려움을 제시해주고 있다. 결국 인간에게 주어진 현재의 조건들은 인간 스스로의 의지와 원인에 의한 것이 아니라 그 무언가에 의해 강요되고 부과된 것일 터이다. 말하자면 "별이 밤하늘을 선택하지 않았듯/우리가 이 죽음의 도시를 선택한 것이 아닌" 셈이다. 장석주가 상정하는 막막한 시공성은 「야만인들의 여행법2」에서도 그려져 있다.

> 오늘은 오래된 옛날이다
> 저녁들이 얼마나 오래된 태곳적의 것들인지를,
> 새들은 냄새 맡지 않아도 안다.
> 저녁의 맨 아랫단에 붙은 침묵은
> 닳고 달아서 끝이 나달나달한데,
> 우리는 저녁의 솔기를 붙잡고
> 아주 먼 데서 오는 새로운 저녁을 바라보곤 했다.
>   ─장석주, 「야만인들의 여행법2」(『시사사』, 2012. 5~6월호) 부분

지금 내 앞에 밀려오고 있는 '저녁'의 순간이 아련한 그리움과 포개지는 것은 지금의 이 시간이 '오래된 태곳적의 것들'이기 때문이라고 화자는 전한다. 지금 여기에 현상하고 있는 이 시간은 단지 현재성의 축 안에서 존재하는 것이 아니라 우리가 기억할 수 없는 멀고 먼 태고와 멀고 먼 우주의 광대한 좌표 속에서 나타나는 것이라는 점이다. 그리고 이러한 광대하고 무변한 시공의 축으로부터 빚어진 것이므로 '저녁'은 단순

히 일시적이고 건조한 것이 아니라 커다란 울림과 감동의 진폭 속에 놓이는 것이리라. 인간에겐 낯선, 시공성을 둘러싼 시인의 상상력은 그러나 자연을 살고 있는 '새들'에게는 지극히 당연한 사실로 인식된다고 화자는 덧붙인다. '새들은 냄새 맡지 않아도 안다'는 것이다.

자연과 하나 되어 사는 '새'에게서와는 달리 낯설기만 한 이 막막한 시공성은 대체로 인간에게 두려움과 고독을 일으키는 조건이 된다. 이러한 상황에서라면 인간은 땅에서 살고 있되 늘 허공에 떠 있는 듯한 불안을 겪어야 하고, 과거·현재·미래 사이에 형성되는 원인과 결과의 단선적인 관계를 기대할 수 없게 되기 때문이다. 이와 같은 시공성은 인간의 사태들을 불확정적인 것으로 만든다.

무한한 시공성과 불확정적인 사태들은 인간의 주체적이고 이성적인 노력들을 무력화시킨다. 무한함을 기반으로 하는 인간의 존재론적 조건은 인간의 통찰력과 에너지를 불완전하고 미약한 것으로 만든다. 불확정적인 사태를 에워싸고 있는 시공의 두터운 심연은 애초에 인간의 지혜로 감당하기에는 파악하기 어려운 것이다. 사정이 이러하다면 인간이 도모할 수 있는 일이란 무엇인가? 인간이 대결하고 해결해야 할 문제는 무엇이 되는가? 인간은 항상적으로 고독과 불안을 감내해야 하고 가혹한 삶의 회오리 앞에서 속수무책으로 내몰릴 수밖에 없는 것인가?

삶은 꽃, 꽃의 운명은
타고난 유전자에 의해서 피고 진다고 한다.
피지도 못하고 시들어 가는 꽃을
성안드레아 신경정신병원에 두고 돌아서 나오는
저미는 애간장을 하늘은 아는지 천둥번개가 치고
백 년만의 폭설이 펑펑 내리며
내 지친 어깨를 감싸안으며

괜찮다, 괜찮다며 소리 없이 소리친다

　　　　—지인, 「목련꽃 벼락」(『시사사』, 2012. 5~6월호) 부분

　'어느 시인을 생각하며'라는 부제가 붙어 있는 위의 시는 짐작할 수 있듯 가까운 사람을 정신병원에 입원시키고 오는 길의 자아의 심정을 다루고 있다. 광기를 이성의 관점에서 재단하는 현실은 사태가 놓인 폭을 제대로 잡지 못한 결과이다. 광기가 '타고난 유전자'에 따른다는 운명적 사실은 시적 자아를 절망하게 한다. 시적 자아는 운명이 인간의 힘으로 제어될 수 없는 범위에서 작용하고 있음에 대해 절망한다. 광기가 이성으로 다스려질 수 없는 것이라면 그것은 벌써 논리적 해명을 넘어서 있는 것이고, 그러하다면 광기를 해결할 수 있는 루트는 이미 차단되어 있다. 원인의 파악과 해결의 경로가 봉쇄당해 있는 그것은 인간에게 아득한 고통만을 안겨주게 될 것이다. 통제되지 않는 광기는 밑도 끝도 없는 심연의 공포를 가져다줄 것이다.

　광기가 인간의 능력으로 치유될 수 없는 것인 까닭에 운명에 관한 결정론적 관점을 지니게 된 시적 자아에게 삶의 내용들은 인간의 주체적 힘에 의해서가 아니라 그것을 넘어서는 보다 큰 관계망에 의해 귀결되는 것으로 인식된다. 삶의 내용들은 현재적 인간이 주도적으로 만들어가는 것이 아니라 더 큰 힘의 무언가에 의해 주어지고 부과된다는 것이다.

　그렇다면 운명이 인간을 이리저리 끌고 다닐 경우 인간이 할 수 있는 일이란 그저 운명이 끄는 대로 질질 끌려가는 도리밖에 없는 것일까? 이러한 상황 속에서 인간이 할 수 있는 일은 무엇이며, 그것은 주어지는 운명을 어느 정도로 극복하게 하는 것일까? 위 시에서 우리는 '저미는 애간장'을 쓸어 안으면서 '괜찮다, 괜찮다'며 다독이는 시적 자아를 발견

할 수 있다. 그는 원망과 분노의 외침을 뱉는 대신 안으로 고통을 삼키며 '소리없이 소리친다'. 이는 시작도 끝도 알 수 없는 막막한 운명 앞에서 자신을 부정하기보다는 차라리 긍정하고 자신의 상처를 따뜻하게 어루만지는 태도라 할 것이다. '삶'을 '꽃'이라고 부르는 것도 이와 관련된다. 시적 화자는 근원도 알 수 없이 이루어지는 삶의 현재성을 두고 오히려 '기적'이자 '눈부심'이라 긍정하고 있다.

> 삶은 꽃, 한 세상 사는 것이 기적이며
> 꽃이 피는 것도 기적이라고
> 기적처럼 흰 목련꽃이 눈부시게 피고
> 아린 상처에서 향기가 난다.
> 그 향기에서 다시 나비 날아오고
> —지인, 「목련꽃 벼락」(『시사사』, 2012. 5~6월호) 부분

인간을 웃도는 그 너머의 힘들이 불합리한 폭군처럼 횡포를 부릴 때 분노하는 인간이 공격할 수 있는 대상은 없다. 그 힘이 신이라면 신은 그것이 절대적인 이법이라는 듯 냉담할 것이고 또한 신은 절망하는 인간을 조롱할지언정 자신의 모습조차 드러내지 않을 것이다. 운명에 포박당한 인간을 신은 결코 위무해주지 않는다. 사정이 이러하므로 사태에 분노하고 신을 원망할수록 망가지는 것은 아이러니하게도 나 자신이 된다. 원망과 분노로 가슴을 태운다면 인간은 자신에게 횡포를 가했던 운명의 표정을 닮아가게 되고 결국 자기 스스로 광포해지고 스스로 불합리한 폭군이 된다. 분노에 따른 공격의 대상은 결국 나 자신이 된다는 것이다. 그것이 가혹한 자신의 운명을 바꾸는 계기로 작용하는 것도 물론 아니다.

고통과 좌절, 원망과 분노에 일그러져가는 인간의 모습은 흔히 겪는

현재의 우리의 모습이다. 그리고 이러한 모습들이야말로 인간이 결국 운명에 굴복하게 되는 과정이라 할 수 있다. 모든 상황에도 불구하고 시인이 생을 긍정하는 것도 이처럼 운명의 논리에 숨겨진 음험함을 잘 이해하고 있기 때문이 아닐까. 시적 자아는 그 어떤 것에도 불구하고 현재의 삶이 기적과 축복에 의해 이루어진 것이라 여긴다. 삶이 아무리 부조리하고 가혹할지라도 그것은 자신에게 주어진 기회이자 생명이라는 것이다. 그는 '한 세상 사는 것이 기적이며/꽃이 피는 것도 기적이라고' 말하거니와, 여기에서 우리는 시적 자아가 삶을 부정하기보다 긍정함으로써 삶에 대한 사랑을 실현한다는 것을 알 수 있다. 이와 같은 긍정과 사랑이야말로 부조리함을 견딜 수 있게 하는 힘이 되고 원망과 부정에 의해서는 이룰 수 없는, 운명을 극복하는 방편에 해당될 것이라는 점이다.

예고도 없이 부과되는 운명의 음험함은 모든 인간에게 두려움의 요소가 아닐 수 없다. 그것은 소리도 자취도 없이 다가와 인간을 덮치는 과도한 폭력이다. 인간 삶 깊숙이 도사리고 있어 언제든 그 모습을 드러내는 이것이 있는 한 우리는 언제고 불안하고 두렵다. 유희선의 「공중부양」은 '태풍의 눈'과도 같은 느낌의 생의 한 모습을 그리고 있다.

> 그러니까 친정엄마마저 돌아가신 이후로
> 집안엔 노인이 없다.
> 서른여섯 장조카, 그 아래로 내리내리
> 올해 대학에 들어간 스무 살 조카까지 총 열두 명,
> 말하자면 우리 집엔 갓난쟁이도 아이들도 없다는 것이다.
> 확신컨대 지난 십오 년 동안
> 장례식도 결혼식도
> 돌잔치도 없었다.
> 이 적요함이

뭔가 수상하다.

누군가 주문을 걸어

공중부양?

— 유희선, 「공중부양」(『시사사』, 2012. 5~6월호) 부분

인간의 삶의 과정에서 아무런 일도 일어나지 않는 것을 어떻게 받아들여야 할까? 집안의 어른들이 차례대로 생을 마친 후 '집안에 노인이 하나도 남아 있지 않은' 상황을 의식하는 화자에게 아무런 매듭도 없이 이어지는 시간들은 어떤 느낌을 일으킬까? '십오년 동안' 어떠한 경사도 흉사도 없이 평탄하고 조용하게 지나왔던 시간들을 과연 지루하다고만 말할 수 있는 것이며 그것은 과연 언제까지고 계속될 수 있는 사태일가? '갓난쟁이도 아이들도 없이', 또한 '결혼식'도 없이 담담하게 이루어졌던 삶은 시적 화자에게 그동안 집안에 우사가 없었다는 다행스러움을 환기시키기보다는 곧 무슨 일이라도 일어날 것만 같은 알 수 없는 초조감을 불러일으킨다. 집안에 어떠한 소란스러움도 넘치는 활력도 없었음은 그 고요로써 화자를 안심시키기보다 삶의 과정에 숨겨져 있는 미지의 불행을 떠올리게 한다. 인간에게 주어지는 운명의 음험함을 고려한다면 고요는 언제고 광포함으로 표변할 수 있다는 사실로 인해 화자는 불안과 초조를 느끼는 것이다. 어쩌면 삶의 고요는 '태풍의 눈'처럼 앞으로 닥칠 거친 불행의 전조일 수 있기 때문이다. 차라리 어떤 일이라도 일어나주길 바라는 아이러니한 심리는 이러한 사정에 기인한다. 위 시의 화자가 '이 적요함이 뭔가 수상하다'고 말하는 것도 이와 관련된다. 적어도 어떤 북적거림이나 소란스러움이 있을 경우라면 적요가 일으키는 공포나 두려움은 없을 것이기 때문이다.

더욱이 '집안에 노인이 없는 경우', 이것이 의미하는 것은 이제 화자의 세대가 생의 종결점에서 가장 가까이 있다는 사실이다. 만일 이 집안

에 죽음이 찾아온다면 그것은 화자의 세대 차례가 될 것이다. 죽음을 맞이하는 맨 앞에 자신이 놓여 있다는 사실은 쓸쓸함과 무서움의 정서를 가져온다. 집안의 어른은 맨 앞자리에서 흉사를 막아주고 그것을 감당해주는 존재일진대 화자의 집안에 그러한 역할을 담당하는 자가 자신이 되었다는 점은 그에게 커다란 외로움을 안겨줄 터이다. 이러한 정황은 화자가 왜 그토록 '적요'를 깨고 싶어 하는지 더욱 분명하게 이해하도록 해준다. 화자는 도적처럼 불행을 일으킬 운명의 음험함을 경계하고 있는 것이다.

천융희의 「체리새우」에서 우리는 음험한 운명의 횡포를 견디어 가는 또 다른 자아의 모습을 만날 수 있다. 「체리새우」는 가혹한 운명을 살다 초라하게 생을 마감하는 한 인간의 모습을 묘사하고 있는 시이다. 그러나 그것은 특수한 한 인간에 대한 초상이 아니라 인간 전체의 보편적인 운명의 표정에 해당된다.

> 더듬이로 한 세상 건너온
> 여자의 등이
> 끓는 물에 덴 새우처럼 휘둥그렇다
>
> 붉은 물방울 같은 그녀가
> 병실 창가 하얀 시트 위 누워 있다
> 파킨슨&치매.
>
> 생의 난간에 매단 병명이 아슬하다
>
> 첫 아들 가슴에 묻은 이력으로
> 가슴팍에 포란하는 체리새우를 닮은 여자
> ─천융희, 「체리새우」(『시사사』, 2012. 5~6월호) 부분

두텁고 불명료한 삶을 살아가는 데 있어서 삶의 방향을 지시해주는 키의 역할을 하는 것엔 무엇이 있을까? 이성일까, 지식일까? 아니면 본능이나 감각이 될 것인가? 막막한 우주적 존재인 인간이 길을 잃고 헤매지 않으려면 이들 모든 능력들이 요구됨은 물론이다. 그러나 우리는 이성이나 지식이 지닌 한계를 알고 있다. 그것들은 인간의 특수한 조건에만 제한적으로 유용할 뿐 의식과 경험을 웃도는 영역에서는 전혀 유용성을 발휘하지 못하기 때문이다. 오직 단선적인 논리와 합리성에만 의지할 뿐인 그것들은 불합리와 부조리로 가득 찬 인간의 삶의 문제들에 대해서는 요령부득이 된다.

반면 본능과 감각은 이성과 지식에 비해 보다 보편적이고 근본적인 능력에 해당한다. 그것들은 인간의 무의식과 의식을 연결시켜 주는 것으로서 인간에게 현재성을 벗어난 '먼' 경험과 의식들을 환기시키는 데 기여한다. 본능과 감각은 논리성의 한계를 넘는 곳에서 작용하는 지능의 예민한 촉수이다. 이와 마찬가지로 '더듬이'는 인간으로 하여금 망망한 우주적 시공성에서 헤엄쳐 나아가게 하는 도구에 해당한다. 실제로 화자는 '그녀'가 '더듬이'를 통해 '한 세상 건너올 수 있었다'고 말한다.

그러나 그녀에게 한 생애를 살아내는 일은 결코 녹록한 것이 아니었다. 그녀는 '첫 아들'을 앞세워 보내는 가장 가혹한 시련도 겪어야 했다. 생을 건너는 동안 그녀는 많은 시간을 참고 견뎌야 했을 것이다. 그녀는 많은 경우 '끓는 물에 데이는' 것 같은 놀람과 아픔도 감내해야 했을 것이다. 그러면서 그녀의 등은 '새우'의 그것처럼 굽어졌다. 등은 활처럼 휘어져 딱딱하게 굳어졌다. 그러는 동안 그녀의 몸은 조금씩 조금씩 병마에 잠식되었을 것이고 결국 뇌는 하얗게 경화되었을 것이다. 한 생애를 모두 보낸 후 그녀가 도달한 곳은 '병실 창가 하얀 시트 위'이다. 화자가 침대 위에 웅크리고 누워 있는 그녀를 가리켜 '체리새우'를 닮았다고 말하는 것도 여기에서이다.

영겁의 시간과 무한한 공간이라는 시공성이 지금 여기의 사태로 현상하여 그것이 결국 인간의 운명을 결정하는 것이라면 그 운명을 바꾸기 위해 시간과 공간을 뒤틀고 변형시키는 것은 어떠할까? 그것이 불가능하다면 그렇게 하는 상상이라도 해봄으로써 시작도 원인도 알 수 없이 벌어지는 운명의 사태에 대해 우리 스스로 운명의 주체라는 포즈라도 취해봄직하다. 과거를 현재에 이어붙이고 미래를 과거로 갖다 붙이는 등 시공간을 주물러서 운명을 바꾸는 환상 실험을 해보자는 것이다.

> 시간을 거슬러 후진하는 잠시, 당신은 꽃잎이 질 때의 경련만큼 멈칫한다 액셀레이터 위의 발은 당신을 과거 속으로 되돌리려 한다 꽃잎이 벌어지던 순간을 되감는 카메라의 렌즈처럼 급격하다 룸미러 속에 담기지 못하고 여백 처리 된 배경에서 걸어 나오는 나는, 당신의 무의식처럼 과거이면서 현재다 앞으로 나아가는 나의 발과 뒤로 향하는 당신의 옆모습이 스치는 한 점은 뫼비우스의 띠처럼 반대쪽을 여는 비틀림이다 주행거리가 늘어난 게이지는 미래를 가리키지만 당신은 과거를 향해 후진하고 있다 어느 순간 비틀린 띠의 반대편으로 가 있는 개미처럼 현재와 과거와 미래가 기어도 바꾸지 않고 당신을 관통하고 있다 그 짧은 순간 꽃잎이 진다 시간이 혼재된 꽃의 직선거리다 휘발유의 싱싱한 빛깔을 잃어버린 꽃잎이 바닥으로 떨어지는 동안 당신은 어딘가로 환승하고 있다
>
> ─정푸른, 「rewind」(『시사사』, 2012. 5~6월호) 부분

지금 여기에서 '꽃잎이 지는' 사건을 막을 수 있는 길은 있는가? 예고 없이 급작스럽게 벌어지는 사태에 의해 상처 입지 않을 수 있는 도리는 없는가? '개미'처럼 미미한 인간이 시간이 일방적으로 부과하는 운명에 대적하여 싸울 수 있는 능력은 결코 없는가? 우리의 삶이 '카메라'와 같다면 불행한 사건을 피하기 위해 시간의 '되감기'라도 할 수 있을 것이

다. 신이 인간의 운명을 관장한다면 신은 인간세계를 흐르고 있는 시간을 조작하여 인간으로부터 불행을 막을 수 있을 것이 아닌가.

그러나 우리는 알고 있다. 신은 결코 시간을 교란시켜 인간의 운명에 개입하지 않을 것이라는 사실을. 대신 존재들이 기어 다녔던 공간은 신과 상관없이 나름 드라마틱한 형태들을 이루고 있다. 그리하여 공간은 때로 '뫼비우스의 띠'처럼 '비틀리기'도 하고 멀리 에둘러가야 하는 길을 직선거리로 만들기도 한다. 공간의 이와 같은 구조에 의해 비로소 시간의 교란이 일어나 '게이지는 미래를 가리키지만 과거를 향해 후진'하는 일이 벌어지기도 하고 '현재와 과거와 미래가 혼재된 채 당신을 관통하는' 일도 발생한다. 뿐만 아니라 쉬지 않고 '기어갈 때' 안에 있던 존재를 '비틀린 띠의 반대편'으로 이동시키는 일도 가능해진다. 공간이 기묘하게 굴곡지고 뒤틀린 세계에서는 '앞으로 가는 나'와 '뒤로 향하는 당신'이 한 점에서 스쳐지나가기도 한다.

우리는 위의 시에서 한 존재가 이와 같은 비틀린 공간을 가로지르는 동안 자신에게 닥칠 사건을 어떻게 피해가는지 목격할 수 있다. '그 짧은 순간' '휘발유의 싱싱한 빛깔을 잃어버린 꽃잎이 바닥으로 떨어지는 동안' '그는 어딘가로 환승하고 있'기 때문이다. '현재와 과거와 미래가 그를 관통하는 지점'에서 그는 그가 원하는 곳으로 주도적으로 순간이동해 간다. 따라서 지금 여기에 있어야 할 그는 지금 여기에 없다. 그는 과거든 미래든 자신이 스스로 선택한 곳에 피신함으로써 자신에게 닥칠 운명을 비껴가고 있는 것이다. 시공간을 둘러싼 시인의 상상력은 공간의 뒤틀림과 그것으로 인한 시간의 헤적임을 일으키고 있음을 알 수 있다.

시공간에 관한 이와 같은 개념들은 미시물리학에서 흔히 언급하는 것으로 근대의 기계론적 과학 이후에 등장한 새로운 과학의 그것이다. 상대성 이론으로 알려진 시공성의 이들 개념은 보이지 않는 미시 차원에서 공간의 굴곡과 시간의 휘어짐을 논증한다. 물론 자연과학에서 발견된 사실들이 실제 인간 삶의 역사에 그대로 적용될 것이라는 생각은 공상과학소설 등의 판타지물에서나 허용될 것이다. 그러나 그러한 개념들이 자연 현상에서 도출되었다는 사실은 그것들이 인간의 물리적 사태들에도 마찬가지로 적용될 수 있음을 시사한다. 인간 역시 자연의 일부라는 점에서 그러하다. 적어도 우리는 그러한 과학의 개념들을 인문학적 상상력의 차원에서 요긴하게 활용해볼 수 있다. 실제로 위의 시는 시공간에 관한 현대 물리학적 상상력을 통해 견고하기만 한 인간의 운명을 스스로 반죽 가능하고 통제할 수 있는 것으로 여겨지도록 했다는 점에서 큰 의의가 있다.

인간에 관한, 인간의 방사(放射)적 사유

인간을 이성적 존재라 규정하는 근대인의 시각에는 인간에게 내포된 다양한 요소들을 외면하고 인간을 한 가지 모습으로 환원시키려는 태도가 놓여 있다. 이성에 대한 강조는 인간의 무수한 정신 작용들 가운데 합리적 반응들만을 요구하는 것으로, 여기에는 근대를 이끌던 효율성의 원리를 인간에게까지 적용하는 기계주의의 신념이 도사리고 있다. 발생 초기부터 생산성에 의해, 생산성을 위해 존립하던 근대의 시각에서 볼 때 인간을 포함한 모든 것은 근대의 부속품으로서 생산성 향상에 복무해야 하는 한 부분에 해당되었던 것이다.

근대를 정립시킨 이러한 기반은 시대적 책무와 맞물린 것이어서 그것은 지구상의 모든 존재를 아무런 죄의식 없이 이용하고 도구화시켰다. 인간은 표면적으로는 이러한 패러다임을 주도한 주체로 보였지만 사실상 인간 역시 인간이 지배했던 다른 존재들과 크게 다른 운명을 겪지 않았다. 특히 인간이 이성적 존재임을 강조하던 근대의 지식들은 인간을 단일한 존재로 길들였던 일등공신에 속하였던바, 이들 저변에는 인간을 조종하는 보이지 않는 힘이 놓여 있었음을 알 수 있다. 그 힘이란 곧 누가 주인이랄 것도 없는 근대라는 정교한 패러다임 자체라 할 수 있다.

실제로 과연 근대의 주인은 무엇이었고 근대의 주체는 누구였는가? 2~300년 동안 지속되어 왔던 근대를 돌이켜보면 그것은 한 국가도 한 종족도 아니었음을, 근대란 이들 간의 싸움과 협력 속에 형성되어 왔던 힘들의 균형관계에 의해 이루어졌던 것임을 짐작할 수 있다. 그리고 지금 우리가 목도하는 것은 근대를 발생시켰던 세력들의 몰락의 장면들이다. 우리 앞에 놓인 것은 거인처럼 등극하던 근대의 얼굴이 아닌 산산이 쪼개지고 부서진 인간의 실상이다. 근대를 대체하는 새로운 시스템이 요동 중에 있고 인간의 정신은 이성의 단일성을 넘어서는 복잡다단한 면모들에 의해 재인식되고 있다. 우리는 지금 인간의 새로운 면면들과 보다 진화된 인간의 정신들을 발견하고 있는 중이다. 인간의 정신은 분열과 해체의 단계를 거쳐 이를 넘어서는 보다 고차원적인 질서들을 구성하고 있는 것이다. 오늘날의 시 가운데 인간에 관한 재인식의 시선들, 인간을 둘러싼 정신의 새로운 사유틀을 보여주는 시들이 눈에 띄는 이유도 이러한 시대인식과 관련된다.

학력도
경력도 쓰여 있지 않은
공백(空白)이야말로
자신이 이룩한 최대의 공적이란
뜻인가

저 백비(白碑)의 주인은
빈 칸을 빼곡히 채운

너절한 생의 자랑거리들을

불태운 뒤,

아무나 쉽사리 도달할 수 없는

아득한 곳,

순백(純白)의 광야 한복판으로

가뭇없이 걸어갔을 것이다

─ 이가림, 「돌의 꿈5」(『시사사』, 2012. 7~8월호) 부분

  '백비(白碑) 앞에서'라는 부제가 달려 있는 위의 시는 죽음에 관한 일반적인 사유를 중심으로 이루어져 있다. 시의 '백비(白碑)'가 말해주고 있듯 인간은 죽어서 무(無)가 된다는 인식이 위의 시에 나타나 있다. 결국 '죽음'은 생전의 '학력도 경력도' 모두 무화시키는 계기로서 모든 인간을 허무라는 공통 지대로 이끄는 보편인자에 해당한다. 시적 화자는 "저 백비(白碑)의 주인은/빈 칸을 빼곡히 채운/너절한 생의 자랑거리들을/불태운" 것이라 함으로써 '죽음'에 관한 규정을 내리고 있다.

  물론 이러한 인식은 '죽음'에 관한 결코 새로운 인식이 아니다. '죽음' 앞에서 모든 인간은 생전의 삶과 상관없이 모두 동일한 상태로 귀결되는바, 죽음은 인간에게 부여되는 가장 강력한 평등의 기제이기 때문이다. 그러나 위의 시가 돋보이는 것은 위 시의 시적 인식이 '삶에서 본 죽음'의 관점을 취하는 대신 '죽음에서 본 삶과 죽음'의 관점을 취하는 데 기인한다. 시는 삶의 지평에 발을 디딘 채 이야기를 풀어가지 않고 죽음의 영역에서 삶과 죽음의 이야기를 다루고 있다. 시에 의해 죽음은 삶과 단순 대립하는 것이 아니라 삶보다 상위 차원에 놓인 것으로서 삶과 다른 차원에 엄연한 질서를 구축하고 있는 것으로 상기된다. 가령 '죽음'은 "아무나 쉽사리 도달할 수 없는/아득한 곳"이 되는 것이다. 즉 죽음은 삶

의 끝에 머무는 것이 아니라 죽음의 지평이라는 새로운 질서의 시작에 해당하거니와 화자는 죽음에 의해 구축되는 또 다른 차원의 세계를 열어 보이고 있다.

화자가 놓인 시야를 좀 더 따라가보면 인간이 생전에 그토록 치열하게 성취하고자 한 것들은 결국 모두 '너절한 것들'에 해당한다. 그리고 이들에 비해 중요한 것은 생애 뒤에 얻게 되는 '공백'으로서, 그것이야말로 시인의 표현에 의하면 '자신이 이룩한 최대의 공적'이다. 시인이 말하듯 삶의 화려한 '성취'가 '공백'이 되고 그것이 다시 '공적'이 되는 과정에는 비약과 역설이 가로놓여 있다. 그러나 그것은 결코 허무로 치닫는 과정이 아니라 진실을 숨긴 이면들을 암시하고 있는 것이 아닐까. '공백'은 완전한 무가 아니라 드러나지 않은 무, 소멸의 무가 아니라 단지 보이지 않는 무가 아니겠는가. 그것은 비워지는 것이 아니라 가득 차 있는 것으로서, 생에서 무엇을 이루었는가가 아닌 어떻게 이루었는가에 의해 채워지는 아주 촘촘한 조직들에 해당할 것이다. 죽음의 자리에서 보았을 때 삶은 죽음에 의해 모두 무로 환원되지만 죽음은 그 속에 채워져 있는 보이지 않는 촘촘한 교직들을 재인식한다. 그리고 그 속에서 삶의 공과 과를 재점검할 것이다. 죽음이 삶의 끝이 아니라 새로운 지평의 시작인 점도 여기에서 비롯된다.

이가림 시인의 시가 '죽음'에 관한 고유한 관점을 통해 인간에 대한 새로운 차원의 인식을 제시하는 것처럼 양애경 시인의 「구순과 팔순」 역시 우리 삶을 구성하는 또 하나의 이면에 시선을 드리우고 있음을 알 수 있다.

건넌방에 전화가 왔다
엄마가 받는다

―아 그래 너니? 이 전화 잘 들리니? 잘 들리냐구우…

―그래, 언니. 언니, 나 숙현이야, 숙현이라구…
  언니, 보고 싶어요. 보. 고. 싶다구우…
  울 언니 보고 싶다 진짜…

귀 어둔 대화는 혼잣말이 되어 바닥에 가라앉았다

(중략)

그러다 까무룩,
졸음에 빠지면
꿈인 듯, 생시인 듯,
시간과 공간을 거슬러 올라가

―정희 언니!
―아, 숙현이구나

포천군 일동면 이가팔리
고향집 댓돌 위에 버선발로 쫓아 나온 여름 햇살
마주잡아 얽히는
하얗고 통통한 손가락들
                                   ―양애경, 「구순과 팔순」(『시사사』, 2012. 7~8월호) 부분

위의 시는 '시립요양원에 계신' 구순의 '이모'와 팔순의 '엄마' 두 자매
의 전화상의 대화를 딸의 시선으로 그리고 있는 시이다. 화자는 구순인
이모가 귀가 어두워 사촌 언니의 도움으로 겨우 '엄마'와 통화를 하는 모
습을 안타까운 심정으로 전하고 있다. 누구나 흔히 경험할 수 있는 평범

한 일상을 다루고 있으면서도 위의 시가 시린 감동을 주는 것은 무엇 때문일까? 그것은 위의 시가 결국 인간으로 하여금 그의 의지와 무관하게 인간다움을 유지할 수 없게 만드는, 인간의 넘어설 수 없는 한계를 전하고 있기 때문이 아닐까? 가령 '언니'를 향한 끈끈한 혈육에의 정이 넘쳐흐름에도 불구하고 그 마음을 '노인성 난청'이라는 어쩌면 사소한 조건에 의해 나눌 수 없는 상황, 나아가 죽음의 과정을 밟아가는 '언니'를 붙들어 둘 수 없는 '동생'의 인간능력의 한계를 위의 시는 다루고 있는 것이다. 즉 위의 시는 인간의 한계 조건으로 인해 인간 사이에 흐르는, 또한 마땅히 흘러야 하는 따뜻한 마음들의 오고감이 단절될 수밖에 없는 인간을 둘러싼 인식을 암시하고 있음을 알 수 있다. 노인이 된 '언니'와 '동생'의 원활하지 못한 소통이 보여주는 안타까움은 시가 전제하고 있는 이와 같은 인간 조건에 관한 인식에 기인하는 것이리라.

위의 시에서 화자의 엄마인 '동생'은 '언니'와의 통화를 마치고 '흐윽…흐윽…' 서럽게 운다. 시인은 '엄마'의 모습을 매우 사실적으로 그려냄으로써 '동생'이 겪는 고통을 독자에게 생생하게 전달하고 있다. 흐느끼던 '동생'은 '그러다 까무룩,/졸음에 빠지면/꿈인 듯 생시인 듯' 두 자매가 함께 지내던 과거의 기억에 가 닿는다. 이때 언니와 동생으로 한 울에서 지내던 유년의 시간들은 추상적인 시간이 아니라 혈육의 정을 키웠던 구체적인 시간이다. 그 시간이란 '언니와 동생'을 하나로 묶어주는 공동의 경험 지대로서의 구체성의 공간인 것이다. 그러한 시간의 지대는 단지 사유로써 구획되는 것이 아닌, 모든 감정이 넘실대고 영혼이 교류했던 충만한 공간이 되는 것으로서, 이러한 구체적 시간의 지대가 존재한 까닭에 존재는 그 시간에의 기억을 통해 자신의 동일성을 유지하게 된다. 구체적 시간들은 추상적으로 흘러가는 시간들과 질적으로 구분되는 시간들로, 건조한 추상적 시간의 틈새에서 불쑥불쑥 얼굴을 내미는 질료적 시간이다.

'흐느끼다 졸다가' '동생'이 빠져드는 시간도 이것이고 '시간과 공간을 거슬러' 행복한 추억으로 떠오르는 시간도 이것이다. 이것이 있으므로 기억이 있고 이것이 있으므로 존재가 형성되며 이것으로 인해 감정과 영혼이 살아 있게 된다. 이러한 시간이야말로 존재에게 생생하게 살아 있는 시간이자 시간이 흘러도 면면히 이어지는 신화적 시간이 된다.

소멸해가는 '언니'를 지켜보며 '동생'이 할 수 있는 일이란 무엇일까? 넘어설 수 없는 한계를 바라보며 인간이 할 수 있는 일은 무엇인가? 위의 시는 그것이 우리 안에 깃들어 숨 쉬고 있는 시간을 끌어내어 소멸해가는 것들을 기억하고 이어가는 일임을 넌지시 말해주고 있다.

이에 비해 조현석의 「울컥」은 존재의 체취며 느낌 등속의 것들을 흔적으로 간직하는 '외투'에 대해 상상적으로 그리고 있다.

> 해거름 지나 폐허처럼 적막해진 마을회관 건너편 세탁소 간판의 검붉은 녹 껍데기 우툴두툴 일어난 고뇌들 군데군데 실핏줄 툭툭 끊긴 빨래줄 묵은 시간에 짓눌린 주인 없는 외투 한 벌 덩그러니
>
> 갈라지고 바스러진 솔기 끝으로
> 수없이 뜨고 진 차가운 별, 달빛
> 바람 없이도 마구 뒤틀린 한 생의 순간
> 몸 사라진 이후 남은 고독은 독약보다 더 독해
> 쓰디쓴 독함 삭이느라 한 계절이 다 가고
> 또 다른 계절도 지나고 기억 희미할 시간마저 더 지나고
> 떨어져 뒹구는 여러 개의 금빛 단추
> ―조현석, 「울컥」(『시사사』, 2012. 7~8월호) 부분

존재의 소멸 이후 그를 기억하는 것이 비단 인간뿐일 필요는 없다. 단지 가족과 친지들만이 소멸한 그의 부재를 인식하는 것은 아니다. 시의 상상력은 그 주체로서 '외투'를 가리키고 있다. 존재가 생전에 즐겨 입던, 그래서 존재의 땀과 체취가 속속들이 배어 있는 옷을 우리는 떠올릴 수 있다. 그러한 '외투'는 존재가 멸한 이후에도 존재의 흔적을 기억하고 있는 존재의 연장이라 할 것이다.

위의 시인이 화자로 설정한 '외투' 역시 그러한 범주 안에 드는 것으로, '해거름 지나 폐허처럼 적막해진' 마을의 '세탁소'를 배경으로 허접하게 걸려 있는 옷이다. 더 이상 찾아가지 않는 '주인 없는 외투 한 벌'이 그것이다. 시인은 그 '외투'를 두고 '우툴두툴 일어난 고뇌들 군데군데 실핏줄 툭툭 끊긴' 것으로 묘사함으로써 '주인'과의 동질성을 강조한다. '외투'는 오랜 시간 '주인'과 더불어 시간을 나눴던, 따라서 '묵은 시간에 짓눌린' 사물에 해당한다.

그러한 사물은 주인의 소멸 이후 존재방식이 어찌 될 것인가? 우리의 전통적 풍습처럼 주인의 죽음과 더불어 분소된 것이 아니라면 말이다. 시인이 우리에게 펼쳐 보이는 것은 다름 아니라 그처럼 존재성이 깃든 채 남겨진 외투의 존재 양태이다. 그것은 '갈라지고 바스러진 솔기', '수없이 뜨고 진 차가운 별, 달빛', '바람 없이도 마구 뒤틀린 한 생의 순간'이 암시해주듯 '독약보다 더 독한 고독'을 내용으로 하고 있다. 그것은 '쓰디쓴 독함 삭이느라 한 계절을 다 보내'는 외로움을 내용으로 하고 있다. 한때는 주인과 더불어 즐거움과 생기를 공유했을 '외투'는 이제는 부재하는 존재에 대한 기억을 놓치지 않으려 안간힘을 쓰고 있는 것으로 상상된다. 이후로도 '외투'는 '고요히' 바람'에 흔들리면서 주인을 기억하거나 혹은 그 기억을 지우는 시간들을 오래도록 가질 것이다.

'외투'의 존재 양태를 초점으로 하여 펼쳐내는 시인의 상상력은 인간을 둘러싼 또 하나의 사유를 제시한다. 가령 인간과 사물 간의 물질적이고도 비물질적인 교류에 관한 관점이 그것이다. 인간은 홀로 존재하는 것이 아니라 주변의 사물들과의 상호적인 나눔의 한가운데에 존재하는 것이라는 점, 때문에 인간의 존재와 부재는 역시 주변의 관련 사물의 존재와 부재를 결정한다는 점 등이 그러한 관점에 의해 추론되는 것들이다. 이러한 관점들은 물론 우리의 전통적 사유 속에선 새로운 것이 아닐 것이다. 그러나 근대인의 사유에서는 그것들은 물활론적이라 일컬어지듯 순전히 상상적인 것에 속한다는 것을 알 수 있다.

이 외에 존재와 기억을 다루는 또 하나의 동양적 사유법을 우리는 김양희의 「연차를 마시다」에서 경험할 수 있다. 점차 희미해져 가는 존재에 관해 고독도 외로움도 아닌 깊디깊은 스밈으로 전유하는 방식을 우리는 그녀의 시에서 만나보게 된다.

불화정성의 시학

지금 다관에 끓여낸 것은
찻물이 아니라 잊고자 하는 기억들
연지 가득 채우는 찻물 위로
연잎 뜨고
연꽃 피고
꽃향 마저 익어,

그때 나는
막 하지를 지나는 태양이었으니
이유 없이 흔들리는 바람이었으니
속수무책 소낙비였으니,

뜨거운 빗방울 하나가
푸른 윤회의 항아리 속으로 스미어

잊고자 하는 슬픔의 뿌리 흔드는가
입안에 고여 동심원을 그리다가
하필 목구멍 넘어가며 회오리치는 파문,

파문으로 파문으로만 오지 말고
후생의 사랑으로 다시 오라
연밥 따스히 지어 함께 하고 싶은 사람아,
연차를 마시며
우려지는 슬픔을 마시며
　　　　　　— 김양희, 「연차를 마시다」(『시사사』, 2012. 7~8월호) 전문

　동양인들의 생활 습속에 깊이 뿌리내리고 있는 차 문화에는 동양의 고
유한 사유방식이 담겨 있으리라. 시간의 효율적 사용에 집착하는 서양
의 생활방식과 달리 그 안에는 느림과 고요와 깊이와 평온이 놓여 있음
은 물론이다. 서구인들이 매사에 속도전을 치르는 것에 비해 동양의 차
문화 속엔 그러한 시간 감각에 역행하는 시간의 방식이 깃들어 있을 터
이다. 이 점은 매우 중요한 것인데 이때 빚어지는 시간 감각 속에 삶을
바꾸고 다스리는 고유한 호흡이 발생한다는 점에서 그러하다.

　김양희의 시에서 펼쳐내는 사유 역시 그와 관련된 것이 아닐까. 시의
화자는 '지금 다관에 끓여낸 것'이 '찻물이 아니라 잊고자 하는 기억들'
이라 말하고 있거니와 짐작건대 자아에게 아픔으로 남아 있는 '기억'을
화자는 '차'와 더불어 부드럽고 그윽하게 '우려내'고자 함을 알 수 있다.
'잊고자 하는 기억들'을 화자는 매섭게 뿌리치는 것이 아니라 '연잎이 뜨
고', '연꽃이 피고', '꽃향 마저 익는' 고요한 시간 감각에 의해 천천히 떠
올리는 것이다.

　물론 '잊고자 하는 기억들'은 썩 그리 유쾌한 것이 아닌 까닭에 쉽게

다스려지지는 않을 것이다. 더욱이 그것들이 '속수무책 소낙비' 같은 것이었다면 더욱 그러할 터이다. 그러나 시적 자아 특유의 다도(茶道)에 기대면 불가능할 일도 아니다. '푸른 윤회의 항아리', '입안에 고이는 동심원'은 시적 자아의 밝은 내면을 암시해준다. '잊고자 하는 기억'이 거칠게도 '슬픔의 뿌리를 흔든'다 하더라도, 혹은 그것이 '하필 목구멍 넘어가며 회오리치는 파문'을 일으킨다 하더라도 시적 자아의 밝은 내면은 이를 다스릴 수 있는 근거로 작용할 것이다.

시의 마지막 연은 거친 '회오리'를 일으키던 '파문'을 다스려 내면의 밝음과 평정을 되찾은 시적 자아의 면모를 보여주고 있다. '후생의 사랑으로 다시 오라'고 말하는 화자의 음성은 '잊고자 하는 기억'을 고요하고 따스하게 다스린 시적 자아의 모습을 비춰준다. 시적 자아는 거칠고 어두운 기억을 부드럽고 밝게 변화시켰던바, 이는 시적 자아가 찻잎을 우려내듯 '우려지는 슬픔을 마시'기에 가능한 것이었다.

이처럼 김양희의 시는 우리에게 기억을 다루는 또 하나의 방식을 보여주고 있다. 그것이 특히 버리고 싶은 아픈 기억이라면 대부분의 사람들은 그것을 단순히 차갑게 잊음으로써 자기동일성을 회복하고 싶어할 것이다. 그러나 '다도'를 익힌 동양적인 태도에 기댄다면 거칠고 기계적인 방법보다는 보다 그윽하고 향기로운 방법을 따를 수 있을 것이라고 시인은 귀띔한다. 그러한 방법이 따뜻한 방법이라면 그 길을 우리가 마다할 이유는 없다. 그것이야말로 어쩌면 보다 인간적인 방식일 수 있기 때문이다.

인간의 조건이자 운명에 직접적으로 닿아 있는 것이면서도 합리적 사고의 범주에서 도외시되었던 존재에 관한 다양한 면면들은 시인들의 섬세한 사유에 의해 비로소 환기되고 이해된다는 것을 우리는 확인할 수 있다. 그것이 생산적이라거나 효율적이지 못한 것이라 하여, 혹은 보이지도 논리적으로 설명할 수 없는 것이라 하여 부정할 때 시인들의 인문학적 상상력은 그에 이름을 부여하며 삶의 외지고도 좁은 길들을 밝혀주곤 한다. 시적 상상력이 우리의 삶에 대한 인식을 얼마나 깊고 풍요롭게 하는지를 알 수 있는 대목이다.

제3부

우리 시대의 시인

를 보다 폭넓게 이해하는 데 긴요하다. 문학의 전 영역에 걸쳐 나타났던 감상적 경향은 시
ㅎ했던 시기와 거의 동시에 서정시가 주목받게 되었던 것은 우연이 아니다. 그것은 단지 기존의 현실
는 것이었다. 서정주의로까지 번져갔던 서정시의 재등장은 붕괴된 이성의 반 지대를 대체하였던 감상적 시대

'불신(不信)과 불통(不通)'에 대한 투쟁을 위한 시

— 이재무 론

0. 계몽의 시인

이재무 시인은 자신을 80년대 시인으로 규정한다. 80년대에 시작활동을 시작하였고 80년대의 패러다임이 오랫동안 자신을 관장해왔음을 인정하기 때문이다. 시인은 시간적으로나 심리적으로 그 시대로부터 멀리 지나왔음에도 스스로가 여전히 그 시대로부터 자유롭지 못하다고 고백하고 있다. 이는 그가 설사 오늘날의 문학이 사회 변혁의 직접적인 무기라는 명제를 믿지 않음에도 불구하고 여전히 사회를 향한 문학의 역할과 책무를 외면하지 않고 있음을 말해주는 것이리라. 특히 '문학이 자신들만의 자폐의 성 안에 갇혀' 있는 작금의 시적 경향을 경계하고 있는 시인은 오늘날의 문학이 비록 '모기만 한 목소리'로라도 사회에 관한 문제의식을 표명해야 함을 역설한다.

시인이 지적하고 있는, 오늘날 우리 사회의 가장 큰 문제는 '분열'이다. 그는 오늘날의 남남의 갈등, 구성원 간의 내면의 갈등, 상호 간의 불신과 불통을 문제 삼거니와 그가 볼 때 이러한 분열과 갈등의 뿌리에 '남과 북의 오랜 반목과 대립'이 놓여 있다. 그런 만큼 분열은 근원이 깊고 해소될 기미가 보이지 않는다. 그는 '분열'이 우리 사회의 가장 고질적인 병폐로서, 모든 사회 구성원이 가장 자각적으로 싸워야 하는 실체라고 여긴다.(이재무, 「나의 삶, 나의 시」)

시인이 보여주고 있는 사회에 대한 진단은 어찌 보면 구시대적 계몽의 담론으로 보인다. 그러나 그의 목소리는 결코 공허하게 들리지 않는다. 그것은 그의 진단이 우리 사회가 지닌 문제의 핵심을 매우 정확하게 드러내고 있으며, 우리 사회가 이를 극복하지 않으면 더 이상의 진전을 이룩할 수 없음을 매우 절실하게 통찰하고 있기 때문이다. 군사독재의 암울한 시대에 민주주의를 위한 투쟁에 헌신하던 시인의 책임 있는 자세는 오늘날과 같은 파편화된 사회에서조차 그 날카로운 인식의 깊이를 보여주고 있는 것이다. 때문에 오늘날 시인이 실천하고 있는 시의 양상은 곧 그가 지적한 '분열'의 극복에 해당하며, 그것은 과거와의 단절이라기보다 오히려 더 넓은 주변을 향한 선(善)의 실천과 윤리의식의 구현임을 알 수 있다.

1. 불통(不通)의 역사

우리 사회의 품격과 삶의 질을 가늠할 수 있는 지표로는 여러 가지가 있을 테지만 그중 하나로서 공동체가 보여주는 화합의 수준을 제시할 수 있을 것이다. 한 사회를 이루고 있는 구성원들 간의 배려와 소통의 자세는 사회를 따뜻하게 하고, 구성원들로 하여금 만족과 신뢰를 갖게 할 것이다. 그러나 우리 사회의 통합의 수준은 매우 낮아 보인다. 우리 사회의 어떤 영역을 들여다보아도 타인을 존중하고 화해하려 하기보다 나를 내세우고 타인을 배제하려는 태도가 팽배해 있다. 정치권에서는 말할 것도 없고 일상의 곳곳에서 지역 간, 계층 간, 세대 간의 반목과 대립이 상존하는 것이다. 우리 사회에서는 민주적 의사소통에 의한 합리적 의결이 이루어지는 것이 아니라 여전히 권력에 의한 일방적 지배 구조가 관철되고 있다. 특히 최근 보이는 정권의 행보는 보수와 비보수와의 골을 더욱 심화시키고 있음을 알 수 있다. 이재무 시인의 근작시 「나는 그 '노인들'이 싫어졌다」는 우리 사회의 통합을 실현하는 데 장애가 되는 일부 구성원들의 비합리적이고 맹목적 행동들을 비판적으로 보고 있다.

'노인들'이 싫어졌다
이러면 안 되는데
따지고 보면 저이들도 피해자인데
나도 곧 저들 속에 포함될 나이인데
아무리 고쳐 생각하자 해도
해병대 군복에 도끼눈 부릅뜬 채
가스통 둘러업은 저들을 보면
오만 정 떨어져 멀리 피하고만 싶다
한 집안, 한 마을, 한 나라의 지혜여야 할 어른을
누가 물정 모르는 맹견으로 만들었나
왕년을 들먹이는, 고장 난 기계와 같은 무지와 고집
나라 없는 설움과 고엽제의 세월과
목숨의 최전선을 살아오면서
평생을 체제 동원에 길들여온 과거들이
나는 왜 미워지고 싫어지는 것일까

　　　　　　　　　—「나는 그 '노인들'이 싫어졌다」 부분

'노인들'이야 사회적 약자이자 사회의 어른이고 인생의 지혜를 지니고 있는 존귀한 인물들임을 시인이 어찌 모를까마는 위 시의 화자는 '노인들이 싫어졌다'고 직언한다. 물론 이러한 말은 쉽게 오해를 살 수 있어 불화를 촉발할 것임은 불을 보듯 뻔하다. 이 점이 의식된 듯 시인은 시의 말미에 "시적 대상인 '노인들'은 극히 제한된 일부 인물들로서 절대, 노인 전체를 폄하하고자 쓴 것이 아님"을 간곡히 밝히고 있다. 그렇다면 그가 문제로 여기는 '노인들'이란 누구이고 왜 그러한가.

시에 제시된 정보에 의하면 그것은 '노인들'이 '물정 모르는 맹견'이 되었기 때문이다. 그들은 '왕년을 들먹이'며 '고장 난 기계와 같은 무지와 고집'을 보이는 것이다. 서로를 존중하며 합리적으로 의견을 조율하려 하기보다 자신의 경험과 나이를 내세워 타자를 억압하려 드는 것이 '노인들'의 태도임을 화자는 지적하고 있다. 이들이 같은 세대를 중심으로 집단을 이루어 소통을 거부하는 맹목적인 태도를 보이는 것은 다른 구성원에게 심각한 거부감과 좌절감을 느끼게 하는 것이 사실이다.

문제는 '노인들'의 이러한 불통의 태도가 우리의 역사가 만든 것이라는 점에 있다. '나라 없는 설움', '전쟁', '고엽제의 세월' 등을 고스란히 겪었던 세대야말로 지금의 '노인들'이고, 이 속에서 노인들은 '평생을 체제 동원에 길들여' 오게 되는 운명에 처해졌을 터이다. 이는 고집불통의 '노인들'의 행태가 쉽사리 해소되지 않을 것임을 말해주는 것이자 우리 사회의 깊은 상처가 결코 쉽게 치유되지 않을 것임을 암시하는 것이어서 더욱 문제적이다. 시의 화자가 '이러면 안 되는데' 하면서도 '노인들'이 '한없이 미워지고 싫어'진 까닭도 여기에 있다. '노인들은 억울하게 당해온 세월을 배설물처럼 쏟아내는/뼛속까지 노예가 배어있는' 존재들이라는 것이다. 또한 그 점이 '어린 현재와 미래의 평화를 가로막는다'고 시의 화자는 말한다.

'노인들'이 우리 현대사의 불행한 역사를 고스란히 담아내고 있어 왜곡되고 경직된 의식을 그대로 나타내는 이들이라면 시인이 이들을 호명하여 응시하는 데에는 분명한 이유가 있다. 그것은 이들에 의한 문제의식을 통해 우리 사회가 지닌 불통과 불신의 고리를 찾아내고자 하는 것이라 할 수 있다. 곧 '노인들'이란 우리 역사의 수난의 흔적이자 경화(硬化)의 상징인바 시인은 그러한 '노인들'에 주목함으로써 역사의 질곡과 장애를 넘어서고자 하는 것이리라.

2. 막다른 사회

모두가 사회의 구조적 모순보다는 영달에, 공동체보다는 자신의 문제에 몰두하고 있을 때 사회 곳곳에는 소외의 그늘진 구석이 늘어가고 있다. IMF가 극복되었다고는 하지만 그때부터 흔들리기 시작한 우리의 사회 기반은 여전히 불안정하다. 카드빚, 신용불량, 가정 붕괴를 겪으며 뿌리 뽑힌 우리 중산층들은 IMF가 휩쓸고 간 지 15여 년이 지났음에도 끝나지 않은 상처를 안은 채 살아가고 있다. 해체된 가정에서 꿈과 행복을 기대하기란 신의 구원을 바라는 일만큼 막연한 일이다. 또한 거대담론이 소멸한 사회에서 사회의 구조적 모순에 의해 희생되는 개개인들에게 관심과 주의를 기울이는 주체들은 어디에서도 찾아볼 수 없게 되었다. 이 속에서 총체적인 소외와 전체적인 고독이 우리 사회를 낮고도 무겁게 에워싸고 있지 않은가. 이미 모래알처럼 파편화된 사회에서는 그 어떤 비판의 목소리도 응집력을 잃고 흩어지기 마련이다. '카드빚에 쫓기다 가족을 몰살시킨 가장'에 관한 시인의 이야기는 사회의 부조리를 외면하는 우리 사회의 얼굴이 얼마나 기괴하게 일그러져 있는가를 단적으로 말해주고 있다.

카드빚에 쫓기다 지친 사십대 가장이 자신의 아내와 아이들을 죽인 후 자살을 시도했다가 실패했다는 뉴스를 접할 때마다 엉뚱하게도 나는 그날의 수업 시간을 떠올린다 스포츠형 머리에다가 역삼각형 얼굴, 치켜뜰 때마다 칼끝처럼 매서운 눈매에서 겨울 골짜기의 맵찬 기운이 뿜겨져 나오던 역사 선생이 떠오르는 것이다.

제군들은 나라의 운명 앞에 초개처럼 목숨을 버렸던 성웅들을 기억해야만한다 선생의 쟁쟁한 쇳소리에서는 언제나 질주하는 군마의 발굽에서 이는 먼지가 피어올랐다 계백은 차마 눈에 밟히는 눈빛 초롱한 아이들과 어진 아내를 죽이고 어찌 전쟁터에 나갈 수 있었을까

(중략)

그러나 보이지 않는 올가미에 걸린 목숨 안간힘으로 파닥거리다 기진한 그는 기껏 존속 살해범이 되었을 뿐이다.

—「계백의 후예들」부분

위의 시에서 시인은 '카드빚에 쫓기다 지쳐 자신의 아내와 아이들을 죽인 후 자살을 시도한 사십대 가장'과 '계백'의 모습을 중첩시키고는 '사십대 가장'의 행동의 의미를 묻고 있다. 잘 알려져 있듯 '계백'은 자신의 식솔들이 적들의 손에 유린당할 것을 막고자 전쟁터에 나가기 전 처와 자식들을 모두 죽이거니와 '계백'의 이야기는 그만큼 나라의 운이 다한 처지에서 싸워야 했던 장수의 비장함을 말해주고 있다. 이러한 '계백'의 이야기는 물론 '카드빚으로 가족을 죽인 가장'의 이야기와 그 정당성의 측면에서 병립하지 않는다. 어쩌면 화자에게 '사십대 가장'과 '계백'이 일치되어 떠오른 것은 그의 말대로 '엉뚱하다'. '사십대 가장'의 경우 '계백'처럼 나라를 잃는 상황에 놓여 있는 것도 아니다.

하지만 화자의 눈에 이 두 경우는 비극성이라든가 가장의 '충혼'이라

는 측면에서 일치하는 것으로 보인 듯하다. '사십대 가장' 역시 '계백'과 마찬가지로 '한 가문을 위해 마음과 몸 붉게 달아오르던' 이였으리라 화자는 상상하는 것이다. 자신이 자살하기 전 자식과 처를 죽인 까닭도 가장을 잃은 자신의 식솔들이 세상으로부터 치욕과 멸시를 당하지 않게 하리라는 비장한 마음이 있었기 때문이라고 화자는 생각한다. '사십대 가장'과 '계백'은 엉뚱하리만치 전혀 다른 상황에 놓여 있지만 그럼에도 화자의 눈에 겹쳐 보인 것은 '사십대 가장'이 놓인 상황이 극한적이라는 사실을 역설적으로 말해주는 것이리라. '사십대 가장'에게 세상이란 마치 '계백'이 느낀 절망적인 상황만큼이나 각박하고 절망적인 것이었을 터이다.

실제로 사회는 '빛'의 도가니에서 움쭉달싹 못 하는 '가장'에게 어떠한 구원의 손길도 던져주지 못하지 않았던가. 사회의 어느 누구도 벼랑 끝에서 허우적대는 이 가족들에게 아무런 희망의 실마리도 던져주지 못하지 않았는가. 이러한 사회에서 위기에 처한 '사십대 가장'이 살 수 있는 길은 어디에서도 구할 수 없었을 것임을 어렵지 않게 짐작할 수 있다. '사십대 가장'의 '존속 살해'는 여기에서 비롯된 것이고 결국 그것의 부당성과 비극성은 결코 씻을 수 없는 일이 되었다.

그런데 사실 '사십대 가장'의 이야기는 오늘날 우리 사회의 그다지 충격적인 일도 되지 못한다. 사업에 실패하고 빚에 쪼들리다 극단의 결정을 하는 경우는 뉴스의 단골메뉴에 해당하기 때문이다. 이러한 사건들에 우리들은 너무도 익숙해져 있어서 이런 일들은 나와 상관없는 멀고 먼 어느 지역에서 일어나는 것이려니 여기곤 한다. 오히려 이들 '가장들'을 '계백의 후예들'이라고 명명하는 시인의 시에서 '엉뚱함'을 느끼게도 된다. 그러나 사태의 이러함이야말로 시인이 시를 통해 우리에게 인지시켜 주는 바에 해당한다. 아무도 언급하지 않는 일을 아무도 언급하지 않을 때 시인은 언급함으로써 우리가 사회에 얼마나 무관심한 채 살아가고 있는가를 충격시킨다. 시인의 '엉뚱한' 언급을 통해 우리는 거대담론의 소멸 이후 사회의 부조리를 외면한 채 우리가 얼마나 무기력하게 살아가고 있는가를 깨닫게 되는 것이다. 더욱이 존속을 살해한 '사십대 가장들'과 '계백'을 포개는 시인의 '엉뚱한' 언급은 기괴하기까지 하거니와 그것은 이미 기괴하기 일그러진 사회이므로 모순의 깊이를 짚어내는 일조차 불가능한 이 시대에서 비롯된 필연적인 언급이라 할 수 있다.

3. 일회성의 시대

거대담론의 소멸을 야기시킨 가장 직접적인 요인은 사회주의권의 몰락일 것이나 그것을 향한 문화의 지형도는 그 이전부터 서서히 변형되어 오고 있었다고 할 수 있다. 문화의 중심을 차지하였던 문자매체는 그 역할을 영상매체에 넘겨주고 있었으며 이와 함께 이성 중심의 문화는 점차적으로 감성적이고 감각적인 문화로 이전해가고 있었기 때문이다. 근대의 심화와 더불어 후기 자본주의 시대가 도래하면서 이성은 더욱더 설 자리를 잃어가게 되었음도 간과할 수 없다. 이러한 시대의 흐름의 끝에 오늘날 문화 패러다임의 근거가 되고 있는 '컴퓨터'가 놓여 있음 역시 주지의 사실이다. 즉 '컴퓨터'로 대표되는 전자매체의 시대야말로 거대담론의 소멸에 의한, 거대담론 소멸을 위한, 거대담론 소멸의 시대에 해당하는바, 시인은 이러한 '컴퓨터'를 논함으로써 시대의 상징 속으로 육박해가고자 한다.

지인은 思無邪를 강조했다.-
만년필은 사제였다

의식을 거행하는 사제처럼 엄숙한 태도로 촉에서 흘러나오는 핏방울로 원고지 칸칸을 적셔나갔다

만년필은 또한 언어의 순금 캐는 지하 갱도의 곡괭이였는데, 암벽을 만나 캄캄하게 울기도 했다

순결에의 강요, 생활을 지배하던 그는 급기야 무의식의 안방에까지 촉수를 뻗쳐왔다

두려워진 나는 그를 멀리하기 시작하였다

서랍이나 장롱 속 문갑 안에 두고 지내는 날이 늘어갔다

그러다가 아주 오랜 시간 뒤에 볼펜을 만나게 되었다

그는 가볍고 경쾌했다 쓰기에 속도가 붙고 구겨진 생활도 점차 펴지기 시작하였다

관성은 죄의 아버지.

어느 날부터인가 그는 나를 속이고, 굴절시키고, 터무니없이 과장하기 시작하였다

징그러워 다시 찾지 않았다

생업에 충실하며 순환과 반복의 굴레에 갇혀 사는 동안 나도 모르는 새 책상에 새 컴퓨터가 놓여졌다

나는, 나를 두들겨대는 자판을 낯설게 바라보았다

—「몽블랑」부분

시를 쓰는 도구가 '만년필'에서부터 '볼펜'으로, '볼펜'에서 '컴퓨터'로 전이되어 온 일이 의미하는 것은 무엇일까? 그것의 추상적인 의미를 가늠하기에 앞서 시인은 시를 쓸 때 그러한 도구가 주었던 순간들의 체험을 기억하고 있다. '몽블랑'은 만년필 이름으로서, 시의 화자가 등단하게 된 기념으로 받은 선물이다. 그러한 '만년필'은 화자인 시인과 함께하면서 '思無邪'의 세계를 열어주었고, 그것은 '사제'였으며 '의식을 거행하듯 엄숙한 태도로 핏방울을' 떨구는 그것이었다. 또한 그것은 '순금 캐는 지하 갱도의 곡괭이'와 다름없었는데 그래서 만년필은 '암벽을 만나 캄

캄하게 울기도 했다'고 화자는 말하고 있다. 말하자면 '만년필'은 영원과 이데아의 세계를 향해 있는 것과 같은 숭고함을 지니고 있는 도구였다.

그에 비해 '볼펜'은 '가볍고 경쾌하여 쓰기에 속도가 붙고' 좋았으나 '어느 날부터인가' '굴절과 과장'을 유도하기에 거부감에 이를 버리게 된다. 대신 '나도 모르는 새' 시의 화자는 '새 컴퓨터'를 놓게 된다. '컴퓨터'는 '첨단의 도구답게 모든 것에 민감하고 신속하였다' 속도에 맞게 '일상을 살'게 된 화자는 '예전처럼 아프지도 않았다'. '수입이 늘고 아랫배가 나오기 시작한' 것도 이 즈음이다.

'만년필'에서 '볼펜', 그리고 '컴퓨터'로의 시쓰기 도구의 전이과정은, 설사 시의 화자가 가장 말초적인 촉감에 대해 말하고 있을지라도, 시대적인 것이다. 그것들은 시대의 변천에 따라 선택된 시대의 전형적인 펜들인 것이다. 그러한 도구들은 시대의 의식을 고스란히 현상하고 있어 더욱더 흥미롭다. 즉 '만년필'이 이데아의 세계를 표상한다면 '볼펜'은 그것의 붕괴와 일상화된 세계를, '컴퓨터'는 본질이 사라진 '얼룩덜룩한 이름의 세계'를 표상하기 때문이다. 이는 이성적 세계의 점진적인 해체를 의미하며 본질적 세계의 점차적인 소멸을 의미한다. '몽블랑'이 '서랍을 열고 나와' '자기로부터 너무 멀리 걸어온 것은 아닌가' 하고 말을 걸어온 것도 이러한 정황에 기인한다.

'몽블랑'과의 대화를 통해 자신이 걸어온 길과 자리를 떠올리는 화자의 모습을 보는 일은 매우 이색적이다. '컴퓨터'의 시대에 살고 있는 대부분의 우리는 그저 주어진 시대를 필연적인 것으로 받아들일 뿐 과거를 회억한다거나 동경하는 일은 대체로 행하지 않기 때문이다. '컴퓨터'의 시대가 일회적이고 가상적인 세계이며 따라서 본질과 이데아로부터 멀어져 있을지라도 그것은 시대의 특징이자 결과일 뿐이지 결핍된 것으로 아쉬워 할 일이라고는 생각지 않기 때문이다. 이러한 우리 일상인의 감각에 비해 볼 때 '몽블랑'과 나지막한 대화를 나누며 무언가의 상실을 아파하는 시적 화자의 모습은 반시대적이기까지 해 보인다.

그렇다면 '만년필'로 시를 쓰던 시대는 화자에게 어떤 시기였는가? '삼십 년 전 문단 말석에 이름 석자 올린 해' 등단 기념 선물로 받은 것이라는 점으로 미루어 그것은 아마도 80년대 초반에 해당할 터이다. 또한 '사제'처럼 '엄숙히' 글을 썼다고 말한 것으로 보아 그때의 시인에게 영원의 세계는 곧 민주주의와 민족통일이 실현되는 세계를 의미하는 것이었을 터이다. 말하자면 '만년필'은 당시 시인이 우리 사회에 공공선(公共善)이 실현되기를 꿈꾸며 사용했던 숭고한 도구에 해당하는바, 결국 지금의 시적 화자가 결여된 것으로 아쉬워하고 그리워하는 것도 그와 관련된 것임을 짐작할 수 있다. 과거를 추억하는 화자의 모습이 이채로워 보였던 까닭도 그가 '너무도 멀리 걸어온' 이 시대에 '너무도 먼 과거'에로 소급해가려는 데 기인하는 것이리라.

4. 상징들

이재무 시인의 근작시들은 일상을 살아가는 이의 일상적 체험을 바탕으로 쓰인 매우 일반적인 범주에 놓인 시들이다. 그것은 과거 거대담론의 와중(渦中)에서 강인한 어조로 발화되었던 소위 민중시의 영역에 놓여 있지 않다. 그러나 지금 우리는 '민중시'의 정의가 무엇이고 경계가 무엇인지에 관해 혼란스러워 하게 된다. 이재무 시인의 근래의 시들은 분명 80년대식 문법을 떠나 있지만 여전히 80년대의 민중 지향적 시각을 그대로 지니고 있기 때문이다. 역사의 불통을 답답해하고 사회의 비극을 괴로워하며 일회성의 시대적 패러다임을 문제 삼는 일은 시인의 자리가 다른 곳이 아니라 80년대 그곳임을 말해주는 것이다. 시인은 조금도 변화하지 않았는가? 시대의 변화 속에서 변화하지 않음은 긍정될 수 있는 것인가?

자신의 시적 에스프리를 고백하는 자리였던 「나의 삶, 나의 시」에서 이재무 시인은 자신을 여전히 '계몽의 미몽에서 벗어나지 못한 자'라 규정하며 '시는 여전히 우리 사회에 팽배한 불신과 불통을 해결하는 데 일정 정도 기여해야 한다'고 역설하고 있다. 그리고 덧붙이기를 그러나 그것은 '예전의 방식이 아니라 새로운 방식으로' 해야 한다고 말하고 있다.

이러한 그의 주장은 그의 지금의 모습을 이해하는 데 도움을 준다. 그는 그 스스로 말했듯 계몽의 주체인 것이며, 일상적 체험에서 비롯된 그의 근래의 어법들은 새로운 시대를 명명하기 위한 '새로운 방식'에 해당되는 것이다. 이러한 방법틀을 바탕으로 시인은 그가 사회의 가장 핵심 문제로 지적하였던 '불신과 불통을 해결하는 데 기여'하고자 지금도 시 쓰기를 하고 있는 것이리라.

'불신과 불통'을 극복하기 위한 길은 그런데 정해진 길만 있는 것은 아니다. 적어도 시인의 시들을 보면 그러한 길이란 시인에 의해 끊임없이 발견되고 창출되는 것이지 결코 단선적으로 주어지는 것이 아님을 알 수 있다. 가령 "갓 지어낼 적엔/서로에게 끈적이던/사랑이더니 평등이더니/찬밥 되어 물에 말리니/서로 흩어져서/끈기도 잃고/제 몸만 불리는구나"(「밥알」)에서 보여주는 통찰은 우리 사회에서 흔히 볼 수 있는 인간관계를 보여주고 있거니와 이 시에서 시도된 고도의 상징어법을 통해 시인은 '소통'에 관한 하나의 길을 내고 있다고 말할 수 있지 않을까.

최근의 이재무 시인들 가운데엔 일상 속에서 찾아낸 밀도 높은 상징들로 가득 차 있다. 「보리」, 「감나무」, 「신도림역」, 「국수」 등은 모두 일상 속에서 건져 올린 의미 깊은 통찰들로 쓰여진 시들이다. 예컨대 '보리'가 '바람의 속도와/비의 깊이' 속에서 '바르게 서서 푸르게 생을 사는 자세'(「보리」)를 보여줌으로써 '사람에게 세상 옳게 이기는 길'을 말해주는 것이라거나, 혹은 시 「감나무」에서의 '사립 쪽으로 가지를 낸 감나무'란 '십오 년 전 도망 기차를 탄 주인의 안부가 그리워' '담장 너무 새순을 내밀어 틔워보는' 것이라고 말하는 대목들, 혹은 '검고 칙칙한 지하선로/ 살찐 쥐 한 마리'에게서 '나보다도 서울을 잘 살고 있'(「신도림역」)는 모습을 확인하는 일은 시인이 일상 속에서 구한 순도 높은 상징들이다. 이들 상징을 통해 시인은 우리의 시선과 감각들을 깨우고 있는바, 시인의 상징들은 그저 수사를 위한 수사, 기법을 위한 기법이 아니라 고요히 잠들어 있는 사물들로부터 인간적 깨달음을 끌어내기 위한 또 하나의 소통의 길들에 해당한다. 말하자면 사물들과 대화하는 고도의 상징들은 그저 주어진 것이 아니라 '불신과 불통'을 해소하기 위해 시인이 만들어낸 소통의 방편들이 아닐까 하는 것이다.

자연의 존재론에 관한 일 고찰

― 배한봉 론

자연과의 동화와 합일(合一)의 세계는 서정시에서 추구하는 가장 일반적인 지향이자 규범 가운데 하나다. 세계를 나의 내면과 어우러지도록 조율하는 과정에서 서정시는 주로 그 소재를 자연에서 취해왔던 것이다. 자연은 번잡스럽게 살아가는 인간에게 고요와 안식을 주는 위안의 공간이었고 상처입고 분열된 자아를 회복시키는 구원의 근원이었다. 자연과 호흡을 맞추면서 인간은 소중한 내면을 되찾을 수 있었다. 자연의 이러함 때문에 우리가 사는 현실이 어지럽고 혼란스러울수록 자연은 더욱 간절히 구해지는 대상이 되었던 것이리라.

자연이 서정시의 소재가 되기 시작한 것은 유구한 과거로까지 거슬러 올라갈 수 있을 것이다. 아니 서정시의 발생 자체가 자연의 인간 역사에의 개입의 시작을 말해주는 것이다. 자연은 인류가 발생한 이래로 인간과 더불어 살아왔던 명백한 존재이자 인간이 문화를 만들기 시작하면서부터 그 재료로 끌어들였던 원천에 해당한다. 자연은 인간과의 영원한 공존자이자 인간의 근원적 존재 조건이 된다.

이러한 자연의 존재성을 말하는 것은 새삼스럽다. 자연은 우리 주변에서 그저 공기처럼 있는 것이기 때문이다. 자연은 더 이상 숭배의 대상으로서 인간들의 세계관 속에 있는 것도 아니고 기껏해야 보호를 호소하는 담론 속에서나 겨우 자신의 존재감을 얻고 있을 뿐 역사의 뒤안길로 사라진 지 오래인 것이다. 근대 문명의 패러다임 안에서 자연은 인간의 목적에 의해 이용되고 헤집어지고 버려지는 사물에 불과하다. 이는 우리 현대인의 의식 안에서 자연이 단지 '정물' 이상이 아님을 말해준다. 세계의 주체는 오직 인간일 뿐이다. 어쩌면 오늘날 동화와 합일을 말하고 구원을 노래할 때조차 우리는 자연을 한낱 외부에 자리하고 있는 죽은 물체로 간주하고 있는지 모른다. 인간 중심의 의식 속에서 자연은 예외 없이 인간과 구분되는 외적 대상인 것이다. 마치 소월이 언급했던 것처럼 자연은 숙명적으로 '저만치' 분리되어 버린 존재라는 점이다.

이러한 현대에서 그렇다면 서정시가 '자연'을 노래하고 합일을 추구하는 행위는 어떤 의미를 지니는가? 그것은 그저 근대 이전의 먼 기억에 대한 막연한 동경인가, 단지 소란스러움에 지친 마음이 찾게 되는 심정적 이끌림인가?

이러한 질문들은 우리가 말하는 '자연'이라는 것이 특정한 이미지로 환기될 뿐 그 이상이 아니라는 낯선 의식을 상기시킨다. 이러한 질문들은 우리로 하여금 자연과 동화되고 합일되고자 하는 일이 심리나 정서적인 이유를 넘어서서, 그 본질적 측면에서 무슨 의미를 지니는지 잘 알지 못하고 있음을 확인시켜 준다. '자연'은 과거적인 존재인가, 혹은 미래적인 존재인가? '자연'에의 회귀를 통해 인류가 얻을 수 있는 것은 무엇인가? 자연과의 합일이란 어느 층위에서의 만남을 의미하는가? 자연의 층위를 구분하는 것은 가능한가?

'수련'을 중심으로 하여 쓰여진 배한봉 시인의 근작시들은 '자연'에 관한 이러한 질문들에 대한 한 열쇠를 제공하고 있어 설레임을 준다.

　　하늘에서 여인들 속삭이는 목소리가 가느다란 선을 그으며 내린다.

　　깊다, 하늘에서 사색의 줄이 비가 되어 미끄러져 내려오는 소리.

　　수련은 비가(悲歌)를 듣는 사내의 귀처럼 둥글게 깊어지고,
　　수면은 온통 빗줄기가 만든, 겹쳐지는 동그라미 문양이 새겨진 수궁(水宮)
이다

　　아직은 한낮,
　　심장 깊이 밀어 넣었던 꽃봉오리 박동을 파문 위에 펼쳐 보이는 수련들, 내
가 너로 인해 무진장 환하게 피듯

　　그리움은 모두 혁명이다.

　　우주에서 어둑한 무게를 들어낸 만큼 수련 꽃봉오리들이 잠깨고 있다. 그
러나 인간의 눈에는 아주 가늘게
　　여인들이 미끄러져 내린다. 무어라 무어라 귓속말을 하며 아주 먼 곳에서
가까운 곳으로, 나와 더 가까운 곳으로….
　　　　　　　　　　　　　　　　　　　　　　　—「비와 수련」 전문

　　비 내리는 연못, 그중 수련 주위로 빗줄기가 떨어지는 모습을 시선을
가까이 하여 포착하고 있는 위의 시는 일견 단지 서경시(敍景詩)에 불과
한 것으로 보인다. '가느다란 선'에 비유된 '빗줄기', '둥근 수련', '빗줄기
가 만든 동그라미 문양'의 잔물결 등은 연못에 비가 내릴 때 어렵지 않게
볼 수 있는 풍경들이기 때문이다. 그게 아니면 '비 오는 소리'를 '여인들

속삭이는 소리'로, '수련'을 '비가(悲歌)를 듣는 사내의 귀'로 표현하는 위의 시에서 자연의 세심한 의인화를 떠올릴 수도 있을 것이다. 그 속에서 자연의 아름다운 조화를 '여인'과 '사내'의 어울림으로 빗대어 표현한 시인의 재치 있는 상상력에 눈이 이끌리기도 하겠다.

그러나 이러한 눈에 띄는 기법들 이면에는 자연의 매우 고요하면서도 웅장한 숨결을 포착하려는 역시 고요하면서도 조심스러운 손길이 있다. 평범한 듯 무심한 듯 보여지는 자연의 장면들 너머에는 잘 들리지도 명확히 느껴지지도 않는 모종의 겹쳐지는 세계가 있는 것이다. 이를 문학적 텍스트가 지니는 여러 층위 간의 혼재, 혹은 텍스트에 서로 교차하고 있는 여러 목소리들의 대화적 관계라고 말해도 크게 빗나가지 않을 것이다. 그만큼 위 시가 불러일으키는 울림은 분명하지 않으면서도 분명히 느껴지고 잘 들리지 않으면서도 선명하게 잡히는 그러한 성질의 것이다. 흔히 문학작품이 주는 감동이 클수록 다양한 층위에서의 해석을 낳는 것처럼 위의 시도 마찬가지다. 위의 시는 무어라 말하기 힘든 울림이 혼재하는 층위들과 목소리들의 실존을 말해준다.

물론 시인은 보통의 '인간의 눈에' 보이는 세계를 먼저 그린다. 그가 실제로 말하고 있는 것처럼 시에는 '아주 가늘게/여인들이 미끄러져 내린다'는 화자의 진술이 전면에 배치되어 있는 것이다. 그러나 그뿐이 아니라는 점이 이 시의 특징인바, 그것들은 가령 눈에 보이는 것들 저편에서 뿜겨 나오고 우려져 나오는 것들에 해당한다. 이를 가리켜 어쩌면 우리의 먼 조상들은 자연에 깃들어 있는 정령이라고 했던 것인가. 자연에서 신화를 떠올리고 그것의 존재성에 대해 숭앙하기도 했을 범신론적 세계가 이를 일컬음인가. 그것에 대해 시인은 무엇이라 직접적으로 명명하지 않는다. 대신 시인은 그러한 존재의 있음을 인간과 자연 사이에 가로질러 있는 빛의 차이로, 음향의 차이로, 무게의 차이로 표현한다.

자연에게는 인간이 의식하지 못하는 '환한' 빛이, '박동'이, '무게의 들림'이 있다는 것이다. '비'를 맞는 '수련'은 '심장 깊이 밀어 넣었던 박동을 파문 위에 펼쳐' 보임으로써 '무진장 환하게 피는' '혁명'을 일으킨다고 시인은 말한다. '수련'은 '하늘에서 내려오는 비'에 의해 '어둑한 무게를 들어내'고 그만큼 환하게 '깨어나고' 있다는 것이다. 시인은 인간의 눈과 귀에는 단지 '가늘고' '속삭이는' 것으로만 다가오는 자연의 현상들 속에서 그 속에서 역사(役事)되는 '혁명'의 드라마를 펼쳐내고 있음을 알 수 있다.

작은 속삭임으로만 들리는 것이 미세한 감각을 들이대었을 때 우렁찬 소리로 들리는 이 간격을 어떻게 설명할 수 있을까? 자연의 소리란 인간의 소리들에 가려지고 눌려져 잘 들리지 않지만 그것은 파장만 다를 뿐 인간이 알지 못하는 거대한 굉음을 간직하고 있는 것이 아닐까? 자연의 미세한 소리는 인간과 다른 주파수대에서 존재하는 분명하고 선명한 또 다른 음향일 것이라는 점이다. 이에 비하면 들리는 인간세계의 소리란 거칠고 시끄러운 세상의 음향에 해당될 것임이 틀림없다. 결국 우리가 간혹 자연 속에서 느끼게 되는 그 고요와 안식의 울림은 자연이 자신의 파장대에서 일으키는 거대한 존재감의 표현에 의한 것임을 알 수 있다. 자연을 묘사하는 서정시가 포착하는 것이 자연이 내는 이 울림에 해당한다는 것도 짐작할 수 있다.

자연과 인간 사이의 이 다름과 간격 때문에 인간은 실재하는 자연의 세계를 모두 알지 못한다. 자연이 여전히 신비로운 아우라로 다가오는 것도 이 때문일 것이다. 근대문명이 심화되고 의식과 이성이 비대해질수록 거칠어지는 인간은 자연이 지니는 미세하고 섬세한 아우라를 무시하려 들지만, 그럼에도 불구하고 자연의 존재성은 소멸하지 않고 지속적으로 우리에게 울림을 줄 것이다. 그것이 자연의 생명이자 숨결이기 때문이다. 이러한 점에서 '수련' 주위에 새겨지는 파문을 놓치지 않고 그리고 있는 시인을 우리는 자연의 숨결을 고스란히 카피해서 전해주는 자연의 전도사이자 매개자로 여길 수 있을 듯하다.

초여름부터 내내 기다려도 꽃 피지 않던 수련.
이 가을에, 비로소, 꽃 피웠다. 드디어 핀 저 꽃은 첫 마음이 핀 것이다. 그러므로 저 꽃은 수련이 아니라 첫 마음이라 불러야 한다.

마음 가 닿은 자리에 핀 꽃을 사랑이라 한다면, 첫사랑은 첫 마음의 꽃이 핀 사랑. 너의 허락 없이 너의 가슴에 들어가 첫 마음 꽃 피우고

내가 울던 그 가을.

그 가을이 컴컴해서 울고 막막해서 울고,
직박구리는 떡갈나무 숲에서 운다. 떡갈나무 마른 가지에 앉힌 햇빛의 무게만큼씩 몸속 울음을 몸 밖으로 덜어낸다.

종일 덜어내도 줄어들지 않는 울음을 먹고 꽃 핀 첫 마음 들썩이는 것을 보는가. 수련은
내 안에서 오래 잠자던 짐승을
이제는 그 무엇보다 순한 식물성 웃음으로 피워낸다.
　　　　　　　　　　　　　　　　　　　—「수련의 가을」 전문

'피어난 꽃'을 가리켜 '마음이 핀' 것이라 말하는 시인에게 자연은 인간과 서로 통하고 교감하는 존재에 다름 아니다. 자연은 근대인의 시각에 의해 그러한 것처럼 수단화되고 대상화되는 한갓 사물이 아니라 아픔과 기쁨을 함께 나눌 수 있는 공존의 존재에 해당한다. 즉 자연은 정물이 아니라 스스로의 생명성을 지닌 채 인간과 다른 세계, 다른 차원에

서 살아 있는 존재인 것이다. 자연이 그와 같은 생명의 존재일 때라야 인간과 마음을 나눌 수 있게 되는 것이다.

더욱이 자연의 존재법은 공존하는 이의 '울음'을 '받아주고 또 받아주'고, 또한 그의 아픔을 '햇빛'으로 '달래주고 또 달래주는', '따스함'의 그 것이다. 시인은 그런데 이것이 단지 인간 중심의 상상의 표현이 아닌 실재하는 자연의 역사(役事)임을 귀띔한다. '몸 속 울음'은 '떡갈나무 마른 가지에 앉힌 햇빛의 무게만큼씩 몸 밖으로' 나온다는 것이다. '무게를 지닌 빛'은 그 존재성으로, 어루만짐의 양(量)으로써 인간을 달래준다는 것을 알 수 있다.

자연과 인간의 공존함을 시인은 그 두 세계 사이에서 '울음'의 질량이 보존됨을, '마음'의 질과 양이 보존됨을 통해 보여주고 있다. 한켠에서 '울고 또 우는' 자아가 있다면 다른 한켠에서는 이를 '안아주고 또 안아주는' 숲이 있고 동시에 위무의 온기를 '주고 또 주는' '햇빛'이 있다. 서로를 향해 열려 있는 지대에서는 이들 사이를 막고 있는 것은 없다. 모든 것은 통하고 또 흐르게 된다. 이 지대에서는 '울음'이 서로 흐르고 통하는 것처럼, 마음이, 에너지가 모두 흐르고 통하는 것이다.

자연과 인간 사이에 '마음'과 '에너지'의 순환이 일어나고 있음은 자연의 존재성에 관한 보다 분명한 증명이 된다. 자연은 인간에게 종속된 것이 아니라 인간과 대면하는 실재적인 생명체라는 점에서 그러하다. 또한 자연과 인간 사이에 순환과 소통이 일어난다는 사실은 우리가 흔히 말하는 자연과의 동화나 합일의 내포에 관한 언급이 아닐까? 서정시에서 제시하는 자연과의 동화나 합일은 단순히 심정적인 차원에서의 상상적 양상이 아니라 실재로 발생하는 에너지의 순환이 아닐까 하는 점이다. 자연과 인간이 서로의 생명성을 인식하고, 존재를 존중하며 서로를 향해 열려 있다는 한에서 말이다.

이러할 경우라면 인간이 자연에게 주는 것보다는 인간이 자연으로부터 얻는 바가 더욱 클 듯하다. 자연은 우리에게 항상적으로 위안과 안식을 주기 때문이다. 자연은 인간의 시린 '아픔'을 감싸주고 대신 아름다운 '꽃'을 피워낸다. 자연은 그러한 '꽃 피워냄'으로써 '내 안에서 오래 잠자던 짐승을/이제는 그 무엇보다 순한 식물성 웃음으로 피워내'는 것이다. 자연은 거칠고 아픈 인간을 언제나 '순하고' '곱게' 달래준다는 것을 알 수 있다. 자연이 주는 이러한 위안과 평화는 인간이 자연으로부터 구할 수 있는 매우 귀한 것에 해당한다. 우리가 자연을 가리켜 근원성의 세계, 영원하고 궁극적인 세계라 부르는 것도 이 때문이라 할 수 있다. 그리고 이처럼 인간을 감싸주고 치유해주는 자연의 근원성과 영원성은 우리의 '어머니'의 마음을 닮아 있음을 알 수 있다.

> 바람이 연잎을 흔들자 잎 위에 고인 이슬 굴러다닌다. 물방울에 담긴 산 하나가 가만가만 연잎 위에 적막을 부려놓는다.
>
> 홀로인 저 물방울.
>
> 지구와 같이 태어나 풀의 몸, 나무의 몸, 사슴의 몸, 새의 몸, 물고기의 몸 속을 돌고 돌아온, 당신과 내가 기쁘거나 슬플 때 흘리는
>
> 바로 그 맑디맑은 세계 한 방울.
> 모든 존재들의 눈짓이고 몸짓인 어머니 한 방울.
>
> ─「지구 한 방울」 전문

거대한 '산'을 담고, 지구의 모든 생명체에로 흘러가며, 하나로써 전체의 세계가 될 수 있는 것이 단지 '물방울 한 개'라는 시적 인식은 놀랍다.

'물방울 한 개'에서부터 세상이 만들어지고 생명이 탄생하며 또한 세계를 통하게 한다는 시인의 상상력은 실제로 태초의 우주와 생명의 탄생의 역사가 그러하다는 점에서 진리에 닿아 있다. 특히 시인이 '연잎' 위의 '물방울'이라는 작은 존재가 '산'을 비추어 '산의 적막'에 동화되는 과정을 그리는 부분은 미세한 것과 거대한 것 사이의 스밈과 합일이 일 순간에 이루어질 수 있음을 시사한다는 점에서 흥미롭다. '물방울'은 가장 작은 세계이자 가장 큰 세계이고 미세한 부분이자 거대한 전체가 되는 존재라는 것이다. 그 두 세계 사이엔 시간과 공간상의 간격이 끼어들지 않는다. '물방울'은 동시에 부분과 전체이기 때문이다. 그 점에서 그것은 생명의 핵이자 근원이다.

이 점은 우주의 진실과 다르지 않다. 시적 화자가 '물방울 한 개'를 '어머니'라 부른 까닭도 여기에 있다. 모든 생명체는 '물방울 한 개'로부터 연원하여 그 안에 모든 정보를 지니게 되기 때문이다. 생명의 핵 안에는 탄생과 역사가 담겨 있고 기쁨과 슬픔이 담겨 있고 어머니와 우주에 대한 기억을 담고 있다. 또한 생명이 '방울'과 같은 둥근 핵으로 이루어져 있기 때문에 모든 생명체는 우주의 모든 존재들과 쉽게 서로 만나고 스미고 통하고 흐르게 된다.

이처럼 미세한 존재의 섬세한 드라마를 읽는 시인의 시선이 곧 거대하고도 근원적인 세계에 닿아 있다는 점은 시인의 상상력이 지닌 우주적 성격을 말해준다. 시인은 작은 대상 하나에서 오랜 시간을 읽어내고 너른 관계성을 발견한다. 시인의 시선이 닿을 때마다 모든 대상들은 살아 있는 생명체가 되어 자신의 존재를 있는 힘껏 드러낸다는 것을 알 수 있다. 그러한 시인의 손길이 마법사의 그것처럼 느껴진다.

붉은 능금 향긋하여 나는 먹을 수 없네.

이 단내는 꽃의 냄새.

나는 꽃향기를 깎을 수 없네.

나보다 먼저, 나보다 더 오래, 능금 꽃 앞에서 울던 벌이여.

달에 옥토끼가 살지 않는다는 것을 이미 오래 전에 알아버렸을지라도,

이 붉은 능금의 빛나는 황홀을

나는 어찌할 수 없네.

　　　　　　　　　　　　　　　—「능금의 빛나는 황홀을」 부분

　시의 화자가 '붉은 능금'을 '깎아' '먹을 수 없'는 것은 '능금'이 단순히
눈에 보이는 것과 같은 '능금'이 아니기 때문이라고 말하고 있다. 그것
은 '능금'에게서 그것의 시간의 역사와 아름다웠던 관계들이 겹쳐 보였
기 때문이고, 그러한 것들이 단순히 사물의 세계에서의 일들이라 여겨
지지 않았기 때문이다. 그러하기보다는 가령 '능금'이 지나왔던 가장 아
름다웠던 한때가 '내'가 알지 못하는 지복(至福)과 지순(至純)의 시간이었
으리라는 생각에 미칠 때에는 '능금'이 사물이기는커녕 자연의 주인공이
었음을 짐작하게 된다. 무언가의 간절한 대상이기도 하였을 '능금'은 그
것의 존재성으로 인해 '내'가 함부로 파괴할 수 없는 근거를 지니고 있는
것이리라. '능금'은 자연의 중요한 존재였고 우주의 한 구성 요소였던 것
이다.

　'사과 한 개'를 대하는 시인의 섬세함이 과도한 것일까? 자연의 한 개
사물에서 존재감을 느끼고 경외감을 품는 것이 'fairy tale'의 세계에 있음
을 의미하는 것일까? 이러한 자의식이 들자 화자는 '달에 옥토끼가 살지
않는다는 것을 이미 오래 전에 알아버렸다'고 덧붙인다. 그렇다면 이성
의 자아가 부정함에도 불구하고 '능금'이 오래고 너른 관계성 속의 존재

임이 느껴지는 것은 '어찌할 수 없는 일'인바, 그것은 '능금'이 지나온 실제 역사성과 우주적 실존성 때문에 비롯되는 것이다. 현실의 자아가 외면하려 해도 '이 붉은 능금'은 '빛나는 황홀'을 드러내고 있다. 자연은 그 하나하나가 죽어 있는 사물이 아니라 나름의 생명의 과정을 밟아가는 살아 있는 존재인 것이다.

자연의 하나하나에게서 그것의 생명적 존재성을 읽어나가는 시인의 감각과 상상력은 매우 섬세하고 뛰어나다. 시인의 섬세한 감각에 의해 자연의 존재들은 그들이 품었던 시간들을 올올이 펼치게 된다. 그리고 그 속에서 그들의 존재법들과, 존재태들이 드러난다는 것을 알 수 있다. 자연은 하나의 정물로 있는 것이 아니라 생명력을 바탕으로 자신의 존재감을 울림으로 표출해내는 것이다. 그 울림은 자연의 강한 존재감의 표현으로서 인간과 자연을, 세계와 우주를 서로 만나게 하고 하나가 되게 한다. 이 점이 자연의 존재론이자 우리의 서정시가 그토록 오래도록 자연친화적 세계를 추구하게 하는 이유임을 알 수 있다. 서정시에서 동경했던 자연과의 동화와 합일은 곧 자연이 지닌 존재론적 성질로 말미암는 것인바, 이러한 자연의 존재성으로 인해 자연은 가장 근원적이고 궁극적인 세계가 된다 할 수 있다. 시인의 섬세한 감각과 우주적 상상력은 우리에게 이와 같은 자연의 존재론에 관한 긴요한 인식들을 제시해주고 있다.

희미한 연기(煙氣)의 언어를 토하는 거미의 입

—김경주 론

인간에게 언어는 자신을 세상에 뿌리박게 하는 가장 확고한 매체다. 세계를 인식하는 인간은 세계에 대해 명명화 작업을 함으로써 자신의 존재를 공고히 한다. 세계를 향한 언어활동은 인간을 지상에 견고하게 발디디게 한다. 그 공고한 발디딤이 있을 때 인간은 상호 소통과 교섭이 가능한 공동체의 일원이 된다. 이런 점에서 언어는 인간을 풍요롭게 살도록 해주는 매우 중요한 매개체가 아닐 수 없다. 더욱이 시는 언어를 도구로 탄생하는 까닭에 언어가 지니는 이와 같은 기능을 그대로 떠안는다.

언어를 중심으로 한 시에 관한 정의는 그러나 시를 정의하는 수많은 방법 가운데 하나일 뿐이다. 언젠가 김경주 시인은 정의하지 않는 것도 시를 정의하는 한 방식이라고 말한 적이 있다. 시에 관해 내릴 수 있는 확고한 규정들을 비껴가는 일, 그곳에 그의 시쓰기가 있다는 것이다. 좀 더 정확하게 말하면 세계를 향해 언어가 행하는 정립(定立)의 기능들을 허물어뜨리는 데에서 김경주 시인의 시가 발생한다. 그는 언어를 통해 세계 속의 존재로 굳게 발디디고자 하는 자아를 부정한다. 그는 지상의 한 장소에 자신을 정초시키는 작업을 부정한다. 따라서 그의 시는 신기루처럼 피어올랐다 사그라든다. 그것은 '시는 현기증 같은 것이었다'고 고백하는 시인의 모습을 떠올린다. 시인은 끝없이 미지의 장소를 찾아다니거니와 그것은 언어가 세계에 대해 지니는 확고함의 기능을 지우는 일, 언어가 정립(定立)하는 규정을 무너뜨리는 일, 나아가 세계에의 정주(定住)를 거부하는 일에 해당한다. 따라서 그의 시에 관한 독법은 언어를 매개로 할 때의 시가 지니게 되는 확고함과 대척시킬 때 가능해진다. 가장 확고하지 않은 것, 규정되지 않는 것, 소통하지 않는 것, 따라서 희미한 연기처럼 토해지는 언어들이 그의 시를 이룬다. 그의 시는 모호한 더미일 뿐이다.

불확정성의 시학

> 화단에 앉아 어머니가 비눗방울을 날리고 있네 아버지는 나의 목마를 타고 나가서 돌아오지 않고 병뚜껑을 가지고 놀던 우리들은 뱃속에 검은 똥을 담고 잠드네
>
> 라면 스프를 손바닥에 조금씩 부어 먹지 오빠야 나는 나의 외계 속에서 바닥, 나고 싶을 뿐이야 누이들이 밤이 되자 몰래 달력의 흰 뒷면에 눈이 큰 미미들을 그려 넣었네 새들의 발목에 붙은 개미는 드디어 지상을 떠났네 인공위성이 잠들지 못하는 이마들을 지나치며 먼 하늘에서 눈알을 기리릭 굴렸네 중세의 수도원 첨탑의 창문에서 죽은 비눗방울들이 이쪽으로 날아왔네 우리들의 겨드랑이에도 촛불들이 조금씩 자라기 시작했네 껍질 벗겨진 쥐들이 모여 앉아 떨고 있는 계단에서 서로의 미래를 바꾸며 노는 아이들 나는 언제쯤 이 모래성을 완성할 수 있을까
>
> ─「나는 문득 어머니의 없었던 연애 같은 것이 서러워지기 시작했네」
> (『나는 이 세상에 없는 계절이다』, 2006) 부분

『나는 이 세상에 없는 계절이다』(2006), 『기담』(2008), 『시차의 눈을 달

래다』(2009) 등 세 권의 김경주의 시집들 사이에 경계를 구획짓는 것은 의미가 없다. 2003년 등단 이래 지속되어 왔던 그의 시작활동 속에서 변화·발전이라는 선조적 전개과정을 찾아내는 것은 거의 불가능하다. 대신 그의 시집들은 공통적으로 삶이란 무엇인가를 끊임없이 묻는 일로 채워져 있다. 그러한 질문이 삶의 확고함과 규정된 질서를 부정하는 것으로 대체되면서 그러하다. 삶의 의미를 묻는 그의 질문은 삶의 부정성(否定性)에 대한 진단이고, 그의 시는 그에 대한 증거의 편린들이다. 확고함과 규정을 거부하는 그의 문장은 세상의 삶을 부정하는 희미한 연기의 언어에 해당한다. 그의 시는 일관되게 같은 질문을 피워내며 떠돈다.

위의 시에 등장하는 '비눗방울을 날리는 어머니', '목마를 타고 나가서 돌아오지 않는 아버지', '뱃속에 검은 똥을 담고 잠든' 방치된 아이들은 세상에 뿌리박지 못한 삶들을 상징한다. 이들은 서로를 바라보지 않으며 서로 말을 나누지 않는다. 이들을 하나로 엮어내 세상 속에 굳게 발 디디게 하는 매개는 없다. 여기가 아닌 멀고 공허한 허공을 바라보는 이들은 침묵한 채 뿔뿔이 흩어져 있다. 시 속의 '나'가 '외계 속에서 바다, 나고 싶다'고 하는 것은 지상에 뿌리내리지 못한 이들의 내면을 단적으로 표현한다.

이들의 떠도는 삶은 시인의 언어가 미지의 장소들에서 솟구쳐 나와 여기저기 종횡으로 떠다니는 것과 닮아 있다. '새들의 발목에 붙은 개미', '먼 하늘에서 지나치는 인공위성', '중세의 수도원 첨탑에서 날아온 비눗방울' 등은 근원도 없이 피어나서 하중도 없이 떠도는 사물들이다. 이것들은 세계와 대응하지 않는 먼지와 같은 존재들로서, 무게도 밀도도 없이 허우적거리는 시인의 언어와 등가이다. 이러한 세계 속에서 '나'의 행동은 단지 '놀이'에 불과할 뿐, '나'의 미래는 시인의 언어만큼이나 확고하지 않다. 서로의 미래가 '바꾸며 놀 수' 있는 게임에 해당하는 것도 이 때문이다. 설사 '내'가 오늘 공들여 행동을 취할지라도 그것은 그저 '모 래성'을 쌓는 일일 따름이다. 시 「외계(外界)」에 등장하는 인물은 이러한 세계에 처한 시인의 자화상이라 할 수 있다.

> 양팔이 없이 태어난 그는 바람만을 그리는 화가(畫家)였다
> 입에 붓을 물고 아무도 모르는 바람들을
> 그는 종이에 그려 넣었다
> 사람들은 그가 그린 그림의 형체를 알아볼 수 없었다
> 그러나 그의 붓은 아이의 부드러운 숨소리를 내며
> 아주 먼 곳까지 흘러갔다 오곤 했다
> 그림이 되지 않으면
> 절벽으로 기어올라가 그는 몇 달씩 입을 벌렸다
> 누구도 발견하지 못한 색(色) 하나를 찾기 위해
> 눈 속 깊은 곳으로 어두운 화산을 내려 보내곤 하였다
> 그는, 자궁 안에 두고 온
> 자신의 두 손을 그리고 있었던 것이다
> ──「외계(外界)」(『나는 이 세상에 없는 계절이다』, 2006) 전문

위 시의 '양팔이 없이 태어난 화가'가 '바람만을 그리는' 일은 김경주 시인이 근본 없이 떠도는 언어를 희미하게 피워내는 일과 다르지 않다. 또한 그것은 세상 속에 정주하지 못한 채 알 수 없는 먼 곳을 향해 헤매 는 자아의 모습과도 겹쳐진다. 시인의 언어가 이곳 세계에 정초(定礎)되 지 않는다는 점은 '화가'의 그림이 '형체를 알아볼 수 없는' 사실로 표현 된다. 시인은 곧 '아무도 모르는 바람들을 그려 넣는' 인물이라 할 수 있 다.

연기처럼 피어나는 부정(不定)의 언어가 근원을 알 수 없는 시공에서 발생한 것처럼 시인의 시선은 늘 알 수 없는 먼 곳을 응시하고 있다. 시

인은 세계와 투쟁하여 승리하겠다고 하는 보통 사람들의 매서운 눈을 가지고 있지 않다. 미지의 세계를 향해 있는 시인의 시선은 투명한 혹은 공허한 눈빛이다. 그의 눈은 지금 여기가 아닌 항상 '외계(外界)'를 꿈꾸는 구멍 뚫린 몽상의 눈빛을 담고 있다. 이는 위 시의 '화가'가 그림을 위해 '아주 먼 곳까지 흘러갔다 오곤 하'는 것과 포개지는 일이다. 또한 이는 무작정 여행을 떠나 '기꺼이 겁먹은 이방인이 되'고자 하는 시인의 바람에도 닿아 있다.

시인의 언어가 그러할진대 시인에게 여행은 단순히 여기(餘技)에 해당하는 일은 아닐 듯하다. 본래 여행이란 미지의 낯선 장소를 향한 도전의 여정이자, 일상의 시간을 순식간에 소거시키는 사건이다. 여행에 오른 순간 우리는 그동안 갑옷처럼 두르고 있던 온갖 관계의 그물들을 벗어내게 된다. 이때 일상의 군더더기는 물론 사회적 그물망 속에서의 권세와 지위도 모두 버리게 되는 것이다. 요컨대 여행은 우리를 순수한 어린 '아이'처럼 만든다. 시인은 여행지에서 지니게 되는 '겁먹은 이방인의 자세'를 '유일하게 인생에서 배우고 싶은 품세'(김경주 산문집 『passport』)라고 하거니와, 시인에게 여행은 취미라기보다 그의 삶에 내장된 코드와도 같은 것이리라. 시인은 여행을 '시' 또는 '사랑'과 동등한 것으로 여긴다.

여행이 삶의 코드로 내장되어 있는 구멍 뚫린 눈빛의 소유자에게 낯선 세계는 당혹스러움을 일으키는 장소가 아니라 조심스럽게 열리는 미지의 세계다. 그곳은 이곳 일상의 세계로부터 벗어나 있음으로 혼돈의 세계이지만 뜨겁게 발굴된 새로운 영토이기도 하다. 그곳은 이곳과 다른 시차를 지닌 제3의 영역이다. 김경주 시인의 시편들은 이러한 미지의 세계를 향한, 그리고 그로부터 흘러나오는 미정형(未定形)의 언어인 셈이다. 이러한 정황을 시인은 "오늘 중얼거리던 이방(異邦)은 내가 배운 적

없는 시제에서 피는 또 하나의 시제"(「연두의 시제(時制)」, 『시차의 눈을 달랜다』)라고 표현한다.

대부분 사람들은 태어남과 더불어 이 세상에 철저히 귀속되고자 한다. 인간은 타인과의 견고한 관계를 통해 자신의 존재를 확인받고 싶어 한다. 인간에게 고독과 소외는 가장 두려운 일 중 하나이고 혼돈과 미숙은 가장 경계해야 할 것에 속한다. 사정이 이러하다면 끊임없이 '또 하나의 시제'를 찾아 헤매는 시인의 습성은 어디에서 비롯되는 것일까? 익숙한 곳에서 승리하는 대신 익숙하지 않은 곳에서 늘 패배하는 삶을 선택하는 일은 객기인가, 포즈인가, 혹은 진정성인가?

> 늘 양말이 다 마르기 전에 떠난 구름의 일부처럼
> 허공은 스스로를 완성하기 위해 자신의 눈을 가장 먼 바람 가운데 찾는다

> 생이란 자신의 눈을 몸 안으로 안내하다 가는 일이라는 생각
> 그건 내 눈이 안내하고 있는 유례없는 무덤의 일부, 거미들이 묻혀 있는 허공에 가 본 적이 있다

> 초록색 크레파스를 처음 써 본 날엔 서랍 속에서 젖은 털을 말리는 거미의 눈을 그렸고 초록색 크레파스에서 처음 검은 물이 흘러내리는 날엔 물속에서 떠오른 서랍을 안아 방으로 들어왔다

> 늘 양말이 다 마르기 전에 떠난 구름의 일부처럼
> 그건 내 처음 수염의 냄새, 일기의 가장 마지막 장을 써 놓고 내 눈과 닮은 색을 찾는 날의 일이고 구름 냄새만 나는 책장을 물속에 담그고 넘기던 밤의 눈에서 태어나는 거미들의 기지개다

> 거미는 자신이 지었던 집을 하나도 기억하지 못한다

그건 허공이 안내한 내 눈의 쓸쓸한 유례도 되겠다 초록(超錄)

— 「거미는 자신이 지었던 집을 하나도 기억하지 못하고」
(『시차의 눈을 달랜다』, 2009) 전문

정주(定住)하는 삶은 정해진 코드에 반복적으로 자신의 삶을 끼워 맞추는 태도를 가리킨다. 규정된 규범과 확고한 가치의 지배 아래 놓인 그것은 주어진 질서에 순응함으로써 철저히 현실 논리를 따르게 된다. 이처럼 정주(停住)하는 삶이란 안전과 편리를 보장하지만 인간 본연의 욕망을 억압하는 파괴적 행위다. 그에 비해 유목의 삶은 새로운 영토의 발견을 꿈꾸는 창조적 삶이자 인간의 욕망을 억압하지 않는 자유의 삶이다. 유목의 삶은 익숙한 세계에서의 안정을 보장하기보다 늘 긴장과 위험을 동반하지만 그것은 언제나 자신을 새롭게 하는 일이라 할 수 있다. 이런 구분이 성립되는 한 세계에의 정초를 거부하는 시인의 미정형의 언어는 해체적이기 이전에 오히려 합당하다. 부정형(不定形)으로 꿈틀대는 모호한 그의 언어는 고착된 질서에의 순응을 거부하는 자연과 창조의 언어라 할 수 있다. 세계에의 뿌리박힘을 거부하는 그것은 인간의 욕망에 닿아 있는 살아 있는 언어다. 여기에서 그것은 객기도 포즈도 아니고 인간에게 가장 정합적인 언어라는 역설이 발생한다.

김경주 시인의 언어가 향해 있는 '또 하나의 시제'의 세계는 지상에 있지 않으며 세상의 논리를 따르지도 않는다. 시차(時差)로 벌어진 사이에 희미하게 피어 있는 그곳은 시인의 표현을 빌면 '허공'에 있다. 그리고 시인의 말에 따르면 '허공'은 스스로를 완성하기 위해 자신의 눈을 가장 먼 바람 가운데 찾'도록 해야 한다. 「외계(外界)」에서의 '화가'가 그토록 그리고자 하였던 것이 '바람'이었던 사정을 감안하면 '바람'은 '허공'을 완성하기 위한 매개임을 짐작할 수 있게 된다. 곧 '바람'의 언어는 '허공'을 짓기 위한 필수불가결한 요소라는 것이다.

그렇다면 시차로 벌어져 있는 이 미지(未知)의 '허공'의 세계는 단지 인간의 창조성을 극대화시키는 욕망의 지대일 뿐인가? 유목적 삶의 이유는 억압에 저항하여 자유의 최대치를 구하기 위한 방편에 그치는 것인가? 그에 대해 시인의 답은 의외로 또렷하다. 시인은 '허공은 스스로를 완성해야' 한다고 말하거니와 그에게 '허공'은 '거미들이 묻혀 있는 곳', '유례없는 무덤의 일부'에 해당한다. 그곳이 알 수 없는 세계임은 위의 시 3연이 어렴풋이 말해주고 있다. 그곳은 앞뒤도 위아래도 없이 뒤엉켜 있는 곳이자 온갖 환영과 무질서가 난무하는 곳으로, 그곳의 언어를 해독할 수 있는 길은 없다. 그럼에도 불구하고 그곳은 파편처럼 '내 처음 수염의 냄새'가 나기도 하고 '내 눈과 닮은 색'을 띠기도 하며 '거미들의 기지개'가 있는 곳이라는 정보를 제공하기도 한다. 물론 파편조각처럼 전달되는 정보는 여전히 모호함을 나타낸다. 그러나 그곳을 향한 시인의 유목의 삶엔 절박함이 있다. 그것은 시 「외계(外界)」에서의 '화가'의 그림이 '자궁 안에 두고 온 자신의 두 손을 그리고 있었던 것'과 유사하게도 '생이란 자신의 눈을 몸 안으로 안내하다 가는 일이라는 생각'과 직접적으로 연결되어 있다.

김경주 시인의 세계에서 '허공'은 흔히 상상하듯 막연한 대기를 가리키지 않는다. 뿐만 아니라 그것은 허무를 상정하는 무책임한 상상력과도 거리가 멀고, 손쉬운 시적 공간도 아니다. 대신 그것은 요령없는 미로를 뚫고 도달할 수 있는 곳이라든가 실타래처럼 엉켜 있는 곳, 혹은 혼돈으로 팽창할 것도 같은 곳이라 할 수 있다. 분명한 것은 미지를 향한 투명한 시인의 눈이 찾아 닿고자 하는 이곳은 결국 '자신의 몸 안으로 안내하다 가는 길'이라는 점이다. 그곳이 '자궁 안에 두고 온 자신의 두 손'의 이미지로 떠오르기도 하고 '내 처음 수염의 냄새'로 떠오르는 등 자신의 흔적으로 다가오는 까닭도 여기에 있다. 그곳은 '허공이 안내

불확정성의 시학

한 내 눈의 쓸쓸한 유례'가 되는 곳이다. 또한 그곳은 '밤의 눈에서 태어나는 거미들'이 소란대는 곳의 이미지로도 나타난다. 그곳은 여전히 모호한 미지의 세계가 아닐 수 없다. 더욱이 '거미는 자신이 지었던 집을 하나도 기억하지 못한다'. 시인이 세상에 정주하기를 거부하면서 도달하고자 하는 세계가 희미한 그림자로서만 다가오는 것도 이 때문이다. 그곳의 비밀을 알기 위해 시인의 연기(煙氣)와 같은 언어가 계속될 것이라는 짐작도 해본다. 다만 시인의 투명한 눈이 세계의 깊은 비밀에 닿는 날 그의 시선은 시차로 벌어진 미지의 세계와 이곳을 잇는 공고한 통로에 해당될 것이다.

의미의 벡터(vector)가 소거된 자유의 언어

— 박장호 론

　　박장호의 언어는 그 자체가 하나의 꽃잎이다, 하나의 깃털이다, 입김이고 공기다. 박장호의 언어는 전체에 대한 의미 규정이 아니다. 대신 그의 언어는 그저 그것으로 있다. 박장호의 언어는 무엇을 담으려 하는 것을 거부하기라도 하듯 깃털처럼 하늘거리며 허공을 날아다닌다. 그것은 무게를 부정하고 질감을 부정하며 관계를 부정한다. 박장호의 언어는 어떤 것에 대한 묘사도 전달도 아닌 채 그 자체로 존재한다. 가령 '이별'의 상황 아래서 '언어는 무엇을 형상화해야 하는가' 하는 것과 같은 책무감이 그의 언어에는 없다. 그의 언어는 사태를 종합한다거나 결과를 도출한다거나와 같은 의미의 벡터로부터 자유롭다. 그의 언어가 꽃잎이 되고 깃털이 되며 입김 혹은 공기가 되는 까닭이 여기에 있다. 박장호의 언어는 무언가의 대체가 아닌, 그 자체로서 독립된 존재라 할 수 있다.

적막한 원시를 해체하고, 당신과 나는 창가에 앉아 아침을 먹습니다. 까만 겨울밤을 보낸 우리의 창밖엔 당신의 나도, 나의 당신도 없습니다. 공존하는 우리의 부재가 당신과 나의 창을 반투명으로 만듭니다. 창밖의 사람들은 산들바람을 맞으며 햇볕 좋은 곳으로 봄 소풍을 갑니다. 우리가 피웠던 침대 위의 흰 꽃이 떠오릅니다. 송곳니와 부리를 발라낸 한 송이 눈꽃. 꽃의 향기는 나침반의 붉은 바늘처럼 나를 따라옵니다. 눈에 띄면 녹아 버리는 침묵의 문명. 나는 식탁의 북쪽에서 당신은 식탁의 남쪽에서 질기고 오랜 식사를 합니다. 우리는 마치 낙오한 극지의 동물들 같습니다. 우리의 배경에 희끗희끗 눈발이 비치고 하얀 평원이 펼쳐집니다. 나는 얼음 수염을 달고 당신은 얼음 눈썹을 달고, 멸종 직전의 북극곰처럼 남극에서 길 잃은 북극제비갈매기처럼, 우리는 서로의 눈 속에 녹아 흐르는 만년설을 봅니다. 물속에서 연어들이 솟구칩니다. 붉은 연어 알이 말할 수 없는 사연으로 쏟아집니다. 날카로운 수저로 뜨는 결별의식. 이 사연을 다 삼키면 우리는 각자의 방향으로 밀봉된 편지가 되어 무리를 찾아 나서겠지요. 창밖의 사람들은 푸른 잔디 위에서 웃음꽃을 피우고 식사를 멈춘 우리의 식탁 위에 하얀 살갗이 차곡차곡 쌓입니다.

—「전망 좋은 창가의 식사」 전문

마지막 '식사'로 이루어진 두 남녀의 '결별의식'을 두고 슬픔과 절망 등속의 정서로 전유하는 일은 위의 시에서 무의미하다. 혹은 '전망 좋은 창가의 식사'라는 제목에서 결별의 비극성에 대한 반어적 어법을 읽어내는 일도 그다지 신통한 독법이 아니다. 위의 시에서 사태는 무엇이라 규정되지 않으며 결별이 지니는 어떤 의미 진단도 내려지지 않기 때문이다. 오히려 시는 사태의 연속성을 해체하듯 과거와 미래를 모두 지우고 순전히 순간만으로 시간을 구성하고 있다. 시는 오직 파편조각처럼 떠돌아다니는 미세한 순간들만을 포착한다. 마치 그 이상은 나의 소관이 아니라는 듯 언어는 스스로 조각이 되고 파편이 되는 것이다. 시간의 지속성을 지우고 의미의 종합을 제거한 그러한 언어는 깃털처럼 가

법다.

예컨대 '당신과 나는 창가에 앉아 아침을 먹습니다', '까만 겨울밤을 보낸 우리의 창밖엔 당신의 나도, 나의 당신도 없습니다', '공존하는 우리의 부재가 당신과 나의 창을 반투명으로 만듭니다', '창밖의 사람들은 산들바람을 맞으며 햇볕 좋은 곳으로 봄 소풍을 갑니다' 등의 문장들은 각각이 모래알갱이들처럼 있다. 이들 사이를 끈끈하게 잇는 어떤 의미의 고리라든가 연관관계는 없다. 각각의 문장들은 홀로 있을 뿐 외부의 어떤 동일한 사태를 겨냥하고 있지 않다. '당신 속의 나'라든가 '나 속의 당신'처럼 문장들 사이를 넘나드는 요소가 있는가 보면 시의 어디에도 그것들은 '없다'. 박장호 시인의 언어가 가벼운 이유가 여기에 있다.

사태들 간의 끈끈한 연관이 부재하다고 해서 이에 대해 아쉬워하는 흔적도 시에는 나타나 있지 않다. 박장호의 시는 감정의 벡터를 형상화하는 데 주력하고 있지 않거니와 그것은 마치 '이 사연을 다 삼키면 우리는 각자의 방향으로 밀봉된 편지가 되어 무리를 찾아 나서'는 상황처럼 홀연하다. 위의 시에서 언어는 세계의 사태들과 독립된 채 순간으로서 존재하는 것이다. 말하자면 박장호의 언어는 '솟구치는 연어들'이거나 '쏟아지는 붉은 연어알들'처럼 살아 있다. '날카로운 수저로 뜨는 결별의식'의 상황에서도 그의 언어가 무겁게 가라앉지 않는 것도 이 때문이다. 순간으로 존재하는 그의 언어는 공기처럼 떠돌며 세계의 순간순간마다 반짝인다.

외부를 향해 있지 않으며 의미 전달의 역능을 포기한 언어는 존재하는 언어이되 세계의 먼 변방으로 떠나는 주변의 언어이다. 그것은 중심된 세계와의 긴밀한 의미 연관이 거세된 떠 있는 언어이고 유쾌하게 흐르는 떠도는 언어이다. 그리고 이러한 박장호의 언어가 놓인 자리는 곧 모든 세계를 밀어낸 허무의 지대이다.

불확정성의 시학

생각을 멈추지 않는 한 우리는 계속 스쳐 갈 뿐입니다.

밤은 내 얼굴처럼 길기만 합니다.

검은 스타킹을 신은 하늘이 눈물을 흘립니다.

자음과 모음과 수음 속에서 청춘이 닳아 버린 것입니다.

우리라는 이름으로 거행된 격리.

너무 잔인한 학문을 우린 배웠습니다.

당신과 나의 거리는 가까워서 멀기만 합니다.

기호조차 될 수 없는 우리

내가 '나'만의 모음이었다면

당신만을 바라보는 좌익이 되었을 텐데.

당신이 '너'만의 모음이었다면

나만을 지지하는 우익이 되었을 텐데.

상상으로 끝난 사상 속에서

나는 시들고 당신은 희미합니다.

하나뿐인 이마를 맞대고 논의해도

입 맞출 남자, 여자 하나 없습니다.

　　　　　　　　　　　　　　　―「허무를 향한 도약」 부분

　젊은 시절을 가득 채우며 숱한 나날들을 환상과 동경의 눈부신 빛으로
수놓았을 학문, 사상, 사랑에 대해 배반당해보지 않은 자란 과연 누구인
가. 순수와 열정으로 뜨겁게 타오르는 젊은 날들은 그러나 순전히 환각
속에서 생멸한다. 이때 환각을 지펴내고 유지하는 원동력은 '생각'이다.
끝없이 가동되는 생각, 마치 목숨이 붙어 있는 자에게 심장이 뛰는 것처
럼 제어되지도 멈춰지지도 않는 '생각'은 맹목적인 엔진이 되어 환각을
지속시킨다.

　이처럼 '생각'은 환각으로 찬 우리의 젊은 날을 존립시키지만 그러나
그런 동안 인간은 세계 내에서 부재자가 된다. '생각'에 갇혀 있는 자가

세계를 향해 할 수 있는 일이란 아무것도 없기 때문이다. '생각을 멈추지 않는 한 우리는 계속 스쳐 갈 뿐'이다. 그러한 자는 외부의 어떤 세계도, 어느 누구도 보고 있지 않다. '생각'이 키워내는 '환각'은 심지어 사랑하는 사람과조차 마주하지 못하도록 세계와의 근원적인 어긋남을 일으킨다.

이 점에서 볼 때 '학문'과 '사상'은 단지 '생각'이라는 엔진을 가동시키기 위한 연료일 뿐임을 알 수 있다. '학문'은 존재를 살찌우기 위한 양식이라기보다 '너무 잔인'한 것이고, '사상'은 '상상으로 끝'나기 마련인 것들이다. '우리라는 이름'은 그저 '이름'으로서, 그것은 '기호조차 될 수 없'을 만큼 공허함을 지니고 있다. '우리라는 이름'은 오히려 우리들을 '격리'시킨다. 여기에서 '당신과 나의 거리는 가까워서 멀기만 하'는 역설이 발생한다. 상황이 이러하므로 '나는 나만의 모음'도 아니요, '당신 역시 너만의 모음'이 될 수 없다고 화자는 말한다. '청춘은 닳아 버리'고 '나는 시들'며 '당신은 희미해'져 간다. 이는 총체적인 부정의 사태이자 허무의 정황이다. 박장호의 깃털처럼 부유하는 언어는 이처럼 '입 맞출 남자, 여자 하나 없는' 세계와의 어긋남 위에서 발생한 것, 세계에 대한 채무의식 없이 생겨난 몸 가벼운 언어에 속한다. 그의 언어가 놓인 자리가 허무의 지대인 것도 이와 관련한다.

세계와 맞물리지 않은 채 가벼이 떠도는 언어이므로 그러한 언어에는 원죄의 무게가 깃들어 있지 않다. 그러한 언어는 설사 절망의 상황에서 생겨났을지라도 그저 '위'에 있다. 그의 언어는 세계 위를 떠다니는 공기처럼 피어올랐다가 사그라든다. 즉 그의 언어는 그 무엇에 관한 것이 아니라 단지 시인의 입김인 것이다.

시야는 움직이는 벽이다.

관찰자를 외면한 벽화 속의 두 사람이
등을 돌린 채 침묵하고 있다.
나는 야유의 종이새를 접어
그림 속으로 날렸다.

남자의 오른쪽 귓속으로 새가 비행했다.
남자는 파란 하늘이 되었다.
새는 하늘의 왼쪽 귀를 물고
여자의 어깨 위에 앉았다.
여자는 파란 바다가 되었다.
새가 수평선을 물고 날아갔다.

—「천막이 있는 벽화」부분

박장호의 시가 세계와의 어긋남 위에 놓인, 부재하는 것의 언어로 이루어져 있음은 위 시의 '종이새'를 통해서도 짐작할 수 있다. '종이새'는 벡터양을 지니지 않은 공허한 언어를 상징한다. '내'가 '종이새'를 '접어 날린' 이유는 '벽화 속의 두 사람' 때문이다. 그들은 '관찰자를 외면한 벽화 속'에서 서로 '등을 돌린 채 침묵하고 있'거니와, 여기에서 '벽화 속의 두 사람'은 세계와의 어긋남을 상징한다. 이들을 향해 던져진 '종이새'는 따라서 세계로부터 비껴난 존재의 공허함을 비난하는 '야유'의 언어이다. 요컨대 벡터양을 지니지 않은 공허한 언어는 허무의 지대에서 '만들어진' 언어이자, 허무한 세계를 향해 던져진 존재의 언어라 할 수 있다.

'종이새'는 박장호의 꽃잎 같은, 깃털 같은, 입김이기도 하고 공기이기도 한 언어에 대한 직접적 표현이 된다. 때문에 이것은 가볍게 날아다니고 허공을 가로지른다. 이러한 '종이새'의 최후는 물론 아무런 흔적도 없이 대기 속에서 소멸하는 것이다. 그러나 소멸하기 이전 그것은 빛 속에 몸을 나부끼며 반짝인다. '새의 비행'이 벽화 속의 '남자'를 '파란 하늘이 되'게 하고, 또 벽화 속의 '여자'를 '파란 바다가 되'게 하는 것도 그에 기인한다. 가벼운 '종이새'는 공기를 차고 무겁게 내리누르는 대신 훨훨 날아 사물들을 살아나게 하고 꿈꾸게 한다. '종이새'의 날개짓에 의해 공허한 세계는 일순간 '하늘'이 되고 '바다'가 된다. 물론 그것은 오래 지속되지 않을 것이다. 그것은 순간적으로 현상한 꿈에 불과하다. '종이새' 자체가 벡터(vector)를 지니고 있지 않으며 영원성을 담지한 존재도 아니기 때문이다. '꿈'이 지속되는 것은 오직 '종이새'가 '나'의 손을 떠나 그 힘으로 공중에 머물러 있을 때뿐이다. 그러나 일순간이지만 그동안 '종이새'는 존재하며 그때 '종이새'는 세계의 공허와 부재를 조롱할 수 있다. 그리고 이 순간 세계는 '종이새'의 반짝임과 함께 생동한다.

박장호의 언어는 왜 세계를 있는 그대로의 형태와 질량에 따라 담아내기를 포기하는가? 그의 언어는 왜 세계의 부재 지점에서 탄생하며 왜 깃털처럼 가벼운 언어이고자 하는가? 그를 허무의 지대로 몰아간 세계의 정체란 무엇인가?

불활정성의 시학

밤의 손톱 위에 누워 눈을 감는다.
내가 가진 단 하나의 침대
썩은 지폐라도 얻으려면 자야 한다.
나는 권좌에서 물러난 어둠의 군주
왕에게 배신당한 아침의 쥐들이
밤의 손톱을 물어뜯고 있다.
시간의 배후를 파고드는 저 쥐들보다 느리면
오늘밤도 영락없는 미라다.
머리맡을 성급하게 찾아온 수면 여왕이
이마 위에 한 올 머리카락을 흘린다.
가늘고 섬세한 감촉이

한 무리의 양떼를 깨운다.

백일몽을 꾸던 푸른 초원은 어디로 갔나.

나는 양들을 위로할 노래를 부른다.

하나에서 시작하는 끝을 모를 노래.

양 하나에 신화와

양 하나에 왕국과

양 하나에 몰락

나의 눈을 들여다본 슬픈 양들이

어둔 시간의 모래 언덕을 넘는다.

양과 숫자 들이 멀어지는 모습,

밤의 손톱이 깎여 오는 모습이

빼앗긴 나라의 슬픈 전설 같다.

양과 쥐가 만나는 시간,

망국의 하늘에 하얀 달이 야윈다.

— 「양과 쥐가 만나는 시간」 전문

　내일을 위해 어렵사리 잠을 청해야 하는 시간만큼 곤혹스러운 일이 또 있을까. 내일의 시간들이 고된 것인 만큼 잠은 더욱 멀리 도망쳐가고 정신은 낮보다도 또렷해진다. 시간의 흐름이 이때처럼 초조스러울 때도 드물 것이다. '밤의 손톱을 물어뜯는 아침의 쥐들'은 곧 긴장이 풀려야 할 때 오히려 신경이 더욱 정신을 옥죄어 드는 순간을 나타내고 있다. '쥐들'은 '나'의 몸을 갉아대는 공포의 적들이다. 시간을 앞세워 밀려드는 '쥐들'에 대한 적대감과 관련해 시의 화자는 '저 쥐들보다 느리면 오늘밤도 영락없는 미라다'라고 말하고 있다. '쥐들'은 '나'를 옴쭉달싹 못하게 만드는 강력한 동아줄이다. 그것은 내일을 팽팽하게 끌어당기는 '시간'의 집행자이다.

　'시간' 앞에 화자가 쩔쩔매는 것은 그가 가진 것이라곤 '단 하나의 침대' 뿐이고, '썩은 지폐라도 얻으려면 자야 하'기 때문이다. 이는 화자가 처한 곤고하고 궁색한 처지를 암시한다. 더욱이 '나는 권좌에서 물러난 어둠의 군주'이다. 이 모든 것들은 '나'의 자리가 녹록한 곳이 아님을 말해준다. '나'는 매우 좁은 입지에서 아등바등 살아가야 하는 일상인의 모습을 하고 있다.

이에 비해 '양'은 내게 '백일몽의 푸른 초원'을 가져다 줄 존재들이다. '내'가 '한 무리의 양떼를 깨우'는 것도 '양'을 통해 시시각각으로 죄어오는 '쥐들'을 물리칠 수 있을까 해서이다. '양'을 둘러싼 '끝없는 노래'가 시작되는 것도 이 즈음이다. 화자는 '양 하나에' '양들을 위로한 노래' 말을 붙이기 시작한다. '양 하나에 신화와/양 하나에 왕국과/양 하나에 몰락……'이 그것이다.

'양과 쥐가 만나는 시간'은 '시간'을 둘러싼 시인의 의식을 보여주고 있다. 거기에는 '시간'의 흐름이 주는 불안과 공포가 고스란히 배어 있다. 또한 그것에는 '시간'에 의한 초조와 두려움을 극복하려 하는 시인의 의지가 엿보인다. 그러나 '쥐'와 같은 '시간' 앞에서 인간은 항상 패배하도록 되어 있다. 인간은 대부분 '저 쥐들보다 느리'기 마련이고 그 속에서 인간은 언제나 '미라'가 되는 것이다. '시간'이 밀려오는 한 인간은 살아 있으되 영락없이 시체처럼 몸을 웅크리고 있어야 한다. '밤의 손톱이 깎여 오는 모습'은 따라서 늘 '빼앗긴 나라의 슬픈 전설 같다'.

그런데 이처럼 음험한 시간은 인간의 삶 구석구석에까지 깊게 깊게 침투해 있다. 살아 있는 인간으로서 '시간'의 칼날로부터 자유로운 사람은 없다. 그것이 인간의 원죄이자 존재의 무게가 아니겠는가. 살아 있는 인간이 항상적인 불안과 초조로부터 벗어나지 못하는 이유도 여기에 있다. 시간으로부터의 탈출이 절박한 까닭도 여기에서 알 수 있다.

불확정성의 시학

우리는 격리당했다. 아니, 연대당했다. 환각의 바다에서, 환영의 숲에서. 우리는 연애당했다. 아니, 연애하였다. 동굴 속의 바다에서, 바닷속의 동굴에서. 너는 암울한 바다를 헤엄치는 나의 극단. 너는 음침한 하늘을 비행하는 나의 극단. 극과 극을 관류하는 우리의 젖. 팽창했다는 점에 있어서 너는 우주의 일부다. 어두웠다는 점에 있어서 너는 우주의 전부다. 똑같이 생긴 우리의 젖,

우리는 포유류다.

아침은 검은 어머니의
자식임을
우리는
믿는
다.

― 「포유류의 사랑」 부분

'시간'의 무게를 벗어나 도달하는 곳은 일상의 시간성이 소거된 꿈과 몽상의 장소이다. 그곳은 '환각의 바다'이기도 하고 '환영의 숲'이기도 하다. 우리에게 원죄의식을 품게 하는 음험한 시간의 벡터는 그와 같은 장소로 '우리를 격리'시킨다, '우리를 연애'하게 한다. 그리고 그곳에서 '우리는 연대당한다'.

그곳이 꿈과 몽상의 장소인 것은 우리에게 죽음의 흔적을 잊게 하기 때문이다. 그곳이야말로 무겁게 누르는 시간의 벡터양이 소거되는 장소이다. 세계의 부재를 추구하는 박장호의 시적 언어가 이러한 장소를 꿈꾸는 것은 매우 합당하다. 이곳은 언어에 의해 세계가 생동하는 곳, 새로운 생명이 잉태되는 곳이다. 이곳에서, 즉 '동굴 속의 바다'나 '바닷속의 동굴'에서는 '포유류의 사랑'이 이루어진다. 이곳에서 생명들은 '암

울한 바다를 헤엄치는 너와 나'처럼 혹은 '음침한 하늘을 비행하는 너와 나'처럼 공중을 '관류하며 팽창'한다. 또한 그러한 점에서 이곳의 생명들은 '우주'가 된다. 이처럼 죽음이 부정되고 생명이 잉태되므로 이곳의 '포유류'들은 '아침이 검은 어머니의 자식임을 믿'게 되기에 이른다.

이제 우리는 박장호의 언어가 꾸었던 꿈을 짐작하게 된다. 그의 언어가 왜 세계의 형상화를 거부하며 몸 가벼운 언어가 되고자 하였는지, 그러한 언어로써 그가 어떤 세계를 구축하고자 하였는지 그 형이상학의 구도를 짐작할 수 있게 되는 것이다. 깃털처럼 가볍고 꽃잎처럼 반짝이는 그의 언어는 시간의 벡터 지대를 지나 '포유류의 젖'이 흐르는 생명의 공간으로 나아간다. '포유류의 사랑'으로 생명이 잉태되는 그곳은 언어의 무게가 없는 곳이자 꿈과 몽상의 공간이다.

시의 알레고리에 담긴 삶의 비극

− 정겸 론

우리는 아주 빈번하게 서정시와 조악한 현실이 미학성을 통해 조화롭게 만나는 것의 어려움에 대해 말하곤 한다. 시의 미적 서정성과 현실에 대한 정치적 인식은 시의 질료에서부터 차이가 난다. 시의 서정성이 사태에 대한 관조적 거리에서부터 비롯되는 것이라면, 현실에 대한 정치적 인식은 사태에의 직접성을 추구하기 때문이다. 서정시의 어조가 울림의 크기를 지향하는 것에 비해 정치적 발언의 어조는 발성의 크기를 지향한다. 서로 다른 지향과 목적을 지니는 까닭에 미학성과 정치성, 서정성과 사회성은 서로 어울리기 힘들다.

두 영역의 양립의 어려움은 과거 현실주의 시를 둘러싸고 많은 논쟁들이 양산되었다는 데서도 알 수 있다. 시의 정치적 기능을 실현하기 위한 창작방법론을 제시하였다든가 언어적 실험시를 시도했던 것은 이들 두 범주의 조화로운 통일장을 구성하기 위한 고투의 흔적이라 할 수 있다. 시의 서정성과 현실의 정치성은 모두 포기할 수 없는 가치 영역에 속하므로 우리는 이 난제를 가지고 오랜 시간 씨름하곤 하였던 것이다.

그러나 실상 서정성과 정치성은 모두 인간이 겪은 절망에 대한 응답들에 해당한다. 이것들은 이성이 붕괴되고 언술이 소통되지 못할 때 제시되는 인간들의 특정 행동유형들이다. 즉 인간들 사이의 화해롭지 못한 국면에서 시의 서정성과 시의 정치성이 발현된다 해도 과언이 아니다. 세계와의 불협화음 속에서 인간은 내면적 서정성을 구하거나 세계와의 외적 투쟁에 돌입하는 것이 이와 관련된다. 말하자면 시의 서정성과 정치성은 세계와의 긴장과 갈등 속에서 이를 극복하기 위한 인간의 치열한 응전의 결과라 할 수 있다. 이 점에서 서정성과 정치성은 그 전제와 뿌리가 같다.

절망한 인간의 서로 다른 목소리로서의 서정성과 정치성이 그렇다면 단일 음조로 구성될 경우 그것은 시의 어떤 형상과 구조로 빚어질 것인가? 사태를 바라보는 관조의 시선과 뜨거운 행동의 몸짓은 절망한 인간에게서 이리저리 찢긴 채 분열된 모습으로 현상할 것인가? 아니면 두 개의 목소리의 평균적 조합인 새된 어조로 발성될 것인가?

정겸의 시가 실험하고 있는 것은 바로 이러한 문제에 해당한다. 그의 최근 시들에는 현실의 비극에 의해 절망한 자아가 세계를 향해 어떻게 대응해갈 것인가 하는 모색들이 집중적으로 나타나고 있다. 정겸은 우리에게 현실의 두꺼운 벽에 부딪혀 갇힌 자아가 세계를 향해 어떻게 말을 걸고 꿈을 틔우는가를 차분하고도 진솔하게 펼쳐 보이고 있다.

꿈을 꾸었다
감옥 속에서 환웅이 말했다
당신은 진정 사람이 아니라고
사람이 되려거든 하늘과 땅이 바뀌어도
참을 줄 아는 인내가 필요하다고
토굴 속에서 100일 동안 마늘과 쑥으로 연명해야 된다고

오늘도 배식구를 통해 들어 온 식판에는 마늘과 쑥 뿐이었다
창살밖에는 검은 망사로 포장한 이야기들이
뿌연 황사를 일으키며 빌딩숲을 짓밟고 갔다
안개 자욱한 아스팔트길을 따라 탈주한 짐승들이
핏발 선 눈으로 거리를 활보하고 있다

화들짝 놀라 잠에서 깨어나자마자 티브이를 켠다
무섭게 달려드는 뉴스속의 잔혹한 이야기들
어젯밤 가위에 눌린 흔적들이 현실로 나타났다
짐승들의 팔목에 수갑이 채워지고
모자이크 처리되어 호송되는 짐승 앞에서
한 여인이 통곡을 하고 있다

—「감옥의 밥」 부분

꿈과 현실이 뒤섞이고 인간과 짐승의 경계가 모호한 환상적 분위기가
느껴지는 가운데 「감옥의 밥」에서는 삶의 비극성과 세계에의 절망을 절
박한 어조로 묘사하고 있다. 감옥에 갇힌 이들에게 주어진 한계상황은
인간이 더 이상 인간이 아님을 언명한다. 감옥에 갇힌 자는 '하늘과 땅이
바뀌'는 절체절명의 상황이 닥쳐도 마치 비인간처럼 동요하지 말아야
한다. 수인(囚人)에게 허용된 것은 오직 억누르고 억누르는 일, 참고 인내
하는 일뿐, 수인은 어떤 자유도 욕망도 바랄 수 없다. '마늘과 쑥'이 수인
이 처한 존재 조건을 상징적으로 말해준다.

이러한 수인(囚人)이 만일 인내를 거부하고 탈옥한다면 이들에게 가해
지는 폭압적 상황은 더욱 가혹하다. 거리의 부랑자로 전락하는 이들은
탈주자라는 낙인이 찍혀 추격의 감시망을 피할 수 없고 결국 팔다리에
수갑이 채워진 채 재수감될 것이 분명하다. 수인에게 주어진 운명은 동
일한 것이다.

시인이 설정한 꿈과 현실의 모호한 상태, 즉 꿈속 환웅신화와 현실 속 뉴스보도의 오버랩 처리는 '수인(囚人)'과 짐승이 본질적으로 서로 다르지 않은 동일자임을 암시한다. '환웅신화'에서처럼 '토굴' 속에서 '쑥과 마늘'만을 먹으로 인내해야 하는 자와 '핏발 선 눈으로 거리를 활보하'다 기어이 '호송되는 짐승'은 결국 같은 인물이다. 즉 '수인'의 삶은 언제까지나 갇혀 있는 것, 자유와 욕망과 같은 인간이 누릴 수 있는 권리를 포기하는 것에 다름 아닌 것이다. 그것이 '수인'에게 주어진 운명인 셈이다.

'핏발선 채 안개 자욱한 아스팔트길을 따라 거리를 활보하는' '탈주한 짐승'은 그러나 비단 '수인'과만 동일한 자일까? '토굴 속에서 마늘과 쑥으로 연명'해야 하는 자가 오직 '수인'에게만 한정되는 것일까? 환상적으로 묘사된 '환웅신화'는 그것이 단지 '수인'에만 해당되는 것이 아니라 인간 전체의 근본적인 조건임을 암시해준다. '환웅신화'는 '수인'의 존재 조건이 모든 인간의 기본적인 운명에 다름 아님을 암시적으로 말해준다. 즉 인간에게 주어진 삶이란 '수인'의 것과도 '짐승'의 것과도 다르지 않으며 인간에게 허용되는 일이란 '하늘'만 쳐다보며 '참을 줄 아는 인내'뿐인 것이다.

이러한 시적 인식은 극단적인 듯하지만 인간의 운명에 관한 사실적인 통찰이 아닐 수 없다. 인간에게 삶이란 매 순간 인내가 요구되는 수인의 그것과 크게 다르지 않기 때문이다. 인간의 운명적 조건은 인간을 한계 상황에 놓이게 하기 일쑤다. 위 시는 결국 전체 인간의 삶을 '수인'의 상황에 기대어 표현하고 있는 알레고리적 장치의 시로서, 인간 운명에 관한 비극적 인식을 단면적으로 형상화하고 있음을 알 수 있다. 위 시에서 시인은 알레고리적 장치를 통해 현실의 절망적 사태를 비판적이면서도 미학적으로 그려내고 있는 것이다.

현실에 관한 비극적 인식은 정겸의 시에 지속적으로 등장하고 있는 요소이다. 시인이 줄곧 보여주고 있는 우울한 어조는 절망적 현실에 관한 배음이라 할 수 있다. 시인의 시선을 따라갈 때 우리는 곧 사회와 현실의 어두운 모습과 만나게 된다.

> 수원 매탄동 삼성연구단지 빌딩 옆
> 층층나무 한그루 하늘 치받고 섰다
> 간간이 상처의 흔적이 있는 줄기마다
> 푸른 잎사귀들 투망처럼 사방으로 펼쳤다
> 운동화 끈 바싹 조여서 나무에 오른다
> 한 줄기 한 줄기 어긋난 가지에 몸 지탱하면서
> 손과 발 엇대며 올라간다
> 조급한 마음에 빌딩쪽 바라보니 이제 겨우 중간이다
>
> (중략)
>
> 숨소리도 죽여 가며 머리 박박 굴리며
> 장단지에 힘주고 비껴나간 가지에 발 한 짝 올린다
> 층층이 한 계단씩 오를 때마다
> 온 몸 후들거리며 등줄에 땀 흥건하다
> 순간, 우지끈 나뭇가지 부러지며
> 내 몸 허공에 매달려 있다
>
> —「층층나무」 부분

위의 시에서 '나무'는 결코 자연의 한가운데에 놓인 채 근원적인 의미를 내포하는 초월적 상징어가 아니다. '나무'는 초월적인 지대를 상징하는 의미 가득한 소재이기 이전에 '수원 매탄동 삼성연구 단지 빌딩 옆'에 나란히 서 있는 문명의 유비적 소재에 불과하다. 즉 '층층나무 한 그루'

는 도심 속에서의 장식적 요소이자 문명의 물질적 재료 중 하나이다. 시적 자아는 그 '나무'에게서 더 이상 삶의 깊은 잠언을 읽어내지 못한다.

대신 시적 자아는 '층층나무'를 '빌딩'의 높이에 다다르기 위한 사다리 쯤으로 여긴다. 시적 자아에게 나무는 '운동화 끈 바싹 조여서' 오르는 하나의 대상인 것이다. 상처투성이인 '나무'에 오르면서 시적 자아는 편안함 대신 '조급함'을 느낀다. '나무'는 자아에게 힘써 위로만 오르도록 종용하는 매개체이다. 시에서 '나무'는 초월적 지대의 상징이 아니라 물질문명 속에서 높이 오르는 자와 오르지 못한 자 사이를 가름하는 도구적 가치에 해당하는 것이다.

때문에 시에서 '나무'에 오르는 것은 물질주의 문명의 꼭대기에 오르는 것과 다르지 않다. 즉 '나무'에서 높이 오르는 자는 사회적인 부귀와 공명을 거머쥐는 사람이다. 시는 특정 목표를 향해 치달아가는 자아의 모습을 매우 사실적으로 묘사하고 있거니와, '숨소리도 죽여 가며 머리 박박 굴리며/장단지에 힘주고' 오르는 모습, '층층이 한 계단씩 오를 때마다/온 몸 후들거리며 등줄에 땀 흥건한' 모습은 비단 나무에 오르는 자에 대한 묘사라기보다 경쟁사회 속에서 뒤처지지 않기 위해 안간힘을 다하는 현대인의 자화상이라 할 수 있다. 따라서 '우지끈 나뭇가지 부러지자' '내 몸 허공에 매달려 있다'는 진술은 단순한 사태에 대한 묘사가 아니라 목표를 향해 치닫는 현대인들의 공허하고 허무한 삶의 모습을 단적으로 형상화하는 것이다.

정겸 시인이 바라보고 있는 현실은 세태의 구석구석에까지 이른다. 그것은 현대인의 삶의 본질에서부터 소소한 일상사까지에도 다다른다. 정겸의 시를 통해 독자는 무심히 지나쳐버렸던 불행하고 부조리한 사태들을 떠올리게 된다. 정겸의 시는 세계에 관한 현실주의적 관점을 유지하고 있는 것이다.

처마 끝으로 햇볕 쏟아진다
바위처럼 웅크리고 있던 사내
겨울잠에서 깨어나듯 기지개 한번 늘씬하다
바람에 머리칼 흩어지더니
팔 다리 털어서 종종걸음 친다

베이커리 카페 옆 재활용 수집 장에서
종량제봉투 뒤적거리며 무언가를 찾고 있다
갑자기 환해지는 눈빛
동공 활짝 열리더니 귀 쪽으로 입술 당겨 웃는다
개봉 안 된 빵 봉지, 노다지를 발견 한 듯
그러나 벌써 유통기한 지났다

보물을 품에 품 듯 빵 봉지 가슴에 안고
근린공원 풀숲에 털썩 몸을 내린다
입을 크게 벌려 한 입 베어 무는 순간,
수양백매화 줄줄이 꽃망울 터뜨린다
봄 햇살 입안에 가득하다

—「웃음의 순도(純度)」 부분

　겨울이 지나고 환한 봄이 시작된 아름다운 때를 배경으로 하고 있는
위의 시에서 주인공은 '바위처럼 웅크리고 있던 사내'이다. 경쾌한 어조
로 시작하고 있으므로 처음 '사내'에 대한 인상은 문제적으로 다가오지
않는다. '사내'의 동작 역시도 봄 햇볕만큼이나 환해서 '기지개 한번 늘
씬하다', '바람에 머리칼 흩어지더니/팔 다리 털어서 종종걸음 친다'와
같이 묘사된다. 그러나 다음 연에서 진술된 사태는 '사내'가 평범한 인물
이 아님을 말해준다. '사내'는 노숙자이다. 그의 날렵하고 경쾌한 행동은

다른 것이 아니라 쓰레기장에서 음식을 주워먹고 있는 그것에 해당한다. '사내'는 '베이커리'에서 버린 '빵'을 찾고 있다. 유통기한이 지났지만 '개봉 안 된 빵 봉지'는 따라서 사내에겐 '노다지'와 다르지 않다. 사내에게 '개봉 안 된 빵 봉지'는 '보물'과 같다. 위 시는 그것을 발견하고 기뻐하는 '사내'의 모습을 그리는 데 할애되어 있다.

시에서 '사내'가 처한 비극적 상황은 화사한 계절의 경관과 대비되어 제시됨으로써 삶의 유한성과 비극성이 고조되고 있다. '수양백매화 줄줄이 꽃망울 터트리'는 봄의 경관은 '사내'의 아이러니한 기쁨에 대한 동조음이면서 동시에 사내의 비극적 정황에 대한 아이러니적 불협음이 된다. '사내'를 둘러싼 사회의 사실적 모습은 시의 기법적 장치들에 의해 우울함과 경쾌함으로 변주된다. 그리고 그것은 독자로 하여금 현실의 어두운 면들에 대해 관심을 유도한다.

시적 화자의 시각에 포착된 현실은 초지일관 아이러니적이다. 한쪽에선 노숙자의 고단한 삶이 있다면 다른 한쪽에선 '무료급식 행사를 마친 봉사대원들'이 기념촬영을 위해 '김치, 치즈' 하며 웃음꽃을 피우고 있다. 이들 삶의 모습들은 세상의 신산한 삶과 자연의 영원한 섭리에서 오는 대조만큼이나 부조화스럽다. 그만큼 노숙자의 삶은 밝은 세계로부터 동떨어져 있다는 것을 알 수 있다. '사내'는 밝은 세계의 어디에도 편입되지 못하고 소외된 채 살아간다.

'사내'의 삶은 세상으로부터 외따로 있지만 그러나 시인의 시선은 그것에 가장 밀착되어 있다. 시인은 도둑고양이처럼 비밀스럽던 '사내'의 모습을 포착하고 그것을 세밀하게 묘사하고 있다. 시인의 앵글에 의해 '사내'는 중심인물이 되어 그의 모습을 세상에 드러내게 된다. 또한 시인이 도입한 기법들에 의해 '사내'의 비극성은 더욱 더 강렬하게 전달되고 있다. 시인이 묘사한 '사내'는 우리에게 사회의 부조리한 단면을 더욱 선

명히 인식시키거니와, 이는 역시 시인이 의도한 바 하나의 세태를 통해
전체 사회의 모순과 부조리를 암시하고자 하는 기법에 해당한다는 것을
알 수 있다.

일상의 한 단면을 통해 삶의 전체 모습을 짐작하게 하는 기법 구사에
서 시인은 매우 빼어난 재능을 보여준다. 시인의 이와 같은 시적 처리는
사태에 관한 예리한 관찰과 통찰에서 비롯되는 것이리라. 이럴 경우 시
인은 단순히 일상의 한 모습을 묘사하지만 그 안에는 삶의 본질에 관한
많은 내적 논리들이 중첩되어 있는 경우가 대부분이다.

> 건축한지 30여년 지난 주공 저층아파트
> 시청에서 재건축허가가 취소되자
> 아내는 리모델링이라도 하자고 조른다
>
> (중략)
>
> 아내가 내 동의 없이
> 업자를 불러 계약하고
> 예고도 없이 강제 집행을 한다
>
> (중략)
>
> 아내가 나를 힐끔 쳐다본다
> 다음은 당신 차례라는 눈빛이다
>
> ─「리모델링」 부분

오래된 저층 주공아파트는 재건축대상 1순위인 아파트여서 개발 기
대심리가 매우 높다는 것은 주지의 사실이다. 이때 투기 바람이 한 차례

휩쓸고 지나갔을 것이고 거품 낀 아파트 값 때문에 매매가 잘 이루어지지 않는 상황도 펼쳐졌을 것이다. 그러한 상황 속에서 '재건축 허가 취소'라는 시청의 발표는 입주자들을 매우 기운 빠지게 하는 통보였을 터이다. 한껏 증폭했던 기대감은 상실감과 허탈감으로 바뀌었을 터이다. '바람'에 삐그덕대는 소리, '연탄냄새나는 온돌방', '불법개조한 가스보일러에서 나는 잡음' 등은 입주자들에게 상대적 박탈감마저도 안겨주었을 수도 있다.

이러할 때 '리모델링'하자는 '아내의 제안'과 '내 동의 없이' 이루어진 리모델링의 상황은 한 가정의 모습인 동시에 대다수 가정에서 벌어질 법한 풍경이다. 여기에는 넉넉하지 못한 살림살이와 빠듯한 가정 경제를 꾸려가는 가장의 고충 또한 슬쩍 비친다. 계산을 하라고 종용하는 아내의 '눈빛'에 당혹해하는 남편의 심리가 고스란히 느껴진다.

위 시의 '리모델링'을 통해 시인은 크게 두 가지 논리를 담고자 하였을 것이다. 하나는 아내와 가장을 둘러싼 가정 경제에 관한 논리가 그것이고, 다른 하나는 '재건축'을 둘러싼 사회 경제의 순환에 관한 논리가 그것일 것이다. 이 모두가 결코 우리에겐 화해롭게 다가오지 않는다. 이 안에는 '경제'의 복잡한 국면들이 얼키설키 복잡하게 짜여져 있을 것이고 인간들의 욕망들 또한 어지럽게 뒤엉켜 있을 것이기 때문이다. 이 복잡한 국면들이 종기처럼 곪다가 약한 피부를 뚫고 올라와 염증을 일으키는 곳에 '리모델링'이 놓여 있다. 즉 '리모델링'에는 서민들의 신산스런 삶이 녹아 있는 것이다.

'리모델링'을 다루는 시인의 시에는 그러나 신산스런 삶의 단면만 새겨져 있는 것은 아니다. 일상의 주인공들은 고달픈 생의 한가운데 놓여 있으면서도 신선한 삶의 동력을 지니고 있다. 위 시의 경우 시의 솔기 틈으로 비어져 나오는 듯한 무엇이 있다면 그것은 가정을 감싸고 있는 따뜻함과 정겨움이다. 우리는 시에서 독단적으로 '리모델링을 집행'한 아내를 바라보는 화자의 따뜻한 시선을 놓칠 수 없다. 그것은 자식들을 위해 '채소밭을 가꾸는' '팔순을 넘긴 어머니'를 바라보는 시선에도 그대로 나타나 있다.

> 팔순을 훨씬 넘긴 어머니
> 오늘도 풀 속에 묻혀 있는 채소밭 가꾼다
> 자식들 무공해 명품 찬거리 만들어 준다며
> 배추, 상추, 호박, 고추, 참깨, 들깨…가득 심었다
> 농약냄새 한번 맡지 않은 채소 잎사귀
> 어머니 무릎관절처럼 구멍 숭숭 뚫렸다
>
> (중략)
>
> 잡초를 뽑고 있던 어머니
> 갑자기 네잎크로바 잎사귀 뜯어 보이며 함박웃음 짓는다
> 지금, 저 나이에 어떤 행운을 기다리는 것인가
> 어머니 네잎크로바 번쩍 치켜들더니
> 나를 물끄러미 쳐다보고 있다
>
> ——「어머니와 네잎크로바」 부분

위의 시에 등장하는 '팔순 훨씬 넘긴 어머니'는 고령에도 불구하고, 자식들에 대한 사랑과 건강에의 염원을 잃지 않는 분이다. 어머니의 자식 사랑은 채소밭에 없는 것 없이 가꾸는 모습으로 나타난다. 시인은 '농약 냄새 맡지 않아 채소 잎사귀'마다 구멍 숭숭 뚫린 모양에서 시인은 '어머니 무릎관절' 모양을 연상한다. 평생을 가족을 위해 사셨을 어머니의 뼈는 자식들에게 빼준 사랑의 양만큼 앙상해졌을 것이다.

'어머니'는 세월이 흐르고 세상이 변해도 여전히 변함없는 사랑과 순

수함을 간직하고 계시다. '어머니'에겐 여전히 '아버지'가 남긴 '낡은 금성라디오 한 대'를 '보듬고 쓰다듬고 황송해 하는' 애틋한 마음이 있다. 또한 '어머니'에겐 여전히 '네잎크로바 잎사귀'를 보며 '함박웃음을 짓'는 천진한 마음이 있다.

이러한 '어머니'를 통해 시인은 인간의 근원적인 모습을 보았을 것이다. 시인의 눈에는 '어머니'에겐 인간이 무방비로 노출되어 있는 현실의 모순과 비극성, 고달픈 삶이 주는 고통들을 어루만져주는 사랑과 따뜻함이 가득차 있는 것으로 여겨졌을 것이다. 팔순을 넘긴 어머니는 비록 매우 미약한 힘을 지녔을 것이지만 변함없이 사랑을 다하는 마음만큼은 비극적 세상을 막아주는 강한 벽이 되지 않을까 하는 것이다.

정겸은 시의 미학성과 정치성, 서정성과 사회성을 동시에 포함하고 있다. 그의 시는 현실적 모순과 부조리가 내재되어 있는 일상의 면면들에 예민하게 시선을 드리우고 있다. 그러나 그의 시는 발성의 크기를 내세우는 투쟁적 어조와는 거리가 멀다. 그의 시는 잔잔하고도 부드러운 서정적 어조 그대로이다. 이 간격을 시인은 어떻게 메우고 있던 것일까? 서정성과 정치성의 이 두 국면을 아우르기 위해 시인은 특수한 시적 기법들을 도입한다. 그 대표적인 것이 알레고리이다. 시인은 일상의 한 단면을 통해 현실사회 전체를 암시적으로 환기시키는 장치를 활용하는 것이다. 또한 이 속에서 신화를 끌어들인 환상적 기법, 사태의 이중 변주라는 아이러니 기법들 또한 동원한다. 이러한 기법들은 안정적 · 서정적 어조를 갖추도록 해주는 동시에 현실에 관한 비판적 인식 또한 담아내는 장치로서 기능한다. 이러한 기법들을 통해 독자들은 강한 어조에 의해 주입되지 않고도 현실의 문제들에 대한 관심을 환기받는다.

불확정성의 시학

융합되지 않는 세계에 대한 환유적 표현

- 박성현 론

　해체시의 시작원리가 은유가 아닌 환유적 언어 구성에 기반한다는 논의는 우리에게 시의 세계관까지 이해할 수 있게 해주었다는 점에서 의미를 지닌다. 은유가 대상과의 교감을 통한 동일성 지향의 세계관을 보여주는 것에 비해 환유는 대상에의 감정 이입을 거부하는 것으로서 대상과의 비껴감, 어긋남을 원리로 취한다. 세계와의 융합을 전제로 하는 전자는 따라서 무리 없이 서정시의 본령을 차지하지만, 후자는 세계와의 화해 불능성을 표현하는 후기 자본주의의 시적 창작원리가 된다. 환유적 시에서 사물은 자아의 정서와 유기적으로 어우러지지 못하고, 대신 자아의 외부에서 겉돌며 자아의 의식을 분열시키고 세계에 균열을 일으킨다. 환유적 대상은 자아의 내면 깊이에로 스며듦으로써 자아의 내면을 확인시켜주는 시의 본래 기능을 발휘하지 못한다. 여기에서 자아와 대상은 서로 분리되어 있으며 자아는 대상을 통한 자아의 정립을 구하지 못하게 된다. 세계는 한없이 낯설고 불편하며 요령부득이 되는 것이다.

박성현 시인의 시를 논할 때 환유적 원리를 떠올리는 것은 의외일 수 있다. 왜냐하면 그의 시는 해체시와 거리가 멀기 때문이다. 그의 시는 여느 서정시와 마찬가지로 안정된 어조와 선명한 이미지, 자연의 소재를 취하고 있다. 문장의 통사 구조 해체라든가 시어들의 난립, 숨가쁜 호흡과 그의 시는 거리를 둔다. 독자는 차분한 호흡과 대상에의 고요한 묘사를 보여주고 있는 박성현의 시를 통해 자연과의 서정적 동일화를 기대하게 된다. 그러나 그의 시를 읽는 중에 이러한 기대는 서서히 부서지게 된다. 독자는 대상에의 감정의 이출입을 거부당한다. 시적 대상은 독자로부터 저만치 멀리 떨어져 있다는 것을 알 수 있다. 이는 시적 자아의 세계와의 관계가 화해롭지 못하다는 사실을 말해준다.

족제비가 새끼를 낳은 굴 같지 않은 굴속

얼굴을 반쯤 집어넣었더니 아직 눈 뜨지 못한 새끼들이 갸릉갸릉 소리를 냈다.

뒤껼 텃밭에 모여 앉은 잡풀이 서로 등을 밀려 조심스레 귀를 핥았다.

걷지 못하는 날이 많았다. 문 밖으로 귀를 놓았지만, 바깥은 멀어서 닿지 못했다.

가끔 우박이 쏟아졌다. 머물 곳이 없으니 양철지붕을 퉁기고 구름으로 서둘러 돌아가면 그뿐이었다.

사막에서 아버지는 이제 막 걷기 시작하는 동생의 안부만 물었다.

금요일마다 꽃은 빨강 앞에 서서 머뭇거렸다. 언제 울어야 하는지 모르는 것이었다.

ㅡ「귀」 전문

안정되고 고요한 서정적 어조 속에 담긴 시적 내용은 그러나 결코 익숙한 문법으로 쓰여진 것이 아니라는 것을 위의 시를 통해 확인할 수 있다. 각기 하나의 행들로 각 연을 이루고 있는 위의 시에서 각 연들은 어떠한 유기적 통일성도 보이고 있지 않다. 각 연들은 각기 독립적 장면들을 구성할 뿐 서로 간 내용상·논리상의 연관성하에 짜여진 것이 아니다. 단적으로 말해 위 시의 각 연들은 '귀'라는 시제에 귀속되지 않는다. 제목은 각 연들을 하나로 아울러주는 대표적 지위를 지니고 있지 못하다. 즉 '귀'라는 시제는 독자로 하여금 시적 내용을 이해할 수 있도록 도와주는 안내 표지의 역할을 하고 있지 않는 것이다. '족제비가 새끼를 낳은 굴', '뒤꼍 텃밭에 모여 앉은 잡풀', '걷지 못하는 자아', '쏟아지는 우박', '사막의 아버지', '빨강 꽃'들 사이사이에서 독자는 의미를 찾아 서성댈 뿐, 어디에서도 의미 완성의 실마리를 찾을 수가 없게 된다. 각 연의 소재들 사이에 놓인 의미의 간격이 연 구분의 거리만큼이나 멀다. 각 연을 구성하는 각각의 소재들 사이에는 커다란 틈이 벌어져 있다. 독자는 이 틈들 사이에서 의미의 고리를 찾지 못한 채 미끄러진다.

의미를 수렴해주는 것이 아니라면, 그렇다면 '귀'라는 제목은 도대체 무엇인가? 우리는 '귀'를 통해 무엇을 알 수 있는가? 시의 중간에 '귀'라는 어휘가 두 번 사용된다. 3연의 '잡풀이 서로 등을 밀며 조심스레 귀를 핥았다'라는 부분과, 4연의 '문 밖으로 귀를 놓았지만, 바깥은 멀어서 닿지 못했다' 부분이 그것이다. 그 외에는 없고 이 둘 사이에도 의미상의 연결은 시도되지 않고 있다. 말하자면 제목이 '귀'가 되어야 할 필연성이 없는 것이다. 아마도 '귀'는 우연적으로 선택된 시제에 불과한 것으로 보인다. '귀'가 아니라 '족제비'라 해도, 혹은 '빨강 꽃'이라 해도 사정은 달라지지 않는다. 시인은 그저 시 본문 속에 등장하는 소재 하나를 선택하여 그것을 표제의 자리에 배치한 것이 아닐까. '귀'는 대표성을 띠면서 제시된 것이 아니라 단지 시의 한 가지 재료이므로 취해진 것이다. 즉 위 시에서 '귀'는 은유도, 제유도 아닌 환유적 원리하에 간택된 시제임을 알 수 있다.

그러나 다른 한편 우리는 세계와의 관련 속에서 '귀'가 지닌 상징적 의미를 유추해볼 수도 있다. 일반적으로 '귀'란 세계와의 접촉매개로서 세계에의 근접을 가능하게 하는 요인이라는 점에서 그러하다. 정보를 받아들이는 통로의 구실을 하는 까닭에 '귀'는 세계와의 적극적인 관계를 맺게 해주는 주된 기제임은 분명하다. 그러한 '귀'가 그러나 시에서 세계와의 간극을 암시하는 시어로 사용되었던 점은 주목을 요한다. 곧 4연의 "걷지 못하는 날이 많았다. 문 밖으로 귀를 놓았지만, 바깥은 멀어서 닿지 못했다"는, 세계에의 접근을 차단당한 채 무기력하게 놓여 있는 시적 자아의 상황을 짐작하게 한다. 즉 시에서 '귀'는 세계와의 교융 대신 세계와의 분리와 단절을 상징하는 어휘로서 기능하고 있다.

'귀' 외에도 시적 자아의 세계와의 어긋남은 시의 많은 부분에서 묘사되고 있다. '굴 같지 않은 굴속', '얼굴을 반쯤 집어넣은' 자아, '걷지 못하는 날이 많았다' 내지 '머물 곳이 없'다라든가 '빨강 앞에 서서 머뭇거리는 꽃', '언제 울어야 하는지 모르는 것' 등의 어구들이 그 점을 반영하고 있다. 이들 표현들은 세계에의 적극적인 개입을 유보한 채 사물들이 세계 주변에서 맴도는 장면들을 펼쳐낸다. 사물들은 세계와의 유기성을 상실하고 파편처럼 배회하고 있는 것이다. 이 가운데 특히 '언제 울어야 하는지 모르는 것이었다'는 자아에게 가장 직접적이어야 할 정서조차도 자아로부터 소외되어 있는 형국을 보여준다.

불확정성의 시학

박성현 시인의 시에서 위 시에서 살펴본 바와 같은 시제 구성이라든가 소재 사용, 세계와의 단절을 암시하는 어구의 구사 등은 어렵지 않게 접할 수 있다. 이들은 모두 환유적 원리와 관련되는 것으로서, 시인은 자아와 세계 사이의 어긋남과 그로 인한 자아의 쓸쓸한 소외의 정황을 주로 형상화하고 있음을 알 수 있다.

아무렇지 않지만 조금은 쓸쓸한 재봉틀입니다. 수줍은 강아지처럼 의자에는 물기가 전혀 없습니다. 그리고 바늘은 늘 쉽게 부러집니다.

재단을 끝낸 당신은 바닥에 어깨를 내려놓습니다. 이따금 내 등을 두드리며 말합니다. 짓무르는 고름이거나 우아한 커피 잔 같은 상반된 감정입니다. 회전목마는 누구를 태우고 도는지 알지 못하죠.

아무도 살지 않은 배 밑처럼 찰랑찰랑, 가위가 헝겊을 지나갑니다. 당신은 잘려나간 헝겊을 보고 금세 명랑해집니다. 명랑해봐야 할 수 있는 일이란 선인장 화분은 왼쪽에 두고 알록달록 실 뭉치는 색을 맞춰 이마 높이에 두는 것이지만.

무릎에서 지퍼가 갈라지는군요. 속을 열면 분홍 얼굴이, 다른 분홍 얼굴에 포개져 있습니다. 여기저기 손과 발이 흩어져 있습니다. 당신은 재봉틀을 돌리다 말고, 어긋난 몸들을 바라봅니다. 몸을 찾고 얼굴과 손, 발을 맞춥니다.

길이가 다른 발로 인형은 뒤뚱뒤뚱 걸어 다닙니다. 당신에게 지느러미를 붙인다면 공중의 물기는 당신 속으로 스며들까요. 나는 질문하지만 당신은 방문을 닫습니다.

재봉틀은 밤낮없이 돌아갑니다. 그리고 바늘은 당신의 발 옆에, 모른 척 숨어 있습니다.

—「배 밑」 전문

'쓸쓸한 재봉틀', '물기가 전혀 없는 의자', '늘 쉽게 부러지는 바늘' 등의 어구들에서 우리는 박성현의 시 특유의 환유적 소재들을 만난다. 인접한 것들의 연쇄로 이어지는 이들은 세계와의 화해가 좌절되는 소외된 자아의 심상을 나타내주고 있다. 세계에의 긴밀한 접근이 봉쇄된 시적 자아는 정서상의 불안정 또한 호소한다. "짓무르는 고름이거나 우아한 커피 잔 같은 상반된 감정"이라고. 이렇게 자아는 그 속에서의 혼란스러움을 표현한다. "회전목마는 누구를 태우고 도는지 알지 못한다"는 언술 역시 자아가 놓인 상황의 부조화를 암시하는 것이리라.

위 시에서 제목은 어떻게 설정된 것인가? 「귀」와 마찬가지로 「배 밑」에서의 시제는 환유적 원리에 의해 이루어진 것이다. 그것은 '배 밑'이 시에 등장하는 하나의 소재일 뿐 시 전체를 통제하는 전체성이나 의미의 유기적 연관성을 지시하는 것과 거리가 멀기 때문이다. '배 밑'은 시의 중간에 단지 한 번 언급되는 소재인 것이다. 소재 '배 밑'은 시에 등장하는 여타의 소재들과 아무런 연관성도 지니지 않은 채 하나의 우연한 조각처럼 던져져 있음을 알 수 있다. 가령 시 전체를 수렴코자 하였다면 '배 밑'보다는 '재봉틀'이 적합하지 않겠는가.

그러나 '귀'와 마찬가지로 '배 밑' 역시 그 상징적 의미를 유추해볼 수 있다. 시인이 묘사하듯 "아무도 살지 않은 배 밑"에서 우리는 극도의 소외와 쓸쓸함의 이미지를 느낄 수 있기 때문이다. 겨우 쥐새끼들이 오가거나 버려진 창고로나 쓰일 법한 '배 밑'의 이미지에서 우리는 세계와의 극단적 분리와 단절을 읽을 수 있는 것이다. 그러한 점에서 '배 밑'은 세계에의 접근 불능성을 이야기했던 「귀」에서와 화자의 성격을 공유한다. 즉 「배 밑」 역시 세계와의 어긋남과 비동일성이라는 환유적 세계인식을 보여주고 있는 시라 할 수 있다. 이와 함께 '밤낮없이 돌아가는 재봉틀', '당신의 발 옆에 모른 척 숨어 있는 바늘', '길이가 다른 발로 뒤뚱뒤뚱 걸어 다니는 인형', '나의 질문에 방문을 닫는 당신' 등의 어구들 또한 모두 세계와의 융화와 화해의 어려움을 암시하는 표현들에 해당한다.

세계와의 간격과 불협음을 표현하는 박성현 시인의 시의 어조는 점차

음울하고 환상적으로 채색되어감을 느낄 수 있다. 시인은 그로테스크한 소재들을 중심으로 습하고 어두운 이미지들을 집중적으로 표현하는데, 이는 곧 세계와의 부조화를 단적으로 보여주는 방식이 된다.

몸에서 썩은 냄새가 납니다. 급강하하는 바람에는 피가 엉켜있습니다. 아무도 없는 금요일입니다. 유리병 조각이 튀어나온 담장 위로 만삭의 고양이가 지나갔습니다. 아무래도 지붕의 검정은, 고양이가 쏟아낸 울음일 것입니다.

인기척 없는 대못은 누군가를 지켜보고 있습니다. 바람은 버려진 냉장고와 전화기를 모른 체합니다. 필요하다면 비명이라도 지를 수 있겠지만, 입 속에는 흰 거품이 가득합니다. 거울은 가까이 있습니다. 그리고 빗금에 갇힌 모습을 비추고 있습니다.

금지된 대문 왼쪽에 한 그림자가 지나갑니다. 손전등은 비스듬한 목과 구부러진 허리를 어둠으로 밀어 넣습니다. 골목에서 걸음들이 튀어나와 등에 달라붙습니다. 뱃속에 검고 딱딱한 납덩어리가 들어있는 것입니다.

—「C구역」 부분

'C구역'에 있는 외딴 집은 아무도 살지 않거나, 사람이 살고 있으되 세상과 담을 쌓고 지내는 유폐된 자아가 살고 있을 것이다. 그 집에서는 사람의 냄새, 소리 등 어떤 기척도 새어나오지 않는다. 간혹 서성대는 '그림자'가 눈에 뜨일 뿐이고, 집 근처에 '냉장고와 전화기' 등이 버려진 채 놓여 있을 따름이다. '버려진 냉장고와 전화기' 등속은 '바람'에게조차도 외면당한다. 집은 그저 자리를 점유한 채 어둡고 음산한 존재감을 뿜어내고 있다.

시인의 묘사는 세계로부터 유리된 '외딴 집'의 이미지를 매우 효과적으로 나타내고 있다. 극단적 고립과 소외의 분위기를 지니고 있는 이 집은 공간적인 외딴집이라기보다 심리적인 그것이다. 'C구역'에 놓인 그것은 집들 사이에 놓인 폐가에 가까운 것이리라. 폐가는 세계와의 부조화를 극명하게 나타낸다. 시인은 집의 폐가로서의 성질을 '몸에서 나는 썩은 냄새', '피가 엉킨 바람', '아무도 없는 금요일', '담장을 타는 고양이' 등을 통해 묘사하고 있거니와, 이들 일련의 표현들은 세계와의 적극적 교응 작용을 상실한 퇴화된 자아의 모습을 인접성의 원리에 따라 펼쳐 보이는 것에 속한다.

박성현 시인의 시에 나타나 있는 세계와의 부조화가 어디에서 비롯되는지 우리는 정확히 알 수 없다. 그의 시는 우리에게 여러 장치들을 통해 소외의 정황을 형상화할 뿐 그 기저에 놓인 내적 체험에 대해서는 함구한다. 더욱이 그가 제시하고 있는 환상적 이미지, 이미지의 환상적 처리방식은 세계와의 부조화에 관한 신비로운 분위기를 강조하지만 반면 그 저변에 놓인 현실적 논리는 오히려 가려버리는 작용을 한다는 것을 알 수 있다. 그러나 우리는 「얼음의 집」에서 한 가닥 현실과의 끈을 발견하게 된다.

> 잿빛의 구석이었네.
> 얼음 위로 발자국 몇 개만 불거졌네.
> 찢어지고 더러운 외투는
> 함부로 버려졌네. 새들은 순간 멈춰
> 은빛 지붕으로 곤두박질쳤네.
>
> 유리파편이 기록하는 이상한 소리들,
> 점점 크게 자라 집을 뒤덮어버린 붉은색 얼음
> X자로 단단히 묶인 발목, 냄새마저 금지된
> 낡은 벽은 눈을 뜨지 못했네.
> 살기를 느낀 짐승처럼 골목은 담장 밑에 웅크려
> 마지막 남은 햇빛을 경계했지.

집을 나서면 사방은 온통 얼음뿐이었네.
결국 이 동네에 우리만 남은 거군요. 얼음이 녹으면,
우리 집도 사라지나요. 전신에 거미줄을 감은
타워 크레인 꼭대기 불은 뜨겁고
손톱으로 허공을 할퀴는 바람, 바람의 얼음

묵묵히 전단지를 접으며 아버지는
날씨만 걱정했다. 쏟아질 듯 기울어진 창신동
눈은 다시 내리고 쌓이고 녹았다.
쓸쓸한 얼음이 발자국을 삼키며 번져갔다.

— 「얼음의 집」 전문

위 시의 시제가 되고 있는 '얼음의 집'은 비로소 시 전체에 관한 통일성을 구축하는 의미의 정점으로 기능하고 있다. '얼음'은 시의 처음에서 끝에 이르기까지의 일관된 의미망을 짜는 중심 소재로 작용하면서 시에 도입되어 있는 여러 이미지들을 긴밀하게 연결시키고 있다. '얼음'은 세계로부터 유폐된 자아의 소극적 이미지를 상징적으로 보여주며, 동시에 '얼음의 집'은 앞의 'C구역'에서 보여주었던 외딴 집의 이미지를 보다 선명하게 발전시킨 것에 해당한다. 「얼음의 집」에서 시인은 '얼음의 집' 주변을 겹겹이 에워싸는 쓸쓸한 퇴락의 이미지들을 민첩하고도 광범위하게 포착하여 제시하고 있다. 시에 묘사되어 있는 '잿빛의 구석', '얼음 위의 발자국 몇 개', '함부로 버려진 찢어지고 더러운 외투', '은빛 지붕으로 곤두박질치는 새들', '유리파편이 기록하는 이상한 소리' 등의 몽타주적 이미지들은 '집'의 조락을 총체적으로 형상화하는 효과를 나타낸다.

이러한 '얼음의 집'은 짐작건대 재개발 공사가 한창 진행 중인 창신동의 한 구역에 있는 것으로 보인다. 서민들의 생활의 흔적이 켜켜이 쌓여 있던 창신동이 재개발되면서 변화하는 풍경을 시인은 아쉬움의 시선으로 그려내고 있는 것이다. 인근의 오래된 가옥들이 하나둘 헐려나가는 모습은 단순히 물리적 폐허로서만이 아닌 정신적 폐허로서 전유되고 있음을 우리는 알 수 있다. 시인은 이를 '집을 나서면 사방은 온통 얼음뿐'이라고 묘사한다. 또한 그는 이를 '살기를 느낀 짐승처럼 골목은 담장 밑에 웅크려 마지막 남은 햇빛을 경계했'다고 형상화하고 있다. 이들은 모두 폐허가 되어가는 마을의 풍경을 내면의 쓸쓸함과 소외감으로써 표현하는 것이라 볼 수 있다.

이 중 '묵묵히 전단지를 접는 아버지'는 시적 의미의 현실적 맥락을 보다 분명하게 해준다. 이 '아버지'는 '결국 이 동네에 우리만 남은' 정황을 강조하는 기능을 하는 것이다. '묵묵히 전단지를 접는 아버지'를 통해 시는 환상적 차원을 벗어나서 구체적 상황성을 획득한다. 왜인가? 그것은 '아버지'란 현실논리를 대변하는 인물이라는 점 때문에서도 알 수 있다. '아버지'의 등장으로 시는 급격히 현실적 차원을 구축하게 되거니와 소외된 집이자 유폐된 자아란 결국 현실적 맥락 속에서의 존재성의 표현에 다름 아니라는 사실을 짐작하게 해준다. 즉 박성현의 시에서 거듭 형상화되고 있던 세계와의 부조화, 세계에의 접근불능성이란 단지 존재론적 차원에서의 상상적 세계인식에 국한되는 것이 아니라 사회적 차원에서의 현실적 의미망을 중첩적으로 끌어안는 것이라 볼 수 있다.

대체로 의미의 유기적 연관성을 의도하지 않는 박성현 시인의 시는 전반적으로 난해하다. 그의 시에 있는 시어들의 간격 사이에서 독자는 자주 발을 헛디디고 의미 이해의 통로를 놓치게 된다. 그러나 그러한 기법의 사용 기저에서 언뜻언뜻 시인의 얼굴이 비쳐진다는 것을 알 수 있다. 이러한 시인의 얼굴을 바로 볼 때 그의 개성과 독창성이 온전히 드러날 것이리라.

불확정성의 시학

'사이'를 가로지르는 활달한 상상력

- 김종미 론

판에 박힌 일상과 팽팽한 이해관계가 가져오는 억압적 생의 한가운데에 시가 있다는 것은 커다란 위안이다. 그것은 시가 지니는 여러 요소들, 가령 언어의 유희, 창조적 에네르기, 고요한 정서의 실현 이외에도 시가 시도하는 인식의 확장에 기인하는 바가 크다. 비틀어 생각하기, 틈새에서 보기, 시야 너머를 상상하기, 희미한 감각 포착하기 등이 이와 관련되는데, 이러한 행위는 자동화되고 관습화된 우리의 인식과 사유에 균열을 일으키는 것들로서 시의 뜨거운 실험정신에 의해 비로소 시도되는 자유의 몸짓에 해당한다. 또한 이것들은 세계가 우리에게 부과하는 삶의 관습이 여지없이 경직되어 있는 데 대한 몸부림이자, 세계를 이해하는 우리의 인식이 지루하리만큼 진화하지 않는 데 대한 항거다. 말하자면 시는 세상의 견고한 인식 및 사유의 벽에 피를 흘리며 부딪히는 무위의 행동이라 할 수 있다.

시가 그러한 것이기 때문에 시를 대하며 우리는 희열을 느끼는 것이리라. 시는 생의 인습 가운데서 피식피식 새어나오는 웃음의 근원이자 짧

게나마 허용된 갑작스런 해방구인 것이다. 시가 우리에게 주는 큰 기능 가운데 하나는 그런 것이다. 시는 생의 가운데에 놓인 신기루 같은 여백이 아닐 수 없다. 시인은 독자에겐 여전히 신기루같이 느껴지는 시를 창조하는 이들로서 이 과정에는 앞서 말했던 인식과 사유의 비틀기가 가로놓여 있다.

시의 기능에 관한 이와 같은 규정은 정교하면서도 과감한 상상력에 의해 빚어진 김종미의 시를 대할 때 적효(適效)하다. 우선 그녀의 시에 나타나 있는 언어연상에 의한 발상의 전환은 발랄한 상상력의 묘미를 가져다준다. 나아가 그녀의 상상력은 세계를 이루는 틈새들을 날렵하게 누비면서 그 틈새들을 풍선처럼 부풀리고는 견고하고 편협한 인식의 틀을 부서뜨린다. 그녀의 상상력에 의해 세계는 가려진 이면을 생살처럼 드러내고 팔딱거린다. 세계의 딱딱한 껍질은 벗겨지고 그 속에서 세계는 활발하게 세포 분열한다. 세계는 아기의 살과 같이 말랑말랑하다. 그것은 언제나 생성 중이고 성장 중이다. 반면 견고하게 고정되어 있는 것은 우리의 인식일 따름이다. 김종미의 상상력은 우리에게 이 점을 상기시켜 준다. 세계를 있는 그대로 볼 것을, 그러기 위해 우리의 인식을 쪼개고 분열시키고 확장시킬 것을. 때문에 시의 상상력은 더욱 정교하며 더욱 과감해질 필요가 있다는 것을 그녀의 시는 보여주고 있다.

새가 내 정수리에 똥을 싸며 날아갔다
갑자기 나의 용도는 새의 변기가 된다
저 앙증맞고 날렵한 날개는 나를 조롱한다
나는 조롱 안에 갇혀
가장자리 없는 한 장의 물빛 백지를 생각한다
새라는 놈도 변비라는 것이 있을까
내가 먹은 음식은 나라는 조롱에 갇혔다

필사적으로 빠져나오려고 몸부림친다
새는 항문으로 가볍게 씨를 뱉어낸다
나는 정수리를 꾹 눌러 변을 내리려다가
잠깐 멈춘다
혹시 날이 좀 따뜻해지면 하품하듯 머리 위로 두 팔을 뻗어
사과나 앵두 같은 것 따먹을 수 있을까

─「예고편」 부분

위의 시에서 시인은 동음이의의 어휘 '조롱'을 활용하여 자유로운 넘나들기의 상상력을 발휘한다. '조롱'은 시적 화자에게 억압과 자유의 변증적 동인으로 작용한다. 그것은 '조롱'이 한편으론 '비웃음'의 의미이면서 또 다른 한편으론 '새장'과 같은 얽어매는 틀이라는 의미를 가진다는 점에 기인한다. '날렵한 새'와 대비되는 인간 '나'란 새의 비웃음을 살 만큼의 '조롱' 안에 갇힌 존재인 것이다. 비웃음을 느끼는 인간, 즉 자의식을 지니는 것 자체가 무언가에 얽매이고 억압당하는 존재임을 뜻한다. 즉 새의 '조롱'은 인간에게 가해진 억압의 상징이 된다. 시인은 '조롱'을 둘러싼 의미 구역을 넘나들면서 인간 조건으로서의 '갇힘'과 '억압'의 의미를 형성하고 있다.

또한 시인은 '새'의 이미지를 통해 인간의 이러한 존재 조건을 넘어서는 '자유'의 의미망을 구축하고 있음도 알 수 있다. '새똥'은 인간의 몸과 대비되는 날렵함과 가벼움의 이미지를 지니며 나아가 시에서 상황의 반전과 사태의 창조를 가져온다. '새똥'이 '항문으로 가볍게 뱉어지'는 것과 달리 '인간의 몸'은 '먹은 음식이 빠져나오려 필사적으로 몸부림쳐야 하'는 견고한 틀이다. '인간의 몸'이란 자의식을 지닌 인간의 마음만큼이나 단단한 '조롱'에 해당한다. 즉 인간에게 있어 몸과 마음은 모두 '조롱'이다. 때문에 가벼움, 날렵함, 자유, 창조…를 구하고자 한다면 인간은

제3부 우리 시대의 시인

필사적으로 몸부림쳐야 한다.

자신의 머리를 '변기' 삼아 '똥'을 빠트리는 '새'를 보고 자유의 이미지를 떠올린 시적 자아는 창조의 상상력, 상상력의 창조를 시도한다. 머리 위에 '나무'가 자라나는 상상이 그것이다. '새똥'이 그 안에 씨앗을 지니고 있다면 그것은 단단한 인간의 몸에도 뿌리를 내려 무성한 열매를 맺을 것이라고 시적 자아는 상상한다. 견고한 인간의 몸은 '새똥'으로 말미암아 '자유'와 접목을 이루고 그 자리에서 열매를 맺는 창조적 사태가 벌어진다. 혹시 '날이 좀 따뜻해지면…사과나 앵두 같은 것 따먹을 수 있을까' 하는 상상은 그러한 창조적 사태를 가리킨다. 말하자면 '새똥'은 '조롱'으로서의 인간 조건을 급반전시킬 수 있는 생산적 조건이라 할 수 있다. '새똥'으로 인해 '조롱'은 붕괴되고 인간은 억압으로부터 자유에로 나아간다.

시인은 '새똥'과 '조롱' 사이를 오고가면서 자유와 억압, 창조와 구속을 누비는 의미의 망을 짜거니와, 이를 위해 시인은 마치 '새'의 날렵함과 같은 상상력을 동원한다. 시인의 상상력은 어휘들 사이를, 사물들 사이를 거침없이 미끄러져 가면서 창조적 상상의 국면을 빚어내는 것이다. 시의 창조적 상상은 숱한 연상들 사이사이에서 솟아난다. 실제로 시인은 "그런 생각이 드는 '사이'가 있다/'사이'엔 예고편이 없어 자유롭게 하늘을 날아다닌다"(「예고편」)고 하면서 그가 누리는 자유의 연원을 밝히고 있다.

사물과 사물, 의미와 의미 사이를 뒤집는 반전과 창조가 시인의 말대로 '예고 없이' 이루어지므로 자유의 출발지점이 되는 것처럼 인간 세상사에는 언제든 예측불허의 반전과 역전이 가능하다. 그것들은 대부분 순식간에, 별다른 인과적 매개 없이 발생하기 마련이다. 곧 시인이 언급한 대로 '사이'에서 비롯되는 역사(役事)일 터인데 이는 '사이'야말로 그 안에 역사(歷史)를 이루어내는 힘의 드라마를 내장하고 있다는 사실을 우리에게 암시해주는 대목이 된다.

> 한 마디 농담을 던졌는데 백 마디 진담이 뒤통수를 친다면
> 얼굴을 만지고 싶었는데 뺨을 후려치게 되었다면
> 키스하고 싶었는데 네 입 속에 혀가 없다면
> 이불호청을 뜯었는데 백 마리의 나방들이 날아 나왔다면
> 청첩장을 뜯었는데 한 장의 호곡성이 나왔다면
> 양말을 벗었는데 뒤꿈치가 닳아 없어진 발이 나왔다면
> 안경을 벗었는데 눈알이 용수철처럼 튀어나왔다면
>
> ─「지독한 진담」 부분

위 시에서도 나와 있는 것처럼 우리의 삶에서 사태는 항상 논리적이고 예측 가능한 형태로 전개되지는 않는다. 사태들 사이에 언제나 인과적 관계가 놓여 있다면 인간의 지성은 그다지 크게 계발될 이유가 없을 것이다. 대신 세상 일이란 '한 마디 농담'에도 '백 마디 진담'이 따르는 것과 같은 예측 불허의 비논리가 있게 마련이고 이 속에는 이해 불가능한 다양한 사태들의 가능성이 내재되어 있다. 사태와 사태 사이에는 마치 전자가 방향 없이 운동하는 것과 같은 가능성의 에너지들이 튀어다닌다. 이 가운데 가장 큰 운동력을 지닌 것이 표면으로 돌출하여 사태를 결정짓는다. 사태는 이리저리 휘어지고 꼬이곤 한다. 꼬이고 휜 사태를 제대로 펼치기에 인간의 논리와 이성은 무기력하기만 하다. 논리와 이성이 개입하기에는 사태를 결정짓는 '사이'는 무한히 큰 밀도를 지닌다. '사이'에서는 결정력을 지닌 다양한 힘들이 서로서로 겨루면서 난무한다. '사이'에는 무한한 힘의 가능태들이 드라마를 이루고 있는 것이다.

상상력이 필요한 지점도 여기가 아닐까. 상상력은 논리와 이성이 지

니는 지성의 거시적 틀을 넘어서서 사태를 이해하기 위한 게릴라적 작용을 시작한다. 상상력은 '사이'에서 펼쳐지는 무한한 가능태들을 이리저리 들쑤시면서 가장 강력한 결정력을 지닌 사태를 가늠한다. 상상력은 단정 짓는 대신 예상할 뿐이고 평가하는 대신 관망한다. 이러한 상상력은 사태들의 틈새로 개입하여 사태들의 흐름에 몸을 맡기고는 때로 진단하고 때로 즐긴다. 이런 식으로 하여 상상력은 자유로운 사유의 바다를 이룬다. 즉 상상력은 단선적인 논리보다 '사이'의 국면에 더욱더 적응력 있는 사유의 패러다임인 것이다. '얼굴을 만지고 싶었는데 뺨을 후려치게 되'는 것이라든가 '이불호청을 뜯었는데 백 마리의 나방들이 날아 나왔'거나 '안경을 벗었는데 눈알이 용수철처럼 튀어나왔다면' 등의 진술들은 모두 시인이 실험한 상상적 사유로서, 이들 상상들은 우리에게 사태들 '사이'에 있을 수 있는 거대한 가능태의 국면에 대해 암시해 준다.

이처럼 틈새에서 사유하기, 관점을 달리하기, 비틀어 이해하기 등의 상상력의 시도는 김종미 시의 사유를 형성하는 가장 주요한 기제로 보인다. 김종미의 시에서 느껴지는 유쾌함과 신선함은 어떤 사물이나 사태를 대할 때에도 작용하는 시인의 이러한 날렵한 상상력에 기인하는 바가 크다.

> 이렇게 촌스러운 조연이 없었다면
> 계절이라는 것은 시작도 못했을 것이다
> 얼룩진 꽃무늬 벽지에 투명하게
> 아침 햇살이 발리면
> 그녀의 주근깨를 오버랩하면서
> 조연의 가장 큰 미덕인 오배액션은 시작된다
> 개나리 옆에 진달래는 뽕짝 풍으로 피고

불확정성의 시학

짬뽕 국물에 사래들어

눈물 콧물 닦으며 떠메고 가는 상여꾼들

꽃상여를 장식하던 꽃들은 모두 지상으로 뛰어내렸다

부풀린 치마가 지상에 닿기 전에

부풀린 치마 속 같은

단내 나는 치명을 잠깐 보여주는 그것을

우리는 봄이라 부른다

—「봄」 전문

위의 시에서 '봄'을 묘사하고 사유하는 시인의 방법은 결코 직설적이지 않다. '봄'을 그리는 시인의 필치는 어떤 면에서 건조하면서 어떤 면에서는 넉살스럽다. 위의 시에서 '봄'은 결코 서정시에서 흔히 그러하듯 아름답거나 서정적으로 언급되지 않는다. 실제로 '그것을 우리는 봄이라 부른다'라고 한 데서 알 수 있듯 시인은 '봄'에 관한 자기 식대로의 명명을 시도하고 있다. 우선 '봄'은 '촌스러운 조연'이고, 때문에 '오버액션'의 역할을 부여받는 것이며, 그에 따라 '개나리', '진달래'들을 '뽕짝 풍으로' 피워대는 주체에 해당한다. 시인의 관점에서 '봄'은 단순한 배경이 아니라 행위의 주체며, 또한 그 화려한 꽃들을 '뽕짝 풍'으로 피워대는 만큼 곧이어 언급될 인간의 죽음이라는 사태에 대한 매우 묘한 반주로서도 기능한다.

시인이 말하는 것처럼 '봄'은 아름다운 '계절'의 주된 인자이자 '꽃상여'의 '꽃들'을 더욱 처연하게 만드는 햇살의 근원지이다. 시에서 제시되는 관점은 '봄'에 관한 우리의 기억을 매우 적절하게 끌어낸다. 시인이 보여주는 '봄'의 묘사는 특히 '봄'에 겪은 죽음의 기억을 한두 개쯤 지니고 있는 우리들의 정서를 '치마'처럼 부풀리고는 역시 '봄'을 그에 준해서 명명한다는 것을 알 수 있다. 시인에 의하면 '봄'은 '부풀린 치마가 지상에 닿기 전에/부풀린 치마 속 같은/단내 나는 치명을 잠깐 보여주는 '그것'에 해당하는 것이다. 이처럼 결코 직설적이지 않은 시인의 '봄'에 관한 명명이 그러나 '봄'에 관한 가장 치명적인 기억을 되살리는 이유는 어디에 있을까.

사태를 예리하게 쪼개면서 그 틈들을 예민하게 질러가는 시인의 상상력은 단지 섬세하다는 말로 부족한 듯하다. 시인의 상상력은 분석된 사태들 틈새를 한껏 부풀리면서 그 안을 부드러운 리듬과 향기와 빛깔로 채우는바, 여기엔 섬세함을 넘어서는 날카로움과 치밀함이 있다. 그녀의 상상력이 정교하면서 활달하게 느껴지는 까닭도 여기에 있다. 그러한 그녀의 상상력은 마치 세계의 미세한 틈새에 나 있는 우주의 비밀에라도 닿을 듯하다.

> 바람이 경전을 읽는다 그날 오전 내가 만진 바람이다 그날 오후 내가 입술을 닦은 바람이다 내 손가락과 입술도 전생의 오래된 흉터라는데 향기로운 꽃이 핀다 타르초 속으로 향기가 펄럭인다 마음의 처마 끝에 쳐둔 짧은 커튼이 물결친다 바람의 방향을 따라 물결치는 마음을 그대가 읽는다 결 따라 마음 움직인다면 경전 같은 것은 없을 것이다 바다로 돌아가는 것은 애초에 포기했지만 지금도 모래가 흘러내리고 있는 산이 살고 있는 티벳, 산의 색깔이 짜다 아무것도 자랄 수 없어서 내 그리움을 심었다 돌아가지 않으리라 대신 다음 생에 와 있어라 바람에 길고 긴 머리카락 휘날리며 서 있는 그대를 한눈에 알아볼 풍마 한 마리 달려간다
>
> ─「경전 읽는 바람」 전문

오랜 세월을 가두고 있는 장소는 신비롭다. 결코 뒷걸음치지 않는 시간은 소용돌이처럼 똘똘 말리고는 점점 더 큰 밀도로 가라앉는다. 하나의 장소는 오래도록 지나온 시간들을 실타래처럼 감고 있어 대체로 그

정체를 파악하기에 요령부득으로 다가온다. 장소가 내뿜는 신비로운 기운을 이해하는 일은 시간의 궤적들을 모두 탐색하기 전에는 불가능하다. 때문에 유서 깊은 장소가 주는 느낌은 난해하기 그지없다.

위 시의 시적 자아가 놓인 곳은 진술에 의하면 바다가 융기하여 산이 된 곳, 따라서 '산에서 모래가 흐르고', '짠 맛이 나는' '티벳'이다. '티벳'은 아마 지구가 겪었을 나이만큼이나 오랜 세월을 거치며 발생한 장소이리라. '티벳'은 시인의 상상력의 규모를 한껏 키우는 장소이기도 하다. '티벳'이라는 장소가 시간의 두꺼운 타래를 감고 있는 곳이라면 '인간'은 어떠한가. '내 손가락과 입술도 전생의 오래된 흉터'라고 하는 시인의 진술에 기댄다면 '인간' 역시 오랜 시간을 품고 있는 한 장소와 다르지 않다. '나' 역시 오랜 세월을 굴러오면서 특정한 시공(時空)에 융기된 하나의 돌기에 해당하는 것이리라.

'산'이 오랜 시간을 돌덩이처럼 단단하게 응결시키고 있는 점에 대비하면 '바람'은 섬세하고 부드럽게, 결코 응어리지는 법 없이 흘러 다니는 질료이다. '바람'은 장소와 장소 사이를 스쳐지나가고 온갖 시간들을 그저 거쳐간다. '바람'은 역시 아주 오랜 시간 동안을 그러나 어느 한 장소에 갇히지 않은 채 틈새에서 살아나간다. '바람'은 틈새에서 피어나고 팽창하고 또한 그곳을 후욱 빠져나간다. 이처럼 '바람'은 가장 정교하고 활달한 질료인 것이다. 이런 점에서 '바람'은 시인의 상상력의 형태와 가장 잘 어울린다고도 말할 수 있다. 시인이 '마음'을 가리켜 '바람'에 빗대는 것도 그 때문이리라. '마음'은 '바람의 방향을 따라 물결치는' 것이자 '결 따라 움직이'는 것이다. 물론 실제 인간의 '마음'이란 '바람'처럼 그토록 흔연하지 않다. '마음'이 '바람'처럼 '결 따라 움직이'는 일은 인간의 소망에 불과하다. 실제의 '마음'은 '바람'처럼 걸리거나 막힘이 없는 대신 대부분 맺히고 응어리지고 단단해지기 일쑤다. '마음'은 흐르지 않고 한 장소에 깊디깊고 무겁디무겁게 가라앉기 마련이다. '경전 같은 것'이 생겨난 것도 그 때문이라고 시인은 말한다. 행간을 읽자면 '경전'은 인간의 '마음'을 다스리기 위한 것, 즉 인간의 '마음'을 '바람'처럼 걸리거나 맺힘 없이 흘러가게 하기 위해 만들어진 것임을 알 수 있다. 그렇다면 시의 첫 구절 '바람이 경전을 읽는다'는 이러한 맥락에서 읽을 수 있겠다. '바람'은 '마음'과 유비되는 질료 그 자체이다.

여전히 시인의 상상력은 정교하고 활달하다. 그녀의 상상력은 아무리 큰 규모로 줌아웃 되더라도 날카로움과 세밀함을 잃지 않는다. 거대한 규모의 시공성의 와중에서도 시인의 상상력은 세심하게 사태를 가로지른다. 사실 그럴 때라야 헤아릴 수 없는 무한한 시공 안에서 티끌처럼 살아가는 인간의 모습이 포착될 것일 터이다. 정신의 정교함과 강인함 없이는 망망한 우주의 한가운데에서 인간이 미아가 되지 않는 일은 도무지 마련되지 않을 것이다. 시인의 "다음 생에 와 있어라 바람에 길고 긴 머리카락 휘날리며 서 있는 그대를 한 눈에 알아볼 풍마 한 마리 달려 간다"라는 말은 무한한 시간의 흐름 가운데 자신이 깃들 틈을 만들고자 하는 소망의 발현이라 할 수 있다.

만일 인간의 정신의 정교함이 시인의 사유를 따라 읽은 것처럼 무한한 우주와의 함수를 포지한 것이라면, 나아가 인간의 운명이 철저히 자연에 순응해야 하는 길과 같은 것이라면 인간에게 닥치는 죽음이나 슬픔 등속의 것들은 어떤 성질의 것일까. 아픔이나 상처 앞에서도 인간의 '마음'은 '바람'처럼 초연할 수 있는 것일까.

이마에는 깊은 강물이 흐르고 등에는 높은 절벽이 곧추섰다 이것은 죽은 아이를 물고기에게 던져 준 티벳 여인의 모습이다 여인을 직접 보지는 못했지만 내장이 터진 벌레의 촉수처럼 떨고 있었을 것이다 잿빛 강물을 해발

4718 미터의 하늘호수로 길어 올려 에메랄드블루를 만들고 있었을 것이다 눈
다래끼 같은 하늘사다리 바위벽에 그려 놓고 아이를 태워 갈 희고 따뜻한 구
름을 부르겠지 매듭 지어 동여맨 젖가슴 출렁이면 비가 되는가 유월은 티벳
의 우기, 하늘은 안간힘으로 울어 여인은 울지 않는다 빗방울은 색색깔의 작
은 구슬로 슬픔을 빛나게 한다

　　　　　　　　　　　　　　　　　　　　　—「티벳은 울지 않는다」 부분

　위의 시에서 우리는 젖먹이 아기의 죽음을 맞은 어미의 모습을 만나게
된다. 어미의 아픔과 한을 위의 시는 절절하게 잘 표현하고 있다. 시에
서 자식의 죽음 앞에서 겪는 말 못함이 '이마에 흐르는 깊은 강물'로, '곤
추선 높은 절벽'으로 묘사된다. 아기의 죽음의 순간 어미의 두려움은 '내
장이 터진 벌레의 촉수처럼 떨고 있'는 것으로 묘사되고 있다. 이러한 상
황 속에서 슬픔은 승화될 수 있는가, 혹은 승화되어도 되는 것일까? 분
명한 것은 어미는 아이가 죽은 후에도 아이의 안녕을 위하며 존재한다
는 사실이다. '하늘사다리 바위벽에 그려 놓고 아이를 태워 갈 희고 따뜻
한 구름을 부른'다는 진술은 그 점을 반영한다. 아이의 죽음 앞에서 어미
는 하늘을 향해 아이의 명복을 위한 발원(發願)의 염(念)을 올린다. 여기에
역시 '흐름'의 상상력이 빛난다. 어미가 염원한 따뜻한 '구름'은 '비'가 되
어 흐르고 그 '비'는 '하늘'의 눈물을 실어나른다는 상상이 그것이다. '하
늘은 안간힘으로 울어 여인은 울지 않는다'는 진술은 어미의 슬픔에 대
한 하늘의 위로를 형상화한다. 훌훌 털어버리고 넘어설 수 없는 인간의
상처에 '하늘'이 공감한다는 관점은 매우 깊고 큰 것이 아닐 수 없다. 이
것은 아픔을 겪은 인간이 얻을 수 있는 최대한의 위안이다.

　그러나 물론 '하늘'이 인간에게 공감력을 보인다는 점은 상상의 차원
에 해당한다. 때문에 상상의 그것이 실재의 차원이 되기 위해서는 그 '사
이'의 무수한 조율이 필요하다. 즉 답은 있으되 그것이 인간에게 실질적

제3부　우리 시대의 시인

인 해답이 될 수 없는 상황이 곧 인간의 조건이라 할 수 있다. 그러나 이러한 인간의 조건과 한계를 넘어설 수 있는 것 또한 상상의 힘이라는 것을 우리는 짐작할 수 있다. 가령 사태들의 가려진 틈들을 이해하고 이 사이를 가로질러 갈 수 있는 정교하고 활달한 상상력이라면 망망한 우주의 대해에서 한 톨 먼지 같은 인간의 운명을 이끌어갈 수 있는 것이 아닐까 생각해본다.

혼돈의 전체성과 부분으로서의 인간

– 박선우 론

어둠, 공포, 불안, 위기, 이들로 뒤얽힌 카오스의 세계는 문명 창출의
가장 강력한 동기이자 동력이었다. 기독교 성서에서 최초로 등장하는
로고스도 태초에 있던 카오스에 질서를 부여하기 위한 것이었고, 근대
와 더불어 등장한 계몽주의 역시 중세 암흑의 카오스를 극복하기 위한
고투였다. 분석되거나 이해되지 않는 세계, 암묵적인 전제에 기대지 않
고서는 설명할 수 없는 모호한 세계는 인간의 내면 역시 무기력한 카오
스의 상태로 밀어넣는바, 이때 어둠의 밀반죽과 같은 끈적끈적한 카오
스 속에서 탈출할 수 있던 방법은 문명의 빛을 따르는 길이었을 터이다.
불가해한 혼돈의 세계를 기억 저편에 봉인시켜버리고 불안과 공포를 비
정상적 정신이라 억압하는 길이 인간이 카오스와 결별하였던 한 방법이
었던 것이다. 그리고 이것들을 우리는 흔히 이성의 패러다임으로 명명
해왔다.

그렇다면 눈부신 과학기술의 발달과 화려한 첨단문명의 전개 한가운
데에 놓인 오늘날 우리는 무한한 해방과 완벽한 질서를 실현하였다고

말할 수 있는가? 우리의 이성은 충분히 명석하여 세계를 온전하게 이해하고 해석할 수 있는가? 불안과 공포는 문명화된 인간에게 비정상적 징후일 뿐인가? 이러한 물음들은 박선우의 시를 읽을 때 지속적으로 떠오르는 것들이다. 그것은 박선우의 시가 발 디디고 있는 영역이 곧 찐득하게 엉겨 있는 질료의 세계이자 시의 주된 목소리가 그러한 세계로부터 헤엄쳐 나오려 허우적대는 화자의 그것이기 때문이다.

> 공포가 나사를 조이듯 조여 오고 있는 밤
> 못 볼 것을 보고야 만 보름달은 경직된 채 사산을 하고
>
> 애기 동백꽃 같은 사산아를 안고 보름달은 짐승처럼 운다 후두염을 앓는 쉰 소리로 개들은 짖어대고
>
> 대숲에서 은신 중인 바람이 술렁인다 기립으로 대숲이 휘청인다 공포를 방관하고 있는 밤도 휘청인다
>
> 휘청이는 밤의 가랑이 사이로 파고드는 여린 짐승
> 소리로 밤을 장악하려는 사냥견의 맹공
>
> 정복과 피정복의 대립도 필사이다
> 공포가 이빨을 드러내고 으르렁거릴 때마다
>
> 여린 심장에선 한 움큼씩 뜨거운 피가 빠져 나가고
> 그 피를 겨냥하는 공포는 사정없이 비수를 꽂는다
> ―「불온한 밤」 전문

위의 시에서 자아와 대상의 분리와 대립, 그리고 주체의 세계를 향한 파악과 장악이라는 근대인의 기본적 인식틀을 찾아내기란 어려운 일이

불확정성의 시학

다. 뿐만 아니라 세계에 대한 주체의 환상적 인식이라는 탈근대적 경향과도 위의 시는 거리를 둔다. 위의 시에 나타나는 인식 경향에는 주체와 객체의 관계 설정이라는 전제 자체가 사상되어 있다. 주체라는 중심이 올곧이 서 있는 상태에서의 세계에 대한 사실적 인식 혹은 환상적 인식을 위의 시에서는 경험할 수 없다는 것이다. 위의 시에는 근대 및 탈근대의 기획에서 읽을 수 있는 주체의 자리가 흔적조차 없다.

대신 위 시에 나타나 있는 세계는 주체와 객체가 뒤엉킨 상태일 따름이다. 주체와 객체, 이 둘이 분리되기 이전의 상태, 어느 것이 인식의 주체이고 어느 것이 외적 대상인지가 분별되거나 가름되지 않은 상황이 위 시에 있는 세계의 모습이다. 이 둘은 서로 구분되기 전에 하나이고 서로 끈끈하게 뒤섞여 있다. 위의 시에는 객체가 스스로 주체가 된 양상, 또한 주체가 스스로 객체가 되는 양상이 서로 혼합되어 뒤엉겨 있는 것이다. 가령 '은신 중인 바람의 술렁임', '공포를 방관하고 있는 밤의 휘청임'은 무엇이 주체이고 객체인지 분간할 수 없게 한다. 그저 사건만이 발생하는 상태, 사태만이 세계를 가득 채우는 상태가 위 시의 주된 내용이다. 역시 '여린 심장에서 한 움큼씩 피가 빠져 나가'는 상황도 같은 이야기를 성립시킨다. 시에 나타나 있는 내용이란 그 어떤 것도 아닌 지배적인 사태 그것뿐임을 알 수 있다.

주체와 객체가 분간되지 않는 데에는 그것들을 한데로 압축해버리는 거대한 기운이 있기 때문이다. 주체의 세계에의 이해를 불가능하도록 하는 동시에 객체를 온전히 고정된 사물로 있게 하지 않는 압도적 힘이 주체와 객체를 한데 묶어 압박해 들어오고 있는 것이다. 이 둘을 에워싸는 압도적 기운은 주체와 객체 모두를 압박하고 모두에게 스며들어 모두를 뒤틀고 혼돈에 빠지게 한다. 모든 주체와 객체는 외부에서부터 죄어오는 이 거대한 기운에 지배당한다. 이 기운 아래서 능동적인 힘을 발휘할 수 있는 존재는 없다. 제 아무리 분석적이고 이성적인 능력으로 무장된 자라 할지라도 이러한 상황에서 그는 아무것도 아니다. 그는 세계를 장악하고 능동적으로 행동하는 이성적 주체가 될 수 없다. 그는 주체도 그 무엇도 아닌 것이다. 그는 그저 사태의 일부이자 거대한 힘에 종속된 피동태일 뿐이다.

시에 나타나 있는 압도적 기운은 '공포'다. '보름달'을 '경직된 채 사산하'게 하고 '보름달을 짐승처럼 울'게 하는 알 수 없는 기운, '일제히 개들을 후두염을 앓는 쉰 소리로 짖게 하'는 그것, '밤'을 타고 '나사를 조이듯 조여 오고 있는' 그 힘의 실체는 곧 세계를 모두 몸 둘 곳 없이 불편하게 하는 '공포'인 것이다. '공포'는 알 수 없는 시공에서 피어나 모든 존재들을 조여가면서 그들을 들썩거리게 하고 뒤흔든다. '개들이 짖어대고', '바람이 술렁이'며 '대숲이 휘청이는' 것, '사냥견이 밤을 장악하려 으르렁대는' 것도 이 '공포' 때문이다.

이러한 '공포'가 사태 전체를 장악해 들어가는 탓에 주체는 더 이상 주체가 아니며 객체 역시 단순한 사물이 될 수 없다. '공포'는 주체와 객체 전체에 스미면서 단일한 사태를 형성한다. 주체와 객체의 분리가 아닌 모든 것이 뒤엉킨 상태의 발생은 이와 같은 조건에서 비롯한다. 때문에 사태는 '공포'의 세계 장악력을 중심으로 벌어진다. '공포'는 '이빨을 드러내고 으르렁 거리'고 그 앞엔 '공포'에 저항하는 세계가 있다. 곧 여기에서는 '공포'의 스미는 힘과 그에 저항하는 힘이 팽팽한 긴장을 만들어 낸다는 것을 알 수 있다. '정복과 피정복의 대립이 필사'인 것은 이러한 사태를 암시해준다. '심장에선 한 움큼씩 뜨거운 피가 빠져 나가'는 사태 역시 '공포'의 세계 장악력을 드러낸다. 주체에게 '공포'는 불가항력이다. '공포'는 압도적 힘으로서 그 무엇도 구별하거나 예외로 두지 않는다. 이러한 '공포'는 '피를 겨냥하며 사정없이 비수를 꽂아'댄다.

이처럼 주체와 객체가 구분되기 이전 이들을 한데로 뒤얽는 거대한 힘이 있다는 사실은 인간이 세운 문명이 얼마나 협소하고 보잘것없는 것인지 말해준다. 세계를 정복하였다는 믿음 위에 세워진 문명이란 언제 어디서든 단일한 사태를 양산해내는 거대한 '힘'에 비해 볼 때 매우 피상적인 것이다. 세계를 에워싸며 지배하는 '힘' 앞에서 '문명'은 세계의 극히 일부에 국한된 미소(微少)한 것이다. 박선우가 보여주고 있는 세계는 이처럼 구획되거나 분리되기 이전의 혼융된 상태 그것이다.

> 물컹한 고구마 같은 어둠이다
> 야생 고양이 담을 훌쩍 넘고
> 하늘엔 별꽃이 하나둘 개화를 시작
> 밥상에 앉은 마을들 도란도란
> 보리가 익어가는 냄새에 이끌려
> 설거지를 놔두고 들길을 걷는다
> 서로를 기대고 누워 있던 들풀들이
> 모조리 일어나 경계태세를 한다
> 미안하다는 손짓을 보내며
> 돌아오는데 농축된 어둠이 제법 딱딱하다
> 실실 불어오는 실바람이 좋고
> 풀물이 들어도 풀냄새가 좋고
> 농축된 고형물질 같은 어둠이 좋은
> 오월과 유월 사이
>
> — 「오월과 유월 사이」 전문

위 시를 통해서도 우리는 시인에게 세계가 인식의 외적 대상이거나 주체와 구분된 객체가 아니라는 것을 알 수 있다. 시적 자아에게 세계는 논리적으로 인식되는 대신 하나의 거대한 느낌으로 다가온다. '물컹한 고구마 같은 어둠'이라든가 '제법 딱딱하게 농축된 어둠', '농축된 고형물질 같은 어둠' 등의 표현이 그것을 말해준다. 시적 자아는 '어둠'이 밀고 오는 느낌에 이끌려 '설거지를 놔두고 들길을 걷게' 된다. 시적 자아뿐 아니라 '야생 고양이 담을 훌쩍 넘고/하늘엔 별꽃이 하나둘 개화를 시작'하며 '밥상에 앉은 마을들 도란도란/보리가 익어가는 냄새'가 피어나는 등 시에서 모든 존재들은 개별적이면서도 다른 한편 어떤 전체적인 힘 아래에 놓여 있는 듯 통일감이 있다. 이들 존재들은 제각각 행동하는 것 같지만 기실 '물컹한 고구마 같은 어둠'에 의한 단일한 분위기를 만드는 데 종속되어 있는 듯하다는 점이다. 말하자면 '마을'의 모든 존재들은 독자적인 주체 혹은 객체로서 존립하기보다 밀려드는 '어둠'에 지배되어 '어둠'과 하나로 뒤엉켜가고 있다. '어둠'은 마을 전체를 뒤섞어 '농축된 고형물질'과 같이 질료화한다. 이 속에서 시적 자아의 주체성이란 아무런 의미가 없다. 시적 자아는 마을에 내리는 분위기에 물들어갈 뿐 어떤 논리적 인식이나 합리적 행동을 보이지 않는다.

다행히 시적 자아 및 사물들을 압도하는 것은 '공포'나 '불안'과 같은 부정적인 것이 아니다. 시에서 어스름이 내리는 이즈음 마을을 감싸는 기운은 따뜻함이나 평온함이다. 마을에 스민 이러한 느낌을 쐬러 시적 자아는 무언가에 이끌리듯 산책을 나가게 되었던 것이다. '실바람이 실실 불어오는' 느낌이 '좋게', '풀냄새'가 '풀물 들듯 좋게' 느껴지던 것도 마을을 에우던 안락한 기운 때문이다. 이러한 기운은 그러나 시적 자아에게 분석되는 것이 아니다. 그것은 응결되고 거대하며 단일한 힘으로 다가올 따름이다. 시적 자아가 대상을 인식하고 파악하기보다 느낌으로 전유하는 것도 이 점에서 비롯한다.

세계가 분석적이고 논리적인 인식대상이라기보다 거대한 실체이자 기운으로 느껴진다는 점은 시인이 놓인 세계의 층위가 분화되기 이전의 세계, 곧 온갖 존재들이 뒤얽힌 원초적인 상태 그것임을 말해준다. 이곳에서는 앞서 살펴보았듯 객체를 분리시키고 이를 장악하는 주체의 능동적 힘이 발휘되기 힘들다. 이곳에서 주체와 객체는 그저 등가의 존재들일 뿐이다. 이는 주객이 분리되지 않는 원초적 카오스의 상태인 것이다. 그렇다면 이러한 상황에서 자아가 할 수 있는 일은 무엇일까. 「결별을 선언한다」를 통해 우리는 뒤엉킨 세계에 놓인 자아가 이를 벗어나기 위해 어떠한 시도를 하는지 짐작할 수 있게 된다.

여름은 가을을 견제하고 가을은 겨울을 견제하는 쓸쓸함에 대해 결별을 선언한다 반쯤 헐린 빈 집을 제집처럼 찾아오는 햇볕과도 결별이고 아무나 옷섶에 파고드는 소슬바람과도 결별이고 마른 뼈들만 남은 갈대숲과도 결별이고 헐겁게 서있는 침엽수와도 결별이고 배춧잎을 야금야금 도둑질하고 있는 달팽이와도 결별이고 저만 살겠다고 가을을 비축하고 있는 사람들과도 결별이고 산 속에서 마주친 산노루와도 결별이고 빨갛게 익은 명감과도 결별이고 여름을 지우고 가을을 지우고 풍경을 지우고 나를 지우면서 결별을 통해 아픔을 본다 아픔을 돌아본다 더는 아프지 않기 위해 더는 실수하지 않기 위해 이 가을에게 기도하는 마음으로 결별을 선언한다

—「결별을 선언한다」 전문

위 시에서 시적 자아가 모든 사물, 모든 사태, 심지어 자기 자신과도 '결별'을 선언하는 이유는 어디에 있을까. 가령 '쓸쓸함'과 같은 감정은 물론이고 '햇볕'이며 '바람'이라든가 '갈대숲'이나 '침엽수', '배춧잎' 등 소위 하찮은 사물들과도 분리의 선을 그으려 하는 태도는 어떤 의미를 지니는가. 한편 시에서 화자는 '풍경을 지우고 나를 지우면서' '아프지 않기 위해 실수하지 않기 위해' 그리 한다고 말하거니와 이것은 모든 것과 어우러져 있는 상태 속에서 시적 자아가 겪었을 혼돈의 상황을 암

시해주는 대목이다. 시적 자아에게 '결별' 이전의 상황은 주객은 물론이고 사물과 사물, 존재와 존재 등의 모든 것들이 균질적으로 뒤섞인 상태였고, 이 속에서 '자아'는 어떠한 질적 차별성도 얻지 못하였다. 사태는 '나'를 포함한 모든 것을 지배하였으므로 '나'는 사태 속에 엉긴 채 덩어리로 반죽되어야 했다. 여기에서 고유한 '나'라든가 능동적인 자아란 있을 수 없다. 시에서의 화자의 선긋기는 따라서 말 그대로 '선언'이 된다. 그것은 사태에 휩쓸리지 않겠다는 결연한 의지이자 전체를 에워싸는 거대한 힘에 지배당하고 싶지 않다는 원망(願望)의 표현이다. 온갖 사물, 모든 존재, 나아가 자기 자신과의 분리를 통해 화자는 외부의 어떠한 힘도 스미지 않는 궁극의 자리를 구하고자 하는 것이다. 즉 '나'에게 스미고 관련되는 모든 것과의 '결별'은 갖가지 부대낌으로부터 해방되어 오직 순수한 '나'를 지키려고 하는 처절한 노력이다. 이는 비록 미약한 행동으로 나타날지라도 외부의 압도적 힘과 대결하고자 하는 적절하고도 합당한 시도에 해당한다고 말할 수 있다.

　외부의 거대한 힘에 의해 압도당하는 상황과 이에 대한 저항의 시도는 우리의 삶 곳곳에서 체험된다. 그것은 자연 현상뿐만 아니라 인간관계 혹은 사회 현상 속에서도 벌어지는 사태라 할 수 있다. 시인은 우리가 겪을 수 있는 다양한 사태들을 시적으로 표현하고 있거니와 이 중 「ktx」는 자아를 능가하는 힘 앞에 속수무책일 수밖에 없는 상황적 조건을 단적으로 형상화하고 있는 경우다.

불확정성의 시학

　　시간은 속도를 따라 잡지 못한다
　　시속 300킬로로 질주하는 속도 앞에
　　시간은 벌목처럼 쓰러진다
　　어둠도 바람도 결절된 부위에
　　지혈도 안 되는 피가 흐르고

ktx가 지나는 곳마다

휘어지고 꺾이고 넘어지고

그래도 속도를 지향해야 한다면

시간과 함께 동승할 수 있는

대안은 없는 것일까

속도 속도를 외치다 보니

세상이 온통 속도에 올인 하기 위해

속도 속으로 머리를 처박고

ktx처럼 질주한다

—「ktx」 전문

　미개와 야만을 넘어서며 등장한 첨단문명은 우리에게 혼돈의 원초적 상태를 극복하는 새로운 질서와 능력을 가져다 주었을까. 가공할 속도를 지닌 'ktx'를 통해 문명의 최대치를 상징적으로 표현하고 있는 시인은 첨단문명이 일으킨 새로운 사태를 암시하고 있다. 엄청난 속도를 앞세우는 오늘의 문명은 인간에게 편리함을 가져다 줄지는 몰라도 세계 전체와의 화해로운 융합은 보여줄 수 없다는 점이 그것이다. 문명에 의해 이룩된 '속도'는 세계의 '시간'과는 동떨어져 있는 것이기 때문이다. 세계의 '시간'은 첨단문명의 '속도를 따라잡지 못해' '벌목처럼 쓰러질 뿐이다'. '문명'은 세계와 조화를 이루고자 하기는커녕 세계를 이루고 있는 원초적 질료의 상태를 벗어나기 위해 맹목적으로 질주한다. 그리고 이러한 문명의 질주는 그를 둘러싼 세계를 파괴하면서 이루어지는 것이다. 문명의 질주 앞에서 '어둠도 바람도 결절된 부위에' '지혈도 안 되는 피가 흐르'는 것도 이 때문이다. 세계는 'ktx가 지나는 곳마다 휘어지고 꺾이고 넘어' 져야 한다. 즉 '문명'은 원초적 혼돈의 세계를 치유하기보다 오히려 왜곡시키고 훼손시킨다는 것을 알 수 있다. 'ktx'가 지나갈 때 세계는 회복될 수 없을 정도로 '피를 흘린다'. 이처럼 첨단문명은 세계 위에 새로이 군림하는 거대한 힘의 실체가 된다.

이러한 사태 속에서 인간이 갈 방향은 더욱 큰 힘에 복속되는 길인가. 실제로 문명의 부작용을 제어하고 세계와의 융화를 이루어내야 할 인간은 그러한 주체적이고 능동적인 역할을 행하려 하기보다 오히려 더 큰 힘에 지배당하고 만다는 것을 알 수 있다. '세상은' '속도 속도'를 외치다 보니 '온통 속도에 올인 하기 위해' '머리를 처박고/ktx처럼 질주한'다. 인간은 '속도'에 의해 소외된 세계의 '시간'을 '동승시키'려 하지 않고 '속도'만을 좇는다. 결국 문명은 혼돈을 극복하기 위해 탄생하였지만 인간의 문명에의 맹목적 추종은 더 큰 혼돈을 야기하였을 따름이다.

'ktx'를 통해 본 '속도'와 '시간', 문명과 세계의 부조화는 인간의 능동적 역할이 얼마나 중요한가를 잘 말해준다. 어떠한 경우에서든 인간은 혼돈을 딛고 조화로운 세계를 창출해야 하는 의무를 지닌다. 언제 어디서든 도사리고 있는 거대한 힘의 압력이 인간을 압박해올지라도 인간은 이를 넘어서서 인간과 세계를 아우르는 화해로운 세계를 창출해야 한다. 그러할 때 인간은 비로소 만물의 영장이자 세계의 주인이라는 이름에 합당한 존재가 될 수 있을 것이다. 이에 비해 「이미지」는 세상을 조화롭게 운위하지 못하여 결국 파괴적 양태로 분노를 표출하고 마는 인간의 안타까운 모습을 그리고 있다.

블랙정선의 시학

킬링필드를 연상했다
가는 곳마다 세워진 사원 안에 해골들은 추정도 어렵다
폴포트의 이상이 궁금해진다
배추밭 주인의 이상도 궁금해진다
폭락이라는 명분은 폴포트 이상에 걸림돌이 된다
작대기로 목을 치고 삽자루로 살점을 찍어내는 잔인한 학살이다

분풀이로 처단, 살이 쪘다고 처단
이래저래 처단한 배추의 해골들이 사원 안에
눈을 부릅뜨고 잠들고 있다
　　　　　　　　　　　　　　　—「이미지」 전문

　위의 시는 배추값 폭락으로 인한 분노를 이기지 못해 '배추'를 '처단'
하는 농부의 모습을 그리고 있다. 시적 화자는 정성으로 가꾼 '배추'를
마치 분풀이 하듯 처참하게 훼손하는 농부의 모습을 보며 '킬링필드'를
야기했던 '폴포트'를 연상한다. 화자는 파괴되는 '배추'를 보며 '잔인한
학살'이라 말한다. 화자에게 분노하고 포악해진 농부는 '이상이 궁금해
지'는 이해하기 힘든 인물로 다가온다.

　배추값 파동을 가져온 사회의 구조적 문제 앞에서 인간이 해야 할 일
이란 마땅히 문제의 원인을 찾아내어 이를 해결하는 방안을 강구하는
것이다. 인간들 사이에 벌어진 모순은 인간들 사이의 관계 개선을 통해
극복하는 것이 당연한 것이다. 사정이 이러함에도 '배추밭 주인'은 애꿎
은 배추를 끌어 모아다가 '학살'함으로써 문제해결은커녕 사태를 더욱
악화시키고 있음을 알 수 있다. 이는 혼돈을 더욱 가중시킬 따름이다.
이때 인간이 부서뜨린 '배추'는 혼돈의 가장 큰 피해자가 된다.

　온갖 노동력과 시간을 투자하였음에도 얻을 수 있는 것이 아무것도 없
을 때 농부가 처한 상황은 물론 총체적 난국의 상태였을 터이다. 농부가
애지중지 기른 작물을 파괴하는 포악자로 돌변하는 것도 이때의 상실감
과 좌절감을 견디지 못해서이다. 한편 이때 연상되는 학살자 '폴포트'와
'킬링필드'는 사회와 인간 그리고 자연이 모두 한데로 뒤섞인 채 겪게 되
는 혼돈의 상태를 말해준다.

　시에서 화자가 보고 있는 것은 혼돈의 사태라는 전체적 국면이다. 화

제3부 우리 시대의 시인

자는 사회만을 혹은 인간이나 자연만을 보는 대신 사회와 인간, 자연이 소용돌이치듯 뒤엉킨 하나의 반죽 덩어리를 본다. 본래 그것들은 가닥을 잡기 힘들 만큼의 밀접한 관계와 구조들로 짜여져 있다. 한 부분에서 결절이 일어나면 다른 모든 부분들도 함께 뒤엉키게 마련이다. 그럼에도 불구하고 이 중 인간은 세계에 얽힌 혼돈을 해결하는 능동적 주체자로 기능해야 한다. 그러나 많은 경우 인간은 혼돈의 해결자로서 나서기보다는 뒤엉킨 혼돈의 한 부분으로 머물러 있다는 것을 알 수 있다. 결국 인간은 사회와 자연의 혼돈을 이겨내는 주체로서가 아닌 이에 지배되는 피동적 인물로 남겨지게 된다는 것이다.

주체, 객체 분리의 인식틀이 아니라 이 두 축을 아울러 바라보는 세계관을 지닌 시인에게 인간은 독자적인 존재가 아니라 다른 존재들과 어우러져 살아가는 한 부분에 해당한다. 그런 만큼 인간은 우리가 흔히 생각하듯 이성적이고 능동적인 존재이기 이전에 주변 존재들과의 팽팽한 힘의 긴장관계 속에 놓이는 피동태에 속한다. 인간은 대부분 자신을 능가하는 커다란 힘에 지배되기 마련이고 자신을 압도하는 혼돈의 힘을 이기기에 대체로 무기력하다. 전체적인 세계를 통찰하여 볼 때 사태는 인간을 아주 사소한 부분으로 우겨넣은 채 전개되는 것이 보통이다. 즉 인간은 흔히 생각하는 것처럼 그리 대단한 존재가 못 되는 것이다. 박선우 시인이 보여주는 관점은 우리에게 세계에 관한 더욱 사실적인 인식을 가져다준다. 인간을 객체와 구분되는 주체로서 보기보다 인간과 그 주변을 포괄하는 전체로 보는 시각은 인간을 에워싸는 세계의 거대함을 있는 그대로 제시해준다. 이러한 시각은 세계 내에서 인간이라는 존재가 어떤 성격을 지니는지를 보다 명확히 이해하게 해줄 뿐만 아니라 전체 세계 속에서 인간이 어떤 역할을 해야 하는지를 보다 겸허히 성찰하게 해준다는 것을 알 수 있다.

질박한 언어로 창조해가는 생의 에너지

– 유안진의 『걸어서 에덴까지』

서정시가 시의 본령이 된 것은 인간 정서를 부드럽게 가다듬어주는 그 것의 기능 때문일 것이다. 마치 아름다운 선율을 지닌 노래처럼 우리의 마음 깊은 곳으로 다가와 따뜻하고 섬세한 울림을 주는 까닭에 서정시 는 직조된 미의 언어이자 예술의 한 부분이 될 수 있다. 아름답게 조탁 된 시어는 결국 서정시의 미적인 성질을 보여준다.

서정시에 관한 이러한 대전제에 의거해본다면, 나아가 '걸어서 에덴까 지'가 환기하는 낭만주의적 이미지를 떠올려본다면, 『걸어서 에덴까지』 에 수록된 시편들이 주는 인상은 낯설음과 당황스러움이다. 종교적 의 미망 속에 둘러싸여 자아의 순례자적 내면을 드러내 보일 듯한 시제에 도 불구하고 우리는 시편들 속에서 '에덴'이라는 심상이 가져다주는 은 은한 분위기를 체험할 수 없다. 시집의 시편들에서 세심하게 제련된 미 적 색채를 기대한다면 독자는 곧 실망하고 말 것이다.

이에 비해 시편들을 직조하고 있는 언어는 무명실의 질감처럼 질박하 고 소탈하다. 그것은 꾸밈이 없이 수수하면서 또 질기고도 강한 느낌을 주는 언어이다. 끊어지지 않는, 자못 거칠고 강인한 무명의 언어로 한 땀 한 땀 깁고 있는 것이 『걸어서 에덴까지』에 놓여진 유안진의 시적 궤적인 것이다. 이는 시인이 시집 서문에서 "시는 언어예술이지만, 언어경제학적 언어예술이 아닌가 한다. 이런 특성 때문에 최소한의 압축언어에 최대한을 담아내고 싶었다"고 한 것과도 연관되지 않을까. 즉 유안진의 관점에서 보았을 때 시는 단지 조탁의 언어라는 차원에 놓이는 것이 아니라 '최대한의 것을 담아내는' 언어, 시인의 전존재가 생생한 육성을 통해 담기는 언어에 해당하는 것으로 보인다. 때문에 우리는 가령 "문제 아닌 걸 문제 삼지 말자/문제이거든 더 문제 삼지 말자/문제없음도 문제일 수가 있어/둘이 먹는 사과가 어쨌든 더 좋아"(「왜 하필 사과일까?」 부분)에서와 같은 거침없는 시인의 발성을 듣게 되는 것이리라.

계속해서 시인은 말한다. "독자가 있어 시를 쓰느냐?/존재만으로도 가치(價値)인 게 왜 없겠느냐?"라고. 이쯤 되면 시인에게 시는 단순히 언어의 미학적 지향 속에 있는 것이 아니라 굳게 존재론적 구경을 향해 있다는 사실을 확인할 수 있다. 즉 유안진의 시는 외적 조건에 휘둘리지 않는 깊은 내면의 지대에서 발생한 것으로서 생의 구경에 관한 냉철한 인식의 시적 보고서에 가깝다는 생각을 해본다. 시편들에 가득 채워져 있는 숱한 회의의 음성들, 수많은 질문의 상황들은 곧 유안진 시의 중심이 미학성이 아닌 인식성에 있음을 반증하는 것이리라. 어쩌면 시인은 혼자만의 고독한 지대에서 끊임없는 회의와 질문을 통해 생에 관한 본질을 탐색하고 또 탐색해 나가는 철학자의 모습으로 서 있는 것이 아닐까. 그것도 누구에게도 의지할 수 없는 고유한 지대에서 생의 비의를 구하려는 탐험적 철학가의 풍모가 그녀의 모습에 서려 있다. 그녀의 시적 언어는 이러한 그녀의 존재론적 특수성에 의해 비롯된 것으로서, 그것의 질박함은 그녀가 캐낸 인식의 생생한 질감과 닮아 있는 것이리라.

있지도 않고 없지도 않은 세상을 찾아
있지도 않고 없지도 않은 화어(火魚)를 찾아
떠나기만 하는 나는
헤매기만 하는 나는
믿어지는 것만 믿는 나는
겨울밤 지하도의 노숙자를 지나가는 나는
현재(present)가 곧 선물(present)이라는 말을 혐오하며
믿고 싶은 것만 믿기로 한다
미래만 믿기로 한다

　　　　　　　　　　　　　—「현재는 선물이 아니다」 부분

　위의 시는 매사를 주어진 대로만, 보이는 대로만 받아들이는 인간들의 세태를 정면으로 가로지르고자 하는 시인의 태도를 보여준다. 시인에게 '화어(火魚)'는 세상에 없는 것이자 동시에 있는 것의 상징물로서, 현재와 여기를 가로질러 가도록 해주는 매개가 된다. 그것은 세상의 한가운데에서 시적 자아를 추동하는 것이며 시적 자아의 '헤매임'의 등대가 되어준다. 이 '있지도 않고 없지도 않은 화어'를 찾아나서는 시적 자아에게 세계는 가시적 차원의 것이 아닌 믿음의 차원이 되는바, 그것은 "인도의 불가촉천민 하리잔이 신의 아들"이고 "거지 나사로가 하느님 나라에서는 아브라함 품에 안겼다"(「현재는 선물이 아니다」) 하는 역설적 인식과 닿아 있는 것이다.

　'있지도 않고 없지도 않은' 대상을 찾는 행위, 명백한 것에 대해 끊임없이 회의하고 질문하는 태도는 시인의 말에 따르면 '철드는 일'에 해당한다. 그것은 사실이라고 통용되는 표면적 진실 이면을 들추어냄으로써 더 깊은 진실에로 다가가는 것이자 세상에 길들여진 허위적 질서에 틈을 냄으로써 보다 활달한 자유에로의 가능성을 열어놓는 과정이다.

의심하고 의심받는 것은 철드는 것인가 봐

나 아닌 줄 알았다는 말을 들으면

나도 거울을 보곤 하지

나 아니게 보여주지

살수록 긍정의 배신자가 되고

확신에 주저하고 모호해져

이런 것도 철든다고 하는지는 몰라도

정직해지는 것만은 틀림없어

　　　　　　　　　　　　　　—「의심의 옹호」 부분

　당연시되던 것들에 질문을 던지고 이를 다른 시각으로 보려 하는 위 시의 시적 자아에게 '거울'은 '나'의 진실의 함량을 따져보게 하는 매개 체로 기능한다. 타인에게 '나'인 줄 몰랐다는 말을 듣는 순간 시적 자아 는 '나'란 누구인가에 관한 철학적인 성찰에 빠져들게 되는 것이다. 타인 에게 보여지는 '나'와 진실의 '나' 사이에는 어느 정도의 거리가 있는 것 일까? 하나는 진실이고 다른 하나는 진실이 아닌가? 혹은 둘 다가 진실 일까. 이 두 모습 사이엔 서로 이분법적으로 대립하는 관계가 놓여 있 는 것일까? 진실의 '나'를 대면하기 위해 시적 자아는 '거울' 앞에 서지만 '거울'에서 읽어낼 수 있는 답은 없다.

　'거울'은 시적 자아가 품은 질문에 대해 어느 정도는 그러하고 또 어느 정도는 그러하지 않다는 모호한 답을 던졌을 것이다. 사실상 보이는 나 와 보이지 않는 나, 표면적 자아와 이면적 자아 사이엔 분열이나 대립의 관계라기보다 서로 맞물리면서도 서로 어긋나는 관계, 모두가 진실이 면서 또한 전적으로 진실이 아니라는 아이러니한 사실이 가로놓여 있기 때문이다. 자아의 이 두 면면들은 이분법적이라기보다는 양면적인 양상 을 띨 것이며, 그렇다고 모순 없이 화해롭게 양립하는 그러한 사정도 아

불확정성의 시학

닐 것이다. 말하자면 이 양 면면들은 뫼비우스의 띠처럼 서로 뒤틀려 있는 것이 아닐까.

사정이 이러하므로 이면에의 호기심을 가지기 시작한 것부터가 시적 자아에겐 혼돈의 길로 접어드는 첩경에 해당되었던 것이 아니겠는가. '의심을 옹호'하는 자세로 표면의 질서 틈새로 보이는 흔적들에게 말을 걸기 시작했던 것이야말로 불필요한 만용에 해당한 것이 아니었을까 하는 점이다. 이러한 혼돈 앞에서 그러나 시적 자아는 진실을 향한 타협할 수 없는 권리를 내세운다. 자신이 자청한 이러한 과정들이 스스로를 불확실과 주저함으로 몰고 갈지라도 시적 자아는 이러한 의심의 태도가 '정직해지는 것만은 틀림없'다고 위로한다. 시적 자아는 '살수록 긍정의 배신자가 되'는 것이 어쩌면 '철이 드는 과정'일는지 모른다며 스스로를 다독이는 것이다. 즉 그는 그가 처한 낯설기만 한 혼돈의 상황 아래서 "슬퍼지면 정직해지니까", "달빛 아래서는 슬퍼져 제정신이 들지"(「의심의 옹호」)라면서 회의하는 자신의 모습을 긍정하고 있다.

의심하고 질문하는 일이 총체적이고 완전한 진실로 향하는 것이라 하더라도 이것은 말이 쉬울 뿐 실제로 이러한 과정 중에 놓여 있는 자아에겐 늘 과도한 용기와 결단이 요구될 것이다. 표면으로부터 이면의 세계로 이어지는 그 무질서한 혼돈의 길에 대해 누구든 명료하게 해명해 주었던 이가 있었던가? 누구라도 그러한 길을 탐험하면서 겪게 되는 혼란의 소용돌이에 자신을 내던졌던 이가 있었나? 더욱이 그러한 경로가 상상이 아니라 실질의 길이라면 감당해야 할 저항들은 결코 녹록한 것이 아니었을 터이다. 상황이 이러하므로 시적 자아는 가끔 자신이 왜 이러한 혼돈 속에서 헤매야 하는지 이해할 수 없어 한다. 가령 "철부지도 아니면서 왜 이러고 있지?, 여기가 어디지?"와 같은 질문은 이러한 혼돈 속에서 솟아나는 자아 내면의 두려움의 표현이다.

주로 철학적 성찰을 통해 쓰여지고 있는 『걸어서 에덴까지』의 시편들에는 최근 시인이 처한 이와 같은 인식론적 상태가 비춰져 있다. 시인은 미지의 궁극을 향한 의지와 이 과정에서 발생하는 인식의 지각 변동, 그리고 이를 이루는 중에 겪게 되는 혼란과 열정을 징후적으로 드러내고 있음을 알 수 있다.

시인에게 이와 같은 인식의 지각 변동들이 어떤 조건에서 일어나게 되었는지는 분명히 드러나 있지 않다. 다만 시인은 간혹 그러한 요인을 '그림자'로 간주하기도 하고("나는 나 아닐지도 몰라/미행하는 그림자가 의문을 부추긴다"(「불타는 말의 기하학」)), 불현듯 찾아오는 낯선 관념들에 관하여 "출입구 없는 맹토(盲土)에 세워지고 무너지기 바쁜/봉쇄수도원의 침묵을 조롱하는 마녀들"(「불타는 말의 기하학」) 같다고 하기도 하며, 때로 자신이 겪는 고독을 가리켜 "가장 외롭지 않으면 도달할 수 없고/가장 어리석지 않으면 얻어낼 수 없는/그 높이 그 깊이"(「피뢰침, 죽을힘으로 산다」)라고 하며 자신의 의지를 다짐하곤 한다는 것을 알 수 있다. 결국 스스로 불러들인 고독과 혼돈은 시인에게 명료히 설명할 수 없으되, 동시에 외면할 수 없는 도정에 속한 것이었으리라. "위대한 허무(虛無)란/기다릴 게 없는데도 기다리는 것이라"(「기다림을 기다린다」)라는 말은 이와 같은 시인의 실존적 정황에 대해 암시해준다.

상투화된 질서 이면에 놓인 진리와 본질에의 경로는 결코 밝고 투명한 길이 아니다. 시인의 상상을 따라가다 보면 그러한 세계의 진실은 흥미롭게도 '어둠'과 관련이 있다.

검어진다는 것은 넘어선다는 것
높이를 거꾸로 가늠하게 된다는 것
창세전의 카오스로 천현(天玄)으로
흡수되어 용해되어버린다는 것

어떤 때 얼룩도 때 얼룩일 수가 없어져버린다는 것
오묘 기묘 절묘해진다는 것인데

벌건 대낮이다
흐린 자국까지 낱낱이 까발려서 어쩌자는 거냐
버림받은 찌꺼기들 품어 안는 칠흑 슬픔
바닥 모를 용서의 깊이로 가라앉아
쿤타 킨테에서 버락 오바마까지의
검은 혁명을 음미해보자
암흑보다 깊은 한밤중이 되어서.
　　　　　—「대낮이 어찌 한밤의 깊이를 헤아리겠느냐」 부분

　‘대낮’과 ‘한밤’으로 대비되고 있는 양면의 세계에서 전자가 표면적이고 일면적인 성질을 나타내는 것에 비해 후자는 ‘넘어선’ 세계, ‘깊이와 높이’가 구현된 세계, ‘창세전’의 근원의 세계를 의미하고 있음을 알 수 있다. 화자는 이면의 본질적 세계로 다가가는 과정을 “검어진다는 것은 넘어선다는 것”이라는 말로 표현하고 있다. 즉 시인에게 진리의 지대란 투명하거나 확고한 세계라기보다 ‘오묘 기묘 절묘해지는’ 것이자 ‘카오스’에 해당하는 것이며 ‘흡수되어 용해되어버리는’ 것이다. 그것은 곧 ‘검은 하늘’, ‘천현(天玄)’으로 명명되는 성질의 것이라는 점이다. 그것은 ‘칠흑 슬픔’의 세계이자 ‘바닥 모를 깊이’의 지대이고 ‘암흑보다 깊은 한밤중’에 해당하는 것이다. 이러한 시어들은 시인이 가리키는 지대가 ‘어둠’과 통하는 것임을 말해주는 것으로서, 특히 시에서 이러한 어둠의 이미지들을 가리켜 ‘검은 혁명’이라 명명하는 대목은 이 새로이 발견된 지대가 혼돈이면서 창조의 근원이 되는 세계임을 암시해주는 부분이라 할 수 있다.

흔히 진리와 본질을 맑고 투명하며 밝은 이미지로 전유하는 습관에 비해 본다면 시인이 제시하는 '어둠과 혼돈'의 이미지는 낯설다. '의심'에 의심을 거듭하면서 닿은 '정직'의 세계가 '천(天)'이되 '칠흑'의 '하늘'이라는 상상은 우리의 관습화된 상상체계를 전복하는 것이다. 이외에도 시인의 시편들에서 '검은' 이미지들은 매우 빈번하게 등장하는데 이들은 대부분 근원의 세계, 새로운 세계를 창조하는 혁명적 세계를 지시하고 있어 관심을 끈다.

순환정성의 시학

기러기의 거꾸로는 기러기이지만
물 한 잔의 거꾸로는 물 쏟아지는 사고인데
나는 왜 사고에서 에너지를 얻게 될까
검은 황홀이 왜 최선의 양식이 될까.

백색 소음이 단칼에 잘려진 정전(停電)은
검은 테러 공포의 기습인데
무방비로 기습당한 공포야말로 얼마나 통쾌한가
한순간에 세상을 제압해버린 검은 힘
시끄러운 것들에 고요와 침묵을 가르쳐주는
암흑 세상의 검은 평등 검은 정의
왜 아니 감격스러운가

검은 별이 떠오르고
삼족오가 날아오르고
블랙홀로 빨려드는 블랙유머의 탄성
드디어 어둠을 누릴 권리를 얻었다고
가슴마다 흑해 하나씩 품고 살았다고

—「정전사고」 전문

'사고(이때의 사고는 事故, 思考의 중의적 의미를 띤다)에서 에너지를 얻게 된다'라는 화자의 고백은 시인에게 의심과 질문의 태도가 지니는 함의가 무엇인지를 단적으로 말해준다. 지금껏 살펴본 대로 회의와 성찰의 '사고'는 진리에 대한 인식과 함께 새로운 질서의 창조에로 길을 열어준다. '검은 황홀이 최선의 양식'이라는 진술은 시인에게 새로운 창조의 지대가 혼돈이자 어둠에 다름 아님을 확인케 해준다. 말하자면 표면세계의 틈으로 비집고 들어간 이면세계란 창조를 위한 태초의 세계, 밝음과 질서를 산출하기 이전의 카오스의 원형적 세계이자 진리의 세계에 해당한다. 화자가 '백색 소음을 일순간에 소거한 정전'의 '공포'의 상황에서 '통쾌'를 경험하는 것도 이러한 맥락에서이다. 화자는 이를 두고 '감격스럽다'고까지 말하거니와 화자의 인식에 따르면 그것은 '시끄러운 것들에 고요'를 부여하는, '세상을 제압한' '힘'에 해당한다. 특히 3연에서 이어지는 '검은 별', '삼족오', '블랙홀', '흑해' 등의 일련의 이미지들은 시인에게 '검은' 이미지란 단지 어둠과 위축의 부정적 의미로서가 아니라 거대한 에너지를 지닌 힘의 실체, 창조의 동력으로서 자리잡고 있음을 보여준다 할 것이다.

이외에도 '문어'라든가 '태양의 흑점', '작은 유전(油田)' 등이 등장하는 「검은 에너지를 충전받다」, 「검은 재즈」, 「블랙 파라다이스」, 「검은 리본을 문신하다」, 「그늘 곳」 등의 시편들은 모두 검은 존재, 응달의 지대가 곧 창조의 원천이 됨을 암시해주는 것들이다. 이 중 시인은 "모든 밝음은 어둠에서 태어나고/어떤 어둠에도 빛은 있기 마련이라는/도달할 수 없는 이치 그 높이에 기대어/그 안자락에 포근히 안도하고 싶다"(「백색 어둠」)고 진술함으로써 '어둠'이 '밝음'의 근원이자 응달지고 어두운 곳이야말로 안식의 장소임을 전하고 있다.

시편들 곳곳에서 만날 수 있는 '블랙'의 이미지들이 근원의 지대, 원초적 세계와 관련됨에 따라 우리는 그러한 세계가 시인에게 궁극의 세계, 곧 '에덴'에 해당되는 것임을 짐작할 수 있다. 그곳은 시인에게 지속적으로 추구되는 '꿈'의 세계인바(「같은 꿈을 꾸다」), 우리는 그곳이 태초의 혼돈을 바탕으로 새로운 세계를 창조한다는 점에서, 또 '광막한 어둠'을 배경으로 '광채'를 발산한다는 점에서(「같은 꿈을 꾸다」), 그것을 '우주'라고 명명할 수 있을 것이다. 말하자면 시인에게 '에덴'이란 직접적으로 우주라는 물리적 실체로부터 그 의미를 부여받는 것이라 할 수 있다. 결국 시인이 의심에 의심을 거듭하며 혼돈의 세계로 다가가고자 했던 것은 '맨몸으로 저 홀로의 우주를 만들겠다'고 하던 시인의 의지에 따른 것이었다. 시인이 '힘들고 서럽'더라도 '그래도 가야 한다'고 다짐했던 것, 그래야 '자유로운' 것이며 '그만큼 내 세계 내 우주'(「소행성(小行星)」)라고 말했던 것도 시인에게 '에덴'과 '꿈'이 회의를 통해 도달하는 인식의 세계와 관련되는 것이자, 나아가 파괴와 창조를 통해 얻어지는 힘과 에너지에 해당함을 말하는 것이리라.

이처럼 시인은 질서와 혼돈 혹은 혼돈과 질서, 어둠과 밝음 혹은 밝음과 어둠의 뒤틀린 양면적 속성을 회의와 인식의 역동적 과정 속에서 체험하고자 하였고, 그 속에서 발생하는 힘과 에너지를 자신의 우주적 원형으로 삼고자 하였다. 이는 시인의 표현에 따르면 '거꾸로 로꾸거로 생각을 돌리'는 과정이었으며 '캄캄한 암흑 속 아몰아몰 아지랑이'가 피어오르는 체험에 해당되었을 것(「거꾸로 로꾸거로」)인바, '걸어서 에덴까지' 중단없이 향하는 시인에게 결국 주어지는 것이란 대립물들이 음양의 맞물림으로 휘돌아가는 태초의 우주적 양태, 즉 태극의 에너지가 아닐까 짐작해본다.

불확정성의 시학

한없이 냉철하기―죽음의 양태에 맞서는 법

― 박찬일의 『『북극점』 수정본』

박찬일 시인의 근작 시집 『『북극점』 수정본』의 시편들을 대할 때 가장 먼저 눈에 띄는 점은 시편들의 제목이 제자리에 놓여 있지 않다는 사실일 것이다. 시편들의 제목은 표제가 그러하듯 시의 맨 위에 놓여 시를 리드하는 것이 아니라, 시의 맨 뒤에 놓여 있다. 시의 맨 끄트머리에 놓여 있는 시제(詩題)는 그것이 시의 제목임을 오직 인쇄된 활자의 크기에 의존하여 알려주고 있다. 때문에 만일 시인이 그것이 시제가 아니라고 말한다 해도 독자 입장에서는 할 말이 없다. 독자는 시 본문의 내용을 안내해주는 제목의 도움 없이 시를 읽어내야 한다.

시 형태의 이와 같은 구조와 관련해서 언젠가 시인은 '꾸며지지 않은 시', '의도되지 않은 채 씌어지는 시'에 대한 욕망을 말한 적이 있다. 의도되고 계획된 것이 지니고 있을 비진정성의 여지, 거짓의 함량에 대해 그는 경계한 것이리라. 여기엔 아마도 '기획'이라는 행위 속에 담기기 마련인 '잉여치'에 대한 거부감에 개재되어 있을 것이다. 가령 이성적 사유가 일으키는 계략의 산술에는 도구성과 차가움이 있다. 도구적 이성이

야기하는 차가운 계측의 사고에는 생 자체와 무관한 잉여의 부분들이 끼어드는 것이 아닐까. 이들을 오히려 생 그 자체보다 부각시키고 이들에게 권위를 부여한 것이야말로 이성의 계략이자 도구적 기획의 반리얼리티다. 도구적 이성의 반리얼리즘에 의해 생의 실제 모습이 일그러지고 인간은 기괴하게 왜곡된다. 말하자면 박찬일 시인의 시적 욕망은 지극한 자연스러움을 향한 것, 즉 생생한 생 자체의 인식, 그리고 생의 반리얼리즘에 대한 혐오와 관련된 것으로 보인다.

　도구적 이성의 기획과 의도 속에 내재하는 생의 반(反)리얼리티를 생의 허상(虛像)이라 칭한다면 과장일까? 이성에 의해 꾸며진 사태들이 조작된 것들로서, 그것이 이루어지기까지 생의 실재성들을 억압하고 덮어버리던 과정들이 있었다면 우리에게 보여지는 것들이란 허상이 아니고 무엇이겠는가. 도구적 이성에 의해 운위되는 인간의 세상이란 결국 생의 실상(實像)의 포기를 대가로 축조된 거대한 신기루에 불과하다.

　박찬일 시인의 시집 『북극점」 수정본』에 나타나 있듯 시제에 이끌리지 않는 시 형태의 특이성은 결국 시인의, 기획을 지우려는 기획, 의도를 삭제하려는 의도의 결과라 할 수 있다. 시인은 시의 맨 앞자리에 놓여야 할 시제를 연기시키면서, 그 속에서 인간 생의 사태 속에 헛돌고 있는 도구적 국면들을 끌어내어 이들을 갈갈이 분쇄한다. 시인은 시의 도입을 지연시킨 채 곧장 사태의 핵심을 겨냥하고는 치열한 난투극을 벌인다. 이 직정(直情)적 투쟁으로 곧 허위의 껍데기가 벗겨지고 대번에 생생한 혹은 살벌한 사실만 남게 된다. 그리고 그 자리에 제목이 붙여진다. 곧 시의 맨 끝에 놓인 제목이란 그가 벌인 싸움의 끝에 비로소 남겨진 생의 생살 같은 것이다. 우리는 그의 시 한 편 한 편들 속에서 인간들이 쌓아올린 삶의 헛짓들을 본다. 또한 그것들이 지닌 거짓과 허망들을, 그 반리얼리티를 본다. 그가 벌이는 전장(戰場)은 인간이 구축한 허상들과의 싸움의 현장이라 할 수 있다.

> 내 이웃이 불행해도 내만 행복하면 된다
> 자유경쟁주의를 원리로 하는 자본주의—哲學이라는 거.
> 내 이웃이 불행하니까 내 불행하다
> 균질평등주의를 원리로 하는 사회주의—哲學이라는 거.
> 1989. 베를린장벽 무너지며 시작한 전환(Wende) 이후.
> 이후, 1987, 외환위기—IMF시대를 통과하면서.
> 이후, 2008, 비우량담보대출사태—금융위기를 통과하면서.
> 내 이웃이 불행해도 내만 행복하면 된다.
> 확고하게 자리잡는다.
> 이른바. 신자유주의시대—글로벌자본주의시대.
> 무한경쟁에서, 이기는 자가 이기는 자. 지는 자가 지는 자.
> 고려가 있다? 없다고 친다.
> 살아난 자—도태된 자.
> 살아남은 자의 슬픔?—슬퍼하지 않는다—
> 도태된 자의 슬픔?—슬퍼하지 않는다.

박찬일의 멜로

—「박찬일의 멜로」 전문

'박찬일의 멜로'가 도드라진 활자로 씌어 있는 것으로 보아 그것을 제목으로 보아도 무방할는지 모르겠다. 그렇다 하더라도 **박찬일의 멜로**'를 시 본문의 한 부분으로 설정하는 것도 필요한 것으로 보인다. 여기엔 앞서 얘기했듯 시인의, 기획을 무너뜨리는 기획, 의도를 비틀어버리는 의도가 개입되어 있을 것이기 때문이다.

위 시의 내용은 어떤 점에서 '박찬일의 멜로'와 관련되는가? 위 시의 전체 내용은 결코 '박찬일의 멜로'의 의미를 구축하는 데 놓여 있지 않다. 위 시에서 볼 수 있듯 제목은 시 내용의 정점에서 본문의 내용을 지배하지 않는다. 본문의 내용은 제목의 내포를 확정하기 위해 궁리되는 것이 아니라는 점이다. 대신 '박찬일의 멜로'라는 언명은 말 그대로 귀납적이다. 시인의 관심은 세계 전체이고, 정확하게는 인간 삶의 실상(實狀)이지 그 이상도 이하도 아니다. '박찬일의 멜로'라는 규정은 그러한 자신의 관심과 행위에 대한 가벼운 냉소에 해당한다. 인간 삶의 허위적 양태들을 고발하되 그것이 어떠한 결과에로도 이어지지 못할 것이라는 확연한 인식에서 오는 냉소가 그것이다. 인간 삶의 허구적 사태에 대한 분명한 인식에도 불구하고 시적 자아든 누구든 세상을 바꿀 수 있는 요인은 가지고 있지 못하다. 세계에 대한 정확한 인식이 '멜로'가 되는 까닭이 여기에 있다.

문학정신의 시학

시인이 벌이는 허위와의 투쟁의 현장에는 '무한경쟁시대'의 주인공들이 등장한다. 이 주인공들은 '신자유주의시대, 글로벌자본주의시대'의 '이기는 자와 지는 자'들, '살아남는 자와 도태되는 자'들이다. 이 주인공들 사이에 '경쟁'이 더욱 심했던 데에는, 위 시가 지적하는 것처럼, 외환위기와 미국의 금융 위기가 가로놓여 있다. 경제 위기를 겪게 되고 생활이 더욱 곤고해짐에 따라 생존경쟁은 더욱 치열해졌고 사람들은 더욱더 이기적으로 되어 갔다. 이즈음 사람들 사이에선 "내 이웃이 불행해도 내만 행복하면 된다"는 가치관이 "확고하게 자리잡"았던 것이다. 사람들은 '이웃의 불행', '도태된 자신'을 보고도 더 이상 '슬퍼하지 않는다'.

시인의 눈에 비친 인간들이 살아가는 삶의 모습은 실팍하기 그지없다. 희망을 구하기란 참으로 어렵다. 이러한 생존의 어려움은 삶의 본질과 비본질의 경계를 모호하게 한다. 현실에서 인간들의 삶은 의미와 무의미가 전도된 그것이다.

사과나무를 노래하지 말라,

화가를 찬양하는 거라고—1898~1956이 노래했어요.

히틀러를차치하고. 사과나무를 차치하고.

남은 게 달랑, 마가리 하나.

목구멍에 풀칠하러. 택시회사에 취업했어요.

결단 내려. 뒷골목에. 멕시칸치킨을 냈어요—망했어요.

달랑, 1종 운전면허증. 택시회사에 재취업했어요.

목구멍이 포도청인 줄 알았겠어요?—1898~1956이?

투쟁하는 대한민국이 시 쓸 시간이 없다.

리프크네히트 멜로물

—「리프크네히트 멜로물」 전문

독일의 공산주의 사상가 '리프크네히트'의 관점을 빌지 않더라도 현재의 국면은 예술, 혹은 시를 위해 시간을 바칠 수 없는 시대에 있다. 인간의 삶은 온통 '목구멍에 풀칠' 하는 일로만 가득 메워지게 마련이다. 오늘날 인간들의 삶 앞에 남아 있는 것은 거의 없다. 사람들은 '택시 회사', '치킨집', '택시 회사' 등 최저생계를 위해 전전할 뿐이다. '달랑 1종 운전면허증' 하나 남은 자에게 '시'는 인생과 아주 먼 환상에 불과하다. 생존과의 '투쟁' 속에 '시 쓸 시간'을 내기란 터무니없다고 화자는 말한다.

역시 위 시가 '멜로물'이 된 까닭은 우리의 현재 역사 속에서 '리프크네히트'가 지니는 실질적 위상 때문이리라. 공산주의의 몰락과 더불어 가열했던 사상가들의 투쟁과 열정은 한갓 멜로물이 될 따름이라는 인식이 여기에 있다. 공산주의의 몰락은 현실 모순의 극복을 위한 이상을 오직 '멜로'로 만들었다. 인간에게 남은 세계란 결국 단지 '목구멍이 포도청'이라는 시린 인식뿐이다. 오늘날의 우리에겐 그와 같은 현실적 국면만이 거대한 구멍처럼 남게 되었다. 꿈꿀 수 없는 냉혹한 현실에 대해 시인은 다음과 같이 말한다.

> 江湖라는 낱말이 좋은 거. 강호에.
> 병이 깊습니다. 시작하는 거.
> 長江의, 앞물결이 뒷물결에 밀리는 거.
> 꿈에 구멍이 있으나—누군가의 風이겠지—경계가 없어.
> 사티로스를 잡아먹는 암컷의 구멍이 크기는 크더라도.
> 꿈 구멍만 하겠는가. 꿈이 포식자라는 거.
> 꿈이 종국에는 꿈까지 잡는 거.
>
> **꿈이라는 거 말야**
>
> —「꿈이라는 거 말야」 전문

'꿈'이 '종국에 꿈까지 잡는' 지경이란 '꿈'이 더 이상 꿈꾸어질 수 없는 국면을 지시한다. '꿈'은 이제 삶에 활력소와 탄력을 주는 것이 아니라 '꿈의 포식자', 즉 꿈을 잡아먹는 거대한 '구멍'이 된다. 이는 곧 '꿈'이 현실화를 향한 긴장과 역동의 국면을 이루는 대신 꿈꾸는 일 자체가 '멜로'가 되는 국면, 즉 '꿈'이 말 그대로 허황된 것으로 머무는 국면을 의미한다. 이는 '꿈'이 삶의 전환을 이룩하지 못한 채 공허한 '구멍' 속으로 갇혀버리는 상태를 가리킨다.

'꿈'에 관한 이와 같은 규정은 현실에 대한 냉정한 인식을 포함하고 있어 주목을 요한다. '꿈의 구멍'이란 '꿈'과 '현실'의 극단적 단절을 가리키는 것이리라. '현실'은 꿈이 깃들 수 있는 여지를 허락하지 않는다. 그리고 그러한 현실이란 희망의 밝음이 모두 삼켜진 어둡고 암담한 사태에 해당한다.

'꿈'의 성격을 진단하고 현실을 규정하는 시인의 어조는 때로는 담담하고 때로는 냉소적이며 대체로 냉철하다. 적어도 그의 어조에는 '꿈'을 품는 듯한 부드럽고 따뜻한 색조가 없다. 음악으로 치면 무조음의 그것, 짧고도 단조로운 음상이 그의 시적 어조이다. 그의 목소리와 문체는 지극히 절제되어 있다. 우리는 그의 시 어디에서도 넘치는 서정과 풍요로운 리듬을 찾아볼 수 없다. 냉담한 어조는 그의 시 전반을 지배하는 시적 태도일 것이다.

> 삶이, 살아 있는 자의 것.
> 죽음이 죽은 자의 것.
> 누가 누구를 연민하는가.
>
> 죽은 자를 죽은 자가 장사 지내게 하라—그리스도
>
> **맞는 말이다**
>
> — 「맞는 말이다」 전문

'맞는 말이다'며 시인이 표 나게 동의하고 있는 이 대목에서 우리는 '그리스도'의 극도의 냉철함을 본다. '삶이, 살아 있는 자의 것'이고 '죽음이 죽은 자의 것'이라는 '그리스도'의 관점에는 그리스도가 놓여 있던 자리가 선명하게 드러난다. 그리스도는 삶과 죽음의, 칼처럼 날카로운 경계에 놓여 있던 인물이라는 것이다. 여기에서 삶과 죽음의 경계를 명확히 긋는 그리스도란 이 둘 사이의 뒤섞임 또한 용납하지 않는 이로 비춰진다. '누가 누구를 연민하는가'라는 설의 속엔 경계를 넘어서는 연민의 부당함에 대한 인식이 새겨져 있다. 즉 '삶'은 '살아 있는 자의 것'일 따름이고 마찬가지로 '죽음' 또한 '죽은 자의 것'일 따름이라는 것, 이것은 삶과 죽음 모두가 대등하면서도 균질의 것이라는 그리스도의 초월적인 관점을 반영하고 있다. 삶과 죽음의 한계 너머에 존재하고 있었을 그리스도에게 죽음이란 삶과 마찬가지의 한갓 인간 생의 한 국면에 해당했을 것이다. 그리스도에게 죽음은, 여느 인간에게라면 그것이 극복 불능의 절대적이었던 것과 달리 보편적인 것이자 상대적인 것이었을 터이다. '죽은 자를 죽은 자가 장사 지내게 하라'라는 말은 결국 산 자의 죽은 자를 향한 연민과 동정의 불합리성에 대해 지적한 것이 아닐까. '죽음'이 인간 모두에게 주어질 보편적인 것이라면 죽은 자에 대한 인간의 연민과 동정은 주제넘은 일에 해당한다. 산 자에게 과연 죽은 자를 위해 '장사'를 지낼 여유가 부여되어 있는 것일까. 따라서 '장사'를 지내는 주체는 '죽은 자'여야 한다는 논리가 성립된다.

삶과 죽음에 관한 이와 같은 인식은 매우 냉철한 것이다. 여기에는 삶에 대한 어떠한 소박한 감상의 여지도 끼어들지 못한다. 삶이 품고 있는 냉혹한 실상을 위 시는 예리하게 짚어낸다. 그리스도의 언명은 언어를 통해 언어도단의 경지를 명명하려는 냉혹한 어조를 반영한다. 이러한 냉철한 어조는 사태의 실상을 규명하는 데 있어 가장 적절한 언어일는지 모르겠다. 그렇다면 이는 박찬일 시인에게 가장 합당한 어조에 해당할 것으로 보인다. 왜냐하면 박찬일 시인의 시야말로 애초부터 인간의 삶에 백태처럼 끼어 있는 헛짓들, 허위와 허상들을 탈각시키는 데 집중되어 있기 때문이다. 우리는 위의 시 외에도 많은 시들에서 시인의 냉철한 인식 태도를 접하게 된다.

> 내가 죽으니까. 어머니를 記憶하는,
> 내가 사라진다.
> 살아야겠다.

악착같이.

술—카페인—니코틴. 끊어야겠다.
그만. 落望하마.

어머니!

'술—카페인—니코틴'으로 채워지는 생활을 경계하게 된 이유가 자신의 건강상의 문제 때문이 아닌, '어머니를 기억하는 나의 소멸' 때문이라는 인식에서 우리는 물론 일차적으로 화자의 '어머니를 향한 사랑'을 읽을 수 있지만, 그와 동시에 화자의 도저한 냉철함을 보며 놀라게 된다. 화자에게 '나의 죽음'은 그 자체가 두려움이나 사건이 아니다. 화자에게 더 큰 두려움은 그리 될 경우 더 이상 '어머니가 기억되지 않는다'는 사실에 있다. 비록 돌아가셨으되 아들의 기억 속에서 아직 존재하고 있는 '어머니'가 아들의 죽음과 더불어 흔적조차 사라진다는 점이 아들에겐 매우 큰 상처가 된다는 것을 알 수 있다. 그 점은 화자로 하여금 '악착같이 살겠다'는 의지를 키우게 한다. 또한 그러한 인식은 '낙망' 속에서 허우적대던 화자에게 그러한 생활과 절연하게 하는 계기가 되어준다. 위 시에서 '어머니의 소멸'에 대한 인식의 순간 화자가 새로운 생활을 결심하는 모습을 접하면서, 우리는 화자가 지니고 있는 고도의 냉철함을 보게 된다. 절망과 깨달음, 절연과 결심으로 이어지는 결단의 과정, 그리고 그 속에 놓여 있던 '어머니'에 대한 인식은 냉철한 자라야 지닐 수 있는 군더더기 없는 삶의 방식과 대상을 향한 뜨거운 사랑을 우리에게 보여준다.

위 시에서도 그러한 것처럼 세계를 응시하며 거짓과 진실, 허상과 사실을 구별해내는 시인의 중심 태도에는 냉철함이 있다. 시인은 냉철함을 바탕으로 하여 허위를 벗겨내고 진실의 뼈들을 추려낸다는 것을 알 수 있다. 저변에 일관되게 냉소적인 어조를 드리우고 있는 시인은 혼란된 세계를 차갑게 바라보면서 저편에서 소용돌이치는 진실의 가닥들을 잡아내는 것이다. 시인의 냉정한 시선에 의해 운명과 우주 속에 감춰져 있던 진실의 조각들은 조금씩 제 얼굴을 드러낸다. 그런데 이때, 황금알 같은 진실이 드러나는 중에 파편이 튀고 인식의 조각들이 거칠게 날아다닌다는 것을 알 수 있다. 진실에 이르는 길이란 허위들과의 치열한 싸움의 과정을 포함하기 때문이다.

> 서있는 것이 눕고 싶어한다. 맞는 말이다—불안이다.
> 서있는 것이 누울 수 있다. 맞는 말이다—중력이다.
>
> 불안에 시달리다—중력으로 끝나다
>
> **인생살이**
>
> —「인생살이」 전문

'불안'과 '죽음'에 관한 규정을 위 시에서처럼 간단하면서도 정확하게 내리는 일을 우리는 흔하게 만나지 못한다. 위의 시는 최소한의 표현으로 최대의 적확성을 기한다. 짤막한 위의 시는 '인생살이'에 관한 매우 명쾌한 설명에 해당하는 것이다. '불안에 시달리다—중력으로 끝나다'고 하는 위 시의 진술은 삶에 대한 냉철한 통찰에서 비롯되는 것이라 할 수 있다. 항상적으로 이어지는 '불안'과 궁극에 찾아오는 '죽음'이야말로 인간의 생을 단적으로 보여주는 것이 아닐까. 그리고 그리될 수밖에 없는 요인이 '중력'의 영향력 아래 놓인 인간의 운명에 있는 것이 아닐까.

시인 특유의 냉철함은 인간이 겪는 불안정한 운명과 조건을 촌철살인의 직정의 언어로 표현하고 있다.

인생의 단적인 본질이 그러한 만큼 삶의 주변성들에 대한 언급은 위의 시에서 과감하게 생략되어 있다. 보다 정확하게 말하자면 삶의 비본질에 해당되는 그것들은 생략되었다기보다 시인의 연장에 의해 가차없이 도려졌다고 하는 편이 옳을 것이다. 시인은 마치 조각가처럼 군더더기들을 뜯어내고 그 속에 감춰져 있던 생의 본질을 드러내는 작업을 하였던 것이다. 우리는 이 과정에서 시인이 기울였을 생에 대한 엄정한 태도를 짐작해본다. 여기에 본질과 비본질을 가름하며 오롯이 실상(實像)만을 만나고자 하였을 치열한 투쟁이 벌어졌을 것이라고 상상도 해본다. 물론 이것의 처음과 끝을 이끌었을 것은 바로 생 자체의 인식을 위한 시인의 냉철한 자세였을 터이다.

위의 시들에서 우리는 생의 생살에 도달하기 위한 시인의 고투를 살펴볼 수 있었거니와, 이러한 시인의 지향은 시적 의미는 물론이고 시 형태의 구조에서부터 어조, 시적 태도에 이르기까지 광범위하게 반영되어 있었음을 알 수 있다. 진실을 향한 시인의 전면적인 접근법을 보면 어쩌면 시인은 생의 비진리에 대해 극도의 혐오를 지니는 것으로도 여겨진다. 시 형태에서 보인 시제의 역전 구조라든가 건조하리만치 냉담한 어조, 삶과 죽음의 경계에서의 냉소적 인식, 사태인식에 대한 냉철한 태도 등은 모두 허상과의 투쟁이라는 일련의 맥락을 형성하는 것이다.

간혹 우리는 시인의 철두철미한 태도에서 언어의 끝을 느끼기도 한다. 언어의 꾸며질 수 없는 지경을 목도하게 되는 것이다. 시인으로서, 이러한 지경에 도달해야 하는 필연성은 어디에 있는 것일까? 시인으로서, 언어의 미학을 뒤에 두고 생의 진리에 닿으려 하는 자의식은 어디에서 비롯되는 것일까? 그 답을 정확히 알지 못하나 다음의 시는 우리에게

제3부 우리 시대의 시인

그와 관련한 정황을 암시해준다. 이어지는 시를 통해 우리는 삶의 진리 및 진정성이 통하지 않는 시대에 자아가 겪었을 고통이 어떻게 끝의 언어를 낳게 되는가를 어렴풋이 짐작하게 된다.

나 아닌데, 나 아녜요 난 아니죠 아니오 아니라니까.

안 그랬는데 나 한 거 아닌데 아녜요 나 아녜요 그러지 않아요

그럴 리 있어요 나 아닌데 왜 나죠? 나 아닌데 진짠데

아닌데 나 한 거 아닌데 그러지 마세요! 나 아녜요 정말!

자꾸 내가 한 거라구. 했다구 그러시죠? 그래요. 나 아녜요 안 그래요 정말
이래

그러지 않아요 아녜요 나 아녜요 아닌데 나 안 그래요 나 없었어요

그런 사람 아닌데 그게 아닌데. 아닌데 나 아니라는데 나보구 그러니까.

그럴 리 있나요 아니죠. 아니죠 나 아니오. 나 아니오

그러지 마세요. 몰라요. 나 아닌데 진짠데 나 이렇게 말하는데

나 아닌데 나 아니라니까, 아니라니까. 나 아니죠

내가 이렇게 말했네─내가 이렇게 말하더군

―「내가 이렇게 말했네─내가 이렇게 말하더군」 전문

진정성을 향한 인간의 치열한 생이 수용되지 않는 시대에 자아가 할 수 있는 일이란 무엇일까? 본질과 비본질이 전도되어 삶의 순수성이 가치로 여겨지지 않는 시대에 인간들은 좌절한다. 이 속에서 자아들은 스스로의 혼을 구현하지 못한 채 거대사회의 부속품으로서 무기력하고 자동적으로 살아가는 것이다. 위의 시에서 우리는 받아들여지지 않는 진실을 떠안은 자아가 치르는 고투를 본다. 거짓과 꾸밈으로 이루어지는 시대에 자아들은 미약한 존재감을 떠안은 채 자신을 증명하기 위해 싸워야 한다. 위 시에 사용된 언어의 기교는 단순한 유희적 성격의 것과

구별된다. 위 시의 언어는 의미와 본질을 가리기 위해 양산되고 있는 후기 자본주의적 언어가 아니라 오히려 언어의 무의미 사이에서 의미와 본질을 보존하려는 언어에 해당한다. 환상과 거짓으로 한없이 부풀어오르는 시대상 속에서 허위를 찢고 그 속에 감춰져 있는 진실을 끌어내려는 언어가 그것이다. 거듭되는 부정의 언어들은 부정적 세계의 껍데기를 벗기기 위한 거듭되는 부딪힘의 언어임을 알 수 있다. 이러한 언어를 통해 시인은 죽어 있는 것 속에서 살아 있는 것을, 거짓의 더미 속에서 진실을 찾고자 한 것이 아니었을까.

제3부 우리 시대의 시인

시적 언어의 현실주의

– 최서림의 『불금』

시가 언어예술이라고 할 때 우리가 시적 언어에 기대하는 바는 무엇일까? 세심하게 공을 들여 다듬은 천의무봉의 언어인가, 세련된 기교로 무장한 현대화된 언어인가, 아니면 이데올로기의 색채를 제거한 소위 순수한 언어인가? 시가 언어미학의 산물이라는 점에서 우리는 시적 언어의 예술성에 주목을 하였던바, 그것은 언어의 순수화 내지 기교화, 탈이데올로기화를 의미하는 것이라 간주하곤 하였다. 우리 문단에서 이러한 인식은 꽤 오랫동안 유지되었는데 그 때문에 우리 문학에는 순수성과 이념성, 예술성과 현실성 사이에 대립과 단절의 벽이 세워졌던 것이 사실이다. 언어미학 운운하면 소위 순수문학이 되고 현실주의 문학을 말하면 언어미학과 하등 상관없다는 고정관념도 이의 결과라 할 수 있다.

이러한 관점에서 볼 때 서림의 언어미학은 우리의 관심을 끌기에 충분하다. 시집 『불금』에 두드러지는 '말'에 관한 시선이 삶과 이웃에 대한 시인의 따뜻한 성찰과 절묘하게 맞물리기 때문이다. 이 두 맥락의 뚜렷하고도 개성적인 윤곽들은 마치 독립적인 부분으로 분리되어 있는 듯하면서도 서로 마주하며 교차하고 있다. 다시 말해 서림의 경우 언어와 삶, 말과 현실은 우리의 고정관념대로 대립적이고 단절적인 것이 아니라 교묘하게 섞이고 조화롭게 거듭나고 있음을 알 수 있다.

이는 과연 어떻게 가능한가? 언어예술과 현실주의적 내용은 어떻게 융화할 수 있을까? 그가 정립한 방법론은 무엇인가?

1. '푹' 발효된 말

시집의 앞머리 시들에서 서림은 '말'에 관한 강한 관심을 표하고 있다. 시들을 통해 우리는 그에게 '말'이 시의 도구이자 동력일 뿐 아니라 시의 전체이고 삶의 견인차임을 쉽게 짐작할 수 있다. '말'에 관한 시인의 주목은 시적 언어에 대한 그만의 고유한 미학을 정립하고자 하는 시도에 해당하는 것으로 여겨진다. 실제로 그는 「자서」에서 "가시 같은 말/잠들지 못하는 말에 이끌려/여기까지 걸어 왔다/내 안의 푸른 노새가 말의 이파리를 뜯어먹고 있다"라고 함으로써 '말'이 시인에게서 차지하는 비중을 암시하고 있다. 시인에게 '말'은 삶이자 시이고 구원이자 예술이다. 시인은 그에게 '말'이 영혼의 심급에 놓여 있는 것임을 서슴지 않고 말하고 있다.

그러한 '말'에 대해 그는 매우 독특한 지향성을 제시한다. 그것은 시집의 첫시에 해당하는 「담그다」를 비롯해서 「뻘」, 「푹」 등에 암시되어 있는 것으로서, 언어의 미학적 측면에 대해 말하되 그 이상의 성질을 지닌 언어에 대해 묘사하는 데서 잘 드러난다.

'담그다'라는 말은 둥글고 커서 아무나 들어갈 수가 있다 따뜻해서 김이 모락모락 난다 깻잎이 쟁여진 항아리 같은 이 말에는 벌레가 알을 슬지 못하는

짠 내가 나기도 한다. 슬픔에 절여진, 순번에 밀릴수록 짜게 절여진 삶들이
이 말 테두리에 하얗게 장꽃으로 피어 있다

—「담그다」 부분

　언어는 언어이되, 미학은 미학이되 서림이 지시하는 시의 언어는 흔
히 생각되는 것처럼 세련되거나 현대적인 것이 아니다. 그것은 우아함
이나 고상함과는 거리가 멀다. 서림의 언어는 그보다는 삶의 때가 묻어
있는 것이고 눈물과 설움에 절여진 것이며 시골의 장맛이 느껴지는 것
이다. 그것은 가볍거나 달콤한 것이 아니라 생의 무게에 '짓눌린' 것이
며 '짠 내'가 나는 것이다. 시인의 표현대로라면 "눈비 맞고 매연 속에 얼
었다 녹았다 꼬들꼬들 마르고", "등짐에 짓눌리고 눈물에 담금질"(「담그
다」)된 언어에 해당된다. 그것은 고급한 것이라기보다는 대중적인 것이
고 배타적인 것이라기보다는 포용적인 것이다. 이러한 그의 언어미학은
매우 자의식적이지만 그것이 결코 독선적이지 않다는 점에서 오히려 독
특하고 고유하다. 이와 함께 시 「푹」은 그의 언어의식을 보다 분명히 드
러내고 있다.

　'푹'이라는 말의 품은 웅숭깊고도 넓다 둥글어서 뭐든지 부딪히지 않고 놀
기에 좋다 묵은지 냄새가 담을 넘어가는 이 말은 詩가 알을 슬기에 딱 좋다
뭐든지 푹 익은 것은 시가 되는 법, 항아리 속에서 멸치젓갈이 푹푹 삭고 있
는 마을마다 시가 넘실대던 시절이 있었다 속을 삭히고 말을 삭히는 솜씨 따
라 하늘과 땅의 기운을 빌려 오는 솜씨 또한 달랐다

—「푹」 부분

　오랜 세월에 걸쳐 희로애락을 절인 언어같이 시인이 추구하는 언어는
깊은 맛이 배어 있는 것이다. 그것은 얄팍하거나 단순한 것이 아니고 '웅

310

불확정성의 시학

숭깊고도 넓'은 것이다. 날카롭거나 모가 난 것이 아니라 '둥글어서 뭐든 지 부딪히지 않'는 것에 속한다. 시인이 구하는 것은 이처럼 포용적이고 대중적인 것이라 할 수 있다. 또한 토속적이고 민중적인 것이라 할 수 있다. 그의 표현대로 시란 "묵은지 냄새"가 나는 곳에 '알을 스는' 것이 아닐까. 이것은 빈궁하거나 헐벗은 맛이 아니라 오묘하고도 풍부한 맛 일 터이다. 이러한 맛이야말로 시인에겐 시적이고 미학적인 언어가 아 닐 수 없다. 시인은 언어의 성질에 대한 우리의 습관적인 생각을 전복하 고 있거니와, 그는 이처럼 말에 깊이와 질감을 더하는 '말을 삭히는 솜 씨'를 가리켜 '하늘과 땅의 기운을 빌려 오는 솜씨'라고까지 말하고 있 다. 다시 말해 그것은 단순히 언어의 조탁과 장식의 차원에 놓이는 것이 아닌, 삶의 내용 및 그것의 초월과 관계하는 것임을 의미하는 것이다.

언어미학적 측면에서 볼 때 시의 언어가 기교와 꾸밈의 차원에 놓이지 않는다는 관점은 매우 중요하다. 아니 삶의 현실적 내용을 다루면서도 그것이 언어미학적 자의식 속에 놓인다는 관점은 매우 중요하다. 사실 시인의 언어미학은 이 두 지점을 아우르는 것에 해당한다. 그렇다면 우 리는 이러한 언어를 무엇이라 명명할 수 있을까?

모든 말에는 피가 흐른다
말(馬)같이 펄펄 날뛰는 말
시체같이 굳어 있는 말
말에는 근육이 있고
206개의 뼈가 있다

모든 말에는 소금이 녹아 흐른다
살아온 밀도만큼 흐른다
사랑한 농도만큼 흐른다

젓갈 같이 썩지 않는 말

— 「잠들지 못하는 말」 부분

　말에의 자의식을 놓지 않되 기교나 장식의 수준에 놓이지 않는 시의 언어를 시인은 '살아 있는 언어'라 표현하고 있다. 그것도 '펄펄 살아 있는 말'이라 한다. 시인은 살아 있는 말은 마치 살아 있는 사람처럼 '근육'과 '뼈'와 '피'가 있다고 말한다. 또한 사람과 마찬가지로 '살아온 밀도'와 '사랑한 농도'를 고스란히 지니고 있다고 말한다. 말하자면 '말'은 시인의 시선에 따르면, 생명을 지니고 있고 나아가 '혼'을 지니고 있는 것이다. 시의 언어는 '혼'의 심급에서 그것의 생명력에 의해 명멸을 이루는 것에 다름 아닌 셈이다.

312

2. 민중의 혼으로 된 언어

　'푹' '담가'진 '웅숭깊고 넓은' 언어, 삶과 사랑의 농도를 담아내는 '언어'에는 시인이 주장하는 강한 지향점과 메시지가 있다. 이는 시의 심급이 생과 혼의 차원에 놓이는 것인 까닭에 시적 언어 또한 분명한 방향성을 지님을 암시하는 것이라 할 수 있다. 실제로 시인은 그의 시들 한켠에서 이와 관련한 굵직한 목소리를 내고 있다.

하늘도 둥글고 땅도 둥근데
관은 왜 사각인가
몸도 마음도 둥근데
산 자들의 무덤인 집은 왜 또 사각인가

(중략)

산도 둥글고 나무도 무덤도 둥근데

관이 들어가는 자리는 왜 비좁게 사각인가

왜 마음은 바라크를 닮아 점점 딱딱해져만 가는가

—「오각형에 대한 사유」 부분

시에서 '오각형'은 모나고 각진 사태들을 상징하는 시어이다. 시인은
사람들의 마음속에 날카롭게 도사리고 있는 모진 마음들을 경계하여 이
들을 자연의 둥근 세계와 대비시키고 있다. 시에는 '관'이나 '집'처럼 인
간들이 만들어낸 세계는 각진 것이지만 그러나 본래 인간이 지닌 성품
은 '둥글다'는 인식 또한 드러나 있다. 조물주에 의해 부여된 인간의 몸
과 마음은 그 이름만큼이나 둥글다는 것이다. 그리고 이들은 산이나 나
무처럼, 혹은 죽음 후의 세계처럼 둥근 것이 아닐까. 인간이 자연의 일
부라면 인간이 지향해야 할 바는 정해져 있을 것이다. 그것은 자연의 일
부답게 인간의 세계 또한 모나지 않게 만들어야 한다는 것이리라. 시를
통해 시인은 인간의 본래성, 시가 지향해야 할 방향성을 말하고 있거니
와, 이는 결국 생명과 혼의 차원에서 인간 삶의 깊이를 다루는 것임을
알 수 있다.

이러한 관점에 서면 '둥글다'는 것은 단순한 메타포가 아니다. 그것은
시인의 표현대로, 응축되고 뒤섞이는 반복적 과정을 통해 형성된 밀도
높은 삶과 농도 짙은 사랑의 결과물이다. 그것은 사람을 사랑한 만큼,
부딪히며 살아온 만큼 빚어지는 행동의 산물이다. 때문에 그것을 우리
는 단지 비유로서가 아니라 액면 그대로의 현실주의라 말할 수 있다. '둥
글다'는 것은 삶의 성실성에 의해 비롯되는 현실적인 사태에 해당한다.
인간에 대한 따뜻함과 포용력에 의해 가능해지는 삶의 실질적인 내용
에 해당한다. 즉 시인의 세계에서 '둥글다'란 말을 위한 말이 아닌 것이
다. 여기에서 서림의 경우 언어와 삶이 하나로 맞물리는 지점을 찾게 되

거니와, 이 지점에서 시인의 언어는 현실이 되고 또한 그 언어는 현실에 의해 '푹' '담가'진 '웅숭깊고 넓은' 언어가 된다.

사태가 그러하다면 남는 의문은 '둥근 언어', '삶의 밀도와 사랑의 농도'를 지닌 현실이란 구체적으로 무엇인가 하는 점이다. 현실주의적 시의 언어라 할 만한, 현실의 넓이와 깊이에 의해 빚어지는 '푹' '담가'진 '웅숭깊고 넓은' 언어란 무엇인가?

내 몸은 이미 녹슬고 덜커덕거리고 있어

흘려보내야 할 것들, 더 이상 붙잡지 말아야할 것들을
살비늘 속에 다 떨쳐버리고 싶어

(중략)

분침과 시침이 어긋나도 부지런히 돌아가는 시계처럼
헐떡이며 간신히 여기까지 흘러왔어
가끔씩 스텝이 엉켜도 그대로 넘어가는 탱고같이
단순한 인생이 그리워
더 이상 붙잡으면 추해질 것들을
탁한 세월 속에다 놓아버리고 싶어

밥물 끓어 넘치듯 부글거리는 욕망들,
빈 도마를 정신없이 두들겨대는 내 안의 식칼 소리들,
어느덧 앙금으로 가라앉아
남을 것만 남아있기를

—「오래된 집」 부분

인간의 마음에 도사리고 앉아 영혼을 끊임없이 부대끼게 하는 존재, 자아를 압도하여 '나'를 이리저리로 끌고 다니는 강력한 타자, 비워내고 비워내도 마르지 않는 우물처럼 여전히 솟아오르는 허상, 즉 '욕망'을 위의 시는 너무도 생생하게 표현하고 있다. '밥물 끓어 넘치듯 부글거리는', '빈 도마를 정신없이 두들겨대는 내 안의 식칼 소리'는 자아가 감당하기 힘든 내면 속 마음들에 관한 리얼한 묘사이다. 시인의 말대로 인간은 숱한 불순한 마음들에 의해 들끓는 존재일 것이다. 그리고 이러한 마음들은 인간을 휘어감으면서 인간으로 하여금 이기적이고 파괴적인 상태로 몰아갈 것이다.

인간의 내면이 이러하므로 시인은 이들이 '앙금으로 가라앉'기를, '남을 것만 남아있기를' 소망한다. '흘려보내야 할 것들, 더 이상 붙잡지 말아야할 것들을/살비늘 속에 다 떨쳐버리고 싶'다고 말한다. 시인은 불순한 마음들에 대해 통제하기를, 그것들을 버릴 수 있기를 바란다. 그러나 물론 현실의 삶은 그러한 소망들이 쉽사리 성취되는 것들이 아님을 말해준다. 우리는 그러한 마음들의 뿌리조차 확인할 수 없으며 그러한 마음들이 드나드는 통로도 알 수 없기 때문이다. 상황이 그러하다면 약하고 불완전한 인간이 할 수 있는 일이란 무엇인가? 순수성을 회복하는 일이 관념에 가까운 일이라면 인간이 구할 수 있는 가장 현실적인 대안에는 어떤 것이 있을까? "가끔씩 스텝이 엉겨도 그대로 넘어가는 탱고같이/단순한 인생이 그리워"라 하는 시인의 전언은 어떠한가? 어떤 일에 모나게 고집을 세우는 일보다 모든 것을 긍정하며 넉넉하게 품고 가는 자세를 시인은 말하고 있다. 그는 과거에 집착하지 않고 성큼성큼 앞으로 나아가는 낙천적 삶의 태도를 말하고 있다. 이러한 삶의 태도는 불순한 마음들을 다루는 일과 관련해 시인이 우리에게 전하는 하나의 제안임을 알 수 있다.

'참을 수 없는 존재의 가벼움'에 대한 치유의 모색

– 채선의 『삐라』, 정숙자의 『뿌리 깊은 달』

0. 존재에 관한 논의의 겹들

하나의 소우주이자 우주의 큰 흐름 가운데 놓인 존재면서도 그러한 규정 아래에서조차 결코 위대하다거나 평온한 존재감을 느끼지 못하는 것을 문제 삼는 일은 어느 시대, 어느 지역에서나 이루어져야 한다. 자연으로부터 태어나 자연의 일부로 살아가면서도 그러한 규정이 상투적인 수사로서만 유통될 뿐 의미 있는 내포로 소통되지 못하는 사실에 대해 성찰하는 것은 모든 사람들의 과제에 해당한다. 사람과 사람이 함께 사는 곳에 어떤 공기가 흘러 다니고 그것이 공동체를 어떤 모습으로 빚어 가고 있는지를 점검하는 일은 언제 어디에서든 행해져야 한다. 이와 같은 우주와 자연, 사람과 사회에 관한 문제 제기와 그에 대한 해결을 위한 성실한 노력은 아무리 강조해도 지나치지 않다. 그것은 이와 관한 고민들이 단지 철학적 차원의 고찰에서 그치는 것이 아니라 지금 여기에서 호흡하고 살아가는 '나'의 평온과 행복에 직결되는 문제이기 때문이다. '나'에 관한 가장 내밀한 존재론적 고민들은 사회와 사람, 자연과 우주에 관한 총괄적인 논의와 관련되고, 이들에 대해 의미 있는 통찰이야말로 고독과 불행으로부터 개개인을 구원하는 가장 합당한 길에 해당할 것이다.

이는 바꾸어 말하면 '나'의 존재 조건에 관한 질문은 비단 개인의 나르시시즘적 차원에서의 문제가 아니라 사람과 사회, 자연과 우주 전체에 관한 문제를 포함하는 것을 가리킨다. 즉 사람과 사회, 자연과 우주는 단지 추상적이고 형이상학적 차원에서나 거론되는 문제가 아니고 '나'의 가장 본질적인 존재 조건에 해당한다는 점이다. 이들 문제들은 제각각 분리되어 있는 것이 아니라, 지금 여기에서 호흡하고 있는 '나'를 둘러싼 가장 근본적이고도 직접적인 조건들인 것이다. 그러나 우리에게 이들 문제들은 대부분 각각의 영역과 세계관에 따라 분리되어 인식되기 마련이다. 이들 문제들은 각기 분리된 영역 속에서 독자적인 논리에 따라 언급되는 것이다. 가령 자연과 우주의 개념을 사람과 사회의 개념과 함께 얘기하는 일은 어색하기 그지없다. 각각은 서로 차지하는 영역이 다르고 논의되는 차원이 다르다고 여겨진다는 것을 알 수 있다.

그러나 강조했듯이 이 모든 것은 존재에 관한 단일한 문제이다. 이 모든 것은 존재를 둘러싼 모두 동일한 성질의 조건을 형성한다. 이 모든 것은 모두 균질한 것이자 모두 같은 차원의 문제이다. '나'를 포함한 이 모든 것이 하나의 차원을 이루고 있다는 사실을 통찰하는 일은 인간을 이해하는 가장 중요하고 본질적인 길에 해당한다. 이는 인간의 구원에 관한 문제를 함의하는 것이다.

1. '삐라' 같은 너와 나 – 채선의 『삐라』

도시에서 태어나 도시의 일상 속에서 상상력을 키워온 채선 시인은 도시인의 존재론적 질문들을 치열하고 깊이 있게 제기해온 시인이다. 시인은 도시의 냄새와 공기, 어둠과 욕망들이 만드는 안갯속 같은 세계 속에서 가장 정직한 표정으로 서 있다. 도시의 세련되고 감각적인 스타일 그대로의 음색과 토운, 섬세하고 때로 예민한 감수성, 그리고 고독한 자아의 내밀한 고뇌는 도시 속에서 형성된 시인의 시적 특징들이다. 생득적이라고 할 만큼 체화된 이들 특징들은 시인의 고유한 개성이 되고 목소리가 된 것이다. 시인에게 이들 특징들은 세포 속 하나하나에까지 깊숙이 침투해 있는 요소들이 되고 있어, 시인의 경우 시의 어조는 매우 안정적이다. 그녀는 자신의 목소리가 어디에서부터 발성되는지 잘 알고 있다. 도시적 공기를 폐 속 깊이 빨아들인 시인은 자신이 호흡하는 공기가 다른 것이 아니라 도시의 그것임 또한 너무도 잘 알고 있다. 그는 자신을 둘러싼 환경을 부정하지 않는다. 그의 존재론적 성찰은 바로 이와 같은 불가결한 조건 위에서 제기되는 것이다. 가장 정직한 표정이라는 것은 자신이 처하고 자신을 길러낸 터전으로서의 환경을 쉽게 버리거나 결코 쉬운 안식을 찾아가지 않는다는 점에서 그러하다. 시인은 바로 이곳에서 숨을 쉬며 바로 이곳에서 상상력을 키워간다. 그녀는 언제나 "모든 괴로움을 또다시" 받아들인다. 시집의 표제가 된 '삐라'의 의미를 탐구하는 일은 이 지점에서부터 시작되어야 한다.

나는, 핏속에 울음을 가둔 벙어리로 태어났다.

해마다 봄은 미리 죽거나 시들해졌다.

몹쓸 병에 걸린 시절,
철 이른 꽃들 노랗게 흔들리고
계절 밖에서 떠도는 뜬소문 같은 칙칙한 안개
떼 지어 강가를 몰려다녔다.

늘 안개 속이거나 아수라장인 봄.
싸움이 일고
설움이 일고
파탄이 일고
누군가는 피다 만 꽃을 따라 떠나기도 했으나
그리 오래 슬펐던 건 아니다.

꽃들은 제가 피고 진다는 것 알까, 피었던 죄로
마른 꽃으로나마 매달려 있어야 하는 것도.
　　　　　　　—「삐라─다 울지 못한 새벽 있거든 맘껏 울어주리」 부분

　우주의 생기와 자연의 위대한 순환을 알려주어야 할 봄이 '해마다 미리 죽거나 시들해지'는 것으로 묘사되고 있는 위의 시는 자연에 관한 한 시인이 실제로 체감하는 바 그대로를 말해주고 있다. 시인의 기억 속에서 '봄'은 결코 생동감 가득한 환한 빛의 그것이 아니다. 시인에게 '봄'은 '늘 안개 속이거나 아수라장'이고, 언제나 '싸움이 일고/설움이 일고/파탄이 이'는 늘 그렇고 그런 계절이다. 아니, 계절이라고 할 것도 없이 '봄'은 그저 반복되는 하루일 뿐 자연의 순환 속에 놓인 '소생(甦生)'이라는 질적 차별성을 지니는 시간이 아닌 것이다. 만물이 파릇파릇 생기를 뿜어내고 꽃들이 화려하게 자태를 피워내는 눈부신 봄은 그녀의 기억 속에 없다. 그보다 봄은 무겁고 나른한 공기, '몹쓸 병'으로 부대끼던 나날, '칙칙하'게 떠도는 뜬소문 등의 사실들로 채워진다. '봄'은 팽창하기

보다는 그저 **빽빽**하고 활기찬 대신 '아수라장'이었다.

봄에 관한 이처럼 팍팍한 소묘는 그러나 그녀의 봄에 관한 매우 사실적인 느낌에 해당할 것이나. 여기엔 어떤 의도나 작위성도 없다. 시인 자신이 지녔던 가장 실제의 감수성을 이처럼 표현한 것이리라. '누군가는 피다 만 꽃을 따라 떠나기도 했으나/그리 오래 슬펐던 건 아니다'는 곧 도시에서의 세태 및 실상 그대로의 생활 감각을 말해주는 대목이다. 도시에서의 '봄'이란 것은 그처럼 무르고 몽롱한 것이 아니겠는가. 무언가를 선명히 이해하기에는 도시의 공기는 '안개'처럼 칙칙하다.

'봄'조차 생기로 감각되지 않는 도시에서의 삶은 결코 축복으로 다가오지 않았을 것이다. 도시는 단지 생의 조건일 뿐 행복의 요소는 아니었을 것이라는 점이다. '꽃들의 피어남'이 '죄'로 인식되는 것도 이 때문이다. '꽃의 피고 짐'이라는 영원성에 대한 상징은 '매달림'이라는 죄악의 근거가 되고 있다. '봄'조차 이러한 도시 속에서 태어난 시인은 따라서 "핏속에 울음을 가둔 벙어리로 태어났다"고 말한다. 도시는 자아가 태어나 편안하게 호흡하기에는 결코 좋지 않았던 공기를 내뿜고 있었으리라. 도시를 가득 채우고 있던 불온한 공기는 태어나는 아기의 힘찬 울음을 틀어막는 무거운 압박으로 작용하였을 것이다. '삐라'는 곧 이러한 도시의 불온한 대기 속에 너풀거리는 존재들의 울음의 흔적 혹은 불온한 생각들의 기록에 해당한다.

존재들에 대해 붙여진 '삐라'라는 언급은 매우 불온하다. 태어나 수없는 날들을 이곳에서 살아왔던 존재들에게 '삐라'라는 규정은 존재들에 대한 부재 증명을 의미하는 매우 모욕적인 것이기 때문이다. 그러나 이러한 진단 역시 매우 강한 리얼리티를 띤다. 존재들에게 도시란 안온하게 깃들 수 있는 둥지가 될 수 없기 때문이다. 단 하루도 예외 없이 치열한 시간들을 투여하는 곳이지만 이곳에서 존재들은 언제까지나 안식할

불확정성의 시학

수 없다. 존재들은 밑도 끝도 없이 한없이 떠돌 뿐이다. 아무리 오랜 세월을 보냈어도 땅에 발 디디지 못하고 불온하게 떠도는 존재들은 곧 도시인의 초상이다. 연작시「삐라」가운데 '부재의 구성'이라는 부제로 되어 있는 다음 시는 도시라는 환경에서의 삶의 존재 양상을 가감없이 묘사하고 있다.

> 함정 혹은 합정역, 매일 도굴당하는 도시의 유적
> 다시 지상으로 올려지면
> 이목구비 사라진 생의 부장품들 뿔뿔이 흩어지고
> 종점과 종점을 도는 버스를 기다리는 동안
> 습관적으로 빵을 뜯는다.
>
> 아무도 동승하지 않은 버스 안,
> 보이지 않는 사람이었다가 보이는 사람이었다가
> 이목구비를 놓친 차창 속
> 여러 겹의 내가 하나인 나를 에워싸고 있다.
>
> 껌껌한 서랍처럼 구석진 자리
> 한 덩이 토르소,
> 둥그렇게 웅크린 내 등 위로
> 허겁지겁 닫아두었던 아침이 쏟아진다.
>
> ─「삐라─부재의 구성」 부분

'합정'을 '함정'으로 읽는 시적 화자에게 도시에서의 삶은 '습관적으로' 반복되는 일상에 불과하다. 도시에서의 삶에는 처음과 끝, 과정과 결과에 따르는 의미 있는 진전이라든가 발전 개념이 없다. 도시인은 대부분 '종점과 종점을 도는 버스를 기다리'며 '습관적으로 빵을 뜯는다'. 도시인들에게 허용되는 것은 기계적인 행동들뿐, 내면도 의식도 개성도 그 어떤 것도 아닌 것이다. 때문에 도시인들에게 존재의 고유성을 상징하는 '이목구비'는 모두 지워지고 없다. 이 속에서 '나'의 본질은 없다. '나'는 살았던 시간만큼의 '여러 겹'으로 덧칠되어 그 본질과 고유성은 숨겨지고 가려진다. '나'는 무수한 타자화된 '나'들로 '에워싸여 있'는 것이다.

이렇게 고유성을 상실한 자아가 찾는 곳은 '껌껌한 구석진 자리', 따라서 '나'는 '웅크린 한 덩이 토르소'가 된다. 도시인의 초상을 묘사하는 시인의 붓끝은 어둡고 우울하다. 시인은 낮고 두껍게 채색되는 도시의 음영들을 묵묵히 받아들인다. 시인은 도시의 리얼리티에 거짓되고 과장된 밝은 색채를 가미하지 않는다. 시인은 출구 없는 도시의 삶을 숙명처럼 감내할지언정 이로부터 회피하지 않는 것이다. 대신 시인은 압박으로 죄어오는 도시의 세태를 차갑고 고요한 눈으로 바라본다. 그것이 시인이 도시에서 살아갈 수 있는 방식이 되고, 세상이 가해오는 중압감을 밀어내는 한 방법이다.

시작도 끝도 없이 이어지는, 그러나 그것이 진정한 지속성이 아닌, '점묘'(「점묘—하현」)와 같이 방향 없는 반복만으로 이루어졌음은 시인의 시에 빈번하게 나타나는 '떠 있음'의 이미지와도 관련이 된다. 시에는 '둥둥 떠 있음'(「리멘시타」, 「삐라—중독」), '떠다님'(「삐라—울음의 방식」), '흔들림'(「삐라—섬2008」), '공전'(「그래도 나는 잔다」)과 같은 표현들이 중복되어 사용되고 있거니와, 이는 땅에 발 디디지 못하고 중심없이 표류하는 도시인의 숙명적 삶의 방식을 암시하는 것이리라. 또한 이 점은 '생소한 습지 같은 곳에서의 앉은뱅이'(「슬픔의 산책」), '거듭되는 서른아홉'(「서른아홉」), '말풍선에 묶인 아이들'(「암중모색」), '절정이어야 할 때 폐쇄되어 버린 내 청춘의 입구'(「우리가 꿈꾸는 동안」), '내 안에 매몰된 섬'(「삐라—섬2008」) 등의 존재에 관한 이미지로 변주된다. 이 중 '물렁한

다리'(「물렁한 다리-의족」)는 방향이 없는 곳에서 중심도 뿌리도 없이 살고 있는 도시인의 모습을 단적으로 표현하는 이미지에 해당한다.

가끔 난
허례와 호식을 죄송해 했지만
별 볼 일 없는
생의 낮 시간은 지나갔어.
얼굴도 없이 심심하게
아주 느릿느릿 지나간 거야.

그런 저녁, 버스 정거장에서 만난 건
낡은 엔진 쿨럭거리는 너의
고단한 노역이었지.

농약 묻은 태양을 들여다보는 세월
흙가루 풀풀대는 바짓가랑이
몸통 없는 슬픈 다리들.

나, 그 다리들을 만지네.
단단하기도 쓸쓸하기도 한
물렁한 다리들,

— 「물렁한 다리-의족」 부분

출구 없이 폐쇄된 도시적 공간에서 시간은 질적 차별성 없이 '아주 느릿느릿 지나간다'. 하늘은 거대한 틀에 불과하여 사람들은 주어진 시간에 따라 '심심하게' 나날들을 보내곤 한다. 매일의 나날들에서 의미를 발견하지 못하며 사람과의 관계에서 탄력을 얻지 못할 때 도시의 자아들은 '얼굴'을 잃어간다. 지독한 소외 속에서 살아가는 도시인들에게 '넋은 없다'(「넋새」). 도시인들은 '말을 잃고, 숨죽인' 채 살아가게 되는 것이다. 이 속에서 "생각들이 유배되고, 언어들이 유배되며, 행동들이 유배된다" 시인은 그런 자아를 "목구멍 안에 갇혀버렸다"고 표현한다(「유배된 1월」).

위 시의 화자 역시 무의미하게 이어지는 날들을 '별 볼 일 없는 생의 낮시간'이라 말한다. 또한 그러한 시간들 속에서 이루어지는 인간관계들은 대부분은 자의식적인 '허례와 호식'에 불과하다. 이러한 세계 속에서 '태양'은 '농약이 묻어' 있는 것으로 여겨지고, '너'의 노동은 '낡은 엔진 쿨럭거리는' 모양새로 인지된다. 대지와 인간이 단절되고 인간은 대지로부터 생명의 회복을 얻지 못하는 것이다. '물렁한 다리'는 이에 대한 직접적 표현이라 할 수 있다. 대지와 자아를 이어주는 매개로서의 '다리'는 생명이 가득한 '나무'처럼 꼿꼿하지도 튼튼하지도 않다. 대지는 '흙가루 풀풀대'고 '다리'는 몸통을 지탱하고 있지 못하다.

이러한 '물렁한 다리'는 '뼈라'와 마찬가지로 땅에 뿌리를 내리지 못하는 도시인의 모습을 단적으로 보여주는 매개체임을 알 수 있다. '물렁한 다리'로는 대지에 굳건히 발 딛고 살아갈 수가 없다. 존재는 한편의 먼지조각처럼 빈 공중을 떠돌아다닐 뿐 어떠한 의미 있는 행위와 진보를 이룰 수 없다. '물렁한 다리'가 '뼈라'와 겹쳐지는 지점도 바로 여기이다.

이러한 암담한 상황에서의 탈출구는 어떻게 구할 것인가? 채선 시인의 시에서 그것은 강력하지는 않되 몇 가지 이미지로 시도되곤 한다는 것을 알 수 있다. 우선 그녀는 '더렵혀져서도 마르고/뜨겁거나 차갑게 젖었다가도 마르고/처박혔다 종일 비벼져도 마르는' '빨래'(「내성(耐性)」) 이미지를 떠올린다. 또한 그녀는 '오늘은 큰 소리로 떠들어버릴 거야/낮은 목소리는 치우고/세상 모두 들을' '참된 헛소리를 하겠'다고 말한다

(「비상구」). 한편 위의 시에서 시인은 '만지'는 행동을 한다. 시의 화자는 '단단하기도 쓸쓸하기도 한/물렁한 다리들'을 '만진다'고 말한다. 여기에서 '만지는' 행위는 아이의 상처를 보듬고 어루만지는 어머니의 손길을 연상시킨다. 또한 인간들의 아픔과 부족함을 치유하는 신의 손길을 떠오르게 한다. 아픔과 상처를 어루만져주는 행위는 희생과 포용에 의해 가능하다. 그것은 아픔에 공감하고 그 아픔에 전이된다는 점에서 그러한데, 종교에서는 그것을 대속이라 말한다. 때문에 위 시에서의 '물렁한 다리들'을 '만지는' 행위는 죽음을 생명으로 회복시키는 사랑과 치유의 의미, 곧 구원의 의미를 담고 있다는 것을 알 수 있다. 그것은 생기로부터 소외된 도시인의 쓸쓸한 생을 어루만져 구원을 얻게 하는 희생적이고도 따뜻한 행동인 것이다.

2. 도시 속의 작은 서정의 공간 – 정숙자의 『뿌리 깊은 달』

시를 통해 얻은 정보에 의하면 정숙자 시인이 현재 사는 곳은 '서울'이다. 그녀는 군인인 남편을 따라 주로 속초, 강릉 등의 동해안 지역에서 살다가 '아이들 교육 때문에 서울행을 결정했다'(「온음표」). '김제 만경 너른 들판'(「온음표」)이 고향인 그녀에게 물론 '서울'은 살기에 결코 탐탁한 곳이 아니었을 것이다. 그래서인지 그녀는 가끔 '절벽'에 대해 언급한다. 그녀는 '한 눈금 한 눈금 서슬 푸른 벼랑이 밤사이에 몇 척씩 자라 올랐다'(「절벽에서 날다」)고 한다. 또한 그녀는 '쓰레기장이 아니라면/이렇게 검을 수 있나 악취가 날 수가 있나'(「역린」)라고 묻기도 한다. '주야 장천 책상과 컴퓨터, 황량한 시계를 거느린'(「몽상문」), 영락없이 도시적 일상에 매인 시인에게 '서울'은 자연의 서정적 공간과 대조되는 황폐하고 각박한 곳이 아닐 수 없다. 이곳에서 살면서 시인은 종종 거친 '전투'

를 떠올린다.

내면이 정글이다
내면을 장악한 게 고통이라면 나는 그놈을 사냥할 것이다
관찰 해부 소화할 것이다
태양은 구름장 지우며 돌고 나는 바람 맞으며 탄다
모든 생명은 태양의 사리이리라
종이 위 낱낱 시어는 누군가의 심장을 말린 구슬이리라
눈물 통통 살 오르는 날 나는 물었다
우주 시간 비추어 볼 때 지구 시간이란 얼마나 가벼운가
실존 또한 얼마나 짧은 끈인가
아끼지 않을 것이다
희귀한 놈 걸리면 더욱 예리한, 은밀/정밀한 칼질 필요하겠지
　　　　　　　　　　　　　　　　　—「나의 작시전(作詩戰)」 부분

　「신경쇠약」에서 시인은 '내 안에 젖은 칼 있다', '하루라도 갈지 않으면 칼날은 영감(靈感)이 아닌 내 목을 치리라'고 쓴다. 그 표현의 생경함과 직접성을 볼 때 시인의 시에 종종 나타나는 '칼' 이미지는 다소 뜻밖이다. '칼'을 둘러싼 시인의 거침없는 태도는 여성다운 섬세하고 부드러운 이미지와 어울리지 않기 때문이다. 그러나 시인이 끌어오는 '칼' 이미지는 '시쓰기'와 관련된 것이라는 점을 알 수 있다. 「신경쇠약」에서의 '칼'이 '토씨, 어찌씨' 등 '리을 미음 비읍, 시옷, 이응, 지읒' 등의 글자들을 향하여 있는 것처럼 위 시에서 역시 '칼질'은 '작시'를 위한 것이 된다. '작시전(作詩戰)'이라는 말에서도 알 수 있듯 시인은 시를 짓는 일을 '전투'와 연관시키고 있다. 더 정확하게 말하면 '전투'는 '내면을 장악한 고통'과의 싸움을 가리킨다. 그는 '내면이 정글'이라면서 그것을 '관찰 해

부 소화할 것'이라고 말한다.

'내면'을 '정글'로 보고 이에 대한 '칼질'이 곧 '시'라는 언급은 시인의 시에 대한 자의식이 '언어미학'에 놓여 있다기보다 '세계인식'에 있음을 시사한다. 시란 미학성의 측면에서 존재이유를 둔다기보다 진정성 여부에 의해 그 가치가 가름된다는 생각이 여기에 있다. 특히 시인은 시의 진정성을 '내면'의 '관찰, 해부, 소화'에 두고 있으며, 그러한 행위를 통해 '내면의 고통'을 극복하는 것이 시의 목적이자 이유가 된다.

시에 관한 이러한 관점은 일견 일반적인 것으로 보이나 다른 한편 매우 낯설게 느껴지기도 한다. 그것은 '내면의 고통'과의 싸움을 '전투'라고 여기는 데서 그러하다. '은밀/정밀한 칼질'이 필요한 '희귀한 놈'이라는 지적은 '고통'을 단지 감정의 차원에서 보는 것이 아니라 대적해야 할 실체로 보는 것이리라. '칼'이 등장하는 것도 이 때문이고 '고통'이라는 실체 앞에서 마치 '사냥'을 하는 장수처럼 의기충천한 것도 이 때문으로 보인다. 예컨대 '태양의 사리인 생명', '심장을 말린 구슬'에 비해 볼 때 특히 '희귀한 고통'은 '예리한 칼질'이 요구되는 표적이 된다. 이는 시인이 구하고자 하는 것이 '내면'의 평화이자 '생명'이요, 그것은 치열한 투쟁을 통해 비로소 획득될 수 있는 것임을 말해준다. 따라서 시인에게 시는 그러한 내적 생명을 위한 방법적 도구이자 내적 평화에 도달하기 위한 투쟁의 기록인 셈이다.

내면의 고통을 일으키는 요소를 실체이자 싸워야 할 적으로 보는 관점은 시 「식장(食葬)」에서 더욱 선명하게 부각된다.

공동묘지 무섭다 마라
우리네 뱃속은
그보다 서늘한 협곡이니

(중략)

몇 굽이 창자 안에 그리 무안한 저주파가 흐르다니!

무덤 하나마다 복부가 하나
복부 하나마다 무덤이 즐비
형형색색 뱃속에선 해체된 주검들이
삶에서 삶으로 또 다른 삶에서 또 다른 삶으로
끊임없이 육탈—소화—복제된다

걸어다니는 무덤들, 뒤집어진 아침들, 미욱한 입口자들

—「식장(食葬)」 부분

'시의 본질이 언어미학이 아니라 세계인식에 놓여 있다'라는 명제에 부합하듯 위의 시는 세계에 관한 아주 낯선 인식을 중심으로 이루어지고 있다. '무덤 하나마다 복부가 하나/복부 하나마다 무덤이 즐비'라는 인식, '형형색색 뱃속에선 해체된 주검들이/삶에서 삶으로 또 다른 삶에서 또 다른 삶으로/끊임없이 육탈—소화—복제된다'는 인식은 마치 요령부득인 주술처럼 다가온다. 다른 한편 이것은 우주의 이치에 관해 통탈한 자가 중생들에게 알려주는 진리의 메시지처럼도 여겨진다.

시인의 전언대로 우리는 '뱃속'에 가득찬 고통의 근원들에 관해 이해의 깊이를 더할 수도 있으리라. 이와 관련하여 인간의 원죄라든가 인간의 타자성 등을 상상할 수도 있을 것이다. 이 모든 것들은 결국 인간과 세계에 관한 인식에 해당한다. 그리고 이 속엔 내면의 생명과 평화란 '서늘한 뱃속의 주검들'에 의해 위협당하는 것이요, 시는 곧 '끊임없이 육탈—소화—복제'되는 '뱃속 무덤들'과 싸우기 위한 '칼질'이라는 사실이 내포되어 있다. 시인은 그것이 상상적인 것이든, 실제인 것이든 인간에 관한 인식과 관련하여 생명과 죽음이라는 이분법적 구도 위에 서 있거니와, 이러한 관점에 서면 낯설고 생경하게만 느껴졌던 시인의 '칼' 이미지는 어쩌면 끊임없이 위협당하는 '생명'을 지키기 위한 지극히 정당하고 자연스런 생의 태도에 속하는 것임을 알 수 있다.

인간의 '뱃속'에 '무덤'이 있고 이것이 '내면의 고통'을 일으키는 요소이자 '장악'해야 할 실체라는 사실은 시인의 '생명'을 향한 열정과 믿음이 얼마나 확고한가를 잘 말해준다. 더욱이 그러한 투쟁이 '시'를 매개로 이루어진다는 것은 '시'에 관한 시인의 접근이 얼마나 절실한가를 짐작하게 해준다. 그녀에게 '시'는 생의 모든 사건과 역사가 펼쳐지는 하얀 '종이'에 해당한다.

> 한 편의 시가 한 번의 기회다
> 그 한 번의 실패를 두려워한다
> 그 한 번의 빨강, 그 한 겹의 주황, 그 한 칸의 노랑 초록 파랑 쪽빛 보랏빛
> 의 박자와 음을
>
> 지금 쓰는 이 한 편에 미래가 달린다
> 지금 쓰는 이 한 편에 과거도 변한다
> 지금 쓰는 이 한 편에 오늘이 뚫린다
>
> (중략)
>
> 모골이 송연하다. 한 행, 한 음보, 한 음절에 목을 맡긴다. 그렇게 나는 쉰여섯에 왔다. 예순 쪽으로도 그렇게 나아가리라.
>
> ─「나의 작시욕(作詩欲)」 부분

시인에게 시란 과연 무엇인가? 시인이 '시'에 '미래'와 '과거', '오늘'을 투영시킬 만큼 시는 그토록 위대한 것인가? 위 시는 시에 관한 시인의 강한 자의식과 애정을 잘 표현하고 있거니와 시인에게 있어서 시는 곧 생 자체의 수준에 해당되는 것임을 알 수 있다. 시인은 시의 '한 행, 한 음보, 한 음절에 목을 맡긴다'고 말하고 있다. 그녀에게 시는 '일거수 일투족 일초일순'을 모두 '틈서리'로 하는 것이자 '열정'이고 '욕망'이며 '운명'이자 '축복'이다. 그녀는 오직 '죽음'만이 시에서 자신을 떼어놓을 수 있다고 말한다(「나의 작시욕(作詩欲)」). 또한 시인은 '시를 통해 세상을 읽'고, '세상을 통해 시를 읽'는다(「나의 작시기(作詩記)」)라고도 한다. 말하자면 시인에게 시는 세상을 읽는 창이요 세상으로 나아가는 길임을 알 수 있다. 시는 시인의 처음과 끝, 호흡과 동작의 모든 것에 해당한다.

이는 시인에게 시가 자신과 분리되지 않는 몸 그 자체라 할 수 있음을 의미한다. '한 편의 시가 한 번의 기회'가 되며 '시 한 편에 미래가 달리'고, '과거가 변하'고, '오늘이 뚫린다'고 말할 수 있는 것도 이 때문이다. 시가 몸과 다르지 않으므로 시는 시인의 음성이 되고 시인의 상태가 된다 할 것이다. 즉 시는 시인의 몸 상태를 리드하는 매개체이다. 이쯤 되면 시는 도를 구하는 매개가 된다고도 할 수 있을 것이다. 즉 시인이 추구하였던 내면의 평화와 생명이 곧 시를 통해 구해지는 것인바, 시는 생명을 가로막는 것과의 투쟁의 칼이 된다는 말도 여기에서 성립된다. 시의 한 음 한 음을 발성하면서 그녀는 그녀의 생명성을 감하는 실체들과 대결하고 더욱 고양된 생명에로 나아가는 작업을 행할 것이다.

시를 통해 생명을 위한 투쟁을 벌이는 시인에게 에너지원이 되어주는 것이 있다. 그것은 '태양'이다. 그것도 비유나 수사의 차원에서가 아니라 실질적 차원에서 그러하다.

태양이 비치는 곳이면 거기가 어디든 자연이다 여기기로 했다. 시골 태생인 탓도 있지만 남편(군인)을 따라 전방으로, 오지로 전전하는 사이 나는 그야말로 자연 사랑의 졸개가 되어 버린 것이다. 김제 만경 너른 들판은 내 태가 묻힌 고향이려니와, 부산 강릉 속초 삼척 묵호 정동진 안목 경포대 삼포 물치 간성 거진 화진포 비무장지대에 이르기까지 동해안 구석구석 정 붙이며 살았으니 왜 아니 그렇겠는가. (중략) 그 도드라진 풍경들을 뒤로하고 아이들 교육 때문에 서울행을 결정했지만, 나는 누누이 스스로를 위로해야만 했다. '태양이 비치는 곳이면 거기가 어디든 자연이야'라고.

—「천만다행」 부분

위의 시에는 오염되지 않은 외지에서 살다가 '서울'에서 살게 되었을 때의 자아의 실망감과 자연에 대한 그리움이 낱낱이 묻어 있다. 시골이 고향이었던 점은 자연에의 애착과 친연성을 더욱 강화시켰을 것이리라. 이를 배경으로 한다면 '서울'이란 지역은 시인에게 그야말로 절망적인 곳이었을 것이다. 그러나 '천만다행'히도 '서울'에도 '태양'은 비친다. 비록 칙칙하고 뿌연 공기로 반사될망정 '태양'은 온 구석구석까지 빛을 주기 마련이다. 가끔 햇살이 다사롭게 비추는 날이면 번잡한 도시에서도 온기와 활기를 느낄 수도 있으리라. 따라서 시인은 그러한 햇살을 긍정하기로 한다. 물론 의식적인 '위로'이긴 하지만 '태양이 비치는 곳이면 거기가 어디든 자연'인 것이다. 시인은 황량하고 각박한 도시 속에서도 자연을 느끼고 생명의 에너지를 끌어내고자 노력한다. 그리고 이러한 노력의 하나가 작은 텃밭 가꾸기이다. 같은 시에서 시인은 '내 이삿짐 속에는 유독 빼놓을 수 없는 물건 하나가 있다. 그것은 다름 아닌 호미다'라고 말하고 있다. 그녀는 '적어도 하루 한 번, 적어도 삼사일에 한 번은 호미를 들고 건물 밑동에 딸린 '손수건만 한 꽃밭'으로 향한다고 말한다. 또 그녀는 '아무리 도심이라도 마음만 먹으면 호미를 댈 만한 곳은 기다리고 있기 마련'이라고 넌지시 귀띔해주기도 한다.

　우리는 작은 꽃밭을 가꾸면서 그녀가 체험하는 작은 기쁨과 생기를 짐작할 수 있다. 도심 한 구석에서 조촐하게 피어나는 식물이지만 시인은 여기에서 자연과의 동조를 이루어내고 있는 것이다. '호미'로 길어낸 작은 생명은 비록 대자연의 풍성함은 아닐지라도 우리에게 자연의 향수를 불러일으키고 편안한 숨을 쉴 수 있게 해주는 특별한 공간이 되어준다. 도시에서 행하는 이런 작은 실천들이 얼마나 강한 효과를 발휘하는지 우리는 잘 알지 못한다. 그러나 '태양'이 비추는 곳에서 이루어내는 이러한 행동들이 시인이 내면에서 벌이는 투쟁에 필수불가결한 힘의 원천이 되리라는 점은 의심할 필요가 없다. 이 또한 황폐한 도시에서 힘내며 살아가기 위한 자아의 노력에 해당하는 것이리라.

'바람', 그 새로운 영토에서 이어지는 문장

– 이은규의 『다정한 호칭』

이은규의 시집 『다정한 호칭』은 나른하고 몽환적인 이미지의 시편들로 가득하다. 섬세한 감각과 부드럽게 이어지는 상상력, 그리고 따스한 호흡은 이들 시편들을 풍선처럼 부풀린다. 익숙한 서정의 음률이면서도 미지의 낯선 세계로 향한 이은규 시편들을 통해 독자는 한껏 이완됨과 신비로움을 경험한다.

이은규가 우리에게 그리고자 한 세계는 일상도 현실도 아니고 그렇다고 일반적인 자연이라든가 환상적 세계도 아니다. 따라서 시의 어조는 비판이나 냉소, 혹은 위안이나 유희의 그것이 아니다. 존재하되 보이지 않고 느낄 수 있으면서도 확연하지 않은, 신비롭고 미지(未知)한 세계가 그녀가 그리는 세계이다. 그것은 여전히 우리에게 낯설고 모호한 지대라 할 수 있다.

시를 읽으면서 불명료한 그곳은 부재한 듯 여겨지면서도 서서히 명료하게 인식되는데, 이러한 변화는 시인이 대상에 대해 매우 선명하게 상상력의 궤적을 그려나가는 데 기인한다. 시인은 마치 그 지대에 늘 와서

살고 있는 자이듯 또렷하고 익숙한 상상의 매듭들을 이어나간다. 그려
내는 그 상상의 매듭들이 아주 논리적이어서 독자는 의심 없이 시인이
보여주는 세계의 실존을 믿게 된다. 이 점에서 시인의 어조는 객관적인
사태에 대한 사실주의적 태도로 이루어진다 말할 수 있다. 즉 이은규의
시는 일종의 리얼리즘이다.

그러나 지극히 섬세하고 부드러운 호흡으로 담아낼 수 있는 리얼리티
의 국면이란 과연 어떤 것인가? 존재하되 일상도 현실도 갈등도 아니라
면, 따라서 선 굵은 손놀림과 단호한 음색으로 이루어진 것이 아니라면
이은규 시의 리얼리티는 무엇을 대상으로 하는가?

불확정성의 시학

> 먼저 와 서성이던 바람이 책장을 넘긴다
> 그 사이
> 늦게 도착한 바람이 때를 놓치고, 책은 덮인다
>
> 다시 읽혀지는 순간까지
> 덮인 책장의 일이란
> 바람의 지문 사이로 피어오르는 종이 냄새를 맡는 것
> 혹은 다음 장의 문장들을 희미하게 읽는 것
>
> 언젠가 당신에게 빌려줬던 책을 들춰보다
> 보이지 않는 지문 위에
> 가만히, 뺨을 대본 적이 있었다
> 어쩌면 당신의 지문은
> 바람이 수놓은 투명의 꽃무늬가 아닐까 생각했다
>
> —「바람의 지문」부분

시에서 '바람'은 일순간 불어왔다 사라지는 것으로서가 아니라, 혹은

그저 인식의 한 대상으로서가 아니라 행동의 주체로서 묘사되고 있다. '바람'은 순간적 대상이 아니라 '와'서 '서성이다' '책장을 넘기기'도 하고 '지문'을 남기는 등의 행위주체로 그려지고 있는 것이다. '바람'이 독립된 주체가 됨에 따라 그것은 곧 소멸하는 것이 아니고, 자신의 호흡에 따라 시간을 끌어들이고 종적을 만들고 향기를 남긴다. '바람'은 책장 사이에 머물며 '종이 냄새를' 피워 올리기도 하고 '문장들' 사이에 남아 문자들을 '희미하게' 들썩이게도 한다. 여기에서 '바람'은 단지 감각의 대상으로 놓이는 대신 주변 사물들을 활성화시키는 역사(役事)의 주체가 된다는 것을 알 수 있다.

'바람'을 행동의 주체로 초점화시키는 시적 태도는 눈에 보이지 않는 까닭에 '바람'을 단지 상상과 결부된 것으로서만 여기던 습성을 전복한다. 기껏해야 물질적 상상력의 중심에서 가냘프게 다루어지던 '바람'이 이은규의 시에서는 생생한 에너지의 근거로 재정립된다. 이에 따라 시에서 보여지는 일련의 개연적인 '바람'의 궤적들은 독자에게 상상 이상의 현실성을 환기시킨다. 즉 시인은 '바람'을 객체나 물질로서가 아니라 운동성을 가지고 있는 주체로 형상화하고 있거니와 이 속에서 '바람'은 시간이 흐른 뒤에도 그 존재감을 남기는 상당히 활동력 있는 실체가 되는 것이다. '바람'이 지나간 후 시적 자아가 '보이지 않는 지문 위에/가만히, 뺨을 대본 적이 있었다'라고 한 것은 바람이 지닌 이러한 존재감의 표현에 해당한다. '바람'은 '허공'에서 맴돌다 '당신의 손길'과 결합하여 문자 위에 '새겨진다'. 그리고 그것은 뜻을 알 수 없는 '기억'의 파동을 일으킨다.

이은규의 시편들에서 '바람'은 가장 주된 소재 가운데 하나인데, 그것들은 대부분 위 시에서처럼 선명하고도 사실적으로 형상화되고 있음을 알 수 있다. '바람'은 여행자들에게 달라붙어 '추운 바람 냄새를 묻히기'(「차갑게 타오르는」)도 하고, 존재들을 '바람의 입김에 태워'(「추운 바람을 신으로 모신 자들의 경전」) 전달하기도 하며, '누군가의 연착을 예감'(「별무소용(別無所用)」)하게 해주는 매개이기도 하고, '나무 둥치가 말을 거는'(「나무의 눈꺼풀」) 대상이 되기도 한다. 이처럼 '바람'은 그가 '머물던 흔적을 곧 몸'(「허공에 스민 적 없는 날개는 다스릴 바람이 없다」)이 되게 만드는 생생한 주체이자 힘이라 할 수 있다.

'바람'을 실재화시키는 이와 같은 상상력은 시인이 보고 느끼는 세계가 '바람'이 다니는 길에 놓여 있기에 가능한 것이리라. 눈에 보이지 않는 대신 오직 운동성을 통해 존재함을 증명하는 '바람'의 경우 시인이 그것의 흔적들에 관여하지 않는 한 '바람'은 결코 그 있음을 드러내지 못할 것이다. 시인의 감각은 '바람'에 의해 변화하는 주변의 상태들을 읽어냄으로써 '바람'의 발자국과 그것의 존재를 확인한다. '바람'이 스미는 주변 사물들을 포착하는 시인의 시선이 한없이 섬세해지는 것도 이 때문이다.

시인에 의하면 '바람'이 다니는 길은, '바람'이 태어나고 이동하며 사라지는 길은 모두 한 길인 '허공'이다. 대지의 비어 있는 곳, '허공'에서 '바람'이 뭉게뭉게 피어나며 아슴아슴 흘러간다. '허공'은 '바람'을 내쉬고 들이마시는 대지의 폐가 되며 따라서 '바람'은 대지의 호흡이자 숨결이 된다. 이은규의 시에서 '바람' 못지않게 '허공'이 또한 자주 등장하는 것도 이 때문이다.

> 눈썹과 눈썹 사이
> 미간이라 부르는 곳에 눈이 하나 더 있다면
> 나무와 나무 사이
> 고인 그늘에 햇빛 한줄기 허공의 뼈로 서 있을 것

최초의 방랑은 그 눈을 심안(心眼)이라 불렀다
왜 떠도는 발자국들은 그늘만 골라 딛을까
나무 그늘, 그의 미간 사이로 자라던 허공의 뼈

먼 눈빛보다 미간이 좋아
바라보며 서성이는 동안 모든 꽃이 오고 간다

나무가 편애하는 건 꽃이 아니라 허공

—「미간」 부분

'허공'의 자리를 '미간'에 빗대어 말하고 있는 위의 시에 따르면 '허공'은 마치 '눈과 눈 사이'의 또 다른 눈인 '심안'처럼 공간과 공간 사이에 있는 또 하나의 공간이 아닐 수 없다. 그것은 보이는 공간들 사이에 있는 비어 있는 공간이자 비어 있음으로 인해 '있는' 공간이다. 또한 그것은 '심안(心眼)'과 마찬가지로 '마음'으로 보는 공간이며 따라서 사물들을 내면까지 통찰할 수 있는 깊은 공간이 된다. 비어 있기 때문에 가득 차 있고 보이지 않기 때문에 밝을 수 있는 공간이 곧 여기라 할 것이다. '허공'이 그러하므로 '떠도는 발자국들'은 그곳만을 그리게 되며 '서성이는 동안 모든 꽃이 오고 간다'. '허공'은 모든 사물들이 몸을 뻗고 쉬는 곳이자 비로소 깊이 숨을 들이쉬는 가려진 곳이다. '나무가 편애하는 것이 꽃이 아니라 허공'인 것도 이와 관련된다.

위의 시는 '허공'의 위치와 '허공'의 성격을 잘 말해주고 있거니와 이 점은 '바람'과 '허공' 사이의 관계에 관한 일 정보를 시사해준다. 곧 '허공'이 모든 사물들을 생기(生起)케 하는 터전이 되는 것처럼 그것은 또한 '바람'이 머물게 하는 장소가 되는 것이다. '허공'을 배경으로 함으로써 '바람'은 자신의 존재를 명확히 각인시킬 수 있으며, 사물의 마음들이 기대는 자리인 '허공'을 거닐면서 '바람'은 살아 있음의 에너지를 발산하게 된다. 즉 '허공'의 길을 따를 때에 비로소 '바람'은 흔적을 남기고 동시에 주변 사물들의 기억들을 기록해 나갈 수 있는 것이다. '허공'은 '나무'뿐만이 아니라 '바람'의 사랑 역시 품는 곳으로서 모든 존재들이 깃들 수 있는 넉넉한 공간에 해당한다.

'허공'이 그러한 자리이므로 때로 시적 자아는 '허공'의 소리를 듣기 위해 '청진기'를 들이대는 기이한 행동도 보인다. 이를 통해 시적 자아는 '허공'에서 일어나는 사물들의 생기(生氣)와 이야기를 엿듣고자 하였을 터인데, 이는 곧 시인이 염두에 두는 '허공'의 자리와 존재 의미를 말해 주는 대목이라 할 수 있다.

> 말더듬이였던 당신
> 마음을 따라가지 못한 말들이 몸을 떠도는 거라는 소견이 있었다
> 함께 받은 처방은
> 구름의 운율에 따라 문장 읽기를 하라는 것
> 혹은 가슴에 귀를 대고 기다려주기
>
> 청진, 듣는 것으로 보다
> 모든 병은 마음이 몸에게 보내는 안부
> 말더듬이를 앓는 건 그가 아니라 마음이었으므로
> 말에 지칠 때마다
> 당신은 구름이 잘 들리는 내 방 창문을 두드렸다
>
> —「청진(聽診)의 기억」 부분

'허공'이 사물들의 '마음'을 기대게 하는 자리인 까닭에 시의 화자에 의하면 '말더듬이'를 치료할 수 있는 길 역시 '구름의 운율에 따라 문장 읽기를 하는 것'이 된다. '말더듬이'란 '마음을 따라가지 못한 말들'이며,

'구름'이란 '바람'과 그 속성을 공유하는 것으로서 '허공'을 터전으로 삼는 것이기에 그러하다. 결국 '마음'의 병은 '허공'에 깃듦으로써 치유될 수 있다는 것이다. '허공'은 자신의 충만함과 넉넉함으로 마음이 유실된 문장을 바로잡고 치유한다. 시적 자아가 '말에 지칠 때마다' '구름이 잘 들리는 내 방 창문을 두드렸다'고 말하는 이유도 여기에 있다.

이러한 점들은 '허공'과 '마음', 그리고 '문장'들 간에 놓여 있는 논리적 관계들을 새삼 확인시켜 준다. 이때 시인은 '허공'을 통해 직접 '문장'의 규범을 끌어내고자 한다는 것을 알 수 있다. 시인이 "작은 방을 채울 수 있을 만큼, 텅 빈 문장을 원한다"(「육첩방에 든 알약」)는 고백을 하는 것도 그 때문이다.

꿈꿔야 할 문장은
잠언이 아닌, 모래바람을 향해 눈뜰 수 있는
한 줄 선언이어야 할 것
사막 쪽으로 비껴 부는 바람

—「소금사막에 뜨는 별」 부분

위의 시에서 역시 우리는 '바람'과 '문장'을 동일시하고자 하는 시적 자아의 목소리를 들을 수 있거니와, 그에게 '문장'은 '잠언'처럼 숨죽이고 있는 정물로서가 아니라 '선언'처럼 강력한 것, '모래바람'처럼 생생한 힘의 그것으로서 추구되고 있다는 것을 알 수 있다. 곧 '문장'은 '허공'을 향해 뻗어 있으므로 생기와 활력을 띠고 있는 것이어야 할 것이다. 그것이 곧 '바람'과 성질을 공유하는 '문장'이고 또한 '마음'을 담고 있는 '문장'에 해당한다.

'바람'으로부터 '문장'에로까지 이어가는 시인의 상상력은 '바람'의 운동성을 노래할 때만큼이나 구체적이다. '바람'이 선명한 흔적을 통해 존재성을 증명하는 것처럼 '문장' 역시 '바람'의 궤적을 따름으로써 오롯이 서게 되기 때문이다. '바람'의 생리를 닮아갈 때 '문장'은 시인이 「미간」에서도 언급하고 있듯 '허공의 뼈'로 되새겨지는 것이다. 즉 '바람'을 닮은 '문장'은 '허공'에 뿌리내린 '마음'의 그것으로서 결코 '몸을 떠나 떠도는 것'이 아닌 충실한 문장이 되는 것이리라.

이즈음에 이르면 시인이 왜 '바람'의 흔적을 기록하고 '허공'을 사실적으로 그렸는지를 짐작할 수 있게 된다. 시인의 감각이 왜 그토록 미세하였으며 그의 상상력은 왜 그렇게 논리적이었던가. 시인이 그려낸 새로운 지대였던 그곳, '바람'과 '허공'의 자리들은 비단 시인이 증명한 새로운 영토였다는 점에서만 의미를 지니지 않는다. 그곳은 비어 있으므로 대지가 숨을 쉬고, 그러한 점에서 또한 모든 사물이 마음을 기댈 수 있는 곳이 되는바, 시인은 이러한 지대를 단지 상상적으로서가 아니라 사실적으로 그려나감으로써 '허공'과 '바람'의 존재를 뚜렷이 하고, 이에 기대어 자신의 지향하는 '문장'의 성격 또한 암시하게 된다. 시인이 지향하는 문장은 '허공'과 '바람'의 리얼리티와 마찬가지로 비어 있는 동시에 충만하고 보이지 않지만 강한 흔적을 남기는 것이다. 뿐만 아니라 그것은 '마음'이 깃들어 있으므로 생기(生氣)로 피어나는 것이 될 터이다. 곧 '바람'과 '허공'에 관한 시인의 섬세한 리얼리티는 가려져 있되 마음이 기거하는 공간을 드러내고 그 속에 시의 말들을 오롯이 뿌리내리기 위한 것이었음을 짐작할 수 있다.

문학·경성의 시학

제1부 우리 시대의 시정신

- 「'이성'에서 '감성'으로, '감성'에서 '마음'으로」, 『시와정신』, 2013년 가을, 45호

제2부 현장시 리뷰

- 「산포된 세계 속에 피어나는 말의 로고스」, 『현대시』, 2013년 7월
- 「존재의 형식으로서의 시간(時間)」, 『현대시』, 2013년 8월
- 「시의 위상학적 공간과 현장성(現場性)의 요인」, 『현대시』, 2013년 9월
- 「사유를 확장하는 의미의 시들과 세계의 회복」, 『예술가』, 2012년 겨울, 11호
- 「말의 발생과 기원, 살아 있는 말을 찾아서…」, 『예술가』, 2013년 봄, 12호
- 「'마음'의 질(質)과 양(量)으로 이루어지는 세계의 소통」, 『예술가』, 2013년 가을, 14호
- 「불확정적 세계 속의 인간의 고투」, 『예술가』, 2013년 겨울, 15호
- 「랜덤(random)의 세계에서의 시의 의식」, 『예술가』, 2014년 봄, 16호
- 「탈근대의 기획을 넘어서는 감각의 언어」, 『시현실』, 2012년 봄, 51호

- 「말의 밀도, 미끄러지지 않는 말」, 『시현실』, 2012년 여름, 52호
- 「'나'를 이루는 것들, 타자와 자아 사이의 상상력」, 『시현실』, 2012년 가을, 53호
- 「우주적 시공성과 운명의 현상학」, 『시사사』, 2012년 7~8월, 59호
- 「인간에 관한, 인간의 방사(放射)적 사유」, 『시사사』, 2012년 9~10월, 60호

제3부 우리 시대의 시인

- '불신(不信)과 불통(不通)'에 대한 투쟁을 위한 시-이재무 론」, 『시와소금』, 2013년 겨울, 8호
- 「자연의 존재론에 관한 일 고찰-배한봉 론」, 『시사사』, 2012년 5~6월, 58호
- 「희미한 연기(煙氣)의 언어를 토하는 거미의 입-김경주 론」, 『시현실』, 2014년 봄, 58호
- 「의미의 벡터(vector)가 소거된 자유의 언어-박장호 론」, 『시현실』, 2013년 가을·겨울, 57호
- 「시의 알레고리에 담긴 삶의 비극-정겸 론」, 『시사사』, 2013년 3~4월, 63호
- 「융합되지 않는 세계에 대한 환유적 표현-박성현 론」, 『시와환상』, 2013년 여름, 8호
- 「'사이'를 가로지르는 활달한 상상력-김종미 론」, 『시와환상』, 2013년 봄, 7호
- 「혼돈의 전체성과 부분으로서의 인간-박선우 론」, 『리토피아』, 2013년 봄, 49호
- 「질박한 언어로 창조해가는 생의 에너지-유안진의 『걸어서 에덴까지』」,

『시와환상』, 2012년 겨울, 6호

- 「한없이 냉철하기-죽음의 양태에 맞서는 법-박찬일의 『북극점』 수정본」, 『시와소금』, 2013년 여름, 6호
- 「시적 언어의 현실주의-최서림의 『물금』」, 『시와표현』, 2011년 여름, 2호
- 「'참을 수 없는 존재의 가벼움'에 대한 치유의 모색-채선의 『삐라』, 정숙자의 『뿌리 깊은 달』」, 『시현실』, 2013년 여름, 56호
- 「'바람', 그 새로운 영토에서 이어지는 문장- 이은규의 『다정한 호칭』」, 『리토피아』, 2012년 가을, 47호

346

불확정성의 시학

■■■ **저자 약력**

김윤정 金玧政

　인천에서 태어나 서울대학교 국어국문학과 및 동 대학원을 졸업했다. 문학평론가로 활동 중이며 현재 강릉원주대학교 국어국문학과 교수로 있다.
　주요 저서로는 『김기림과 그의 세계』(2005), 『한국 모더니즘 문학의 지형도』(2005), 『언어의 진화를 향한 꿈』(2009), 『한국 현대시와 구원의 담론』(2010), 『문학비평과 시대정신』(2012) 등이 있다.

불확정성의 시학

인쇄 · 2014년 5월 7일 | 발행 · 2014년 5월 15일

지은이 · 김윤정
펴낸이 · 한봉숙
펴낸곳 · 푸른사상
주간 · 맹문재
편집, 교정 · 지순이, 김소영

등록 · 1999년 7월 8일 제2-2876호
주소 · 서울시 중구 충무로 29(초동) 아시아미디어타워 502호
대표전화 · 02) 2268-8706(7) | 팩시밀리 · 02) 2268-8708
이메일 · prun21c@hanmail.net / prunsasang@naver.com
홈페이지 · http://www.prun21c.com

ⓒ 김윤정, 2014

ISBN 979-11-308-0226-8 93810
값 25,000원